内容简介

通俗小说是文学中最具感染力
和表现力的文体类型，以其娱乐
性、趣味性、休闲性、故事性吸
引着大批的读者，发挥着其他艺
术样式所没有的艺术力量。本书的
研究对象主要是自唐代到清代后期
一千多年间的通俗小说，选取了不
同阶段有代表性的作家和作品予以
细致分析解剖，从中可以了解中国
古代通俗小说所取得的辉煌艺术成
就，感受其发展脉络。

作者简介

张文珍，山东昌乐人，1966年生，现任中共山东省委党校文史部教授、副主任，文学博士。在《人民日报》《山东大学学报》等各类报刊发表学术论文八十余篇，主持完成国家社科基金项目及省社科规划项目多项。多次获省级以上科研奖励。

丛书主编 马瑞芳

中国古代小说发展研究丛书

中国古代通俗小说发展研究

张文珍 著

山东教育出版社

图书在版编目(CIP)数据

中国古代通俗小说发展研究/张文珍著. —济南：
山东教育出版社,2015
（中国古代小说发展研究丛书/马瑞芳主编）
ISBN 978－7－5328－9183－2

Ⅰ.①中… Ⅱ.①张… Ⅲ.①古典小说—小说研究
—中国 Ⅳ.①I207.41

中国版本图书馆CIP数据核字(2015)第259502号

中国古代小说发展研究丛书

马瑞芳　主编

中国古代通俗小说发展研究

张文珍　著

主　管：山东出版传媒股份有限公司

出版者：山东教育出版社

　　　　（济南市纬一路 321 号　邮编:250001）

电　话：(0531)82092664　传真:(0531)82092625

网　址：www. sjs. com. cn

发行者：山东教育出版社

印　刷：山东临沂新华印刷物流集团有限责任公司

版　次：2016 年 4 月第 1 版第 1 次印刷

规　格：710mm×1000mm　16 开本

印　张：18 印张

字　数：242 千字

书　号：ISBN 978－7－5328－9183－2

定　价：59.00 元

（如印装质量有问题,请与印刷厂联系调换）
印厂电话：0539－2925659

总　序

　　2005年我担任山东大学古代文学学科学术带头人后,考虑到学科自身优势和发展需要,拟组织本学科教授撰写一套中国古代小说发展研究丛书。山东教育出版社对此选题很感兴趣,并申报国家"十一五"规划出版重点项目,获得批准。我们特别邀请山东师范大学王恒展教授加盟。历经十年,这套丛书的九部书稿终于集体亮相于读者面前。

　　为什么选择撰写这样一套丛书? 因为此前学术界对于中国古代小说的研究多侧重于"史""论",侧重于思想艺术分析,对小说作为中国古代文学重要文体,如何萌芽、产生、发展、壮大,直到蔚为大观,对各类小说的发展过程、阶段、特点,研究得似乎还不太够。有必要采用多角度、多侧面对中国古代小说发展脉络做一下梳理和开掘,总结出一些可以称之为规律性或中国特色的东西。

　　那么,这套丛书涉及并试图总结出中国古代小说发展过程中哪些规律和特色?

　　一曰中国古代小说的概念、范围、分类。今存文献中,"小说"这个词语最早见于《庄子·杂篇·外物论》:

"饰小说以干县令,其于大达亦远矣。"①小说研究者早就认识到这里的"小说"是指琐屑的言论,指与"大达"形成对比的小道,还不具备文体"小说"的含义。小说在汉代之前尚缺乏独立的文体意义。在漫长的文学发展长河中,随着小说题材的拓展和小说创作艺术的渐渐成熟,"小说"才成为以散文叙述虚构故事的文学体裁的专称。中国古代"小说"一词内涵、外延都相当复杂,既有文学性文体部分又有非文学性文体部分。各朝各代学者对小说做出了各种分类。16世纪胡应麟《少室山房笔丛》将小说分为六类:志怪、传奇、杂录、丛谈、辩订、箴规。后三类就属于非文学性文体。后世学者对文学性小说文体的分类通常按语言形式做文言和白话之分;按篇幅做长篇和短篇之分(中篇小说通常被包含在短篇小说之内);按内容做志怪和传奇之分,还有更具体的历史演义、英雄传奇、人情小说之分……不一而足。本丛书着眼于文学性文体小说的研究和分门别类的细致考察。

二曰中国古代小说的起源、孕育、滋养过程。考察哪些文体、哪些因素对小说的产生起作用,这一研究较多地集中在先秦两汉语言文学中。先秦两汉并没有产生典型的小说文体,但此时的多种文体如神话传说、历史散文及诸子散文、史传文学甚至《诗经》《楚辞》都给小说的产生以或大或小、或远或近的影响。其中,神话的原型人物、典故、构思,史传文学的叙事笔法和杂史杂传,诸子中的"说体"故事和寓言故事……对中国古代小说的产生起到决定性作用。本丛书对中国古代小说产生做了全面深入探讨,提出一系列新见解。如庄子对中国古代小说家的决定性影响,《诗经》《楚辞》对小说创作的开宗作祖意义等。

三曰中国古代小说唐前史料学探究。研究中国古代小说,史料是基础,是理清小说产生年代、成就、特点的必备资料,是进行理论分析的前提。汉前小说史料依附于历史、诸子,从魏晋南北朝开始,小说作为独立的文体跻身于众多文体之中,产生大量小说作品。程毅中先生在《古代小说史料简论》一书中提出:小说作品本身和版本、目录、作者

---

① 《庄子集解》,《诸子集成》本,第177页,上海书店出版社,1986。

生平、评论等，都是重要的小说史料。本丛书在对中国古代小说各种发展阶段的重要作品进行探究时，注重考证，注重重要作家生平对小说创作影响的考察，注重第一手资料的收集和剖析，力求"言必有据""知人论事"。需要说明的是，唐后小说史料十分繁富，由于小说是"小道"的观念，唐后一些极其重要的作家如兰陵笑笑生、曹雪芹的生平往往不易弄清。因而对作家生平的考订应该成为小说史料学的重要内容，如与红学并列的曹学，就是专门研究《红楼梦》作者曹雪芹及其祖辈的学问。而用一本书探讨整部小说史史料问题几乎不可能，故本丛书对唐后小说史料的必要性、兼顾性研究体现在有关书中，小说史料的专门性探究暂时截止于唐前，唐后小说史料的专门性探究，留待此后有条件时增补。

　　四曰文言小说和白话小说的发展轨迹和写作特点。中国古代两类最主要的小说文言小说和白话小说都经历了萌芽、成长、繁荣、鼎盛、衰落阶段，并在各阶段产生了彪炳史册的名著。我们采用通常意义的文言和白话区分法，其实严格地说，不能用"文言或白话"截然区分中国古代许多小说，典雅的《聊斋志异》里有许多生动活泼的民间口语，通俗的《金瓶梅》中也出现台阁对话，《三国演义》则采用既非纯粹文言亦非纯粹白话的浅显文言。中国古代文言小说如《搜神记》、《幽明录》、唐传奇、《聊斋志异》等，具有明显诗化和写意性特点，人物描写带一定类型化、"扁平"性，故事叙述、情节结构较为简约明快。中国古代白话小说，不管是短篇小说《三言二拍》，还是长篇小说《三国演义》《水浒传》《金瓶梅》《西游记》《红楼梦》《儒林外史》，重在描写情节完整、曲折生动、感人悦人的故事，或着眼悲欢离合，或着眼社会问题，人物栩栩如生，风貌复杂多样，长篇小说更具有一定的史诗品格。文言小说以志怪成就最著，白话小说描写人生成就最高。不管文言还是白话小说，在人物描写、情节布局、构思艺术上，在诗意化和寓意性上，既借力于古代文化特别是古代文学其他样式如诗词辞赋散文戏剧，小说之志怪和传奇、文言与白话，又互相融汇、互相补充、互相借鉴，共同构成中国小说特有的人物创造、构思方法、描写格局、民族特点。

五曰对小说民俗的选择性考察。中国古代小说是中国民俗文化的重要载体，而民俗具有鲜明的地域性、民族性、时代性特点。因为中国古代小说所反映的民俗太复杂，涉及面太广，时间跨度太大，难以专门用一本书进行既细致又全面的研究。本丛书在剖析中国小说发展若干问题时，顺带对小说中的民俗进行综合考究，并选择跟山东有明确关系的几部名著如《水浒传》《金瓶梅》《聊斋志异》《醒世姻缘传》等，对小说所反映的民间信仰、饮食服饰、祭祀占卜、婚嫁丧葬、灵魂狐妖迷信、神佛道观念……进行专门考察，研究这些人生礼俗对刻画人物、组织情节起到的重要作用。作为与汉族民俗的对照，选择《红楼梦》作为满族民俗的载体进行研究。除与汉族类似的饮食服饰、神佛观念外，侧重考察《红楼梦》反映的满族游艺习俗、骑射教育以及满族的蓄奴风俗和与汉族不同的姑娘为尊的重女风俗。通过这个新角度对几部古代小说名著的解读，说明古代小说特别是明清小说中表现的民族风俗是其他任何文学作品和文化典籍都不能替代的。

六曰对小说传播的选择性考察。文言小说的主要传播途径不外乎史家和目录家的著录、读者传抄、类书和丛书收录、戏剧改编。白话小说的传播途径要广泛得多，在传播上也更有代表性和广泛性。印刷取代传抄成为主要传播方式，为嘉靖本《三国志通俗演义》作"引"的修髯子、刻印《水浒传》的武定侯郭勋等是小说印刷传播先驱。书坊为降低成本、扩大印刷推出的"简本"小说和短篇小说的选本如《今古奇观》，成为推动小说传播的重要因素。明清两代的文人士大夫成为白话小说的重要接受和传播者，"评点"变成自娱悦人兼推动小说销售的手段，白话小说改编成戏曲也很多见，三国戏、水浒戏、西游戏、封神戏、杨家将戏等广受欢迎。而与广泛传播形成强烈对比、引起尖锐矛盾的是统治者的"禁毁"。其实，中国古代小说很早就传播到欧洲引起世界文豪的赞誉。《歌德谈话录》多次谈到在中国只能算做二流的小说《好逑传》《玉娇梨》等，歌德说：在他们（中国人）那里一切都比我们这里更明朗、更纯洁，也更合乎道德。值得注意的是，歌德对中国古代几部二流小说跟《红与黑》等欧美名著持类似欣赏态度。拉美文学两位当代文学巨匠马尔克斯和博尔赫斯都崇拜曹雪芹和蒲松龄,博尔赫斯曾给阿根廷版《聊斋志异》写序并大加赞扬。

七曰古代小说理论发展研究。刘勰《文心雕龙》被认为是非常重要的文艺理论著作,偏偏没有关于小说的内容,这固然因为当时小说还处于萌芽时期,也说明小说从产生伊始,就没法取得与传统文学如诗词散文平起平坐的地位。小说被列入"子"部,算做"杂家"。"小说"者,小家珍说,雕虫小技也。小说长期处于被歧视的地位,在强大的传统文化笼罩下,小说家总想羽翼信史、向历史学家靠拢,蒲松龄自称"异史氏",就是司马迁"太史公"的模仿秀。中国古代没有独立的小说理论,也没有系统的小说理论著作,小说理论常以序跋或评点形式依附于小说本身,主要起诱导和愉悦读者的作用,不像经学家说经,诗词学家说诗词,起到写作指导作用。因此中国古代小说评点家对小说创作经验的总结常是"捎带性"的副产品,且多需后世学者加以进一步综合阐释。古代小说理论极力与散文理论、史传文学理论相对接,以取得合法性,其核心理念、内在思路、观念表述多借鉴经史理论,特别是"文以载道""良史之才"等观念经常被运用。金圣叹、毛宗岗、张竹坡、脂砚斋等古代小说评点家对小说具体人物、情节东鳞西爪的评点有鲜明的中国特色,部分吉光片羽的观点甚至可与20世纪文论家媲美。

八曰中国古代小说构思特点。中国古代小说从萌芽到繁荣,经历两千多年,无数作家付出辛勤劳动,它们形成了哪些富有中国特色的构思方法?哪位作家是哪类构思方式的开创者?哪位作家是哪类构思的集大成者?这些构思方法是如何萌芽、成长,并长成一株株小说名作的参天大树?这些形态各异的参天大树又如何共居华夏一园,形成中国古代小说构思千姿百态、摇曳生风的美景?……

这套丛书的写作目的,既想尽古代文学研究者职责,在古代小说研究中拓出新路子,完成新命题,又想古为今用、研以致用,希望通过对中国古代小说发展研究的比较全面的检视,使得中国古代小说与西方小说学概念、理论在纸面上接轨、"比武",让辉煌的古代小说以崭然如新的面貌走向读者,走向世界,引导当代读者阅读,给当代小说创作者参考。

因为文出众手,每位作者都是此方面默默耕耘多年的专家,各有自认为必须说明之处,故可能本丛书对某些话题和观念,如"小说"词语的历史演变,或有重复涉及,乃或有此书与彼书抵牾之处,读者方家慧眼鉴识之。

古代文化典籍版本复杂,本丛书择善而从,所引用经、史、诗词、小说原文,基本采用权威通行本并在页下加以详注。

众擎群举,十年搏书,敬请读者方家指点。

马瑞芳

2015 年 6 月 12 日于山东大学

目　录

引　言

　　"通俗小说"一词较早见于〔明〕绿天馆主人《古今小说叙》："大抵唐人选言,入于文心;宋人通俗,谐于里耳。天下之文心少而里耳多,则小说之资于选言者少,而资于通俗者多。试今说话人当场描写,可喜可愕,可悲可涕,可歌可舞;再欲捉刀,再欲下拜,再欲决脰,再欲捐金。怯者勇,淫者贞,薄者敦,顽钝者汗下。虽小诵《孝经》《论语》,其感人未必如是之捷且深也。噫! 不通俗而能之乎? 茂苑野史氏,家藏古今通俗小说甚富,因贾人之请,抽其可以嘉惠里耳者,凡四十种,畀为一刻。"①所谓"文心",直解可作"文人之心",指具有较高文学修养的文人知识分子;"里耳"可解释为"闾里大众的耳朵",主要指市井平民。这里冯梦龙将唐宋传奇进行了一番对比,唐传奇作家在进行创作时,往往以文化人的审美需求和艺术趣味为标准,因此更能得到他们的青睐;宋人写小说,则更多地以民间大众的接受水准和审美趣味为标准,所以受到市井民众的欣赏。显然,冯梦龙更认可小说的"通俗"标准,因为"天下之文心少而里耳多";更因为"通俗"能感染人、打动人、引领人、教化人,即使是儒家经典著作《孝经》《论语》,对人的影响也没有通俗小说那么大。这便是

---

① 〔明〕冯梦龙编,许政扬校注:《古今小说》,1~2页,北京:人民文学出版社,1958。

冯梦龙时代对通俗小说意义、价值、作用的自觉认知与堂而皇之的宣告。

由是观之,"通俗"不仅仅是一个让大众能够读得懂的问题,比如是使用文言还是白话;其所选取的题材、所反映的生活、所塑造的人物、所表现的情感、所持有的好恶都应该体现大众的口味,能让大众接受,否则就谈不上感人之"捷且深也"。郑振铎先生对俗文学的界定是:"'俗文学'就是通俗的文学,就是民间的文学,也就是大众的文学。换一句话说,所谓俗文学就是不登大雅之堂,不为学士大夫所重视,而流行于民间,成为大众所嗜好,所喜悦的东西。"①这里的"俗文学"虽主要指中国历代歌谣、民歌、变文、杂剧词、鼓子词、诸宫调、散曲、宝卷、弹词、子弟书等民间文学类别,但也适用于通俗小说、戏曲等文体。张赣生《民国通俗小说论稿》对"俗"的观念及"通俗"的内涵有精细的研究,认为"俗"在先秦时期由最初的"风俗"引申出"世俗"之意,而"通俗"也有两层意思,一是通晓风俗,一是与世俗沟通。与世俗沟通必须是在通晓风俗的基础上,因此,小说冠以"通俗"就必须从让读者易读易晓、易于接受、喜闻乐见这样的角度来理解。因此,本书对通俗小说的选择标准不单纯囿于白话小说,也包括少许以文言写作但实质为通俗小说的作品,如《三国演义》。

关于中国古代通俗小说书面作品的起源,历来说法不一。明嘉靖年间郎瑛《七修类稿》(卷二二)云:"小说起宋仁宗,盖时太平盛久,国家闲暇,日欲进一奇怪之事以娱之,故小说得胜头回之后,即云'话说赵宋某年'。"②冯梦龙言:"若通俗演义,不知何昉,按南宋供奉局,有说话人,如今说书之流。其文必通俗,其作者莫可考。泥马倦勤,以太上享天下之养,仁寿清暇,喜阅话本,命内珰日进一帙,当意,则以金钱厚酬。于是内珰辈广求先代奇迹及间里新闻,倩人敷衍进御,以怡天颜。然一览辄置,卒多浮沉内庭,其传布民间者,什不一二耳。"③郎瑛、绿天馆主人都认为通俗小说起自宋朝,而这一观点也在很长时间内被大家沿用,直到敦煌变文被发现。人们通过细致深入的研究比较,最终得出了中国古代书面意义上的通俗小说始出现于唐代的结论。这一发

---

① 郑振铎:《中国俗文学史》(上册),1页,北京:商务印书馆,2010。
② 〔明〕郎瑛:《七修类稿》(上),330页,北京:中华书局,1959。
③ 〔明〕冯梦龙编,许政扬校注:《古今小说》,1页,北京:人民文学出版社,1958。

现在中国古代通俗小说发展史上具有重要意义，它弥补了中国古代通俗小说发展史上重要的一个环节。郑振铎就此分析道："在敦煌所发现的许多重要的中国文书里，最重要的要算是'变文'了。在'变文'没有发现以前，我们简直不知道：'平话'怎么会突然在宋代产生出来？……盛行于明、清二代的宝卷、弹词及鼓词，到底是近代的产物呢？还是'古已有之'的？许多文学史上的重要问题，都成为疑案而难于有确定的回答。但自从三十年前史坦因把敦煌宝库打开了而发现了变文的一种文体之后，一切的疑问，我们才渐渐的可以得到解决了。……'变文'的发现，却不仅是发现了许多伟大的名著，同时，也替近代文学史解决了许多难以解决的问题。这便是近十余年来，我们为什么那样的重视'变文'的发现的原因。"①敦煌"变文"保存下来的通俗小说可视为中国古代小说的滥觞，这一观点已得到广泛认可。如鲁迅曾说："然用白话作书者，实不始于宋。"②"敦煌……内有俗文体之故事数种，盖唐末五代人钞。"③"说话者，谓口说古今惊听之事，盖唐时亦已有之。"④因之，本书的起点设在唐朝的俗讲、变文。

宋代的话本小说，以全新的人物形象、通俗的语言、反复曲折的情节，给后代的通俗小说开辟了道路。特别是在文言和白话之间、雅俗之间，起着承前启后的作用。鲁迅曾评价说："这类作品，不但体裁不同，文章上也起了改革，用的是白话，所以实在是小说史上的一大变迁。"⑤经过宋、元两代的长期孕育，到了明代，中国小说进入了一个新的发展阶段，作家们有意识地运用白话来写小说。这种文体上的改革和文学形式的进展，在中国文学史上是一个大的转变。由此可以说，明朝是我国白话通俗文学的成熟时代。《三国演义》《水浒传》这两部划时代的作品，标志着白话长篇小说的正式诞生，拉开了中国通俗小说的序幕，同时也开启了中国长篇通俗小说的历史进程。在此之后的一百多年，文坛上是比较黯淡的，小说创作领域几乎是一片空白。

明中叶以后，小说创作步入了新的天地，随着《三国演义》《水浒

---

① 郑振铎：《中国俗文学史》（上册），156～157页，北京：商务印书馆，2010。
②③④ 鲁迅：《中国小说史略》，见《鲁迅全集》第9卷，110～111页，北京：人民文学出版社，1981。
⑤ 鲁迅：《中国小说的历史的变迁》，见《鲁迅全集》第9卷，319页，北京：人民文学出版社，1981。

传》的刊刻和风行,我国第一部杰出的浪漫主义神魔小说《西游记》、第一部由文人独创的世情小说《金瓶梅》相继问世,为中国长篇小说的发展开拓了新领域。明末清初,除了以"三言""二拍"为代表的短篇通俗小说势头强劲之外,暴露小说、艳情小说、时事小说、才子佳人小说也大量涌现,尽管文学价值不高,但它们是通俗小说发展史上不可或缺的一环,而且也推动了小说对现实题材的关注,小说虚构能力及艺术技巧也大大提高。到清中期,随着政权的稳固,经济的繁荣,文化的兴盛,古代通俗小说达到最高峰,中国小说史上最伟大的鸿篇巨制——《红楼梦》创作出来,代表了中国古代小说的最高成就。清后期,随着中国社会的剧烈动荡和各种思潮的纷纷涌现,通俗小说的创作发生了显著变化,不但数量有惊人的增长,从内容到形式,也出现了许多新因素,开启了从古代小说迈向现代小说的征程。

自唐至清,中国古代通俗小说历经一千多年的发展,在保持其基本特征的基础上,不同时代都呈现独有的风貌,取得不斐的成绩。在这背后既有不同时代政治、经济、社会、文化的制约,也有受众选择和文化市场需求的影响,还有刻印技术、传播渠道等物质条件的推动,也有通俗小说文体内部自求完善的动力,所以研究中国古代通俗小说必须内外兼顾,协同推进。

通俗小说在不同的发展阶段都有各自有代表性的作家及作品。英国思想家丹纳曾有"艺术家家族"的论断,认为杰出的艺术家:"不是孤立的。有一个包括艺术家在内的总体,比艺术家更广大,就是他所隶属的同时同地的艺术宗派或艺术家家族。"这个大家族中的每个成员都具有相似的风格,"在各人特有的差别中始终保持同一家族的面貌"[1]。而杰出的艺术家只是其中最高的一根枝条,最显赫的一个代表。要了解哪位艺术家,需要了解他周围的大批同类艺术家。我们也可以反过来说,这最高的枝条体现着整棵树的主要特征,最有代表性的一位或几位代表了整个家族的风貌。因此本书在论述的过程中,特别注意选取不同阶段有代表性的作家和作品,并予以细致的分析解剖,力求发出较有说服力的声音。

---

① 〔法〕丹纳:《艺术哲学》,见《傅雷译丹纳名作集》,18~19页,兰州:敦煌文艺出版社,1994。

第一章
俗讲、变文与通俗小说的渊源

当唐代的文人小说——唐传奇发展成为一种成熟的文体的时候,在寺院和民间社会里,通俗的文艺样式也在按照自己的规律向前发展着,取得了很大的成绩。只不过在 20 世纪之前相当长的时间里,因为相关资料的欠缺,学术界知之甚少。直到 19 世纪末 20 世纪初敦煌文献的发现,这种状况才得以改变。敦煌藏经洞近五万卷遗书中保存有大量的俗讲、变文、词文等,它们的现身,为研究我国中古时期特别是唐代民间通俗文学提供了宝贵的文献资料。也许其本身的艺术价值并不大,但从中可以窥见唐代通俗文学在继承前代乐府民歌、小说、杂赋基础上的新发展,并为后来话本、说唱文学及戏曲的发展准备了条件。俗讲和变文,是其中重要的两类作品。

第一节 俗讲

一、佛教与讲经

佛教传入中土后,为了扩大影响,弘扬佛法,让更多的人信奉佛教,进而皈依佛教,作出了大量努力,主要表现为以下几方面：一是大量翻译佛教经典。史料显示，我国最早的汉译佛经出现在汉明帝时期，译者则是途经西域来到我国的外国僧人迦叶摩腾（也称摄摩腾）、竺法兰，他们共同翻译了《佛说四十二章经》，被视为我国最早的汉译佛经。魏晋南北朝时期，佛教在我国得以广泛传播，对佛经的翻译也大规模展开，大部分汉译佛经就是在此一时期和隋唐时代完成的。二是大量修建寺庙。唐朝初年，朝野上下，崇拜佛教之风甚盛，据汤用彤先生的不完全统计，唐太宗时寺庙数为三千七百一十六座，唐高宗时达四千座，唐玄宗时上升到五千三百五十八座。① 除此之外，僧人利用斋会讲经，广泛布道化俗。当时的讲经分两种情况，一种是僧讲，一种是俗讲。所谓僧讲，是指讲经对象是出家的僧人；俗讲的讲经对象则是俗世男女。日本僧人圆珍所撰《佛说观普贤菩萨行法经记》云：

> 言讲者，唐土两讲：一俗讲，即年三月就缘修之，只会男女，劝之输物，充造寺资，故言俗讲（僧不集也云云）。二僧讲，安居月传法讲是（不集俗人类也，若集之，僧被官责）。上来两寺事皆申所司（可经奏，外申州也，一日为期），蒙判行之。若不然者，寺被官责（云云）。"②

可见，僧讲与俗讲有严格的界限，否则会受到官府的问责。俗讲还承担着化缘集资的作用，即所谓"悦俗邀布施"。随着讲经活动的兴盛，僧讲、俗讲的界限逐渐模糊，俗众也可听僧讲。

对经义作通俗讲解时所用的底本即是讲经文。讲经文由三个部分组成：一是经文，即在开讲的时候，由都讲把要讲的经文唱出来，也叫唱经；二是讲经，把唱出来的经文加以解释，或依据旧的注疏义记，或结合当时的社会风尚，以引起听众的兴趣；三是唱词，把经文要义加以概括提炼并用歌赞重述演唱一遍。唱词是讲经文里最重要的部分，能够把讲经变成俗讲，使得佛经内容大众化。

讲经文的特点是有说有唱、散韵结合、语言通俗、文辞浅显，加上生动有趣的佛教故事、民间传说，具有很强的娱乐性和吸引力。如《维摩诘经讲经文》现存两个系统的七种八卷片断，规模宏大，想象丰富，

---

① 汤用彤：《隋唐佛教史稿》，52 页，北京：中华书局，1982。
②《大正新修大藏经》第 56 卷续经疏部一，227 页，佛陀教育基金会。

甚有文学色彩。其讲说经文中诸天帝释、天龙鬼神等来类毗耶城菴罗园听佛说法,云:

> 于是四天大梵,思法会而散下云头;六欲诸天,相庵园而趋瞻圣主。各将侍从天女天男,尽拥嫔妃,逶迤遥(摇)拽(曳),别天宫而云中苑(宛)转,离上界而雾里盘旋,顶戴珠珍,身严玉佩。执金幢者分分(纷纷)云坠,擎宝节者苒苒烟笼。希乐器于青霄,散祥花于碧落,皆呈法曲,尽捧名衣。……八部龙神,望金仙而启首;龙王龙兽,赫示(奕)威光;龙子龙孙,腾身自在,跳踯踊跃,广现神通,不施忿怒之容,尽发慈悲之愿。更有三头八臂,五眼六通,掣霜剑而夜目藏光,挂金甲而朝霞敛耀。呼吸毒气,鼓击狂风,得海底之沙飞,使天边之雾卷。掷昆仑上(山)于背上,纳沧海水于腹中。眼斜走电之光,只(口)写血河之色。总来听法,皆愿结缘。①

这一长段文字,铺排渲染,想象奇瑰,辞藻华丽,意象翻新,变化多端,给人以深刻的印象。

又如《佛说观弥勒菩萨上生兜率天经讲经文》中,用七言歌行描摹一个女子盛时与衰时截然不同的情状,以说明人生短暂而虚幻的道理,语言明白晓畅,情景鲜明生动。

二、讲经文之通俗化

随着俗讲的日益普及,为了更吸引人,娱乐的因素逐渐多了起来,甚至搀杂一些淫秽不经之内容。宋代王灼《碧鸡漫志》卷五载:"至所谓俗讲,则不可晓,意此僧(指文溆)以俗谈侮圣言,诱聚群小,至使人主临观,为一笑之乐。"②文溆是当时非常有名的俗讲僧,《乐府杂录》称他"善吟经,其声宛畅,感动里人";王灼也提到皇帝都要亲自到场一观,可见其受欢迎程度,但是王灼认为其内容有大逆不道、蛊惑人心之处,对此持否定态度。

由于俗讲题材丰富,生动有趣,遂逐渐从寺院扩展到民间,讲唱者逐渐由僧徒之口转向社会人士和民间艺人,民间出现了专门以讲唱为

---

① 《维摩诘经讲经文》,见王重民等编:《敦煌变文集》(下集),544 页,北京:人民文学出版社,1957。

② 〔宋〕王灼等著,岳珍校正:《碧鸡漫志校正》(下集),122 页,成都:巴蜀书社,2000。

营生的艺人,如唐吉师老《看蜀女转昭君变》之"蜀女",王建《观蛮妓》之"蛮妓"说唱昭君故事,均表明俗讲已深入到下层社会,并深得人们的喜爱。

俗讲,已经具备后世说书的特征;而讲经文,则具备通俗小说的一些要素。从内容上说,讲经文具有曲折生动、贯穿始终的故事,波澜起伏的情节,比较丰满的人物形象,还有瑰丽丰富的想象,浓郁的生活气息,易于产生引人入胜的效果。从形式上讲,讲经文最显著的特征是讲唱,它所用的语言具有浅显易晓、口语白话的特征,表现出民间文学作品特有的通俗趣味。其骈散兼用的文体特征,以骈句来描景抒情、铺陈故事、塑造人物,以散文记述人物对话、发表议论,已经具备宋代话本、元明章回小说以及弹词等说唱艺术的某些特征,给后世文学以启发。特别是讲经文善用譬喻,易于将抽象的教义化为具体可感的形象。讲经文还大量运用迭字、词、句等,除了让文字具有回旋往复的美感之外,更强化了所欲宣讲的内容。"因此讲经文虽为宗教传教性质的作品,但其修辞技巧十分活泼,这样美好的形式,无怪乎受到世庶大众的欢迎。"①讲经文综合、吸收了我国诗赋等文学样式的表现手法并使之通俗化,对后世通俗艺术的形成和发展发挥了重要的促进作用。

第二节　变文

除了俗讲之外,在唐代社会,还流行一种影响广大的民间曲艺形式——转变,变文便是"转变"所用的底本。

一、转变和俗讲

对于转变和俗讲的关系,历来众说纷纭。一种观点认为,转变和俗讲没有截然的区分,俗讲的文本即变文,变文是各种俗讲文本的总称。向达云:"唐代寺院中所盛行的说唱体作品,乃是俗讲的话本。变

---

① 李思慧:《敦煌佛教讲经文及其文学表现研究》,台湾逢甲大学,硕士学位论文,2000。

文云云,只是话本的一种名称而已。"①这种观点认为,变文是一个外延广泛的概念,涵盖了当时所有的通俗文体。另一种观点认为,转变是与俗讲并列的一种艺术样式,只不过俗讲要由僧人承担讲解的角色,而转变则可以由民间艺人讲解;其内容更复杂一些,既有佛经,又有历史演义,也有世俗生活内容。如郑振铎先生认为:"其初,变文只是专门讲唱佛经里的故事。但很快的便为文人们所采取,用来讲唱民间传说的故事,像伍子胥、王昭君的故事之类。"②还有一种观点认为,转变是从俗讲转化而来,与俗讲有一脉相承的渊源关系。当俗讲发展到后来,其所宣讲的内容中有关世俗的内容所占比重愈来愈大,形式上更重取悦俗众,效果上更追求娱乐性,即由俗讲变化为转变。王重民云:"在这一段时期之内,由讲经文演化成为讲佛教故事和讲历史故事的变文,终于由变文转变成为话本。"③伏俊琏认为:"就敦煌通俗文艺而言,'转变'是从'俗讲'发展而来的。"④

我们认为,变文和俗讲不是一种文体,变文源于俗讲,是俗讲世俗化的一种发展演变。变文中也有较多的佛经故事,但是与俗讲比较有所变化。讲经文是先引一段经文,然后边讲边唱,加以解说;而变文则是完整地敷衍佛经中的故事,不引经文。

二、变文的内容

现存敦煌变文,从内容划分,主要有四类:

一是演唱佛经故事的宗教性变文。主要有《大目乾连冥间救母变文》(简称《目连变》)《降魔变文》《八相变》《破魔变文》《频婆娑罗工后宫彩女功德意供养塔生天因缘变》等。这类变文通过佛经故事的说唱,宣传佛家的基本教义。但它们与讲经文不同,并不直接援引经文,常选佛经故事中最有趣味的部分,铺陈敷衍,渲染发挥,较少受佛经的拘束。《目连变》出自《佛说盂兰盆经》,叙述佛门弟子目连入地狱救母的故事,对地狱的情状作了许多恐怖的描写。这篇变文,在敦煌卷子

---

① 《敦煌变文集·引言》,3 页,北京:人民文学出版社,1957。
② 郑振铎:《中国文学史》(上),377 页,北京:新世界出版社,2012。
③ 王重民:《敦煌遗书论文集》,184~185 页,北京:中华书局,1984。
④ 伏俊琏:《论变文与讲经文的关系》,载《敦煌研究》,1999 年第 3 期。

中有九种抄本,诗人张祐曾嘲笑白居易《长恨歌》中"上穷碧落下黄泉,
两处茫茫皆不见"句为"目连变",可见在当时名气很大。《降魔变文》
出自《贤愚经》,叙述佛门弟子舍利弗与邪魔外道的六师斗法并将他降
伏的故事,六师先后变化出宝山、水牛、水池、毒龙、鬼怪等,舍利弗则
变化出金刚、狮子、白象、金翅鸟、毗沙天王等,一物降一物,终将其制
伏。这其实就是后世神怪小说中"斗法"的源头。

二是演唱历史故事的讲史类变文。主要有《王昭君变文》《伍子胥
变文》《汉将王陵变》《李陵变文》等,此类为变文的主流。它们大多以
一个历史人物为主线,穿插轶闻趣事和民间传说,以绚丽的言辞加以
铺排渲染,以博笑噱。

《伍子胥变文》是诸作中最好的一篇,现存四个残卷,拼合后尚有
一万六七千字。它是在《吴越春秋》有关内容的基础上增饰大量民间
传说而成,大意写楚平王无道杀害伍奢,奢子子胥亡命入吴,佐吴王灭
楚复仇;后来子胥忠谏获罪,又被吴王夫差杀害。变文情节较曲折,内
容较丰富,人物性格也刻画得颇为鲜明,变文中的伍子胥像一位独具
许多奇技异能的奇人异士,具有忧国忧民、足智多谋、临危不惧、勇于
担当的品格。变文富有民间传说的浓厚色彩,其文字则是在通俗的文
言、口语基础上夹杂骈文。如写伍子胥奔吴途中为江所阻,云:

> 唯见江潭广阔,如何得渡!芦中引领,回首寂然。不遇泛舟
> 之宾,永绝乘楂之客。唯见江鸟出岸,白露(鹭)乌而争飞;鱼鳖纵
> 横,鸠鸿芬(纷)泊。又见长洲浩汗,漠浦波涛,雾起冥昏,云阴暧
> 㬱。树摧老岸,月照孤山,龙振鳖惊,江沌作浪。若有失乡之客,
> 登岫岭以思家;乘查(楂)之宾,指参辰而为正(止)。①

从中可以感受到变文与辞赋相互融合的特点。

三是演唱民间传说的变文。有《舜子至孝变文》《前汉刘家太子
传》《孟姜女变文》等。这类变文虽假借历史故事和人物,但其所讲故
事和人物并无多少实际的历史根据,而更多地根据民间传说敷衍而
成。

四是取材于当时重大事件与人物的时事变文。主要有《张议潮变

---

① 《伍子胥变文》,见王重民等编:《敦煌变文集》(上集),12～13页,北京:人民文学出版社,
1957。

文》与《张淮深变文》。这两部作品分别以唐末收复河湟地区的民族英雄张议潮、张淮深叔侄为主人公,表现张议潮叔侄及其率领的义军勇敢抵御异族侵扰、维护国家统一的英雄壮举,是变文中直接以当时重大事件为题材的作品。以变文表现时事,反映出这种艺术样式在当时社会中活跃和受欢迎情况。

三、变文的形式

从叙事形式来说,变文有以下几种情况:

一是有说有唱,散韵结合。艺人在表演时,既有说也有唱,而且是说一段唱一段,说用散,唱用韵,说唱结合,韵散相杂;唱词有六言、七言,还有三三七句式的。说与唱所占比重不同,有的以说为主,以唱为辅;有的以唱为主,以说为辅。如《王昭君变文》《张议潮变文》《汉将王陵变文》《李陵变文》都是说唱结合形式。这种体制,虽与讲经文有相似之处,但变文一般不引述原经文,唱辞末尾也无催经套语。转变艺人在说唱时还配合图画,几幅图画组成一组,连缀成一卷,一卷便称为"一铺"。画卷随故事情节的展开而不停被卷动、变换,在上、下卷交接转折处,会有"上卷立铺毕,此入下卷"之语,其实这正是后来通俗小说中"欲知后事如何,且听下回分解"用语的渊源,也是宋人"话本"由"变文"演变而来的例证之一。

二是只说不唱。如《舜子变》《秋胡变文》等,句式不是地道的散体,而是比较整齐,稍押韵,节奏感较强。如:

> 后阿娘亦见舜子,五毒嗔心便起:"自从夫去辽阳,遣妾勾当家事。前家男女不孝,东院酒席常开,西院书堂常闭,夜夜伴涉恶人,不曾归来宅里。买(卖)却田地庄园,学得甚鬼祸术魅!大杖打又不死,忽若尧王敕知,兼我也遭带累。解士(事)把我离书来,交〔我〕离你眼去!"①

> 不经两三日间,后妻设得计成。妻报瞽叟曰:"妾见后院空仓,三二年来破碎,交伊舜子修仓,四畔放火烧死。"瞽叟报言娘子:"娘子虽是女人,说计大能称(精)细。"瞽叟唤言舜子:"阿耶见

---

① 《舜子变》,见王重民等编:《敦煌变文集》(上集),131 页,北京:人民文学出版社,1957。

后院仓,三二年破碎;我儿若修得仓全,岂不是儿于家了事。"舜子闻道修仓,便知是后阿娘设计,调和一堆泥水。舜子叉手启阿娘:"泥水生治不解,须得两个笠子。"后阿娘问瞽叟曰:"是你怨家修仓,须得两个笠子。大伊怨家上仓,不计是两个笠子,四十个笠子也须烧死。"舜子才上得仓舍,西南角便有火起。第一火把是阿得娘,续得瞽叟第二,第三不是别人,是小儿子弟像儿。即三具火把铛脚烧,且见红焰连天,里烟且不见天地。①

秋胡辞母了手,行至妻房中,愁眉不画,顿改容仪,蓬鬓长垂,眼中泣泪。秋胡启娘子曰:"夫妻至重,礼合乾坤,上接金兰,下同棺椁。二形合一,赤体相和,附骨埋牙,共娘子俱为灰土。今蒙娘教,听从游学,未季(知)娘子赐许已不?"其妻闻夫此语,心中悽怆,语里含悲,启言道:"郎君!儿生非是家人,死非家鬼,虽门望之主,不是耶娘检校之人。寄养十五〔之〕年,终有离心之意。女生外向,千里随夫,今日属配郎君,好恶听从处分。郎君将身求学,此快(惬)儿本情。学问得达一朝,千万早须归舍!"辞妻了道,服得十袂文书,并是《孝经》《论语》《尚书》《左传》《公羊》《穀梁》《毛诗》《礼记》《庄子》《文选》,便即登逞(程)。②

三是以唱为主,连说白部分也是骈体韵文。这种形式的变文非常通俗易懂,极具民间风格。如:

孝感先贤说董永,年登十五二亲亡。

自叹福薄无兄弟,眼中流泪数千行;

为缘多生无姊妹,亦无知识及亲房。

家里贫穷无钱物,所买(卖)当身殡爷娘。

便有牙人来勾引,所发善愿便商量。

长者还钱八十贯,董永只要百千强。

领得钱物将归舍,谏泽(拣择)好日殡爷娘。

……

路逢女人来委问:"此个郎君住何方?

何姓何名衣(依)实说,从头表白说一场!"

---

① 《舜子变》,见王重民等编:《敦煌变文集》(上集),132页,北京:人民文学出版社,1957。
② 《胡秋变文》,见王重民等编:《敦煌变文集》(上集),155页,北京:人民文学出版社,1957。

"娘子记(既)言再三问,一一具说莫分张:

家缘本住脄山下,知姓称名董永郎。……"①

四、变文对通俗小说的影响

变文对中国古代通俗小说发挥着重要影响,是中国通俗小说发展史上不可或缺的一环。郑振铎对变文给予高度评价,认为如果没有变文,很多文学现象都解释不通。他说:

敦煌写本里的最伟大的珍宝,还不是这些叙事歌曲以及民间杂曲等等。它的真实的宝藏乃是所谓"变文"者是。"变文"的发现,在我们的文学史上乃是最大的消息之一。我们在宋、元间所产生的诸宫调、戏文、话本、杂剧等等都是以韵文与散文交杂的组成起来的。我们更有一种弘伟的"叙事诗",自宋、元以来,也已流传于民间,即所谓"宝卷""弹词"之类的体制者是。他们也是以韵、散交组成篇的。究竟我们以韵、散合组成文来叙述、讲唱,或演奏一件故事的风气是如何产生出来的呢?向来只当是一个不可解的谜。但一种新的文体,决不会是天上凭空落下来的;若不是本土才人的创作,便当是外来影响的输入。在唐以前,我们所见的文体,俱是以纯粹的韵文,或纯粹的散文组织起来的。(《韩诗外传》一类书之引诗,《列女传》一类书之有"赞",那是引用"韵文"作为说明或结束的,并非韵散合组的新体的起源。)并没有以韵文和散文合组起来的文体。这种新文体究竟是如何产生的呢?在什么时候产生的呢?最可能的解释,是这种新文体是随了佛教文学的翻译而输入的。重要的佛教经典,往往是以韵文散文联合起来组织成功的;像"南典"里的《本生经》(Jataka),著名的圣勇(Aryasura)的《本生鬘论》(Jataka—mala)都是用韵、散二体合组成功的。其他各经,用此体者也极多。佛教经典的翻译日多,此新体便为我们的文人学士们所耳濡目染,不期然而然的也会拟仿起来了。但佛教文学的翻译,也和近来的欧洲文学的翻译一样,其进行的阶段,是先意译而后直译的。初译佛经时,只是利用中

---

① 《董永变文》,见王重民等编:《敦煌变文集》(上集),109~110页,北京:人民文学出版社,1957。

国旧文体，以便于览者。其后，才开始把佛经的文体也一并拟仿了起来。所以佛经的翻译，虽远在后汉、三国，而佛经中的文体的拟仿，则到了唐代方才开始。这种拟仿的创端，自然先由和佛典最接近的文人们或和尚们起头，故最早的以韵、散合组的新文体来叙述的故事，也只限于经典里的故事。而"变文"之为此种新文体的最早的表现，则也是无可疑的事实。从诸宫调、宝卷、平话以下，差不多都是由"变文"蜕化或受其影响而来的。①

郑振铎先生认为变文是由外输入的文体，源于佛教文学的翻译，我们不太认同这种说法。固然变文受到佛教文学的影响，但是根本上还是民族艺术。我国古代就有讲故事，唱歌谣，散韵夹用的叙事传统。这一传统，可远溯至上古神话传说，那时尚未产生文字，神话及传说只能靠讲和唱的形式来口耳相传。后来出现了讲"话"，"话"即是口传的故事。隋代笑话集《启颜录》载，杨素手下散官侯白，以"能剧谈"而得到杨的器重，杨的儿子玄感曾对侯说"侯秀才，可以（与）玄感说一个好话"，这是目前所知关于"说话"的最早记录。唐郭湜《高力士外传》也提及"说话"："每日上皇与高公亲看扫除庭院，芟薙草木，或讲经论议，转变说话，虽不近文律，终冀悦圣情。"可见唐代宫中已有"说话"活动，它是皇帝喜爱的一种消遣方式。所以路工《唐代的说话与变文》说："变文的出现，比我国说唱文学出现的时间迟得多，应该说变文是吸取了我国说唱文学的营养发展起来的。"②胡士莹《话本小说概论》云："主要是市民和市民的'说话'影响了俗讲。"类似的观点亦见于萧相恺《宋元小说史》第二章第一节"说话的渊源"、张兵《唐代的"说话"和话本》③等。总而言之，其核心观点为：说话是在中国本土讲唱艺术的传统中独立成长起来的，而唐代佛教俗讲、转变所呈现出来的艺术特征，实际上是吸收中土说话艺术特质的结果。

从现存的文本来看，唐代变文在艺术上还不够精致，略显粗糙，但作为一种适应民间娱乐需要而兴起的文学形式，它受到广泛的欢迎，

---

① 郑振铎：《插图本中国文学史》，见《郑振铎全集》第八册，421 页，石家庄：花山文艺出版社，1998。

② 周绍良、白化文编：《敦煌变文论文录》，397 页，上海：上海古籍出版社，1982。

③ 朱立元等主编：《中西学术》第二辑，上海：复旦大学出版社，1996。

显示了强大的生命力,对后世的民间讲唱文学和通俗小说都产生了深远的影响。变文内容具有世俗性,不管是佛教故事,还是历史传奇、神话传说,人间男女都是普通民众感兴趣的题材,能够在传播佛典、劝善惩恶、劝导人心的同时给人快乐,比较有生活气息和现实意义。其形式具有雅俗共赏、浅显易懂的特性,有说有唱、韵散相间,将文学、音乐、表演融为一体,声情并茂地演述故事,情节曲折,跌宕起伏,具有很强的吸引力和娱乐性。特别值得一提的是,变文的想象力极为丰富,通过驰骋想象,夸张渲染,使一些比较简略粗疏的故事大大充实、丰富起来。如《史记·伍子胥列传》记子胥逃亡途中遇渔父一节,仅十六字,在《吴越春秋·王僚使公子光传第三》中扩展为四百零九字。而《伍子胥变文》却用了两千五百字,通过描摹江边荒凉萧索的情境,映衬人物内心焦虑不安的状态,更加强化了伍子胥仓皇逃亡途中的惶恐、紧张和英雄末路的悲愤之情。

> 悲歌已了,由怀慷慨。北背楚关,南登吴会。属逢天暗,云阴暧矨。失路傍徨,山林摧滞。怪鸟成群,虫狼作队。禽号狖狖,兽名狒狒。忽示心惊,拔剑即行。匣中光出,遍野精明,中有日月,北斗七星。心雄惨烈,不惧千兵。①

再如《降魔变文》,叙舍利弗和六师斗法事,六师先后变化出顶侵天汉的宝山、莹角惊天的水牛、口吐烟云的毒龙等物,舍利弗从容镇定,变化出金刚、狮子和鸟王,战胜魔道。想象瑰奇,情节扣人心弦,与后世《西游记》中孙行者、二郎神的斗法相比,也毫不逊色。兹举两段:

> 六师闻语,忽然化出宝山,高数由旬。钦岑碧玉,崔嵬白银,顶侵天汉,丛竹芳薪,东西日月,南北参辰。亦有松树参天,藤萝万段。顶上隐士安居,更有诸仙游观,驾鹤乘龙,仙歌缭乱。四众谁不惊嗟,见者咸皆称叹。舍利弗虽见此山,心里都无畏难。须臾之顷,忽然化出金刚。其金刚乃作何形状?其金刚乃头圆像天,天圆只堪为盖;足方万里,大地才足为钻。眉郁翠如青山之两崇,口唠唠犹江海之广阔。手执宝杵,杵上火焰冲天。一拟邪山,登时粉碎。山花萎悴飘零,竹木莫知所在。百僚齐叹希奇,四众

---

① 《伍子胥变文》,见王重民等编:《敦煌变文集》(上集),17 页,北京:人民文学出版社,1957。

一时唱快。故云,金刚智杵破邪山处。若为:六师忿怒情难止,化出宝山难可比,崭岩可有数由旬,紫葛金藤而覆地。山花郁翠锦文成,金石崔嵬碧云起。上有王乔、丁令威,香水浮流宝山里。飞仙往往散名华,大王遥见生欢喜!舍利弗见山来入会,安详不动居三昧。应时化出大金刚,眉高额阔身躯礧。手执金杵火冲天,一拟邪山便粉碎。外道哽噎语声嘶,四众一时齐唱快。于时帝王惊愕,四众忻忻。此度既不如他,未知更何神变?

…… ……

六师既两度不如,神情渐加羞恶,强将顽皮之面,众里化出水池。四岸七宝庄严,内有金沙布地。浮萍菱草,遍绿水而竞生;奭柳芙蓉,匝灵沼而氛氲。舍利〔弗〕见池奇妙,亦不惊嗟。化出白象之王,身躯广阔,眼如日月,口有六牙。每牙吐七枝莲花,华上有七天女,手揽弦管,口奏弦歌,声雅妙而清新,姿逶迤而姝丽。象乃徐徐动步,直入池中,蹴踏东西,回旋南北。已(以)鼻吸水,水便干枯,岸倒尘飞,变成旱地。于时六师失色,四众惊嗟,合国官僚齐声叹异处,若为:其池七宝而为岸,马瑙珊瑚争灿烂。池中鱼跃尽〔衡〕冠,龟鳖鼋鼍竞谷窜。水里芙蓉光照灼,见者莫不心惊愕……①

其想象的丰富和意象的缤纷让人惊叹。变文散韵结合的体制,给唐传奇和宋元以后各类说唱文学和戏曲文学以相当大的影响,成为连接魏晋南北朝的赋体文学和宋元话本小说、说唱文学之间的桥梁。正如郑振铎先生所说:"(变文的)精灵是蜕化在诸宫调、宝卷、弹词等等里,并不曾一日灭亡过。""然宋代有说经、说参请的风气,和说小说、讲史书者同列为'说话人'的专业,则'变文'之名虽不存,其流衍且益为广大的了。所谓宋代说话人的四家,殆皆是由'变文'的讲唱里流变出来的吧。"②

另外,在格式方面,宣讲佛经的变文里有一种"押座文","押座"即压座,是在正式开讲经文以前所念唱的诗篇,篇幅较短,发挥的是引起听众注意、示意大家安静下来听讲的作用。"押座文"开启了后世话本

① 郑振铎:《中国俗文学史》(上册),382~385页,北京:商务印书馆,2010。
② 郑振铎:《中国文学史》(上),378页,北京:新世界出版社,2012。

小说的"入话"和弹词的"开篇"先例。

总之，唐代变文具有独特的艺术价值，在中国通俗小说史上地位不可或缺，是唐代通俗文学最重要的成果。它对唐传奇、宋元明清的说唱文学及戏曲艺术都产生了深远影响，如郑振铎所说："在变文没有发现以前，我们简直不知道：'平话'怎么会突然在宋代产生出来？'诸宫调'的来历是怎样的？盛行于明、清二代的宝卷、弹词及鼓词，到底是近代的产物呢？还是'古已有之'的？许多文学史上的重要问题，都成为疑案而难于有确定的回答。……发现了变文……我们才明白许多千余年来支配着民间思想的宝卷、鼓词、弹词一类的读物，其来历原来是这样的。"①

第三节　唐代话本

一、唐代话本概说

说话这种民间伎艺在唐代已十分流行，话本小说在唐代已出现，但却没有流传下来相应的作品，只是在敦煌文献中发现了《庐山远公话》《韩擒虎话本》《叶净能诗》及残缺的《唐太宗入冥记》等几篇唐五代话本。

《叶净能诗》写唐玄宗时期道士叶净能的种种奇异故事，主要内容有叶净能入朝前惩处占人妻女的岳神和祟人女儿的妖狐及其入朝后带领唐明皇蜀中观灯、月宫游览等等。故事曲折动人，语言浅俗通顺，在较大程度上摆脱了俗赋的骈俪作风，描写也较细致，可以说是现传唐人话本里较有代表性的作品。

《韩擒虎话本》叙述隋代武将韩擒虎辅佐隋文帝灭陈的历史故事，文中也掺杂许多神怪之谈。其中韩擒虎率军大战陈将任蛮奴，破"左掩右夷阵"和"引龙出水阵"一节，文字虽然质朴，描写却颇有声色，以种种奇异的阵战来描写大战场面。后来元明平话、历史演义小说都对此有所借鉴，可以说，这一话本实是后来盛行的通俗历史小说的先声。

---

① 郑振铎：《中国俗文学史》(上册)，156 页，北京：商务印书馆，2010。

《唐太宗入冥记》叙述唐太宗魂游地府的故事。此事初见于《朝野佥载》,情节十分简略。话本却将其演为洋洋长篇,仅今存的残文就有数千字。话本大意写太宗死后,魂入地府,遇判官崔小玉,为之延寿十年,复活人世。《西游记》第十、十一两回大体上即据此增饰敷衍而成。从内容上看,这一故事当来自当时的民间传说。

二、唐代话本的特点

与俗讲、变文相比,唐代话本的突出特点是有说无唱,即以散文叙说故事,没有诗歌配合;语言文白相杂,口语的成分已经相当多;另外,经常穿插说书人的设问、反问一类口气。话本与变文的关系,有观点认为是一种样式的不同提法,即指的是同一种艺术样式。孙楷第说:"唐朝转变风气盛,故以说话附属于转变,……宋朝说话风气盛,故以转变附属于说话,凡伎艺讲故事的,一律称为说话。"①也有观点认为话本是转变的演进与发展,王重民指出:"有说无唱的变文,实际上已经转化为话本。但较早的作品仍然沿用变文,如《舜子至孝变文》是九四九年写本,若稍晚,也许改称《舜子至孝话》了。《庐山远公话》是九七二年写本,若稍早,也许就题为《庐山远公变》了。为什么在名称上可以这样的转化,是因为在九七二年的时候,有说有唱的变文已经衰微,而话本的含义已经转化成为讲故事的书本,由于这种新兴的文体,重说不重唱,所以话本便取变文而代之了。"②可见,从纵向发展形态看,俗讲、变文、话本有一脉相承的渊源关系,而且在相当长的历史时期内,这几种艺术样式同时存在,只不过此消彼长,前一种黯淡之时,新兴的文体突飞猛进,成为新宠,这也符合艺术更新发展的一般规律。

唐代话本小说虽然留存数量有限,艺术相对粗糙,但在小说史的研究上具有重要的价值。唐代话本小说是宋元时期一些新的文学样式,如话本、词话、弹词、戏曲等的前身,为宋元话本的兴盛奠定了基础。它还在题材上为后世各类文学体裁提供大量的历史传说和民间传说。这些故事传说有不少是隋唐以前就流传的,但大都经过当时民间艺人或文人的加工,在内容上有所丰富。所以章培恒先生说唐代小说"代表了中国民间通俗小说最初的形态"。

---

① 孙楷第:《俗讲、说话与白话小说》,4 页,北京:作家出版社,1956。
② 王重民:《敦煌遗书论文集》,190～191 页,北京:中华书局,1984。

第二章
宋元话本与中国古代通俗小说的发展

　　我国古代通俗小说的产生与发展，与古代说话艺术有密切关系。说话作为一种说唱艺术，早已有之，像先秦时期的俳优，但当时只是统治阶级才能欣赏到的伎艺。到唐代说话伎艺从寺院流行到民间社会，成为普通人皆可一睹一观一听的艺术。随后，说话的文字版本开始出现，这便是话本了。到宋代，说话这种伎艺已十分繁荣，相应地，话本也迎来了其兴盛的黄金时期。

第一节　宋元说话

一、宋元说话的兴盛

　　在唐代说话艺术渐趋成熟的基础上，宋、金、元时期，说话和话本也有较大发展，它们偏离了以高雅纯正为趣味的诗文创作传统，以曲折的故事、通俗的语言，演义古今故事，表现市井生活，塑造饮食男女，表达世俗情感。它的成熟与发展，推动着古代叙事文学逐步向前迈进。

　　说话艺术在宋代呈现职业化与商业化的繁荣态势，与北宋百年承平所带来的城市发展与经济繁荣有关。南宋定都临安(今杭州),人口大量南迁,催生了当地经济的畸形繁荣,出现了百万人口的大都市,这为说话这一市民文学的繁荣提供了广泛的群众基础,同时,也为说话艺人的表演提供了宽阔的舞台。两宋的都城——汴京(今开封)与临安,城市生活十分繁华。孟元老在《东京梦华录》的自序中追忆在汴京的游历时说:"正当辇毂之下,太平日久,人物繁阜。垂髫之童,但习鼓舞,班白之老,不识干戈。时节相次,各有观赏。灯宵月夕,雪际花时,乞巧登高,教池游苑。举目则青楼画阁,绣户珠帘。雕车竞驻于天街,宝马争驰于御路,金翠耀目,罗绮飘香。新声巧笑于柳陌花衢,按管调弦于茶坊酒肆。八荒争凑,万国咸通,集四海之珍奇,皆归市易,会寰区之异味,悉在庖厨。花光满路,何限春游?箫鼓喧空,几家夜宴,伎巧则惊人耳目,侈奢则长人精神。"①临安,亦人口众多,商业发达,店铺林立,呈现出热闹繁盛的局面。吴自牧《梦粱录》载:"柳永《咏钱塘》词曰:'参差十万人家',此元丰(宋神宗年号——著者注)前语也。自高庙(宋高宗——著者注)车驾由建康幸杭,驻跸几近二百余年,户口蕃息,近百万余家。杭城之外城,南西东北各数十里,人烟生聚,民物阜蕃,市井坊陌,铺席骈盛,数日经行不尽,各可比外路一州郡,足见杭城繁盛矣。"②

城市繁华,各行各业随之兴起,手工业和商业愈益发达,市民阶层空前壮大,对文化娱乐的要求也随之提高。在宋代汴京、临安等工商业繁盛的都市里,"瓦舍""勾栏"等娱乐场所遂应运而生。

"瓦舍"又称为"瓦肆""瓦子""瓦市",或简称为"瓦",其含义灌圃耐得翁在《都城纪胜》中谓:"瓦者,野合易散之意也。"吴自牧《梦粱录》中也有解释:

> 瓦舍者,谓其'来时瓦合,去时瓦解'之义,易聚易散也。不知起于何时。顷者京师甚为士庶放荡不羁之所,亦为子弟流连破坏之门。杭城绍兴间驻跸于此,殿岩杨和王因军士多西北人,是以城内外创立瓦舍,招集妓乐,以为军卒暇日娱戏之地。今贵家子弟郎君,因此荡游,破坏尤甚于汴都也。③

---

① 〔宋〕孟元老著,邓之诚注:《东京梦华录注·梦华录序》,4 页,北京:中华书局,1982。
② 〔宋〕吴自牧:《梦粱录》卷一九,180 页,杭州:浙江人民出版社,1984。
③ 〔宋〕吴自牧:《梦粱录》卷一九,179~180 页,杭州:浙江人民出版社,1984。

从中我们可以看出,瓦子最初是为军士们准备的娱乐场所,后来成了贵族子弟游冶之处,再后来便成为大众游乐场所了。据记载,这样的场所在北宋的汴京多有出现,《东京梦华录》记:"街南桑家瓦子,近北则中瓦,次里瓦,其中大小勾栏五十余座。内中瓦子莲花棚、牡丹棚,里瓦子夜叉棚、象棚最大,可容数千人。"(卷二《东角楼街巷》)南宋临安这样的娱乐场所就更多。周密《武林旧事》记南宋临安演出的伎艺有五十多种,瓦子二十三处,每个瓦子又包含若干座"勾栏",北瓦内的勾栏有二十三座。《梦粱录》中有更详细的记载:

> 其杭之瓦舍,城内外合计有十七处,如清泠桥西熙春楼下,谓之南瓦子;市南坊北三元楼前谓之中瓦子;市西坊内三桥巷名大瓦子,旧呼上瓦子;众安桥南羊棚楼前名下瓦子,旧呼北瓦子;盐桥下蒲桥东谓之蒲桥瓦子,又名东瓦子,今废为民居;东青门外菜市桥侧名菜市瓦子;崇新门外章家桥南名荐桥门瓦子;新开门外南名新门瓦子,旧呼四通馆;保安门外名小堰门瓦子;候潮门外北首名候朝门瓦子;便门外北谓之便门瓦子;钱湖门外南首省马院前名钱湖门瓦子,亦废为民居;后军寨前谓之赤山瓦子;灵隐天竺路行春桥侧曰行春瓦子;北郭税务曰北郭瓦子,又名大通店;米市桥下米市桥瓦子;石碑头北麻线巷内侧曰旧瓦子。[1]

如果说瓦舍、瓦子等是比较大的演出场所,勾栏则是具体的演出地点,通常以栏杆或绳索围起一块地方以作临时演出之地,一个瓦舍中可以有几个勾栏。勾栏、瓦舍的出现,说明各种民间伎艺已经有了固定的、长期的演出场所,这有利于各种伎艺的交流提高,也便于观众到场观看。

宋代说话艺人队伍已经十分壮观,有名有姓、为人所知者不在少数。《东京梦华录》记,汴京城里有讲史艺人孙宽、孙十五、曾无党、高恕、李孝详;小说艺人李慥、杨中立、张十一、徐明、赵世亨、贾九;说诨话艺人张山人;说三分艺人霍四究等。

周密《武林旧事》所记南宋说话艺人就更多了:

> 演史:乔万卷　许贡士　张解元　周八官人　檀溪子　陈进

---

① 〔宋〕孟元老著,邓之诚注:《东京梦华录注·梦华录序》,180页,北京:中华书局,1982。

士 陈一飞 陈三官人 林宣教 徐宣教 李郎中 武书生
刘进士 巩八官人 徐继先 穆书生 戴书生 王贡士 陆进
士 丘几山（陈刻"机山"） 张小娘子 宋小娘子 陈小娘子

说经诨经：长啸和尚 彭道（名法和） 陆妙慧（女流） 余信
庵 周太辩（和尚。陈刻"春辩"） 陆妙静（女流） 达理（和尚）
啸庵 隐秀 混俗 许安然 有缘（和尚） 借庵 保庵 戴
悦庵 息庵 戴忻庵

小说：蔡和 李公佐 张小四郎（陈刻"小张"） 朱修 （德
寿宫） 孙奇（德寿宫） 任辩（御前） 施珪（御前） 叶茂（御前）
方瑞（御前。陈刻"方端"） 刘和（御前） 王辩（铁衣亲兵）
盛显 王琦 陈良辅 王班直（洪） 翟四郎（升） 粥张二 许
济 张黑剔（陈刻"踢"） 俞住庵 色头陈彬 泰州张显（陈刻
"泰州"） 酒李一郎 乔宜（陈刻"乔宣"） 王四郎（明） 王十郎
（国林） 王六郎（师古） 胡十五郎（彬） 故衣毛三 仓张三
枣儿徐荣 徐保义 汪保义 张拍（陈刻"柏"） 张训 沈佺
沈喝 湖水周 爊肝朱 掇条张茂 王三教 徐茂（象牙孩儿）
王主管 翁彦 嵇元 陈可庵 林茂 夏达 明东 王寿
白思义 史惠英（女流）……（卷六"诸色伎艺人"）①

从说话艺人数量之多即可看出说话艺术在当时之热闹繁盛。

说话艺术不仅受到民间的欢迎，也得到统治者的喜好并予以提
倡，"小说起宋仁宗。盖时太平盛久，国家闲暇，日欲进一奇怪之事以
娱之"②。又《古今小说》叙云："南宋供奉局有说话人，如今说书之流。
其文必通俗，其作者莫可考。泥马倦勤，以太上享天下之养，仁寿清
暇，喜阅话本，命内珰日进一帙，当意则以金钱厚酬。于是内珰辈广求
先代奇迹及闾里新闻，倩人敷演进御，以怡天颜。"③《梦粱录》也说到了
在皇宫里有"说话儿"的事情："又有王六大夫，元系御前供话，为幕士
请给讲，诸史俱通。于咸淳年间，敷演《复华篇》及《中兴名将传》，听者
纷纷。盖讲得字真不俗，记问渊源甚广耳。"可见当时的说话，上自宫

---

① 〔宋〕周密辑：《武林旧事》卷六，106～107 页，杭州：浙江人民出版社，1984。
② 〔明〕郎瑛：《七修类稿》卷二十二，330 页，北京：中华书局，1959。
③ 〔明〕冯梦龙编，许政扬校注：《古今小说》，1 页，北京：人民文学出版社，1958。

廷下至民间,已经非常普遍。

此时,说话艺人的技巧也已经达到很高的水平,这从有关资料可以看出。宋代罗烨《醉翁谈录》记:

　　夫小说者,虽为末学,尤务多闻。非庸常浅识之流,有博览该通之理。幼习《太平广记》,长攻历代史书。烟粉奇传,素蕴胸次之间;风月须知,只在唇吻之上。《夷坚志》无有不览,《琇莹集》所载皆通。动哨、中哨,莫非《东山笑林》;引倬、底倬,须还绿窗新话。论才词有欧、苏、黄、陈佳句;说古诗是李、杜、韩、柳篇章。举断模按师表规模,靠敷演令看官清耳。只凭三寸舌,褒贬是非;略拉嘲万余言,讲论古今。说收拾寻常有百万套,谈话头动辄是数千回。说重门不掩底相思,谈闺阁难藏底密恨。辨草木山川之物类,分州军县镇之程途。讲历代年载废兴,记岁月英雄文武。……也说黄巢拨乱天下,也说赵正激恼京师。说征战有刘项争雄,论机谋有孙庞斗智。新话说张、韩、刘、岳,史书讲晋、宋、齐、梁。三国志诸葛亮雄材,收西夏说狄青大略。①

说话人不仅有渊博的学识,而且具有高超的表演技巧和巧舌如簧的口才,评说千秋功罪,褒贬真善美丑,绘千军万马,叙悲欢离合,表现英雄豪杰,展示凡夫俗子,所涉内容十分广泛。举凡社会、自然、历史、人情、物理,都可在说话人口中呈现,具有强烈的吸引力和感染力,艺术效果十分鲜明突出:

　　说国贼怀奸从佞,遣愚夫等辈生嗔;说忠臣负屈衔冤,铁心肠也须下泪。讲鬼怪令羽士心寒胆战,论闺怨遣佳人绿惨红愁。说人头厮挺,令羽士快心;言两阵对圆,使雄夫壮志。谈吕相青云得路,遣才人着意群书;演霜林白日升天,教隐士如初学道。噇发迹话,使寒门发愤;讲负心底,令奸汉包羞。讲论处不滞搭,不絮烦;敷演处有规模、有收拾。冷淡处提掇得有家数,热闹处敷演得越久长。②

当时已经出现故事篇幅相当长的作品,声情并茂,妙趣横生,可以看作后世章回小说产生的前奏。

---

① 〔宋〕罗烨:《醉翁谈录》甲集卷一,3~5页,上海:古典文学出版社,1957。
② 〔宋〕罗烨:《醉翁谈录》甲集卷一,5页,上海:古典文学出版社,1957。

二、宋元说话的"家数"

随着说话艺术的发展，人们开始根据题材和表现手法的不同区别说话的类型，即说话的"家数"。南宋孟元老之《东京梦华录》最早提及说话家数，其卷五"京瓦伎艺"条将北宋京都开封瓦肆中的技艺分为讲史、小说、诸宫调、商谜、合生、说浑话等，并一一列举出有代表性的艺人名号：

> 孙宽、孙十五、曾无党、高恕、李孝详，讲史。李慥、杨中立、张十一、徐明、赵世亨、贾九，小说。……毛详、霍伯丑，商谜。吴八儿，合生。张山人，说浑话。……霍四究，说三分。尹常卖，五代史。①

而最早明确提到说话有四家的，则是成书于南宋理宗端平二年（1235）的灌圃耐得翁的《都城纪胜》，其"瓦舍众伎"条云：

> 说话有四家：一者小说，谓之银字儿，如烟粉、灵怪、传奇。说公案，皆是搏刀赶棒及发迹变泰之事。说铁骑儿，谓士马金鼓之事。说经，谓演说佛书。说参请，谓宾主参禅悟道等事。讲史书，讲说前代书史文传、兴废争战之事。最畏小说人，盖小说者能以一朝一代故事，顷刻间提破。合生与起令、随令相似，各占一事。商谜，旧用鼓板吹〔贺圣朝〕，聚人猜诗谜、字谜、戾谜、社谜，本是隐语。……②

这是说话有四家之说的由来，但作者其实并没有说清楚四家具体为何。其后，周密的《武林旧事》、吴自牧的《梦粱录》等，都有大体相似的记载。

正是这些记载的不明确造成了后人在此问题上出现歧见。

王国维理解为："宋之小说，则不以著述为事，而以讲演为事。灌圃耐得翁《都城纪胜》谓：说话有四种：一小说，一说经，一说参请，一说史书。《梦粱录》（卷二〇）所纪略同。《武林旧事》（卷六）所载诸色伎艺人中，有书会（谓说书会），有演史，有说经诨经，有小说。而《都城纪

---

① 〔宋〕孟元老等：《东京梦华录》（外四种），32页，北京：文化艺术出版社，1998。
② 〔宋〕灌圃耐得翁：《都城纪胜》，见〔宋〕孟元老等《东京梦华录》（外四种），86页，北京：文化艺术出版社，1998。

20

胜》《梦粱录》均谓小说人能以一朝一代故事，顷刻间提破。则演史与小说，自为一类。"①

　　鲁迅在《中国小说的历史的变迁》中则明确指出："'说话'分四科：一、讲史；二、说经诨经；三、小说；四、合生。'讲史'是讲历史上底事情，及名人传记等；就是后来历史小说之起源。'说经诨经'，是以俗话演说佛经的。'小说'是简短的说话。'合生'，是先念含混的两句诗，随后再念几句，才能懂得意思，大概是讽刺时人的。这四科后来于小说有关系的，只是'讲史'和'小说'。"②

　　孙楷第所持观点与鲁迅先生同，谓："'说话四家'：一小说名银字儿，二说经，三讲史，四合生商谜。"③

　　宋元说话的家数包括小说、说经、讲史三家，是大家的共识，焦点在第四家究竟是说参请还是合生。由此生出第三种看法，即胡士莹等人的"说铁骑"说："可见'说铁骑儿'是有它实际的内容。它和'讲史'不同，与'小说'（银字儿）对称，专门讲说宋代的战争，具有现实性。"④此种说法也有其道理，铁骑与讲史、说经以及烟粉、灵怪故事都不重叠，可以单列一类。

　　综上，宋元说话四家大体可分为两种：一为小说、说经（包括说参请）、讲史、合生；一为小说、说经（包括说参请）、讲史、说铁骑儿。小说，又名"银字儿"，何以以此名之，学界有争论。一种说法是"银字儿"为乐器（见《新唐书·礼乐志》及《宋史·乐志》），在说唱时以之伴奏，因而有此名；一种说法认为"银字儿"演奏出的音乐大多哀怨迂缓，引申为小说的内容哀怨动人之意。宋代小说即指短篇话本，它专讲较短小的故事，多取材于现实，一般一次讲完，所讲内容包括爱情故事、公案故事、英雄故事、神怪故事等，《碾玉观音》《错斩崔宁》即是代表。

　　讲史，即专门讲述历史故事，又被称为"评话""诗话""平话"，"平"就是评论历史的意思。说话人不单纯地客观讲述历史故事，而是有自己的认识、自己的观点、自己的评价，对历史人物有爱憎好恶，对历代

①　王国维：《王国维戏曲论文集》，26页，北京：中国戏剧出版社，1984。
②　鲁迅：《中国小说的历史的变迁》，见《鲁迅全集》第9卷，320页，北京：人民文学出版社，1981。
③　中国社会科学院科研局组织编选：《孙楷第集》，14页，北京：中国社会科学出版社，2008。
④　胡士莹：《话本小说概论》（上册），113页，北京：中华书局，1980。

兴亡有评价总结。由于有说有评,所以称之为"评话"。讲史的题材不仅局限于历史,有时也说当代发生的事情,如说南宋初年抗金名将岳飞、韩世忠等人的故事。讲史艺人中还有专门讲三国故事或五代故事者,说明他们的分工更趋于专业和细化。如《新编五代史平话》是现存宋代讲史话本中最主要的一种。《三国志平话》是现存元刊本全相平话五种之一,其余四种是《武王伐纣平话》《七国春秋平话》《秦并六国平话》和《前汉书平话》。由于有的历史故事的延续时间长,内容丰富,不能在一次讲完需要分成若干次,讲一次叫一回,这便是日后长篇小说章回体形式的起源。

说经,即演说佛经故事。它是承继唐代的"俗讲""变文"而来,专讲宗教故事,有的穿插笑话或滑稽故事,又称为说诨经。说经的出现,意味着这种说唱伎艺已日益远离其初始的宗教宣传的功能,而更多地为世俗服务。现存《大唐三藏取经诗话》,又名《大唐三藏法师取经记》。说参请,是从说经中派生出来的。参请是"参堂请话"的简称。当佛徒、居士们谈禅时,往往相互论辩,思维敏捷,暗藏机锋,有时还显出几分幽默滑稽,由此发展为一种供人笑乐的说唱艺术。现存《东坡居士佛印禅师语录问答》。

合生,据记载相当于现在脱口秀一类的伎艺,如"指物题咏,应命辄成"之类,呈现机敏的才智,注重演出者的即兴发挥。洪迈《夷坚志》支乙卷六"合生诗词"条有"江浙间路岐伶女有黠慧知文墨,能于席上指物题咏、应命辄成者,谓之合生。其滑稽含玩讽者,谓之乔合生。盖京都遗风也。"又据《新唐书·武平一传》记:"伏见胡乐施于声律,本备四夷之数。比来……妖伎胡人,街童市子,或言妃主情貌,或列王公名质,咏歌蹈舞,号曰合生。"①既"施于声律",又结合舞蹈。可见,合生带有即兴演出的特点,与前三类以叙事取胜不同。

可见,所谓说话的家数,主要以题材内容作划分标准。在四家当中,以讲史、小说最为重要,也最为发达,说话人和听众最多,对后世影响最大。据《梦粱录》记载,宋代市井说话的"讲史书",主要是"讲说《通鉴》、汉唐历代书史文传,兴废争战之事",有位讲史艺人王六大夫

---

① 〔宋〕洪迈:《夷坚志》支乙卷六,841页,北京:中华书局,1981。

演出时，"听者纷纷，盖讲得字真不俗，记问渊源甚广耳"。小说分灵怪、烟粉、传奇、公案、朴刀、杆棒、妖术、神仙等门类，也极受欢迎。

因为受欢迎、有市场，所以艺人们势必在小说与讲史二家所用功夫最大，其所用的底本也更为精致，流传下来的作品也多。在当时，小说与讲史在说书家数上有明确的界限，但在后世看来，同属文学的范畴，统称为小说。

第二节　宋元话本及对通俗小说的影响

一、话本的叙事体制

因材料限制，现存的宋元小说话本的具体数量难以确定，下列作品是比较可靠的宋元小说话本：《张生彩鸾灯传》（见《熊龙峰刊行小说四种》）、《风月瑞仙亭》、《杨温拦路虎传》、《西湖三塔记》、《简帖和尚》、《合同文字记》、《柳耆卿诗酒玩江楼记》（以上见《清平山堂话本》），《宋四公大闹禁魂张》、《张古老种瓜娶文女》（以上见《古今小说》），《错斩崔宁》（又题《十五贯戏言成巧祸》）、《闹樊楼多情周胜仙》（以上见《醒世恒言》），《碾玉观音》（又题《崔待诏生死冤家》）、《西山一窟鬼》（又题《一窟鬼癞道人除怪》）、《定山三怪》（又题《崔衙内白鹞招妖》）、《三现身包龙图断冤》、《万秀娘仇报山亭儿》（以上见《警世通言》）等。此外，近年发现元代福建建阳书坊所刊刻的《新编红白蜘蛛小说》残页，是如今仅见的元刻小说话本，《醒世恒言》的《郑节使立功神臂弓》是其增订本。至于故事题材流行于宋元后经明人搜集整理、增删加工的作品，在明代冯梦龙的"三言"等集子中应当还有一批。①

话本小说保留"说话"的形式，有一套较完备的体制，一般话本，往往包括五个部分：

1. 题目。话本小说的题目一般言简意赅，通俗易懂，能画龙点睛地概括故事的内容。话本大多以地名、人名或主要情节为题，如《简帖

---

① 熊依洪主编：《宋元文学大观》，524～525页，北京：燕山出版社，2008。

和尚》《碾玉观音》《错斩崔宁》等。早期话本题目字数多寡不一,后来字数渐多,更具表意的功能。如《醉翁谈录》中把《李亚仙》又称作《李亚仙不负郑元和》,《王魁负心》又称为《王魁负心桂英死报》,让读者对故事大意一目了然。

2. 序诗。以一首诗,或一首词,或一诗一词开头,用以说出全篇大意,或概述故事的主题思想,如同唐代"俗讲"的押座文、解座文一样,起着安定情绪和加深印象的作用。《简帖和尚》的篇首是一阕《鹧鸪天》词:"白苎千袍入嫩凉,春蚕食叶响长廊。禹门已准桃花浪,月殿先收桂子香。鹏北海,凤朝阳,又携书剑路茫茫。明年此日青云去,却笑人间举子忙。"讲史话本《新编五代史平话》序诗为:"龙争虎战几春秋,五代梁唐晋汉周。兴废风灯明灭里,易君变国若传邮。"短短四句诗,道出五代数十年的争战变乱。

3. 入话。通过此内容引入正题,即一个引子。入话的内容与正文故事或类似,或相反,或者略有关联,大体上是用以等候听众和集中听众的注意力。"三言"中的《徐老仆义愤成家》云:"列位看官稳坐着,莫要性急,适来小子道这段小故事,原是入话,还未曾说到正传。"①因为"入话"比起正文故事来无关紧要,随便听听罢了,所以又叫"笑耍头回",即"冒头一回"的意思。"笑耍头回",是未入正文先资笑乐之意。因为听众中多数是士兵、商贩,取其吉利,所以说话艺人又称"入话"为"得胜头回"。"听话者多军民,故冠以吉语曰'得胜'。"(鲁迅语)《错斩崔宁》的正文叙崔宁被斩,却先以魏鹏举的故事作引子:"这回书单说一个官人,只因酒后一时戏笑之言,遂至杀身破家,陷了几条性命。且先引下一个故事来,权做个得胜头回。"入话自身可成为一回书,亦可单独存在。在章法上起着承上启下的作用,铺叙说明篇首与正话之间的关系。如《碾玉观音》,话本一开始引用了十一首春归诗词作为入话,再转入咸安郡王游春引出全部故事。这正是宋人"说话"的原始面貌,有说有唱。

4. 正话。即正题、主要故事,也叫正传、正文。它是话本的主要部分,往往以较复杂的故事情节着力塑造人物形象,用生动的形象完成篇首及入话所点明的主题。

正文往往韵散相兼。散文用来叙述故事,刻画人物;在散文中插

① 〔明〕冯梦龙主编:《醒世恒言》,758页,北京:人民文学出版社,1956。

入大量诗词歌赋或骈语,包括诗、词、骈文、偶句等,主要用于证明情况或描摹物态,品评人物,或描写评价一个重要场面,加强细节描写以补散文之不足,亦使行文起伏、跌宕,充满韵致。正文中还有一些套话,比如"话说""却说""闲话少说,言归正传""正是""只见""有诗为证"等。如:

> 今日再说一个官人,也只为酒后一时戏言,断送了堂堂七尺之躯,连累两三个人,枉屈害了性命。却是为着甚的?有诗为证:世路崎岖实可哀,傍人笑口等闲开。白云本是无心物,又被狂风引出来。①

> 下来说底便是"错下书"。有个官人,夫妻两口儿正在家坐地,一个人送封简帖儿来与他浑家。只因这封简帖儿,变出一本蹊跷作怪底小说来。正是:尘随马足何年尽?事系人心早晚休。②

这正体现了话本独具的特色:说话人在演出时,时讲时说时唱时朗诵,以此调节现场气氛,吸引听众注意力。"但见""只见"常用于对场景、人物面貌的描写,与韵语结合在一起,形成古代通俗小说的一个固定模式。如:

> 崔待诏游春回来,入得钱塘门,在一个酒肆,与三四个相知方才吃得数杯,则听得街上闹炒炒,连忙推开楼窗看时,见乱烘烘道:"井亭桥有遗漏!"吃不得这酒成,慌忙下酒楼看时,只见:初如萤火,次若灯火。千条蜡烛焰难当,万座糁盆敌不住;六丁神推倒宝天炉,八力士放起焚山火。骊山会上,料应褒姒逞娇容;赤壁矶头,想是周郎施妙策。五通神牵住火葫芦;宋无忌赶番赤骡子。又不曾泻烛浇油,直恁的烟飞火猛!③

> 去枣槊巷口一个小小底茶坊,开茶坊人唤做王二。当日茶市方罢,相是日中,只见一个官人入来。那官人生得:浓眉毛,大眼睛,蹶鼻子,略绰口。头上裹一顶高样大桶子头巾,着一领大宽袖斜襟褙子,下面衬贴衣裳,甜鞋净袜。④

---

① 《错斩崔宁》,见《京本通俗小说》,71页,上海:上海古籍出版社,1988。
② 《简帖和尚》,见〔明〕洪楩编:《清平山堂话本》,5页,上海:上海古籍出版社,1992。
③ 《碾玉观音》,见《京本通俗小说》,5页,上海:上海古籍出版社,1988。
④ 《简帖和尚》,见〔明〕洪楩编:《清平山堂话本》,6页,上海:上海古籍出版社,1992。

这种韵散相间的叙事描写方法,经过后世文人创造性地继承,成为我国古典小说一种传统的优秀笔法。

5. 结诗。它与"正话"的结局不是一回事。它是附加的,往往缀以诗词或题目,有相对独立性。结诗直接由作者出面,总括全文主旨,对听众加以劝诫,往往联系现实,透露了说书艺人或话本小说作者干预生活的目的。如《志诚张主管》的篇尾就附了一首七言诗:"谁不贪财不爱淫?始终难染正人心。少年得似张主管,鬼祸人非两不侵。"明白地表现了劝善之意,且与题目相切。小说话本《错斩崔宁》结尾处有诗云:"善恶无分总丧躯,只因戏语酿殃危。劝君出语须诚信,口舌从来是祸基。"也是总结经验教训,含有鉴戒之意。有的作品在结尾处还有"话本说彻,且作散场"语,如《简帖和尚》就是这样的结语,这是说书艺人原貌的遗存,随着话本小说案头功夫的成熟,这种痕迹便不复存在了。

二、宋元话本的艺术特色及对通俗小说的影响

宋元话本源于民间说话艺术,其说书艺人不仅具有高超的说话艺术,而且具有丰富的知识和艺术修养,加上潦倒的书会才人的加盟,使得宋元话本取得了较高的艺术成就,主要表现在取材视角的民间化,故事情节的通俗化,符合大众要求的审美趣味,并且具有晓畅易懂、生动简练的语言。与六朝及唐代的志怪、传奇相比,宋元话本在艺术成就上大大地前进了一步。

(一)在取材上偏重大众的喜好

宋元话本不管是讲史作品还是小说作品,在取材上最大的特点就是满足普通民众的喜好,表现出很强的通俗化特点。讲史虽然也是讲述古代历史,但它与正史的内容显然不同,讲史内容虽然有的是取自正史,但更多的则是来自民间传闻,即便是正史上的材料,也要以民间的审美眼光予以改造。比如《五代史平话》中的主要人物黄巢、朱温、刘知远、郭威等虽然正史有载,但其事迹则有不少是出于说话人口头创作,或来自民间传说。新旧《唐书》对黄巢的出身及发迹,并无任何奇异描写,但《平话》则渲染黄巢出生时的奇异经历及后来出现的种种异象。另外几个主要人物也是如此。讲史作者还喜欢对下层人的发迹故事大加发挥,讲史中的不少英雄人物后来登基做了皇帝,其出身

往往被写得非常低微,有的甚至被写成市井无赖之徒,但他们讲义气,敢杀人,最后因某一偶然机会飞黄腾达,成就大业。这种安排符合下层民众的心态,能满足他们希望富贵荣华的心理。所以《都城纪胜》论说话四家时云小说乃"烟粉、灵怪、传奇、说公案,皆是朴刀杆棒及发迹变泰之事",这表明了当时的市民阶层听众的审美心理取向。

即使是描写爱情这个永恒主题的故事,宋元话本也与传统文学大异其趣,反映着下层市民的思想意识。它是按照自己的原则处理爱情与婚姻主题的,是真正"为市井细民写心"(鲁迅语),在小说史上留下了不少独放异彩的名篇,如《碾玉观音》和《闹樊楼多情周胜仙》中描写的爱情,就称得上新颖别致、卓然不群。在这两对主人公的爱情史中,我们几乎看不到缠绵悱恻的才子佳人情调,小说让我们清楚明白地看到了市民阶层青年男女的爱情,它是那样地直接、浓烈,没有犹抱琵琶半遮面的矜持。如在《碾玉观音》中,秀秀所表现出的爱情就非常粗犷和率真,具有别种野性的诗意:

秀秀道:"你记得当时在月台上赏月,把我许你,你兀自拜谢,你记得也不记得?"崔宁叉着手,只应得喏。秀秀道:"当日众人都替你喝采:'好对夫妻',你怎地倒忘了?"崔宁又则应得喏。秀秀道:"比似只管等待,何不今夜我和你先做夫妻,不知你意下何如?"崔宁道:"岂敢!"秀秀道:"你知道不敢,我叫将起来,教坏了你。你却如何将我到家中?我明日府里去说!"崔宁道:"告小娘子:要和崔宁做夫妻不妨,只一件,这里住不得了。要好趁这个遗漏,人乱时,今夜就走开去,方才使得。"秀秀道:"我既和你做夫妻,凭你行。"当夜做了夫妻。[①]

秀秀和崔宁,一个大胆坦率,毫无扭捏之态,犹豫之意;一个虽怯懦谨慎,但在关键时刻不慌不乱,理智清醒,显示出男人应有的担当。

这些爱情故事的主人公处在社会的底层,作者对他们的爱情、婚姻的描写,突出其郎才女貌、男欢女爱,而非夫为妻纲、门当户对,更符合下层民众对爱情与婚姻的渴望与期盼。《闹樊楼多情周胜仙》中的周胜仙冲破封建礼教的牢笼爱上了樊楼酒店的范二郎,但是她父亲因对方门第太低,认为这是"辱门败户"的勾当,不准他们结婚。周胜仙

---

① 《碾玉观音》,见《京本通俗小说》,6~7页,上海:上海古籍出版社,1988。

始终没有屈服,为了范二郎,她曾死过两次,甚至做了鬼还要和他相会,她和范二郎梦中欢会时说:"奴两遍死去,都只为官人。今日知道官人在此,特特相寻,了其心愿。"最后又通过五道将军救范二郎出了监狱。这种生前相爱,死后缠绵,生死不渝追求爱情的决心、胆量与勇气,表现了周胜仙大胆反抗封建礼教的精神,代表了市民阶层要求冲破封建樊篱的理想。

《简帖和尚》里的皇甫殿直受奸人蒙骗,误以为妻子有外遇,就把她休了,但过了一段时间又怀念起她来。"当年是正月初一日。皇甫殿直自从休了浑家,在家中无好况。……自思量道:'每年正月初一日,夫妻两人双双地上本州大相国寺里烧香。我今年却独自一个,不知我浑家那里去?'簌地两行泪下,闷闷不已。"他去烧香,正巧见到了已经别嫁的妻子,两个人四目相对,满腹心事,不敢言语。后来奸人的阴谋暴露,皇甫殿直便又和妻子破镜重圆,这正是世俗大众常有的思想感情。当误认妻子有外遇时,感情和自尊心都接受不了,把妻子休掉,但经过一段日子以后,还是曾有的感情占了上风,压倒道德的义愤和自尊心,最后不计前嫌,与妻子重归于好,而这个时候的妻子真的已经嫁过人了。也许这样的选择在士人看来是不耻的,在所谓的英雄们看来近于窝囊,但对市井民众来讲却是自然而然的,因为他们更注重踏踏实实的温馨和睦的夫妻生活,胜过那虚荣的道德与自尊心。

《错斩崔宁》揭露了封建法制的黑暗和草菅人命的罪行。话本慨叹:"这段冤枉,仔细可以推详出来。谁想问官糊涂,只图了事。"又发出警告:"做官的切不可率意断狱,任情用刑!"这也是站在普通民众的立场上说话,提醒做官的多为民众考虑,不要把民众生命视作儿戏。

(二)生动曲折、引人入胜的故事

宋元话本之所以受欢迎,与这些作品大都拥有一个情节曲折离奇、能够引人入胜的故事有很大关系。如《错斩崔宁》刘贵从丈人家回来之后,作者通过刘贵戏言,二姐出走,贼人入盗杀死刘贵,二姐和崔宁同行,二姐和崔宁屈打成招被害等一系列顺理成章的情节,一环紧扣一环,牢牢抓住听众和读者的心理和感情,一步一步地把故事推向高潮。《碾玉观音》的璩秀秀和崔宁,两次私奔,两次同居,两次被抓,冲突曲折,悬念迭出,两个人的命运始终紧扣读者心弦。胡适对《错斩崔宁》的艺术成就给予极高评价："这一篇是纯粹说故事的小说，并且说的很细腻，很有趣味，使人一气读下去，不肯放手；其中也没有一点神鬼迷信的不自然的穿插，全靠故事的本身一气贯注到底。其中关系全篇布局的一段，写的最好，记叙和对话都好。"①

作者善于运用奇幻手法，使得故事情节离奇曲折。《碾玉观音》围绕着璩秀秀和崔宁这一对青年男女的爱情婚姻展开，情节变幻莫测，波谲云诡，十分巧妙奇幻。在故事推进过程中，作者将现实世界和虚幻世界扭结在一起，真真假假，虚虚实实，跌宕起伏，悬念迭出。碾玉观音使璩秀秀与崔宁相爱并结为夫妻，远走他乡。由于被发现，他们被押回了王府，秀秀被无情地杀害，但是她的鬼魂依然去到建康府和崔宁一同居住，开了碾玉作坊，并报仇雪恨。其中的幻想性情节虚幻怪异，出人意料，如秀秀突然出现在崔宁发配的路上，又比如郡王二次抓走秀秀，而秀秀小轿到了王府门前时，掀开轿帘，却是一乘空轿。这些都是极虚极幻的细节，但却以极平实的细节做铺垫，并不让人觉得突兀，给人以艺术上的真实感。

作者经常运用一系列的"巧合"增加故事情节的奇巧。如《错斩崔宁》，原本是刘贵丈人资助刘贵十五贯钱做生意，但刘贵偏开玩笑说是将小娘子典与一个客人所得，小娘子不悦要回娘家"讨个分晓"。当她走时只是把门儿拽上，没有关紧就到邻家借宿，恰巧遇贼人夜间出来掏摸些东西，到刘官人门首"略推一推，豁地开了"。偷钱的过程中"惊觉了刘官人"，遂将刘官人杀掉。那小娘子清早出了邻舍人家，回娘家路上又恰巧遇见崔宁，而崔宁的搭膊里面恰巧又有十五贯钱……一个接一个的巧合被安排得合情合理，给人真实可信的感觉，大大增强了小说的故事性和吸引力。

制造悬念，把故事组织得扑朔迷离，这也是作者常用的手法。如《简帖和尚》开头，僧人诱骗皇甫妻十分诡异，让人丈二和尚摸不着头脑。小说只说有个"浓眉毛，大眼睛，蹶鼻子，略绰口"的官人，托一个卖鹌鹑馉饳儿的小厮给皇甫松的妻子杨氏送一个白纸包儿，里面有三样物事：一对落索环儿、两只短金钗子、一个简帖儿，还嘱咐他不要送

---

① 胡适：《〈宋人话本八种〉序》，见《胡适文存》三集卷六，421页，合肥：黄山书社，1996。

与皇甫,只要送与杨氏,结果被皇甫松得到。皇甫松一看简帖火冒三丈,当即严厉拷问妻子和丫鬟,又将浑家杨氏、使女迎儿连同卖馓饼小厮交付巡军解到开封府去审问,并决意休了杨氏。杨氏欲投河自尽,一个自称是杨氏姑姑的婆子把她接到家里。经这位姑姑牵线,将杨氏嫁给了开头那个"浓眉毛,大眼睛,蹶鼻子,略绰口"的官人。一年之后,那官人与杨氏去大相国寺烧香,遇见了皇甫松。杨氏见了丈夫,满腹委屈,眼泪汪汪,那官人一面劝她,一面却把当初如何教卖馓饼的小厮送简帖,皇甫松如何中计的经过说了出来。小说直到最后才把包袱打开,采用追叙的手法把一切还原,既合乎逻辑,也引人入胜。

又如《勘皮靴单证二郎神》,叙北宋徽宗时宫妃韩玉翘因不得皇帝宠幸而郁闷生病,因韩乃殿前太尉杨戬所进奉,徽宗命其领韩妃到杨府将息病体。后韩去二郎神庙中还愿,见二郎神像"丰神俊雅","目眩心摇,不觉口里悠悠扬扬,漏出一句俏语低声的话来:'若是氏儿前程远大,只愿将来嫁得一个丈夫,恰似尊神模样一般,也足称生平之愿。'"却不料当晚"二郎神"忽地来到了她的房间,韩夫人又惊又喜,如醉如痴,以为神仙下凡,毫无疑心,夜夜相伴。这个二郎神是何方神圣? 是人是神是妖? 读者如堕五里雾中,恍惚不辨真假。后经一系列曲折弯转,才揪出假冒二郎神的妖人孙神通。这篇小说在情节设置上悬念迭生,真假虚实,环环相扣,最后真相大白,从惊险程度看很像一篇侦探小说。

(三) 有血有肉、生动鲜活的人物形象

宋元话本成功塑造了一大批社会底层的小人物形象,这是它的一大成就。如《碾玉观音》中的秀秀,《错斩崔宁》里的二姐和崔宁,《快嘴李翠莲记》中的李翠莲,《宋四公大闹禁魂张》中的宋四公、赵正、侯兴等。这些小人物在过去是难登文学大雅之堂的,但是他们却成了话本里的主角。作者以细腻的笔触描摹他们的一颦一笑,表达他们的喜怒哀乐,颂扬他们的正直品质和反抗精神,这在中国通俗小说史上是有开创意义的。之所以取得这样的成绩,与宋元小说话本作者们的身份及其所处的社会地位有关。这些说话人和书会才人大都生活在下层,熟悉底层的生活,同时也要从底层讨生活,他们的作品就是为下层民众服务的,因此,与唐传奇的文人作者的创作明显不同,宋元话本的题

材故事和人物形象都需要为市井细民所喜闻乐见。这就决定了宋元小说话本比唐传奇从题材到人物都有了一个质的变化：题材范围扩大，市井民众所熟悉的生活成为取材的重点；人物也由才子佳人、将相游侠变为市井细民，如工匠、店铺伙计、商人、作坊主、婢妾、吏卒、僧侣、妓女、媒婆、盗贼等。"宋元小说话本破天荒第一次将这许多市井百姓带进中国小说领域，不仅极大地丰富和发展了中国古代小说的形象体系，同时也是中国小说史上的一次革命。"①

（四）以通俗生动的口语代替文言

熟练运用市民所熟悉的通俗、生动、朴素而生活气息浓郁的口头语言，是宋元话本的又一大特点和突出成就。它不同于传统的文言小说，同时比唐五代的俗讲、转变、说话趋于成熟。翻开话本，具有时代特色且富有表现力的口语比比皆是，特别善于通过富有戏剧性的对话表现人物的性格特征。如《西山一窟鬼》中王婆给吴洪说媒的一段：

　　（吴教授）当日正在学堂里教书，只听得青布帘儿上铃声响，走将一个人入来。吴教授看那入来的人，不是别人，却是十年前搬去的邻舍王婆。元来那婆子是个撮合山，专靠做媒为生。吴教授相揖罢，道："多时不见，而今婆婆在那里住？"婆子道："只道教授忘了老媳妇。如今老媳妇在钱塘门里沿城住。"教授问："婆婆高寿？"婆子道："老媳妇犬马之年，七十有五。教授青年多少？"教授道："小子二十有二。"婆子道："教授方才二十有二，却象三十以上人。想教授每日价费多少心神！据我媳妇愚见，也少不得一个小娘子相伴。"教授道："我这里也几次问人来，却没这般头脑。"婆子道："这个不是冤家不聚会。好教官人得知，却有一头好亲在这里：一千贯钱房卧，带一个从嫁，又好人材，却有一床乐器都会，又写得算得，又是啐嗻大官府第出身，只要嫁个读书官人。教授却是要也不？"教授听得说罢，喜从天降，笑逐颜开，道："若还真个有这人时，可知好哩！只是这个小娘子如今在那里？"②

两个人的声笑口吻，如在目前。王婆，一名市井媒婆，专靠做媒为生，能说会道，善于逢迎周旋。她专程来给吴洪说媒，却不直接入题，

---

① 萧欣桥、刘福元：《话本小说史》，245 页，杭州：浙江古籍出版社，2003。
② 《西山一窟鬼》，见《京本通俗小说》，31 页，上海：上海古籍出版社，1988。

而是先拉闲话,见机行事。当吴洪讲到自己才二十二岁的时候,她故意说教授太过显老,只因无人照顾之缘故,所以需要一个娘子相伴。吴洪表示很想成家,她即把她那"一头好亲"抛了出来。女方的人才、陪嫁、出身等条件优厚,吴洪一听,当然如获至宝,笑逐颜开,急急追问:这小娘子现在哪里? 这一段叙事自然流畅,情节的进行全靠二人的对话,没有多余的描写穿插。王婆的语言都是生动的市井语言,像老媳妇长、老媳妇短,"不是冤家不聚会"这些话从她嘴里说出来,都非常符合她的身份,非常个性化。两个人的声音笑貌、神情变化都写得惟妙惟肖,真是如见其人,如闻其声。难怪胡适说:"我现在看了这几种南宋话本,不能不承认南宋晚年(十三世纪)的说话人已能用很发达的白话来做小说。他们的思想也许很幼稚(如《西山一窟鬼》),见解也许很错误(如《拗相公》),材料也许很杂乱(如《海陵王荒淫》,如《宣和遗事》)。但他们的工具——活的语言——却已用熟了,活文学的基础已打好了,伟大的小说快产生了。"①

有的作品所用的叙事语言明晰通畅,细腻生动。《错斩崔宁》中的刘官人生活无着,他的岳父一心要帮他,两个人之间有一段对话,将二人不同的心态表现得很生动:

直到天明,丈人却来与女婿攀话,说道:"姐夫,你须不是这等算计。坐吃山空,立吃地陷。咽喉深似海,日月快如梭。你须计较一个常便。我女儿嫁了你,一生也指望丰衣足食,不成只是这等就罢了!"刘官人叹了一口气,道:"是。泰山在上,道不得个'上山擒虎易,开口告人难'。如今的时势,再有谁似泰山这般怜念我的? 只索守困,若去求人,便是劳而无功。"丈人便道:"这也难怪你说。老汉却是看你们不过。今日贵助你些少本钱,胡乱去开个柴米店,撰得些利钱来过日子,却不好么?"刘官人道:"感蒙泰山恩顾,可知是好!"②

岳父比较殷实且慷慨,主动提出要资助已经家道败落的女婿。岳父的话语中有关心、体贴,虽也有埋怨之意,但又表示谅解,在素朴的话语中表达了复杂的感情。女婿的回答既有真心的感谢,更有尝尽世

---

① 胡适:《〈宋人话本八种〉序》,见《胡适文存》三集卷六,423 页,合肥:黄山书社,1996。
② 《错斩崔宁》,见《京本通俗小说》,4 页,上海:上海古籍出版社,1988。

态炎凉的辛酸无助。就其描写的细致和个性化来讲,胡适认为:"这样细腻的描写,漂亮的对话,便是白话散文文学正式成立的纪元。"①

宋元小说话本的语言尚留存说书艺人的风格特征,通俗、晓畅、明白、易懂,而且生动、细致、精练,在中国小说史上是一次极大的进步。敦煌变文和唐话本中虽间有俗语,但仍以浅近的文言为主,到宋元话本小说,才通篇用通俗、生动的白话语言叙述。后世小说、戏曲普遍采用的白话文体,正源于此,可以说宋元话本开创了我国文学语言的一个新阶段。鲁迅说:"这类作品,不但体裁不同,文章上也起了改革,用的是白话,所以实在是小说史上的一大变迁。"②

总之,宋元话本小说以曲折复杂的情节故事、全新的人物形象、通俗的语言等艺术形式,给后代的通俗小说开辟了新的天地。它善于通过人物对话和细节描写来表现人物性格和推进情节发展,开后世白话小说之先河;特别是在白话语言的使用、小说由雅到俗的转变等方面,宋元话本发挥了承前启后的重要作用。鲁迅对这种"平民底小说"给予了极高的评价:"宋人之'说话'的影响是非常之大,后来的小说,十分之九是本于话本的。如一、后之小说如《今古奇观》等片段的叙述,即仿宋之'小说'。二、后之章回小说如《三国志演义》等长篇的叙述,皆本于'讲史'。其中讲史之影响更大,并且从明清到现在,'二十四史'都演完了。"③确如鲁迅所言,此后的通俗小说,特别是明清的章回小说和短篇白话小说,无论在体裁上、情节上、语言上、风格上、创作方法上,都受到宋元话本小说的直接影响。因此,宋元话本小说在中国小说发展史上的开拓性功绩是很大的。

---

①　胡适:《〈宋人话本八种〉序》,见《胡适文存》三集卷六,422 页,合肥:黄山书社,1996。

②　鲁迅:《中国小说的历史的变迁》,见《鲁迅全集》第 9 卷,319 页,北京:人民文学出版社,1981。

③　鲁迅:《中国小说的历史的变迁》,见《鲁迅全集》第 9 卷,322 页,北京:人民文学出版社,1981。

第三章
元末明初通俗小说的异军突起

经过宋元两代的长期孕育,到了明代,中国通俗小说进入了一个新的发展阶段。唐宋的变文与宋人的话本尚算不上成熟的白话通俗小说,说话人和书会先生只是用白话把故事记录下来,作为说书的底本,尚不是有意识地用白话来进行创作。到了明朝,作家们开始有意识地运用白话来写小说。这种文体上的改革和文学形式的进展,在中国文学史上是一个大的转变。由此可以说,明代是我国白话通俗文学的成熟时代。

明前期优秀的小说作品主要出现在元明之际。罗贯中、施耐庵曾经参加过元末农民大起义,受到了锻炼,扩大了眼界,在水浒、三国故事长期广泛流传和有关话本、杂剧刊行的基础上,写成了《三国演义》《水浒传》这两部划时代的作品,标志着我国白话长篇小说的正式诞生,开启了长篇通俗小说的历史进程,代表着中国小说史上一个新时代的到来。

但短暂的高峰过后,却是一百多年的沉寂,小说创作领域几乎一片空白。

明中叶以后,小说创作步入了新的天地,随着《三国演义》《水浒传》的刊刻和风行,以及我国第一部优秀的神魔小说《西游记》、第一部由文人独创的世情小说《金瓶梅》相继问世,中国长篇小说的发展开拓了新的领域。其后又出现了一系列鸿篇巨制的历史演义、英雄传奇、神魔和世情小说,对后来的小说发展产生了重大影响。

明代后期以至明末清初,通俗文学样式取得了重大成就。短篇小说集"三言"和"二拍"达到了新的历史高度,成为古代白话短篇小说最重要的代表。

明代小说创作的特点,突出地表现在三个方面:

一是作家独立创作愈益成熟。《三国演义》《水浒传》都是经过了长时期的积累,在集体创作的基础上,作家个人发挥创造才能融合而成的;《西游记》更加显示出作家个人独立创作能力的提升;而《金瓶梅》则主要是出自作家的个人创造了。短篇小说从宋元话本的基础上发展而来,逐渐产生了文人的拟话本,成为作家的个人创作。

二是作家有意识地运用白话来创作小说。白话语言的应用,在唐宋的变文与宋人的话本中虽已开始,并取得一定成就,但总的来说大都文白夹用,说书的痕迹比较重,还不能算是成熟的白话文学。到了明代,作家们才真正有意识地运用白话来创作白话文学。"这种由文言转到白话的文学形式的观念的进展,在中国文学史上,实在是一件大事。"①说话变成了小说创作,这是小说发展史上的一大进展。可以说,明朝是我国白话文学的成熟时代。"从此以后,无人不承认白话是写小说的最好工具,好的小说没有不是白话的了。"②

三是明代小说观念较前有了根本的变化。由于受儒家文以载道传统思想的影响,中国文学史上戏曲小说向来被视为小道,不能登大雅之堂。但到了明代,在新兴的市民思想基础上,这种观念为之一变,李卓吾、袁宏道、冯梦龙、凌濛初等人,将小说与"六经"并重,特别称道小说所能发挥的重要社会认识与教育价值,同时称道小说所具有的感人至深的文学效果。在中国文学史上,小说第一次获得了应有的地位。

---

① 刘大杰:《中国文学发展史》(下),1018 页,上海:上海古籍出版社,1982。
② 刘大杰:《中国文学发展史》(下),1019 页,上海:上海古籍出版社,1982。

第一节　讲史小说的演进和章回小说的形式特点

元末明初,在宋元话本的基础上,产生了一些长篇章回小说,《三国演义》和《水浒传》以其较高的思想艺术水平成为其中的佼佼者。这两部作品奠定了长篇章回小说发展的范型,标志着中国古代通俗小说进入了一个新的历史时期,在中国文学史上具有里程碑式的意义。

章回小说是我国古代长篇通俗小说的唯一形式,在宋元讲史话本的基础上发展而来。讲史主要以历代兴亡和战争故事为题材,所涉史实时间跨度往往很长,内容又多,说话人不可能在一两次之内就把所有内容说完,要连续讲若干次,每讲一次,就相当于后来的一回。在讲的过程中,为了招揽或留住听众,说书人往往会在情节高潮时打住,留下悬念,这便是章回小说每章结尾时"欲知后事如何,且听下回分解"的来历。从章回小说中经常出现的"话说"和"看官"等字样,也可以看出它和话本之间的继承关系。标志着章回体小说正式形成的,便是《三国演义》和《水浒传》两部小说的出现。明中叶后,章回小说的发展更加成熟,出现了《西游记》《金瓶梅》等作品。这一时期,章回小说的题材内容日益丰富,作品的故事情节更趋复杂,描写也更为细腻,它们在内容上和讲史已没有多少关联,只是在形式上还保留着讲史的一些痕迹。到了清代,《儒林外史》《红楼梦》等作品进一步完善了章回体小说体制,代表着古代章回小说的最高成就。

作为相对稳定的中国古代长篇通俗小说的最基本的形式,章回体有以下几个特点:

一是以"回"标注章节。每一章节,称作"回"。回与回之间段落整齐,故事相对完整,但又前后连接,相互贯通,将全书构成统一的整体。每回的前面用两句对偶的文字标目,称为"回目",目的是概括本回的故事大意;每回的结末有"……如何,且看下文分解"字样,形成惯例。回目这种形式,最早出现在宋元话本中,但是作者并没有太过用心,所以回目长短不一,参差不齐。到《三国演义》,这种情况就变了,全书一百二十回,每回标题都是单句七字,读起来朗朗上口,看上去整齐美观。而到《水浒传》又有所变化，每回的标题变为双句，并大致对偶，更为讲究。崇祯本《金瓶梅》回目更是十分工整完美，所以有人说："吾见小说中，其回目之最佳者，莫如《金瓶梅》。"①

二是在语言的运用上具有典型的说书体特征。章回小说脱胎于民间说书，其文体形态和叙事传统与说书有密不可分的关系，如开头引开场诗，结尾用散场诗；正文常以"话说"两字起首，往往在情节开展的紧要关头煞尾，用一句"欲知后事如何，且听下回分解"的套语；作品中存在"说书人"角色，对所叙的人物、事件评头论足。此外如"看官""且说""只见""但见"等随处可见，在情节关键处采用"卖关子""吊胃口"手法；大多数作品采取全知全能的角度叙事等，都明显带有说书体的特点。

三是韵散结合，文备众体。章回小说在叙事时大多用散文，在描写景色、表现人物特征时则往往穿插一些诗赞等韵文，有的时候也援引前人诗词对人或事情作出评论。另外，还有很多文体也被纳入了小说，这一方面取决于小说表现生活的需要，另一方面也与说书人炫耀才学的传统有关。

第二节 《三国演义》与通俗历史演义小说的繁荣

《三国演义》有几个开创性价值值得关注：它是我国文学史上第一部章回小说，是历史演义小说的开山之作，是第一部文人长篇小说。

所谓"历史演义"，就是用通俗的语言，将朝代更迭、民族兴亡等历史题材，组织、敷衍成有声有色的故事，其中蕴含着作者的政治观念、价值评判及美学理想。这种独特的文学样式受到了素重历史传统的中国人的喜爱，形成了一个创作历史演义的传统，这便是可观道人所说的，"自罗贯中氏《三国志》一书，以国史演为通俗演义，汪洋百余回，为世所尚，嗣是效颦日众，因而有《夏书》《商书》《列国》《两汉》《唐书》

---

① 曼殊：《小说丛话》，见邹国平、黄霖选编：《中国文论选·近代卷》（下），311页，南京：江苏文艺出版社，1996。

《残唐》《南北宋》诸刻,其浩瀚几与正史分签并架"。①尺蠖斋在《东西晋演义序》中说:"一代肇兴,必有一代之史,而有信史有野史。好事者丛取而演之,以通俗谕人,名曰演义。盖自罗贯中《水浒传》《三国传》始也。"②说明《三国演义》《水浒传》开创了通俗历史演义小说的先河。

一、三国故事的流变与《三国演义》的成书过程

西晋陈寿所著《三国志》是三国故事的最早源头,但这是纪传体的史书,记事简略,粗陈梗概。南朝宋人裴松之为《三国志》作注,增加了许多奇闻轶事,传奇色彩与可读性都大大增强。中唐史学家刘知幾在《史通》中说,诸葛亮未死的故事已"得之于行路,传之于众口",可见这个时期三国故事已广泛流传于民间。晚唐李商隐的《骄儿诗》中有"或谑张飞胡,或笑邓艾吃"的诗句,说明至迟在晚唐时三国故事已妇孺皆知。宋代通过艺人的表演说唱,三国故事更为流行。据《东京梦华录》载,北宋时勾栏瓦肆中出现了专"说三分"的职业艺人霍四究。宋张耒《明道杂志》记载:"京师有富家子,少孤专财,群无赖百方诱导之。而此子甚好看弄影戏,每弄至斩关羽,辄为之泣下,嘱弄者且缓之……"苏轼也在《东坡志林》中说到小儿聚坐听说古话三国故事,"王彭尝云:'途巷中小儿薄劣,其家所厌苦,辄与钱,令聚坐听说古话,至说三国事,闻刘玄德败,颦蹙有出涕者;闻曹操败,即喜唱快。以是知君子小人之泽,百世不斩。'"这里值得注意的是,宋代民间说三国故事已经表现出"尊刘贬曹"的鲜明倾向。金元时代三国故事被大量地搬上舞台,院本和杂剧中有许多三国故事剧。据《录鬼簿》和《太和正音谱》记载,仅元杂剧中就有近三十种演述三国故事的作品。《辍耕录》中记载的金院本有《襄阳会》《大刘备》《骂吕布》和《赤壁鏖兵》等。元英宗至治年间(1321—1323)出现新安虞氏所刊的《全相三国志平话》,这是今存最早的,也是唯一一部以三国故事为题材的平话。该书是民间传说中三国故事的写定本,约八万字,分上中下三卷,每卷都分上下两栏,上

① 可观道人:《新列国志叙》,见黄霖、韩同文选注:《中国历代小说论著选》(修订本)上编,247页,南昌:江西人民出版社,2000。
② 尺蠖斋:《东西晋演义序》,见朱一玄编:《金瓶梅资料汇编》,182页,天津:南开大学出版社,2012。

栏图相,下栏正文。全书以司马仲相断狱故事为入话,正话从刘关张桃园结义开始,结束于诸葛亮病死。从平话的内容和结构看,已粗具《三国演义》的规模,但整体描写粗枝大叶,文词鄙陋不通,故事情节离奇,多不符合正史记载,人名地名也多谬误,似乎还是未经文人润色的民间艺人作品。从上述的记载和残留的作品看,从晚唐到元末,在民间流行的三国故事愈来愈丰富,这为《三国演义》的创作提供了充分的条件。

　　元末明初,罗贯中在陈寿《三国志》和裴松之注的基础上,吸收民间传说和话本、戏曲故事,写成《三国演义》,这是我国第一部完整意义上的长篇历史小说。现存最早刊本是嘉靖元年(1522年)刊刻的,称为嘉靖本。全书二十四卷,二百四十则,题"晋平阳侯陈寿史传,后学罗本贯中编次"。继嘉靖本之后,新刊本大量出现,它们都以嘉靖本为主,只做了些插图、考证、评点和文字的增删、卷数和回目的整理等工作。清康熙年间,毛纶、毛宗岗父子对嘉靖本《三国演义》作了一些修改,主要是整理回目,修正文辞,改换诗文等,内容没有大的改动。毛氏的加工使全书的情节更紧凑,更符合史实,并强化了拥刘反曹色彩。

　　作者罗贯中,生平材料现存很少,其籍贯历来有东原、钱塘、慈溪、庐陵等多种说法。元末明初贾仲明《录鬼簿续编》有关于罗贯中的简单介绍:"罗贯中,太原人,号湖海散人,与人寡合,乐府隐语,极为清新。与余为忘年交,遭时多故,天各一方。至正甲辰复会。别来又六十余年,竟不知其所终。"[①]这是今天所能见到的关于罗贯中籍贯最早、最可靠的古代文献记载,罗贯中为山西太原人,从此成为学界公认的定论。从这段记载也可以推测罗贯中的生卒年大约在1310至1385年之间,因为贾仲名《书录鬼簿后》写于明成祖永乐二十年(1422年),时贾八十岁。上推至元至正甲辰(1364年),贾应为二十二岁,罗贯中与贾为"忘年交",由此可推测罗贯中的生年。明王圻《稗史汇编》说罗贯中是"有志图王者"。清徐渭仁、徐钠所绘《水浒一百单八将图题跋》说他曾与元末农民起义的领袖之一张士诚有关系。根据这些片段材料和他作品中对圣君贤相的推崇和反映出来的斗争经验,可以推想罗贯中是封建社会里一个有抱负、有理想,并有一定的军事、政治斗争经

---

① 〔元〕钟嗣成、贾仲明著,浦汉明校:《新校录鬼簿正续编》,160页,成都:巴蜀书社,1996。

验的人物。罗贯中一生著作颇丰,主要作品有:剧本《赵太祖龙虎风云会》《忠正孝子连环谏》《三平章死哭蜚虎子》;小说《隋唐两朝志传》《残唐五代史演义传》《三遂平妖传》《粉妆楼》,最具代表性的作品是《三国演义》。此外,他还是《水浒传》的编写者之一。刘大杰说罗贯中是"中国首先用全力作小说的作家,他又是首先献身通俗文学的作家。……他毕生的精力,几乎贡献在小说上"①,道出了罗贯中在中国通俗小说史上的重要地位以及他对通俗文学的贡献,称罗贯中为中国章回小说的鼻祖并不为过。

二、七实三虚,雅俗共赏

三国时期,是一段精彩纷呈又让人眼花缭乱的历史。从时间跨度上看,只有半个多世纪,比较集中;从政治格局看,三足鼎立,相互争战,斗智斗勇,极富传奇色彩;从人物来说,英雄辈出,群星璀璨;从进程来看,紧张激烈,惊心动魄。李渔对此感慨道:"从未有六十年中,兴则俱兴,灭则俱灭,如三国争天下之局之奇者也。"②鲁迅也说:"因为三国底事情,不像五代那样纷乱;又不像楚汉那样简单;恰是不简不繁,适于作小说。而且三国时底英雄,智术武勇,非常动人,所以人都喜欢取来做小说底材料。再有裴松之注《三国志》,甚为详细,也足以引起人之注意三国的事情。"③也就是说,三国历史、三国故事、三国人物本身即具有相当传奇的色彩,即使是秉笔直书,都具有引人入胜、扣人心弦的特质,特别适宜于用作小说创作的素材,因此三国历史和故事很自然地成为小说家取材与关注的焦点。

然而仅凭素材本身的优势,并不能保证创作的成功。三国到明初,已有一千多年,三国故事一直是各类体裁表现的热点,也有各种样式的作品出现,但直到《三国演义》才达到最高峰,影响力最大,成就最突出,也说明创作者水平的高低决定着相同题材不同创作的成功与否。李渔说:"然三国之局固奇,而非得奇手以传之,则其奇亦不著于天下后世之耳目。"④《三国演义》嘉靖本前有庸愚子序云:"前代尝以

---

① 刘大杰:《中国文学发展史》(下),1022页,上海:上海古籍出版社,1982。
②④〔清〕李渔:《〈三国演义〉序》,见《李渔随笔全集》,302页,北京:京华出版社,2000。
③ 鲁迅:《中国小说的历史的变迁》,见《鲁迅全集》第9卷,323页,北京:人民文学出版社,1981。

野史作为评话，令瞽者演说，其间言辞鄙谬，又失之于野，士君子多厌之。若东原罗贯中，以平阳陈寿传考诸国史，自汉灵帝中平元年终于晋太康元年之事，留心损益，目之曰《三国志通俗演义》。文不甚深，言不甚俗，事纪其实，亦庶几乎史。盖欲读诵者，人人得而知之，若《诗》所谓里巷歌谣之义也。"①从中可以看出，正统士大夫对前代的野史传闻是不满意的。原因除了艺术特点上的粗鄙之外，还有就是不真实。而他认可罗贯中及其作品，也在于其真实性，接近于正史。换句话说，是罗贯中把那些言辞鄙谬、正统士人看不起的平话，改编成了"文不甚深，言不甚俗"，又不完全违背正史的雅俗共赏的通俗演义，既可给士大夫读，也可给民众看。虽然真实性并不是评价历史小说价值的最高标准，但是违背历史事实，生编硬造也不应该是历史小说的本义。正像孟仲连先生所说："历史小说的特殊性正在于它要在相当程度上保持历史的真实性。如果它完全是作家虚构想象的产物，便丧失了自身，不再是历史小说。"②对此，刘大杰评价说："（罗贯中）是有意的要为民众创作通俗文学，将那些历史知识，用演义体裁灌输到民间去。他具有重视小说价值的进步眼光，也具有为民众写作的进步立场。他确是通俗文学的创作者，是我国小说界的开路先锋，这一点，便使他在中国文学史上得到不朽的地位，值得我们敬重他。"③确实，罗贯中将作为案头读物的史书普及化了，把较为艰深晦涩的内容通俗化了，让普通的市井百姓都能看得懂。从此以后，三国故事真正走入千家万户，走进人们心里，《三国演义》也成为妇孺皆知、家喻户晓，在中国文学史上影响最大的作品之一。

清代学者章学诚在论这部作品时说："唯《三国演义》则七分实事，三分虚构，以致观者往往为所惑乱。"④章学诚将《三国演义》看作历史书，所以才有这样并非完全属于艺术和美学的评论。但是，"七实三虚"的说法是有一定道理的。从作品的全貌看，书中所写的重大史实

---

① 庸愚子：《三国志通俗演义序》，见黄霖、韩同文选注：《中国历代小说论著选》（修订本）中编，108页，南昌：江西人民出版社，2000。
② 宁宗一主编：《中国小说学通论》，457页，合肥：安徽教育出版社，1995。
③ 刘大杰：《中国文学发展史》（下），1023页，上海：上海古籍出版社，1982。
④ 〔清〕章学诚：《丙辰札记》，见《乙卯札记　丙辰札记　知非日札》，90页，北京：中华书局，1986。

都是有历史依据的,如讨董卓、官渡之战、赤壁之战、彝陵之战等皆出自史书的记载。但罗贯中既尊重史实,又不像历史典籍那样完全如实地记录历史、叙述历史,而是有自己明确的创作意图,去建构框架、塑造人物、安排情节,体现出作者把握素材、驾驭历史的创作能力和艺术手法。《三国演义》在处理虚实上手法多样,主要表现在以下几点:

一是削去了《三国志平话》中许多荒诞不经的内容。民间的情感趋向是拥刘贬曹,希望汉兴魏亡,但结果却正好相反,曹魏政权兴盛,蜀汉灭亡。怎么解决这一矛盾? 民间常用的办法是借助因果报应。《三国志平话》的骨架就是建立在因果报应说之上,在其开头,便讲了一个司马仲相断狱的故事。司马仲相是一位秀才,一日携酒背琴到御园游赏,看亡秦之书。饮酒半酣之际,毁骂始皇,兼及天公,被请下阴司断狱。"断得阴间无私,交你做阳间天子;断得不是,贬在阴山背后,永不为人。"所断之狱为汉初事,其中有三位功臣韩信、彭越、英布被汉高祖刘邦屈杀一案,经过审理,最终结果是玉皇敕书:

> 汉高祖负其功臣,却交三人分其汉朝天下:交韩信分中原为曹操,交彭越为蜀川刘备,交英布分江东长沙吴王为孙权;交汉高祖生许昌为献帝,吕后为伏皇后。交曹操占得天时,囚其献帝,杀伏皇后报仇;江东孙权占得地利,十山九水;蜀川刘备占得人和。刘备索取关、张之勇,却无谋略之人。交蒯通生济州,为琅邪郡,复姓诸葛,名亮,字孔明,道号卧龙先生,于南阳邓州卧龙冈上建庵居住。此处是君臣遇合之处,共立天下,往西川益州建都为皇帝,约五十余年。交仲相生在阳间,复姓司马,字仲达,三国并收,独霸天下。①

显然,这是下层民众无法解释历史兴衰更替时的想象与编造。《三国演义》没有因循这种简单粗糙的故事框架,它将这一段完全去掉,直接从"后汉桓帝崩,灵帝即位,年十二岁"叙起,借助史料和故事,深入分析曹魏政权兴盛背后的历史根由和个性渊源,给人以厚重的历史感和艺术的真实感。故郑振铎评价说:"《三国志演义》之成为纯粹的历史小说,其第一功臣,故当为罗氏","依据了这个原本《三国志通俗演

---

① 《三国志平话》,6页,上海:古典文学出版社,1955。

义》，我们可知罗氏对于讲史的写作，其态度是改俗为雅，牵野说以就历史的。虽然他仍保存不少旧作原来的东西，但过于荒诞不经的东西则皆毫不吝惜的铲除无遗。"①

二是以生花妙笔进行二度创作。三国故事在长期的流传过程中，不断虚构出一些新的故事，虽然于史无证，但是已被民众接受，具有广泛的群众基础。对于这样的一些故事与情节，《三国演义》予以保留，而且以其生花妙笔进行二度创作，使情节更加跌宕起伏，人物更加丰满，描摹更加细致委婉。整个三国故事既可信，又更加引人入胜，极大地增强了艺术魅力。

刘关张桃园结义本是据民间传说虚构而成，《三国志平话》对三人"结义"过程有一个叙述：

> 话说一人，姓关名羽，字云长，乃平阳蒲州解良人也，生得神眉凤目，虬髯，面如紫玉，身长九尺二寸，喜看《春秋》《左传》。观乱臣贼子传，便生怒恶。因本县官员贪财好贿，酷害黎民，将县令杀了，亡命逃遁，前往涿郡。不因躲难身漂泊，怎遇分金重义知。
>
> 却说有一人，姓张名飞，字翼德，乃燕邦涿郡范阳人也；生得豹头环眼，燕颔虎须，身长九尺余，声若巨钟。家豪大富。因在门首闲立，见关公街前过，生得状貌非俗，衣服蓝缕，非是本处人。纵步向前，见关公施礼。关公还礼。飞问曰："君子何往？甚州人氏？"关公见飞问，观飞貌亦非凡，言曰："念某河东解州人氏，因本县官虐民不公，吾杀之。不敢乡中住，故来此处避难。"飞见关公话毕，乃大丈夫之志。遂邀关公于酒肆中。飞叫量酒，将二百钱酒来。主人应声而至。关公见飞非草次之人，说话言谈，便气和酒尽。关公欲待还杯，乃身边无钱，有艰难之意。飞曰："岂有是理！"再叫主人将酒来。二人把盏相劝，言语相投，有如契旧。正是：龙虎相逢日，君臣庆会时。
>
> ……
>
> 当日，（刘备）因贩履于市，卖讫，也来酒店中买酒吃。关、张二人见德公生得状貌非俗，有千般说不尽底福气。关公遂进酒于

---

① 郑振铎：《郑振铎文集》第七卷，149～150页，北京：人民文学出版社，1988。

德公。公见二人状貌亦非凡,喜甚,也不推辞,接盏便饮。饮罢,张飞把盏,德公又接饮罢。飞邀德公同坐,三杯酒罢,三人同宿,昔交便气合。有张飞言曰:"此处不是咱坐处。二公不弃,就敝宅聊饮一杯。"二公见飞言,便随飞到宅中。后有一桃园,园内有一小亭。飞遂邀二公,亭上置酒,三人欢饮。饮间,三人各序年甲:德公最长,关公为次,飞最小。以此大者为兄,小者为弟。宰白马祭天,杀乌牛祭地。不求同日生,只愿同日死。三人同行同坐同眠,誓为兄弟。①

可以看出,这段叙述比较简单,三人只是因为相貌上的相互吸引,"言语相投,有如契旧",遂结拜兄弟,情节充满偶然性,缺乏内在深厚的缘由和依据。在《三国演义》中,作者不仅将这一故事与情节予以保留,还大加发挥,增加了三人具有共同志向的结义基础。其背景是黄巾军起,国难当头,朝廷"火速降诏,令各处备御,讨贼立功",幽州太守刘焉"出榜招募义兵"。三人都具有投军破贼、保国安民的宏伟志向,我们且看三人相遇时的言谈:

    张飞:"大丈夫不与国家出力,何故长叹?"

    刘备:"我本汉室宗亲,姓刘,名备。今闻黄巾倡乱,有志欲破贼安民,恨力不能,故长叹耳。"

    张飞:"吾颇有资财,当招募乡勇,与公同举大事,如何。"

    关羽:"快斟酒来吃,我待赶入城去投军。"②

正是在这一共同目标之下,三人相互欣赏并结拜为兄弟:"念刘备、关羽、张飞,虽然异姓,既结为兄弟,则同心协力,救困扶危;上报国家,下安黎庶。不求同年同月同日生,只愿同年同月同日死。皇天后土,实鉴此心,背义忘恩,天人共戮!"这就把一个单纯的民间结拜变成了一种欲为国出力的崇高行为,而且颇有说服力,为日后三人同生共死、肝胆相照、荣辱与共、至死不渝的深厚情谊埋下了伏笔,日后关羽、张飞为辅佐刘备恢复汉室而出生入死、赴汤蹈火在所不惜更加令人信服。"桃园三结义"的故事也变得脍炙人口、妇孺皆知了。

"三顾茅庐"一节,《三国志》记载极简,只有"凡三往乃见"五字。

---

① 《三国志平话》,10~12页,上海:古典文学出版社,1955。
② 〔明〕罗贯中:《三国演义》第一回,3页,上海:上海古籍出版社,1991。

《三国志平话》也只是简单讲述了三谒卧龙的经过,且文字粗率,缺少文采,诸葛亮的形象只不过是一个"面如敷粉,唇似涂朱"的概念化的白面书生。到了《三国演义》,作者发挥想象与虚构的才能,对这一事件巧妙构思,精心结撰,扩展加工,细致描画,使得故事一波三折,跌宕起伏,甚是好看。

诸葛亮尚未亮相,作者就从外围进行了铺垫与渲染。先是司马徽向刘备推荐诸葛亮,说他既超春秋战国时期功勋卓著的名人管仲、乐毅,"可比兴周八百年之姜子牙、旺汉四百年之张子房也"。又写"徐庶走荐诸葛亮",接着写司马徽再次举荐,诸葛亮未出场已名声大振。接下来刘备的"三顾茅庐",次次不同,内容十分丰富,情节十分曲折,故事十分生动,描写十分细腻,堪称摇曳多姿,精彩绝伦。每一次都对环境有细细的描摹,而且每一次环境不同,每一次刘备都有误认,误认之人各有不同。刘备的眼睛看到的卧龙岗是:"山不高而秀雅,水不深而澄清;地不广而平坦,林不大而茂盛;猿鹤相亲,松篁交翠。"他先后把"孔明之友,博陵崔州平"、卧龙之弟诸葛均、岳父黄承彦误认作孔明。自然环境是为了烘托诸葛亮的儒雅形象和高洁品格,误认则表现了刘备想见孔明的急切心情以及求贤若渴的至诚精神。作品不仅成功塑造了刘备与诸葛亮的光彩形象,富有强烈的艺术魅力,同时也淋漓尽致地抒发出罗贯中对理想人物的深厚情感。郑振铎大为称赞:"保存了《平话》的叙述,而将此叙述润饰着,改作着,往往放大到五六倍;以此枯瘠的记载往往顿成了华赡丰腴的描写。"[①]由此,郑振铎高度评价罗贯中:"与其说他是一位创作家,毋宁说他是位编订者。特别是关于讲史一部分,因为那些讲史,在他之前,大都是有了很古很古的旧本的。不过他的这位编订家,所负的责任,与所取的态度,却是非同寻常的编订者一般的。他不是毛宗岗、陈继儒、金圣叹一流的人,他乃是更大胆的冯梦龙、褚人获一流人。他是一位超出于寻常编订家以上的改作家。他的改作,有时简直是重作。"[②]罗贯中确是用他的生花妙笔,"将璞玉变成精美的艺术品"。其他如"关羽放水淹七军""张飞鞭督邮""关公单刀会""秋风五丈原"虽有所本,但都是藉由《三国演义》的

---

① 郑振铎:《郑振铎文集》第七卷,150 页,北京:人民文学出版社,1988。
② 郑振铎:《郑振铎文集》第七卷,149 页,北京:人民文学出版社,1988。

润色和加工,皆成为流传千古、脍炙人口的名篇佳话。

三是大胆想象,适度虚构。《三国演义》有一些事件和人物活动,原本没有任何的历史依据,但是通过作者的大胆想象与虚构,再加上细致入微的刻画描摹,与三国整体故事水乳交融、天衣无缝,显示出作者高超的文学创造才能。"空城计"就是一个虚构的故事,《三国志平话》中只有失街亭、斩马谡,并没有空城计。罗贯中却于马谡失街亭后设置了这样一个情节,绘声绘色地表现了诸葛亮沉着应对、机智善谋、神机妙算的个性特征。

孔明分拨已定,先引五千兵退去西城县搬运粮草。忽然十余次飞马报到,说:"司马懿引大军十五万,望西城蜂拥而来!"时孔明身边别无大将,只有一班文官,所引五千军,已分一半先运粮草去了,只剩二千五百军在城中。众官听得这个消息,尽皆失色。孔明登城望之,果然尘土冲天,魏兵分两路望西城县杀来。孔明传令,教"将旌旗尽皆隐匿;诸军各守城铺,如有妄行出入,及高言大语者,斩之!大开四门,每一门用二十军士,扮作百姓,洒扫街道。如魏兵到时,不可擅动,吾自有计"。孔明乃披鹤氅,戴纶巾,引二小童携琴一张,于城上敌楼前,凭栏而坐,焚香操琴。却说司马懿前军哨到城下,见了如此模样,皆不敢进,急报与司马懿。懿笑而不信,遂止住三军,自飞马远远望之。果见孔明坐于城楼之上,笑容可掬,焚香操琴。左有一童子,手捧宝剑;右有一童子,手执麈尾。城门内外,有二十余百姓,低头洒扫,傍若无人,懿看毕大疑,便到中军,教后军作前军,前军作后军,望北山路而退。次子司马昭曰:"莫非诸葛亮无军,故作此态?父亲何故便退兵?"懿曰:"亮平生谨慎,不曾弄险。今大开城门,必有埋伏。我兵若进,中其计也。汝辈岂知?宜速退。"于是两路兵尽皆退去。孔明见魏军远去,抚掌而笑。众官无不骇然,乃问孔明曰:"司马懿乃魏之名将,今统十五万精兵到此,见了丞相,便速退去,何也?"孔明曰:"此人料吾生平谨慎,必不弄险;见如此模样,疑有伏兵,所以退去。吾非行险,盖因不得已而用之。此人必引军投山北小路去也。吾已令兴、苞二人在彼等候。"众皆惊服曰:"丞相之机,神鬼莫测。若某等之见,必弃城而走矣。"孔明曰:"吾兵止有二千五百,若弃城而走,必不能远遁。得不为司马懿所擒乎?"后人有诗赞曰:"瑶琴三尺胜雄师,诸葛西城退敌时。十五万人回马处,土人指点到今疑。"(《三国演义》第九十五回)

实际上,若冷静分析一下,空城计破绽百出,并不合乎逻辑。正像易中天先生所分析的:

> 第一,司马懿不敢进攻,无非是害怕城中有埋伏。那么,派一队侦察兵进去看看,行不行? 第二,司马懿"果见孔明坐于城楼之上,笑容可掬",距离应该不算太远,那么,派一个神箭手把诸葛亮射下城楼,来他个"擒贼先擒王",行不行? 第三,按照郭冲的说法,当时司马懿的军队有二十万人,诸葛亮只有一万人;按照《三国演义》的说法,当时司马懿的军队有十五万人,诸葛亮只有二千五百人。总之是敌众我寡。那么,围他三天,围而不打,行不行? 何至于掉头就走呢? 所以裴松之作注时,就断定郭冲所言不实。裴松之说:"就如冲言,宣帝(司马懿)既举二十万众,已知亮兵少力弱,若疑其有伏兵,正可设防持重,何至便走乎?"所以,空城计是靠不住的。①

从史实的角度看,确是如此,但是从文学的角度看,空城计却是符合人物性格与事物发展逻辑的,具有艺术的真实性。诸葛亮一生谨慎,司马懿也相信这一点,认为他不会弄险,而诸葛亮正利用了自己给他人造成的刻板印象,反其道而行之,出其不意,反而转危为安。而司马懿性情多疑,再加上街亭属战略要塞,事关重大,他不敢轻举妄动。所以"空城计是罗贯中在全面把握人物性格和情节发展趋势基础上的艺术虚构,它已成为整个三国故事不可缺少的精彩篇章。虽然不符合历史,却既合情又合理。"②如果没有了空城计,《三国演义》会少了一抹亮色。

作者描摹渲染之功力如此高超,即使是历史上并未发生过的故事与情节,通过他的描写,也具有了以假乱真的效果,让读者信以为真。对此,鲁迅称为缺陷之一:"容易招人误会。因为中间所叙的事情,有七分是实的,三分是虚的;惟其实多虚少,所以人们或不免并信虚者为

---

① 易中天:《品三国》,6 页,上海:上海文艺出版社,2006。
② 宁宗一主编:《中国小说学通论》,456 页,合肥:安徽教育出版社,1995。

真。如王渔洋是有名的诗人,也是学者,而他有一个诗的题目叫'落凤坡吊庞士元',这'落凤坡'只有《三国演义》上有,别无根据,王渔洋却被它闹昏了。"①这正说明《三国演义》描写逼真,虽是虚构但符合生活与战争的逻辑,以至于真假难辨,从文学方面说,这正是《三国演义》的成功。

四是用张冠李戴、移花接木的手法进行二度创作,将故事与人物作合理的调整,使之更能为塑造人物与推进情节服务。历史上,火烧博望坡是刘备所为,与诸葛亮并无关联;火烧赤壁则是周瑜部将黄盖的主张和功劳,与诸葛亮也无关系。"张飞鞭督邮"一节,在《三国志》中"鞭督邮"是刘备所为,刘备时任安喜尉,"督邮以公事到县,先主求谒,不通,直入缚督邮,杖二百,解绶系其颈着马柳,弃官亡命"。在《三国志平话》里面就有了改变,张飞扶刘备坐在交椅上,将督邮绑在厅前系马桩上,"打了一百大棒,身死,分尸六段,将头吊在北门,将脚吊在四隅角上"。到了《三国演义》,则是这样描写的:"张飞大怒,睁圆环眼,咬碎钢牙,滚鞍下马,径入馆驿,把门人那里阻挡得住。直奔后堂,见督邮正坐厅上,将县吏绑倒在地。飞大喝:'害民贼!认得我么?'督邮未及开言,早被张飞揪住头发,扯出馆驿,直到县前马桩上缚住;攀下柳条,去督邮两腿上着力鞭打,一连打折柳条十数枝。"(第二回)当时刘备并不在场,事发后刘备赶来,释放了督邮。这样写有助于表现人物性格,一箭双雕,既突出了张飞直爽火暴、疾恶如仇的个性特点,又表现了刘备仁慈宽厚的品德。可见,作者并不拘泥于史实中的细节,而是从主题和人物塑造的需要出发进行艺术加工,正是在这个基础上,作品达到了历史性与艺术性的和谐统一。

三、崇德尚义的民间情怀与大众趣味

《三国演义》表现出鲜明的拥刘反曹思想倾向,背后折射出的是以谁为正统这个关键问题。罗贯中生于民族矛盾非常尖锐的元代末年,他与农民起义军有联系,是"有志图王者",他是以蜀汉为正统的,一方面他肯定魏、蜀、吴三国在群雄逐鹿、相互争战中所表现出的英勇、奋

---

① 鲁迅:《中国小说的历史的变迁》,见《鲁迅全集》第 9 卷,323 页,北京:人民文学出版社,1981。

争、智谋，对曹操、刘备、孙权诸人表现出的雄才大略予以认可；但另一方面，在情感上他更倾向于刘备一方。刘备和汉室是远亲，织草履出身，为何作者唯独推崇他？作者通过周仓之口，说出了他的真正意图："天下土地，唯有德者居之。"（《三国演义》第六十六回）这种"唯有德者居之"的主张，既符合中国传统重德思想，更符合人民意愿。

中国重德传统可谓源远流长。西周初年，周公从商纣王荒淫无度、崇尚武力、不恤民众最终导致百姓倒戈以致失掉天下，得出结论："皇天无亲，惟德是辅"，从而确立了重德的思想。孔子继承这一传统，明确提出："为政以德，譬如北辰居其所而众星共之。"①这一指导思想由孟子等进一步阐发完善，成为鲁国一以贯之的传统，也是儒家文化区别于其他各派的显著标志。为政以德，包括两层内涵：一是实施德政、仁政，而不是严刑峻法；二是统治者自己要有德，以身作则，给下层民众做出榜样。推行仁政德治最鲜明的体现便是爱民，这是周朝开创的传统。周武王借鉴了商朝失掉天下的教训，强调得民的重要性。他说："天视自我民视，天听自我民听"②，"民之所欲，天必从之"③，指出民心与天意之间有一种微妙的关联，天意会顺从民意，违背民意便是违背天意，就是自取灭亡。鲁国继承了周公爱民的传统，重视人民的力量。孔子认为："君者，舟也；庶人者，水也。水则载舟，水则覆舟。君以此思危，则危将焉而不至矣。"④孟子认为得天下之道在得民，他说："桀纣之失天下也，失其民也；失其民者，失其心也。得天下有道：得其民，斯得天下矣。得其民有道：得其心，斯得民矣。得其心有道：所欲与之聚之，所恶勿施尔也。"⑤这一段话从正反两方面说出了民与天下的关系：为何失天下？失天下缘于失民，而失民缘于失民心；如何得天下？须得民，得民须得其心，得其心须满足他们的要求。

从重德的内在要求和外在表现来看，刘备及其团队无疑更符合标准。刘备堪称有德的楷模。他在很长时间内居无定所，颠沛流离，寄人篱下，没有自己的军队和城池；但他却一直被目为英雄、豪杰，且处

---

① 《论语·为政》，见杨伯峻译注：《论语译注》，11 页，北京：中华书局，1980。

② 《尚书·泰誓中》，见李民、王健：《尚书译注》，199 页，上海：上海古籍出版社，2004。

③ 同上书，195 页。

④ 《荀子·哀公》，见张觉：《荀子译注》，675 页，上海：上海古籍出版社，1995。

⑤ 《孟子·离娄上》，见杨伯峻译注：《孟子译注》上，171 页，北京：中华书局，1960。

处受人尊重,根本上说是由于其内心强大,属于正义的化身。徐庶母亲的话可作总结:"吾久闻玄德乃中山靖王之后,孝景皇帝阁下玄孙,屈身下士,恭己待人,仁声素著,世之黄童、白叟、牧子、樵夫皆知其名,真当世之英雄也。"第三十六回刘备曾对庞统说:"今与吾为水火者,曹操也。操以急,吾以宽;曹以暴,吾以仁;操以谲,吾以忠。每与操反,事乃可成耳。"从作品中看,刘备确是一位德高望重的贤仁之士,他"仁慈宽厚,有长者风"。有很多细节可以表现这一点。初识徐庶,刘备得到"的卢"马一匹,伊籍对他说:"此马不可骑,乘则伤主。"徐庶对他说,"的卢"虽然是千里马,"却只妨主",如"意中有仇怨之人,可将此马赐之,待妨过了此人,然后乘之,自然无事"。刘备闻言变色说:"公初至此,不教吾以正道,便教作利己妨人之事,备不敢闻教。"徐庶说:"向闻使君仁德,未敢便信,故以此言相试耳","吾自颍上来此,闻新野之人歌曰'新野牧,刘皇叔,自到此,民丰足',可见使君之仁德及人也。"曹操为骗徐庶去辅佐他,先骗徐庶老母去许都。刘备的谋士孙乾给刘备出主意,不放徐庶去许都,因为徐庶了解刘备军队的虚实,且是天下奇才,曹操一见必然重用,到那时刘备就危险了;而徐庶不去许都,曹操一生气就会杀掉徐母,这样一来徐庶就会死心塌地辅佐刘备了。可是刘备却断然拒绝孙乾这一谋略,他说:"不可。使人杀其母,而吾用其子,不仁也;留之不使去,以绝其子母之道,不义也。吾宁死,不为不仁不义之事。"(第三十六回)意谓宁死不做不仁不义之事。

刘备、诸葛亮在新野大败曹军之后,移驻樊城。曹操为了报仇,分兵八路,亲自率领,杀奔樊城而来。刘备兵微将寡,樊城池浅城薄,诸葛亮料定抵挡不住,便劝刘备放弃樊城,渡过汉水,往襄阳退去。刘备不忍抛弃跟随多时的百姓,就派人在城中遍告:"曹兵将至,孤城不可久守,百姓愿随者,可一同过江。"众将皆曰:"江陵要地,足可拒守。今拥民众数万,日行十余里。似此几时得到江陵?倘曹兵到,如何迎敌?不如暂弃百姓,先行为上。"刘备却不忍心抛下百姓不管,含着眼泪对众将领说:"举大事者必以人为本。今人归我,奈何弃之?"跟随他的民众也齐声表示:"我等虽死,亦愿随使君。"(第四十一回)第四十一回刘备到了南岸,回顾江北,还有无数未渡江的百姓望南招手呼号。刘备急令关羽催船速去渡百姓过江。直到百姓将要渡完,方才上马离去。

后人有诗赞曰:"临难仁心存百姓,登舟挥泪动三军,至今凭吊襄汉口,父老犹然忆使君。"虽然这一仗,刘备在军事上遭到了重创,一败涂地,但在道义上却取得了极大的胜利。从此刘备的"仁德爱民"更加深入人心,并成为他区别于其他创业之君的最大优势。

正因为他相信"唯德可以服人"(第八十五回),正因为他"爱民如子",也正因为他对待臣下和朋友肝胆相照、荣辱与共,所以他取信于人,博得部下和民众的赞许和拥戴,誓死效忠,生死不移,刘备最终从"织席贩履"的一介布衣成为蜀国之君。他进位汉中王后,"东西两川,民安国富,田禾大成"。(第七十七回)刘备这个仁君形象,是作者政治理想的化身,也是宋元时期挣扎于死亡线上的人民的希望所在。与之相反,董卓"尝引军出城,行到阳城地方,时当二月,村民社赛,男女皆集。卓命军士围住,尽皆杀之,掠妇女财物,装载车上,悬头千余颗于车下,连轸远都,扬言杀贼大胜而回"。(第四回)对此,这个屠夫却一点也不感到内疚,还杀气腾腾地说:"吾为天下计,岂惜小民哉!"(第六回)曹操攻徐州时下令:"但得城池,将城中百姓,尽行屠戮,……"于是,"操大军所到之处,杀戮人民,发掘坟墓"。(第十回)由此可见,拥刘反曹符合中国传统的道德评判标准与中华民族的审美倾向,体现了作者"善善恶恶"的伦理道德观念,"带有明显的民间色彩与儒家明君仁政的社会理想"①。

尚义,也是中国传统美德,在《三国演义》中有淋漓尽致的表现。从第一回"宴桃园豪杰三结义"起,直到"全忠义士心何烈,守节王孙志可哀","义"贯穿全书始终。义跟忠相连,忠更多地体现为制约君臣关系的规范,义则要求人与人之间的信任与真诚。《三国演义》中义与忠得到完美结合。第一回就是刘关张桃园三结义,其誓词是:"念刘备、关羽、张飞,虽然异姓,既结为兄弟,则同心协力,救困扶危;上报国家,下安黎庶。不求同年同月同日生,只愿同年同月同日死。皇天后土,实鉴此心,背义忘恩,天人共戮!"实际上包含着有福同享,有难共当,不离不弃,相互扶持的责任与义务。关羽、张飞追随着刘备,艰难困苦,颠沛流离,至死弗去。其中,关羽是表现义这一主旨的核心人物,

① 参见李剑国、陈洪主编:《中国小说通史》,930 页,北京:高等教育出版社,2007。

是义的代表。

第二十五回"屯土山关公约三事"，曹操将关羽围困，派遣张辽前去劝降。关羽以三事相约：第一，只降汉献帝，不降曹操；第二，两位嫂嫂（刘备的两位夫人）请给予俸禄养赡，一应上下人等，不得上门骚扰；第三，但知刘备去向，不管千里万里，便当辞去。曹操犹豫再三，而后满口答应，关羽遂降。关羽降曹后，受到一次次的考验，曹操为了收买关羽而厚恩待之，"封侯赐爵，三日一小宴，五日一大宴，上马一提金，下马一提银"，然而都没能让关羽有丝毫动摇，他一思一念，一举一动都不忘"誓同生死"的结义兄弟。曹操赠袍，关羽却把旧袍罩在新袍之上，并谓之曰："旧袍乃刘皇叔所赐，我穿之如见兄面，不敢以丞相之新袍而忘兄长之旧赐……"曹操赠赤兔马，关羽谢曰："吾知此马行千里，……若知兄长下落，可一日而见面矣。"这是何等的光明磊落！也难怪曹操听了不禁愕然而悔，便命张辽去问关羽何以常怀去心，引出了关羽的一番肺腑之言：

> 公曰："吾固知曹公待吾甚厚，奈吾受刘皇叔厚恩，誓以共死，不可背之，吾终不留此。要必立效以报曹公，然后去耳。"辽曰："倘玄德已弃世，公何所归乎？"公曰："愿从于地下。"（第二十五回）

关羽的这段话肝胆照人，足以惊天地泣鬼神，连"奸雄"曹操听了也不得不叹服："事主不忘其本，乃天下之义士也！"正因如此，当关羽一知刘备的消息，便毅然决然封金挂印，斩关杀将，千里独行，奔往刘备。他身上没有丝毫的奴颜和媚骨，"财贿不足以动其心，爵禄不足以移其志"，不管在任何生死存亡的危急关头，都不改变初衷。当他兵败麦城，内无粮草，外无援军，吴侯派诸葛瑾来劝降时，关羽义正词严地说："吾乃解良一武夫，蒙吾主以手足相待，安肯背义投敌国乎？城若破，有死而已。玉可碎而不可改其白，竹可焚而不可毁其节；身虽殒，名可垂于竹帛也。汝勿多言，速请出城，吾欲与孙权决一死战！"（第七十六回）关羽最终在麦城殉难，以自己的热血和生命铸就了一代忠义壮烈的凛然形象。在关羽身上所体现出来的这种"富贵不能淫，贫贱不能移，威武不能屈"的精神，正是中华民族历史传统的精华。孟子曾说："非其义也，非其道也，禄之以天下，弗顾也，系马千驷，弗视也；非其义也,非其道也,一介不以与人,一介不以取诸人。"①他还说:"鱼,我所欲也,熊掌,亦我所欲也;二者不可得兼,舍鱼而取熊掌者也。生亦我所欲也,义亦我所欲也;二者不可得兼,舍生而取义者也。"②尚义的最高准则是舍生取义,以义为生命的价值所在是为维护正义,可以舍生忘死,在所不惜,这不正是关羽的生动写照吗?!

当然,作者在着力表现关羽讲信用,重情义,已诺必诚的崇高品德的同时,也没有避讳他感情用事,因私废公,在大是大非面前丧失原则的问题,这突出表现在他对待曹操的态度上。曹操对他有恩,他"知恩图报",斩文丑,诛颜良,解白马之围,甚至在华容道上"义释曹操"。当时曹操人疲马乏,穷途末路,狼狈不堪:

> 言未毕,一声炮响,两边五百校刀手摆开,为首大将关云长,提青龙刀,跨赤兔马,截住去路。操军见了,亡魂丧胆,面面相觑。操曰:"既到此处,只得决一死战!"众将曰:"人纵然不怯,马力已乏,安能复战?"程昱曰:"某素知云长傲上而不忍下,欺强而不凌弱;恩怨分明,信义素著。丞相旧日有恩于彼,今只亲自告之,可脱此难。"操从其说,即纵马向前,欠身谓云长曰:"将军别来无恙!"云长亦欠身答曰:"关某奉军师将令,等候丞相多时。"操曰:"曹操兵败势危,到此无路,望将军以昔日之情为重。"云长曰:"昔日关某虽蒙丞相厚恩,然已斩颜良,诛文丑,解白马之围,以奉报矣。今日之事,岂敢以私废公?"操曰:"五关斩将之时,还能记否?大丈夫以信义为重。将军深明《春秋》,岂不知庾公之斯追子濯孺子之事乎?"云长是个义重如山之人,想起当日曹操许多恩义,与后来五关斩将之事,如何不动心?又见曹军惶惶,皆欲垂泪,一发心中不忍。于是把马头勒回,谓众军曰:"四散摆开。"这个分明是放曹操的意思。操见云长回马,便和众将一齐冲将过去。云长回身时,曹操已与众将过去了。云长大喝一声,众军皆下马,哭拜于地。云长愈加不忍。正犹豫间,张辽纵马而至。云长见了,又动故旧之情,长叹一声,并皆放去。(第五十回)

这一片断确实很精彩,将关羽"义绝"的性格特征渲染到极致。作

---

① 《孟子·万章上》,见杨伯峻译注:《孟子译注》上,225页,北京:中华书局,1960。
② 《孟子·告子上》,见杨伯峻译注:《孟子译注》上,265页,北京:中华书局,1960。

者对他的这一行为也是持赞赏态度的,回目即是"关云长义释曹操",还借史官赞曰:"只为当初恩义重,放开金锁走蛟龙。"作者在本回末诗赞:"拼将一死酬知己,致令千秋仰义名。"但关羽为了个人感情,置军令于不顾,陷入狭义的义气观,对中国后世产生了一定的负面影响。

四、以传奇法讲故事

章回体小说脱胎于说书体,以讲故事娱人为本位,因而非常注重故事情节的编撰与建构。在描绘事件时,充分地调动文学手法,谋篇布局,匠心独运,把一个个历史事件戏剧化,将每一个故事都写得摇曳多姿,跌宕起伏。王允献貂蝉、桃园结义、三顾茅庐、过关斩将、单刀赴会、单骑救主、群英会、蒋干过江、借东风、火烧赤壁、空城计、斩马谡、六出祁山等,无不精彩纷呈,引人入胜。

赤壁之战是被后世津津乐道的故事。陈寿所著的《三国志》,对赤壁之战的描述很简略:"公至赤壁,与备战不利,于是大疫,吏士多死者,乃引军还。"[①]而《三国演义》则用了八回的篇幅,把这一历史故事渲染得波澜壮阔、扣人心弦。在战争的起始阶段,是孙、刘联盟的形成以及孙吴内部"和战之争"。曹操拥兵百万,将领、谋士二千余人,而刘备拥兵不到六万,将领、谋士不到十人。孙权的兵虽比刘备多些,但和曹操不可相提并论,两军称得上是鸡蛋碰石头。要想不被一网打尽,孙、刘就要联手抗曹。可是这只是刘备方的一相情愿,孙权手下的谋士大多要投降曹操。在这种局面下,诸葛亮主动请缨出使东吴。在此之前,东吴内部出现争执,张昭诸人主张降曹,鲁肃力主抗曹,孙权主意未定,鲁肃趁孙权更衣之机,跟出来劝曰:

> "恰才众人所言,深误将军。众人皆可降曹操,惟将军不可降曹操。"权曰:"何以言之?"肃曰:"如肃等降操,当以肃还乡党,累官故不失州郡也;将军降操,欲安所归乎?位不过封侯,车不过一乘,骑不过一匹,从不过数人,岂得南面称孤哉!众人之意,各自为己,不可听也。将军宜早定大计。"权叹曰:"诸人议论,大失孤望。子敬开说大计,正与吾见相同。此天以子敬赐我也!但操新

---

① 陈寿著,裴松之注,邹德金整理:《裴松之注三国志》上卷,18页,天津古籍出版社,2009。

得袁绍之众，近又得荆州之兵，恐势大难以抵敌。"肃曰："肃至江夏，引诸葛瑾之弟诸葛亮在此，主公可问之，便知虚实。"权曰："卧龙先生在此乎？"肃曰："现在馆驿中安歇。"权曰："今日天晚，且未相见。来日聚文武于帐下，先教见我江东英俊，然后升堂议事。"于是出现了诸葛亮舌战江东群儒的精彩一幕。

张昭先以言挑之曰："昭乃江东微末之士，久闻先生高卧隆中，自比管、乐。此语果有之乎？"孔明曰："此亮平生小可之比也。"昭曰："近闻刘豫州三顾先生于草庐之中，幸得先生，以为如鱼得水，思欲席卷荆襄。今一旦以属曹操，未审是何主见？"孔明自思张昭乃孙权手下第一个谋士，若不先难倒他，如何说得孙权，遂答曰："吾观取汉上之地，易如反掌。我主刘豫州躬行仁义，不忍夺同宗之基业，故力辞之。刘琮孺子，听信佞言，暗自投降，致使曹操得以猖獗。今我主屯兵江夏，别有良图，非等闲可知也。"昭曰："若此，是先生言行相违也。先生自比管、乐，管仲相桓公，霸诸侯，一匡天下；乐毅扶持微弱之燕，下齐七十余城：此二人者，真济世之才也。先生在草庐之中，但笑傲风月，抱膝危坐。今既从事刘豫州，当为生灵兴利除害，剿灭乱贼。且刘豫州未得先生之前，尚且纵横寰宇，割据城池；今得先生，人皆仰望。虽三尺童蒙，亦谓彪虎生翼，将见汉室复兴，曹氏即灭矣。朝廷旧臣，山林隐士，无不拭目而待：以为拂高天之云翳，仰日月之光辉，拯民于水火之中，措天下于衽席之上，在此时也。何先生自归豫州，曹兵一出，弃甲抛戈，望风而窜；上不能报刘表以安庶民，下不能辅孤子而据疆土；乃弃新野，走樊城，败当阳，奔夏口，无容身之地：是豫州既得先生之后，反不如其初也。管仲、乐毅，果如是乎？愚直之言，幸勿见怪！"孔明听罢，哑然而笑曰："鹏飞万里，其志岂群鸟能识哉？譬如人染沉疴，当先用糜粥以饮之，和药以服之；待其腑脏调和，形体渐安，然后用肉食以补之，猛药以治之：则病根尽去，人得全生也。若不待气脉和缓，便投以猛药厚味，欲求安保，诚为难矣。吾主刘豫州，向日军败于汝南，寄迹刘表，兵不满千，将止关、张、赵云而已：此正如病势尪羸已极之时也。新野山僻小县，人民稀少，粮食鲜薄，豫州不过暂借以容身，岂真将坐守于此耶？

夫以甲兵不完，城郭不固，军不经练，粮不继日，然而博望烧屯，白河用水，使夏侯惇、曹仁辈心惊胆裂：窃谓管仲、乐毅之用兵，未必过此。至于刘琮降操，豫州实出不知；且又不忍乘乱夺同宗之基业，此真大仁大义也。当阳之败，豫州见有数十万赴义之民，扶老携幼相随，不忍弃之，日行十里，不思进取江陵，甘与同败，此亦大仁大义也。寡不敌众，胜负乃其常事。昔高皇数败于项羽，而垓下一战成功，此非韩信之良谋乎？夫信久事高皇，未尝累胜。盖国家大计，社稷安危，是有主谋。非比夸辩之徒，虚誉欺人：坐议立谈，无人可及；临机应变，百无一能。诚为天下笑耳！"这一篇言语，说得张昭并无一言回答。

座上忽一人抗声问曰："今曹公兵屯百万，将列千员，龙骧虎视，平吞江夏，公以为何如？"孔明视之，乃虞翻也。孔明曰："曹操收袁绍蚁聚之兵，劫刘表乌合之众，虽数百万不足惧也。"虞翻冷笑曰："军败于当阳，计穷于夏口，区区求救于人，而犹言'不惧'，此真大言欺人也！"孔明曰："刘豫州以数千仁义之师，安能敌百万残暴之众？退守夏口，所以待时也。今江东兵精粮足，且有长江之险，犹欲使其主屈膝降贼，不顾天下耻笑。由此论之，刘豫州真不惧操贼者矣！"虞翻不能对。

座间又一人问曰："孔明欲效仪、秦之舌，游说东吴耶？"孔明视之，乃步骘也。孔明曰："步子山以苏秦、张仪为辩士，不知苏秦、张仪亦豪杰也。苏秦佩六国相印，张仪两次相秦，皆有匡扶人国之谋，非比畏强凌弱，惧刀避剑之人也。君等闻曹操虚发诈伪之词，便畏惧请降，敢笑苏秦、张仪乎？"步骘默然无语。

忽一人问曰："孔明以曹操何如人也？"孔明视其人，乃薛综也。孔明答曰："曹操乃汉贼也，又何必问？"综曰："公言差矣。汉传世至今，天数将终。今曹公已有天下三分之二，人皆归心。刘豫州不识天时，强欲与争，正如以卵击石，安得不败乎？"孔明厉声曰："薛敬文安得出此无父无君之言乎！夫人生天地间，以忠孝为立身之本。公既为汉臣，则见有不臣之人，当誓共戮之：臣之道也。今曹操祖宗叨食汉禄，不思报效，反怀篡逆之心，天下之所共愤；公乃以天数归之，真无父无君之人也！不足与语！请勿复言!"薛综满面羞惭,不能对答。

座上又一人应声问曰:"曹操虽挟天子以令诸侯,犹是相国曹参之后。刘豫州虽云中山靖王苗裔,却无可稽考,眼见只是织席贩屦之夫耳,何足与曹操抗衡哉!"孔明视之,乃陆绩也。孔明笑曰:"公非袁术座间怀桔之陆郎乎? 请安坐,听吾一言:曹操既为曹相国之后,则世为汉臣矣;今乃专权肆横,欺凌君父,是不惟无君,亦且蔑祖,不惟汉室之乱臣,亦曹氏之贼子也。刘豫州堂堂帝胄,当今皇帝,按谱赐爵,何云无可稽考? 且高祖起身亭长,而终有天下;织席贩屦,又何足为辱乎? 公小儿之见,不足与高士共语!"陆绩语塞。

座上一人忽曰:"孔明所言,皆强词夺理,均非正论,不必再言。且请问孔明治何经典?"孔明视之,乃严畯也。孔明曰:"寻章摘句,世之腐儒也,何能兴邦立事? 且古耕莘伊尹,钓渭子牙,张良、陈平之流。邓禹、耿弇之辈,皆有匡扶宇宙之才,未审其生平治何经典。岂亦效书生,区区于笔砚之间,数黑论黄,舞文弄墨而已乎?"严畯低头丧气而不能对。

忽又一人大声曰:"公好为大言,未必真有实学,恐适为儒者所笑耳。"孔明视其人,乃汝阳程德枢也。孔明答曰:"儒有君子小人之别。君子之儒,忠君爱国,守正恶邪,务使泽及当时,名留后世。若夫小人之儒,惟务雕虫,专工翰墨,青春作赋,皓首穷经;笔下虽有千言,胸中实无一策。且如杨雄以文章名世,而屈身事莽,不免投阁而死,此所谓小人之儒也;虽日赋万言,亦何取哉!"程德枢不能对。(第四十三回)

诸葛亮兵来将挡,水来土掩,沉着应对,对答如流,众人尽皆失色。这一场表现不啻于关羽的过五关斩六将,千里走单骑,真是精彩绝伦,智慧超群。最终诸葛亮智激周瑜,说服孙权联刘抗曹。

周瑜与诸葛亮的斗智斗勇也是一波三折。周瑜先是请孔明断操之粮道,欲借曹操之手杀掉孔明,不料被孔明识破,孔明还提出破曹良策,这更加重了周瑜欲除之而后快的念头。周瑜又诱刘备来东吴,欲杀之,却被陪同刘备前来的关羽气势镇住。周瑜一计不成,又生一计,派给孔明在十日之内"监造十万枝箭"这一不可能完成的任务,但孔明

欣然领命,且将时间定为三日,立军令状,于是"草船借箭"精彩上演:

> 孔明曰:"望子敬借我二十只船,每船要军士三十人,船上皆用青布为幔,各束草千余个,分布两边。吾别有妙用。第三日包管有十万枝箭。只不可又教公瑾得知,若彼知之,吾计败矣。"肃允诺,却不解其意,回报周瑜,果然不提起借船之事,只言:"孔明并不用箭竹、翎毛、胶漆等物,自有道理。"瑜大疑曰:"且看他三日后如何回覆我!"却说鲁肃私自拨轻快船二十只,各船三十余人,并布幔束草等物,尽皆齐备,候孔明调用。第一日却不见孔明动静;第二日亦只不动。至第三日四更时分,孔明密请鲁肃到船中。肃问曰:"公召我来何意?"孔明曰:"特请子敬同往取箭。"肃曰:"何处去取?"孔明曰:"子敬休问,前去便见。"遂命将二十只船,用长索相连,径望北岸进发。是夜大雾漫天,长江之中,雾气更甚,对面不相见。孔明促舟前进……当夜五更时候,船已近曹操水寨。孔明教把船只头西尾东,一带摆开,就船上擂鼓呐喊。鲁肃惊曰:"倘曹兵齐出,如之奈何?"孔明笑曰:"吾料曹操于重雾中必不敢出。吾等只顾酌酒取乐,待雾散便回。"却说曹寨中,听得擂鼓呐喊,毛玠、于禁二人慌忙飞报曹操。操传令曰:"重雾迷江,彼军忽至,必有埋伏,切不可轻动。可拨水军弓弩手乱箭射之。"又差人往旱寨内唤张辽、徐晃各带弓弩军三千,火速到江边助射。比及号令到来,毛玠、于禁怕南军抢入水寨,已差弓弩手在寨前放箭;少顷,旱寨内弓弩手亦到,约一万余人,尽皆向江中放箭:箭如雨发。孔明教把船吊回,头东尾西,逼近水寨受箭,一面擂鼓呐喊。待至日高雾散,孔明令收船急回。二十只船两边束草上,排满箭枝。孔明令各船上军士齐声叫曰:"谢丞相箭!"比及曹军寨内报知曹操时,这里船轻水急,已放回二十余里,追之不及。曹操懊悔不已。(第四十六回)

与此同时,周瑜与曹操之间的争斗也拉开序幕。曹操两次派蒋干过江以及遣蔡中、蔡和诈降,都被周瑜识破并巧妙地加以利用。蒋干过江,周瑜使用"反间计"让曹操杀掉蔡瑁、张允两员熟谙水军作战的将帅。蔡中、蔡和诈降,周瑜将计就计,再加上黄盖的"苦肉计",阚泽献诈降书,庞统献"连环计",一波未平,一波又起,紧张激烈,扣人心弦。

五、鲜活生动、异彩纷呈的人物群像

《三国演义》浓墨重彩,成功塑造了上百个栩栩如生、血肉丰满的艺术形象,如刘备、关羽、张飞、诸葛亮、赵云、曹操、司马懿、周瑜等。这些人物或雄才大略,智谋超群,叱咤风云;或武艺高强,有万夫不挡之勇;或肝胆照人,义薄云天。总之,群星灿烂,异彩纷呈,个性鲜明,千载之下,依然熠熠生辉,魅力无穷。

作者善于以特征化描画人物,人物一出场即以高度概括的语言介绍人物性格,直接确立人物的主要性格特征,给读者直观鲜明的第一印象,这就是有人所说的"出场定型"。

第一回,几个主要人物刘备、张飞、关羽、曹操先后亮相。对刘备的介绍,"性宽和,寡言语,喜怒不形于色;素有大志,专好结交天下豪杰"。确立了刘备基本的性格特征,一个慈爱明君形象跃然纸上。张飞和关羽的出场都是通过刘备的眼睛。对张飞的描写为:"玄德回视其人,身长八尺,豹头环眼,燕颔虎须,声若巨雷,势如奔马。"短短二十个字就把一个粗豪直爽、暴烈勇猛的英雄形象惟妙惟肖地呈现在读者面前。对关羽的描写是:"身长九尺,髯长二尺;面如重枣,唇若涂脂;丹凤眼,卧蚕眉,相貌堂堂,威风凛凛。"一个高大魁梧、一身正气、大义凛然的英雄形象呼之欲出。而对曹操的交代则更加详细,先是作者客观描述:"操幼时,好游猎,喜歌舞,有权谋,多机变。"这是一个定性,然后用一个故事具体表现曹操的权谋与诡计多端:

> 操有叔父,见操游荡无度,尝怒之,言于曹嵩。嵩责操。操忽心生一计,见叔父来,诈倒于地,作中风之状。叔父惊告嵩,嵩急视之。操故无恙。嵩曰:"叔言汝中风,今已愈乎?"操曰:"儿自来无此病;因失爱于叔父,故见罔耳。"嵩信其言。后叔父但言操过,嵩并不听。因此,操得恣意放荡。(第一回)

再借当时三个人的评语强化曹操的性格特点,桥玄谓操:"天下将乱,非命世之才不能济。能安之者,其在君乎?"南阳何颙见操,言:"汉室将亡,安天下者,必此人也。"最有名的是汝南许劭,有知人之名,给曹操的评语是"治世之能臣,乱世之奸雄也",操闻言大喜。曹操又好

又能的特点就这样确立起来了。

诸葛亮则又不同于他人,书中写他"身长八尺,面如冠玉,头戴纶巾,身披鹤氅,飘飘然有神仙之概",形神兼备,传神写照,如在目前。

这种出场即定型的人物塑造方法跟"说书体"有关。说书的特点就是诉诸听觉,为了给听众留下深刻印象,说书人往往在主要人物出场时,就抓住其外形的某些突出特征加以描述,借以强调其性格的一两个方面,并对其善恶美丑进行褒贬,所谓"公忠者雕以正貌,奸邪者与之丑貌",目的就是要让听众一下子就能分清好坏善恶,以利于听众在听的过程中理解人物和故事。所以"说书体"中的人物性格往往线条明快,特点突出,性格单纯,一目了然。这才有毛宗岗《读三国志法》论《三国演义》的所谓"三绝":"诸葛孔明一绝也,关云长一绝也,曹操亦一绝也。"并判定诸葛亮"是古今来贤相中第一奇人",关羽"是古今来名将中第一奇人",而曹操则是"古今来奸雄中第一奇人"。

在人物基本定型以后,作者用一系列的故事和情节对人物"反复皴染",进一步强化、突出人物的性格特征,使人物形象更加丰满,给人以强烈的艺术感受。为了刻画曹操奸诈伪善、凶残狠毒的性格特征,连续使用一连串事例,如杀吕伯奢全家:曹操行刺董卓失败,与陈宫逃至成皋,得到其父旧交吕伯奢好意接待,曹操因误听杀猪者的话语,竟杀了吕伯奢全家,明白真相之后,仍杀死吕伯奢,还说:"宁教我负天下人,休教天下人负我。"暴露了他凶残狠毒的性格特征和极端利己的处世哲学。借管粮官之首安抚军心:曹操南征袁术,军粮短缺,便命管粮官用小斛发放军粮,而听到众军卒埋怨不满时,又以盗窃官粮罪把管粮官处死,并借其头以息众怒。梦中杀人:为防范行刺,曹操故意装作梦中杀人,杀死替他盖被的卫士,后又厚葬死者,以示仁义之心。还有马犯麦田而割发代首,借黄祖之手杀死祢衡,假扰乱军心罪名杀死杨修,不杀陈琳而爱其才,不追关羽以全其志,得部下通敌文书却焚而不究,青梅煮酒论英雄等等,把一个专横残暴、阴险狡诈,又豪爽多智、目光远大的"古今来奸雄中第一奇人"写得血肉饱满。

作者写诸葛亮,主要是在赤壁之战、三气周瑜、七擒孟获等事件中,着力刻画他的运筹帷幄,决胜千里,而且神机妙算,未卜先知。他的"锦囊妙计",战无不胜,攻无不克,只一个"神"字可以称之。写刘备的仁结民心,关羽的忠肝义胆,张飞的粗豪爽直也都是通过一个个故事情节反复皴染而得以强化,使之更加鲜明突出,成为独一无二、无可取代的"这一个"。

《三国演义》有时运用夸张的手法,鲜明地表现人物的特点,烘托气氛,增强感染力,引发读者丰富的想象和强烈共鸣,给人的印象特别深刻,大大增强了作品的艺术感染力。如张飞形象的刻画大量地使用了夸张手法,第四十二回"张翼德大闹长坂桥":

> 却说文聘引军追赵云至长坂桥,只见张飞倒竖虎须,圆睁环眼,手绰蛇矛,立马桥上;又见桥东树林之后,尘头大起,疑有伏兵,便勒住马,不敢近前。俄而,曹仁、李典、夏侯惇、夏侯渊、乐进、张辽、张郃、许褚等都至。见飞怒目横矛,立马于桥上,又恐是诸葛孔明之计,都不敢近前。扎住阵脚,一字儿摆在桥西,使人飞报曹操。操闻知,急上马,从阵后来。张飞睁圆环眼,隐隐见后军青罗伞盖、旄钺旌旗来到,料得是曹操心疑,亲自来看。飞乃厉声大喝曰:"我乃燕人张翼德也!谁敢与我决一死战?"声如巨雷。曹军闻之,尽皆股栗。曹操急令去其伞盖,回顾左右曰:"我向曾闻云长言:翼德于百万军中,取上将之首,如探囊取物。今日相逢,不可轻敌。"言未已,张飞睁目又喝曰:"燕人张翼德在此!谁敢来决死战?"曹操见张飞如此气概,颇有退心。飞望见曹操后军阵脚移动,乃挺矛又喝曰:"战又不战,退又不退,却是何故!"喊声未绝,曹操身边夏侯杰惊得肝胆碎裂,倒撞于马下。操便回马而走。于是诸军众将一齐望西奔走。正是:黄口孺子,怎闻霹雳之声;病体樵夫,难听虎豹之吼。一时弃枪落盔者,不计其数,人如潮涌,马似山崩,自相践踏。后人有诗赞曰:"长坂桥头杀气生,横枪立马眼圆睁。一声好似轰雷震,独退曹家百万兵。"

先是以夸张的言辞描画其形象,吓住曹兵;然后是响如巨雷的一声断喝,让曹军颤抖;紧接着又是两次有如轰雷震、虎豹吼的大喝,竟然吓得曹操身边的大将肝胆碎裂,掉下马来。有一些夸张,有一些渲染,有一些虚构,却将张飞勇猛豪放的性格展现得活灵活现,给读者留下深刻印象。

六、平易浅近、文白结合的语言

《三国演义》所用的语言,既不是高雅艰深的文言文,也不是纯粹的白话,而是"文不甚深,言不甚俗"的半文半白的语言,形成了一种适用于历史演义的独特的雅俗共赏语体风格。

此前的小说语言,或是如唐五代传奇的文言,稍显晦涩;或是如宋元话本中的白话,难去粗鄙。《三国演义》的作者对语言进行了显而易见的加工改造,将传统的书面语言与民间白话结合起来,既吸取文言传统,同时又吸收民间语言,形成了新的语言特色。简洁明了而又通俗易懂,极富表现力,同时又具有高度的可读性,真正达到如蒋大器《三国志通俗演义序》所说的效果:"盖欲读诵者人人得而知之,若《诗》所谓里巷歌谣之义也。"

《三国演义》反映的是三国的历史题材,为了使作品更富有艺术的真实性,给读者再现历史的真实感,作品中的人物对话就不得不采用三国时期的语言。《三国演义》开头:

> 话说天下大势,分久必合,合久必分。周末七国分争,并入于秦。及秦灭之后,楚、汉分争,又并入于汉。汉朝自高祖斩白蛇而起义,一统天下,后来光武中兴,传至献帝,遂分为三国。推其致乱之由,殆始于桓、灵二帝。桓帝禁锢善类,崇信宦官。及桓帝崩,灵帝即位,大将军窦武、太傅陈蕃,共相辅佐。时有宦官曹节等弄权,窦武、陈蕃谋诛之,机事不密,反为所害,中涓自此愈横。

(第一回)

按照汉语词汇发展的规律和趋势,在词语结构上,由单音词为主的文言逐步向双音节的古白话过渡。有人做过分析,"这段文字共计一百七十字,除去人名、地名、国名、官名、书名、朝代名等专有名词,计出现单音词五十三次,约占总数的七十点七,出现复音词二十二次,约占总数的二十九点三,单音词占主体地位。"①说明《三国演义》的词汇并未完全摆脱文言文的成分。

尤其是一些人物妙语,几乎全抄史书。如曹操对宦官之祸的论述:

---

① 沈晓云:《〈三国演义〉文白相间的语言特点》,6页,宁波大学硕士学位论文,2010。

太祖闻而笑之曰："阉竖之官，古今宜有，但世主不当假之权宠，使至于此。既治其罪，当诛元恶，一狱吏足矣，何必纷纷召外将乎？欲尽诛之，事必宣露，吾见其败也。"（《三国志·魏志·武帝纪》）

且说曹操当日对何进曰："宦官之祸，古今皆有；但世主不当假之权宠，使至于此。若欲治罪，当除元恶，但付一狱吏足矣，何必纷纷召外兵乎？欲尽诛之，事必宣露。吾料其必败也。"（《三国演义》第三回）

但是在宋元话本出现后，运用白话进行文学创作已经成为一种社会潮流。《三国演义》成书于元末明初，不可避免地会受到当时兴起的白话小说创作潮流的影响。罗贯中用改良的浅近文言创作《三国演义》，在引用《三国志》时往往替换其中生僻的字词，将不易理解的词句翻译成半文半白的语言。举例来说，对于同一历史事件的描写，《三国演义》很多地方承袭了《三国志》的基本内容和形式，但在用词的选择上却融入了时代的元素，更为通俗易懂。罗贯中对《三国志》中一些文言词类活用现象进行了处理，保留原意，但改换说法。以"云长义辞曹公"为例：

羽叹曰："吾极知曹公待我厚，然吾受刘将军厚恩，誓以共死，不可背之。吾终不留，吾要当立效以报曹公乃去。"辽以羽言报曹公，曹公义之。（《三国志·蜀志·关羽传》）

公曰："吾固知曹公待吾甚厚。奈吾受刘皇叔厚恩，誓以共死，不可背之。吾终不留此。要必立效以报曹公，然后去耳。"辽曰："倘玄德已弃世，公何所归乎？"公曰："愿从于地下。"辽知公终不可留，乃告退，回见曹操，具以实告。操叹曰："事主不忘其本，乃天下之义士也！"（《三国演义》第二十五回）

与《三国志》相比，《三国演义》的这一段内容削弱了语言的书面色彩，更类似于讲故事的口吻，显得直白易懂。

《三国演义》对《三国志》的部分语言则进行了适当的改编，将文言文译为半文半白的语言。

飞据水断桥,瞋目横矛曰:"身是张益德也,可来共决死!"敌皆无敢近者,故遂得免。(《三国志·蜀志·张飞传》)

飞乃厉声大喝曰:"我乃燕人张翼德也! 谁敢与我决一死战?"声如巨雷。曹军闻之,尽皆股栗。(《三国演义》第四十二回)

总的看来,《三国演义》的语言既不同于此前的唐代传奇、宋代话本,也不同于其后的《水浒传》《西游记》,更不同于再后的《金瓶梅》《红楼梦》。它把文言的"深雅"和白话的"浅俗"融为一体,形成一种文白间半的语言风格。郑振铎说:"罗氏盖承继于书会先生之后的一位伟大的作家。……他正是一位继往开来,绝续存亡的俊杰,站在雅与俗、文与质之间的。他以文雅救民间粗制品的浅薄,同时又并没有离开民间过远。雅俗共赏,妇孺皆知的赞语,加之于罗氏作品之上,似乎是最为恰当的。"①正是浅显易懂的词语使其具有较强的可读性,几乎达到了人人读而知之的地步,为其能够家喻户晓奠定了基础。

七、《三国演义》在通俗小说史上的地位

作为我国文学史上第一部章回小说,《三国演义》开创了中国小说史上历史演义类小说的先河,为这类小说的创作提供了范本。吴门可观道人小雅氏《新列国志叙》言:"自罗贯中氏三国志一书,以国史演为通俗,汪洋百余回,为世所尚,嗣是效颦日众……"从此以后,特别是自嘉靖以后,各种历史演义小说开始大量出现,几乎各个历史时代都有所表现。资料显示,现存明清两代的历史演义约有一二百种之多,可以说,这些小说无不受到《三国演义》的影响,极大地推动了中国通俗历史小说的繁荣和发展。不仅如此,《三国演义》脍炙人口的历史故事成为后代戏曲、说唱文学和各种文艺创作题材的渊薮,如以京剧为例,据陶君起的《京剧剧目初探》所著录,"三国故事戏"就有一百五十五种②。

《三国演义》所包含的社会政治思想、道德观念、军事思想、智慧谋略,乃至做人的道理和处世的经验等内涵都对后世产生了深刻的影响。它所传递出来的"忠义"思想已经成为中国传统伦理道德的重要内容,它所蕴含的文韬武略为后世军事学、管理学借鉴运用,它所塑造

---

① 郑振铎:《郑振铎文集》第七卷,145 页,北京:人民文学出版社,1998。
② 陶君起编著:《京剧剧目初探》,4 页,北京:中国戏剧出版社,1963。

的众多"仁者不以盛衰改节，义者不以存亡易心"的英雄人物为中华民族的民族性格注入阳刚之气。《三国演义》是一座内涵丰富的精神宝库，也是一部大众文化的百科全书。

从艺术上说，《三国演义》"七实三虚"，改俗为雅，在真实历史的基础上，描绘了一幅波澜壮阔、气势恢弘的历史画卷。作为一部优秀的历史演义小说，《三国演义》既善于叙事，也长于写人。《三国演义》塑造了四百多个形神兼备、血肉丰满的人物形象，刘备的仁，关羽的义，张飞的猛，诸葛亮的智，曹操的奸，都写得非常生动，千载之后犹猎猎生风，呵之得生。

《三国演义》在语言上使用了一种比较平易浅近的语言进行创作，"文不甚深，言不甚俗"，简洁明了而又通俗易懂，可谓雅而不涩，俗而不俚。这种别具一格的语言风格使它既能发挥白话之长，又能避免晦涩文言之短。

但是，也应该看到，从中国古典通俗小说发展史的角度看，《三国演义》处于长篇小说的发展初期，在思想内涵和艺术技巧诸多方面都存在不足。比如，小说所塑造的人物形象，有的已经具备了鲜明的性格特征，但是这些性格特征往往是定性化的，缺少变化和发展；有时又将主要特征予以过分夸大，因而有不同程度的失真之感。鲁迅在《中国小说的历史的变迁》中提到《三国演义》在塑造人物方面的缺陷是："描写过实。写好的人，简直一点坏处都没有；而写不好的人，又是一点好处都没有。其实这在事实上是不对的，因为一个人不能事事全好，也不能事事全坏。譬如曹操他在政治上也有他的好处；而刘备，关羽等，也不能说毫无可议，但是作者并不管它，只是任主观方面写去，往往成为出乎情理之外的人。""文章和主意不能符合——这就是说作者所表现的和作者所想象的，不能一致。如他要写曹操的奸，而结果倒好像是豪爽多智；要写孔明之智，而结果倒像狡猾。"①在《中国小说史略》中，鲁迅亦有同样的评价："至于写人，亦颇有失，以致欲显刘备之长厚而似伪，状诸葛之多智而近妖。"②在语言上，《三国演义》虽然被称为中国第一部白话长篇小说，但实际上，它的语言还不是纯白话的，它是文白夹杂的，带有过渡的性质。其后的《水浒传》，才是以北方方

---

① 鲁迅：《中国小说的历史的变迁》，见《鲁迅全集》第 9 卷，323 页，北京：人民文学出版社，1981。
② 鲁迅：《中国小说史略》，见《鲁迅全集》第 9 卷，129 页，北京：人民文学出版社，1981。

言为主的纯白话的小说。①

第三节 《水浒传》与英雄传奇类通俗小说的成熟

《水浒传》是中国古代小说中最优秀的一部英雄传奇作品,也是后世长篇武侠小说的源头,在文学史上占有极高的地位。与《三国演义》一样,《水浒传》属于世代累积型长篇小说。但是,与《三国演义》相比,它在通俗性上大大发展了中国古代的小说艺术,推动中国通俗小说发展到新的阶段。

一、水浒故事的流变与《水浒传》的成书过程

关于宋江的故事,史书上有零星记载。《宋史·徽宗本纪》云:"淮南盗宋江等犯淮阳军,遣将讨捕,又犯京东、江北,入楚、海州界,命知州张叔夜招降之。"②《宋史·侯蒙传》云:"宋江寇京东,侯蒙上书言:'江以三十六人横行齐、魏,官军数万,无敢抗者,其才必过人。今清溪盗起,不若赦江,使讨方腊以自赎。'"③又同书《张叔夜传》云:"宋江起河朔,转略十郡,官军莫敢撄其锋。声言将至,叔夜使间者觇所向,贼径趋海滨,劫巨舟十余,载掳获。于是募死士得千人,设伏近城,而出轻兵距海诱之战。先匿壮卒海旁,伺兵合,举火焚其舟。贼闻之,皆无斗志。伏兵乘之,擒其副贼,江乃降。"④另外,宋代王偁《东都事略》、徐梦莘《三都北盟会编》、李焘《续宋编年资治通鉴》等皆有对宋江事的片断记载。

其事大略是宋江等三十六人于徽宗年间在河朔起事,横行十余郡,声势强盛,官军不敢阻挡,宣和三年被海州知州张叔夜招降。又《宋史·杨戬传》记:"梁山泺古钜野泽,绵亘数百里,济郓数州赖其蒲鱼之利。"⑤也可略见宋时梁山的形势。

---

① 王基:《〈三国演义〉新论》,8 页,郑州:河南大学出版社,1991。
② 〔元〕脱脱等撰:《宋史》卷二二,253 页,长春:吉林人民出版社,1995。
③ 同上书,卷三五一,7813 页。
④ 同上书,卷三五三,7829 页。
⑤ 同上书,卷四六八,9413 页。

关于宋江等人的故事很快就在民间流传开来,成为说书艺人最喜爱的题材之一。宋末元初罗烨《醉翁谈录》在"话本小说"中的朴刀杆棒类中,著录有"青面兽""花和尚""武行者"和"石头孙立"等单篇故事。同时代龚开《三十六人画赞》则记载了宋江、卢俊义等三十六人的姓名和绰号,其《序》中有这样的话:"宋江事见于街谈巷语。"宋代讲史话本《大宋宣和遗事》,出现了杨志卖刀、智取生辰纲、宋江杀惜、张叔夜招安、征方腊、宋江封节度使等故事,表明水浒故事已经从短篇人物故事演变成讲史故事。元杂剧和明初杂剧产生了一大批水浒戏,如康进之《李逵负荆》、高文秀《双献功》等作品,其中,水浒英雄已发展到七十二人和一百零八人,对梁山水泊的描写也接近《水浒传》。

《水浒传》正是在这个基础上,于元末明初产生。胡适曾经说过,"《水浒传》不是青天白日从半空中掉下来的,《水浒传》乃是从南宋初年(西历十二世纪初年)到明朝中叶(十五世纪末年)这四百年里的'梁山泊故事'的结晶。"①确乎此言。

《水浒传》的作者众说纷纭,但大抵不出施耐庵和罗贯中二人。明嘉靖时人高儒《百川书志》:"《忠义水浒传》一百卷,钱塘施耐庵的本,罗贯中编次。"同时人郎瑛《七修类稿》:"《三国》《宋江》二书,乃杭人罗本贯中所编。予意旧必有本,故曰编。"关于罗贯中生平在《三国演义》章已有介绍。施耐庵生平不详,一般认为是元末明初人。自 20 世纪 20 年代以来,江苏兴化地区陆续发现了一些有关施耐庵的材料,如《施氏族谱》《施氏长门谱》和《兴化县续志》所载的《施耐庵墓志》和《施耐庵传》等。但这些材料相互矛盾处不少,且有明显不可信处,因此对于这些材料的真伪问题,学术界意见颇不一致,多数研究者持怀疑态度,尚待进一步研究。

《水浒传》的版本异常复杂,大体可分为繁本、简本、繁简综合本和修改删节本四种。繁本有天都外臣序《忠义水浒传》,明万历十七年(1589 年)刊印;《李卓吾先生批评忠义水浒传》,明万历三十八年(1610年)容与堂刊印;《李卓吾评忠义水浒传》,明万历年间芥子园刊本;明正德、嘉靖年间坊刻残页本;嘉靖年间刊印的《忠义水浒传》残本(八

---

① 胡适:《〈水浒传〉考证》,见《胡适文集》第二册,379 页,武汉:湖北人民出版社,2005。

回)等。简本有《新刊京本全像插增田虎、王庆忠义水浒传》残本,巴黎国家图书馆藏;《京本增补校正全像忠义水浒志传评林》,万历年间双峰堂刊印;此外还有《英雄谱本忠义水浒传》,明末清初雄飞馆刊印等。繁简综合本有《忠义水浒全书》,明万历四十二年(1614 年)袁无涯刊印。修改删节本指清初金圣叹的七十回本,即《贯华堂第五才子书施耐庵水浒传》。金圣叹不满于招安的结局,将七十回以后的部分全部删除,把第一回改为"楔子",将"梁山泊英雄排座次"改写为"梁山泊英雄惊恶梦"结束全书。这就是文学史上腰斩《水浒》说法的由来。

二、源于片言史实的高超创作

《水浒传》不是无所依傍的独立创作,也不是据史敷陈的历史小说,而是作者在简单、零散、不成系统的史实的基础上,充分发挥想象与虚构的才能,生发演绎,扩充铺写,加工创造,成就的一部恢弘巨制。

固然,《水浒传》从故事的状态流传到最终成型,经历了四百多年的历史,历经口头传播、民间故事、话本、戏曲等历史样式,也有无数的说书艺人、民间艺人、专业作家留下创作的印记,《水浒传》的作者似乎只充当了收割机的角色,把前人的成果统统收入囊中便万事大吉。其实不然,我们只需将《水浒传》和在此之前的相关创作做一比照就可以发现,作者改编的幅度是非常大的,而且改编是朝着传奇性、曲折性、通俗性的目标前进,比前面所有的同题材作品更加体现了创作的能力。

作者将"乱自下生"改为"乱自上作",描写出每一个人被"逼上梁山"的过程,情节单一而曲折,而且极富故事性,符合世俗读者的心理。《大宋宣和遗事》中的三十六位英雄上梁山,其主要原因大抵是"乱自下生"。他们之所以成为强人,源于自己的过失,看不到明显的被迫害的痕迹。如杨志杀了一个恶少,杜迁等人"做了几项歹事勾当,不得已而落草";晁盖等则是因为打劫"生辰纲",为逃避追捕落草为寇。而《水浒传》将高俅发迹的事放到全书开端来写,表明"乱自上作",揭示了农民起义的社会根源。林冲、武松等人都是因为遭到高俅等人的迫害而被迫上山,这就写出了逼上梁山的过程。

兹举宋江上梁山为例。《大宋宣和遗事》关于宋江上梁山的过程十分简略,就是他在杀掉阎婆惜之后,躲过官府的追捕便径投梁山。元杂剧中的宋江戏略有变化,宋江杀了阎婆惜,自首到官,被发配江州,途经梁山时,被晁盖带人救上山。到了《水浒传》,宋江杀惜后,经历了一系列精彩纷呈的江湖场面与故事,比如,"横海郡""大闹清风寨""闹青州""浔阳楼题反诗""众好汉劫法场"等,直到白龙庙小聚义后还上演了一出智取无为军,最后才走上梁山。这一过程铺陈了二十个回目,一波未平,一波又起,环环相扣,起伏跌宕,扣人心弦,展示了广阔的社会图景,刻画了形形色色的人物形象,极大地丰富了宋江故事,增强了作品的艺术魅力。在故事发展的侧重点上,也有所不同。元代及明初的《水浒》戏,侧重于好汉们上梁山以后的替天行道行为,而到了《水浒传》中,表现重心移到了梁山好汉们百川归海的聚义过程,各自不同的被逼上梁山的过程曲折离奇,大大增强了作品的故事性。正像鲁迅所说:"意者此种故事,当时载在人口者必甚多,虽或已有种种书本,而失之简略,或多舛迕,于是又复有人起而荟萃取舍之,缀为巨袟,使较有条理,可观览,是为后来之大部《水浒传》。"①

三、市井百态的细致描画

与《三国演义》取材于宏大的历史,着眼于全面地描写一代兴废军国大事,塑造帝王将相、王侯贵族群体形象不同,《水浒传》将目光移向市井社会和普通人,着力表现市民的生活、意志和愿望,甚至同情、赞赏他们反抗黑暗的斗争,较《三国演义》承载的社会面更广,内容更丰富。从最高统治者皇帝到赤贫的百姓,男女老少,无不在内。有人说《水浒传》的主题是为市井细民写心,这是符合实际的。鲁迅在《中国小说史略》中说:"《三侠五义》为市井细民写心,乃似较有《水浒》余韵,然亦仅其外貌,而非精神。"②可见,在鲁迅看来,《水浒传》的精神就在于"为市井细民写心",亦即反映封建社会里市民的思想感情。

《水浒传》以细致的笔墨描绘了一幅车水马龙、人烟辏集的繁华市井风俗画卷,特别是把北宋都城东京设置为人物活动的重要场所,浓墨重彩地加以描绘。如作品开头写鲁智深三拳打死镇关西,在五台山

---

① 鲁迅:《中国小说史略》,见《鲁迅全集》第9卷,140页,北京:人民文学出版社,1981。
② 鲁迅:《中国小说史略》,见《鲁迅全集》第9卷,278页,北京:人民文学出版社,1981。

削发为僧，又被荐往东京大相国寺。通过鲁智深这个外乡人的眼，描绘"东京热闹，市井喧哗"的景象："千门万户，纷纷朱翠交辉。三市六街，济济衣冠聚集。凤阁列九重金玉，龙楼显一派玻璃。鸾笙凤管沸歌台，象板银筝鸣舞榭。满目军民相庆，乐太平丰稔之年；四方商旅交通，聚富贵荣华之地。花街柳陌，众多娇艳名姬；楚馆秦楼，无限风流歌妓。豪门富户呼卢，公子王孙买笑。景物奢华无比并，只疑阆苑与蓬莱。"（第六回）

宋江生长在山东郓城，从不曾到过京师，然而作品却在梁山泊英雄排座次以后，单独写宋江在元宵节到东京看灯，与他一齐去的还有柴进、燕青、李逵等人。通过宋江等人的眼睛，看到那"家家热闹，户户喧哗"的景致："元宵景致，鳌山排万盏华灯。夜月楼台，风辇降三山琼岛。金明池上三春柳，小苑城边四季花。十万里鱼龙变化之乡，四百座军州辐辏之地。黎庶尽歌丰稔曲，娇娥齐唱太平词。坐香车佳人仕女，荡金鞭公子王孙。天街上尽列珠玑，小巷内遍盈罗绮。蔼蔼祥云笼紫阁，融融瑞气罩楼台。"（第七十二回）

除了东京，《水浒传》还写了北京大名府、南京建康府，以及东平府、江州、渭州、泰安州、陕州、华州、蓟州、登州、孟州、沧州、雁门县、郓城县、阳谷县、清风镇、揭阳镇等一大批大、中、小城镇，它们拱卫着东京，充分展示了市民社会的广阔场景。小说用细腻的笔触描写城市集镇的风俗人情，真实生动，纤毫毕现，充满艺术的情趣。如第六十一回"吴用智赚玉麒麟"，吴用与李逵装扮后到北京大名府，通过他们两个的眼睛所看到的北京是这个样子的："钱粮浩大，人物繁华。千百处舞榭歌台，数万座琳宫梵宇。东西院内，笙箫鼓乐喧天。南北店中，行货钱财满地。公子跨金鞍骏马，佳人乘翠盖珠轷。千员猛将统层城，百万黎民居上国。"一派繁华富庶景象。

四、侠义精神的充分展示

《水浒传》不仅以细致的笔触描写市井百态，表现世俗风情，它还以世俗的眼光来观察、思索、评价世俗世界，表达了老百姓特别是市民阶层的意志和愿望、思想与情感，这就是中国下层民众普遍推崇的侠义精神，也可称为一种好汉精神。

好汉们最突出的性格特征就是讲义气。何为义？孔子曰："义者，宜也。"①即按照仁与礼的规范，做应该做的事就是义。韩愈《原道》："行而宜之谓之义。"指人的思想行为是否适宜。义与对待利益、生死的态度有关。当义利相连时，要重义轻利。孔子说："君子喻于义，小人喻于利"；"放于利而行，多怨。"②孟子："王何必曰利！亦有仁义而已矣。……上下交征利而国危矣！"③当义跟勇相连时，要见义勇为。孔子："见义不为，无勇也。"④当义跟生命相连时，要舍生取义。在长期的流传和改编中，《水浒传》受到世俗文化意识和正统文化观念影响，形成以俗文化为核心，正统文化为底色的人格观念，具体表现在以下几个方面：

其一，"仗义疏财"。《水浒传》用以褒扬人物的最佳词语是"仗义疏财"，梁山泊前期头领晁盖，文中称他"平生仗义疏财，专爱结识天下好汉"。晁盖所结交的，大半是处于底层的人物，如刘唐，是个自幼飘荡江湖的无业游民；白胜，是个闲汉；还有"山东、河北做私商的"。晁盖同这些游民、无业者混在一起，参与甚而主持他们的若干"非法"活动，并从中分享一份好处。梁中书送生辰纲之事，刘唐、公孙胜不约而同地来报与晁盖，要同他"商议个道理，去半路上取了"；阮氏三弟兄听说由晁盖出头，把手拍着脖项道："这腔热血，只要卖与识货的！"这就是一种游民头领的角色。

作品中最着力塑造的第一等重要人物宋江，更是以仗义疏财为典型性格特征。梁山众好汉，很多人得过宋江的资助，他之所以被冠以"及时雨"的美名，很大原因就是因为当他人有难时他能随时出手相助："如常散施棺材药饵，济人贫苦，赒人之急，扶人之困，以此山东、河北闻名，都称他做及时雨，都把他比做天上下的及时雨一般，能救万物。"（第十八回）受他赍助的有卖糟腌的唐牛儿，卖汤药的王公，流落郓城的阎公阎婆等。他对人慷慨，不分贫富贵贱，一概平等相待，倾尽全力，毫无私心，"但有人来投奔他的，若高若低，无有不纳，便留在庄

---

①《中庸》第二十章，见方向东注评：《〈大学〉、〈中庸〉注评》，53 页，南京：凤凰出版社，2006。

②《论语·里仁》，见杨伯峻译注：《论语译注》，38 页，北京：中华书局，1980。

③《孟子·梁惠王上》，见杨伯峻译注：《孟子译注》上，1 页，北京：中华书局，1960。

④《论语·为政》，见杨伯峻译注：《论语译注》，22 页，北京：中华书局，1980。

上馆谷,终日追陪,并无厌倦;若要起身,尽力资助,端的是挥霍,视金似土"。(第十八回)也正因为此,宋江赢得崇高威望,武松赞美宋江是"真大丈夫",李俊说:"天下义士,只除非山东及时雨郓城宋押司。"即使是素不相识之人,只要一闻宋江之名,皆拜伏于地,口称大哥,众好汉对他也是死心塌地。

鲁智深的仗义疏财也给人留下深刻印象。他与金家父女没有任何关系,但当听完金家父女被当地恶霸镇关西欺侮的控诉后,马上主动提出给金家父女盘缠让他们回东京,逃离虎口。等到金家父女逃离虎口后,他才来到镇关西肉铺前激怒郑屠,让其对自己动手,最终为民除害。当他掏出自己所有的银子赠予金家父女但感觉不够多时,便向旁边的李忠求助银两,李忠不爽利地摸出二两银子,鲁智深便认为李忠不仗义,将那二两银子丢还于他,表现了鲁智深慷慨解囊、扶危济困的品质。

《水浒传》中,凡具仗义疏财性格的人士,无不得到人们的爱戴和尊崇,如柴进,是《水浒传》一百单八将中出身最高贵者,但这不是他获得人们敬仰的理由,而是因为他散漫使钱的态度和对朋友的倾囊相助,毫不吝啬。可见,仗义疏财已经成为《水浒传》臧否人物的标准,成为美好人格的象征。

其二,"路见不平,拔刀相助"。这也是作为好汉最基本的人格精神,是"替天行道"旗帜的具体体现。梁山好汉各自出身、性情、经历、喜好不同,但抱打不平却是他们共同的人格追求,在他们每一个人身上几乎都发生过抱打不平的故事。

鲁智深,他一出场便是为救护素不相识的金氏父女,三拳打死镇关西(第二回)。金圣叹感叹:"写鲁达为人处,一片热血直喷出来,令人读之,深愧虚生世上,不曾为人出力。"①当晁盖等人因劫取生辰纲而面临被捕的危险时,宋江挺身而出,冒着"灭九族"的危险,掩护晁盖逃走。(第十八回)武松,夜走蜈蚣岭,诛杀强人飞天蜈蚣王道人,为地方除去一害。李逵,独劈罗真人,下井救柴进。梁山好汉前期的几次大规模行动,也都集中表现了聚义群体的抱打不平精神。如江州劫法场

①〔清〕金圣叹评点:《第五才子书施耐庵水浒传》(上),67页,郑州:中州古籍出版社,1985。

是为了救宋江和戴宗,三打祝家庄是为了帮杨雄和石秀救出时迁,打高唐州是为了救柴进,打大名府是为了救卢俊义。

他们所要铲除的是世间不平事,所要打的是世间为非作歹之人,他们的出发点是抱不平、申正义。宋江打着"替天行道,保境安民"的大旗;鲁智深"禅杖打开危险路,戒刀杀尽不平人";武松声称"生平只要打天下硬汉不明道德的人",于是他们便成为保护民众和弱者的英雄,更能引起广大群众的共鸣。

其三,四海之内皆兄弟。梁山泊提出了"四海之内皆兄弟也""八方共域,异姓一家"的口号,提出了"帝子神孙,富豪将吏,并三教九流,乃至猎户渔人,屠儿刽子,都一般儿哥弟称呼,不分贵贱""同胞手足,捉对夫妻,与叔伯郎舅,以及跟随主仆、争斗冤仇,皆一样的酒筵欢乐,无问亲疏"(第七十一回)的理想,这其实是一种模糊的平等要求,体现了下层民众的社会理想、价值观念和人生追求。

在水泊梁山,不存在以等级特权为标志的贵贱贫富的差异,大家相互称兄道弟,宋江称大家为众兄弟,众兄弟称宋江为哥哥。大碗喝酒,大块吃肉,大秤分金,小秤分银,"图个一世快活",生活资料免费供给,不存在财产私有和分配不均。向往兄弟间"交情浑似股肱,义气真同骨肉",不论出身,不分贵贱,共同组成一个情同手足、快乐、温暖的小社会。尽管这在封建社会是不可能实现的乌托邦,但其中包含着下层民众对自由、平等、快乐、幸福社会与生活的理想与追求,体现了当时下层民众对于未来理想世界的美好憧憬。

其四,阳刚之气。梁山好汉们的侠义精神还强烈地表现为舍生取义的豪侠气概。他们是一群铮铮铁骨的好汉,是一群热血澎湃的男人。他们勇武、直率、仗义、豪爽,没有丝毫的脂粉气和软弱性,有的只是雄伟、劲烈的阳刚之气。正是凭这种阳刚豪侠之气,鲁智深怒打镇关西、倒拔垂杨柳、大闹野猪林;李逵江州劫法场、沂岭杀四虎、大闹忠义堂;武松独闯景阳冈、赤手打猛虎、醉打蒋门神、血溅鸳鸯楼,一个个英雄的硬汉形象如在目前。

除此之外,梁山好汉们还有一种打破禁忌、不受拘束的快意与潇洒。大碗喝酒,大块吃肉,毫不在乎,充满了天真烂漫的趣味,李逵、阮小七、鲁智深等典型形象体现了这一特点。他们不拘礼法、不做作、不掩饰，"任天而行，率性而动"，保存了一颗"绝假纯真"的赤子之心，以致晚明的批评家李卓吾、叶昼、金圣叹等纷纷称赞他们是"活佛""上上人物""一片天真烂漫""使人对之，龌龊销尽"，说明了《水浒传》所反映的这种精神带有一定的市民意识，与后来涌动的个性思潮息息相通。

五、塑造了一系列草莽英雄、江湖好汉的人物形象

《水浒传》塑造了一系列性格鲜明，光彩照人的英雄形象，如鲁智深、林冲、武松、宋江、李逵等，他们家喻户晓，妇孺皆知，千古若活，具有永不磨灭的艺术生命力。

《水浒传》所选取的人物，不是《三国演义》中的王侯将相，也不是《西游记》中的神魔鬼怪，更不是《红楼梦》中的名门闺秀，他们大多生活在社会下层，大都出身贫贱，身份低微，就像我们的邻家兄弟。但是他们却都具有纯朴善良的心地，除暴安良、锄强扶弱的精神，意志坚定、同生共死的品质，从这些方面，他们又是大大高于普通人的英雄。

鲁智深、李逵、武松，这样的角色自不待言，即使是非主角的人物燕青，也写得既浪漫又现实，既普通又英雄，反映了市民阶层的欣赏趣味和审美观念。燕青第一次出场是在第六十一回，他甫一亮相，就像舞台的演员般获得满堂彩。

> 唇若涂朱，晴如点漆，面似堆琼。有出人英武，凌云志气，资禀聪明。仪表天然磊落，梁山上端的驰名。伊州古调，唱出绕梁声。果然是艺苑专精，风月丛中第一名。听鼓板喧云，笙声嘹亮，畅叙幽情。棍棒参差，擅拳飞脚，四百军州到处惊。人都美英雄领袖，浪子燕青。

真是风流偶傥，英俊潇洒。仅有这些还不够，燕青更有其特异独出之处，"他一身雪练也似白肉，卢俊义叫一个高手匠人，与他刺了这一身遍体花绣，却似玉亭柱上铺着软翠，若赛锦体，由你是谁，都输与他。不则一身好花绣，那人更兼吹的，弹的，唱的，舞的，拆白道字，顶真续麻，无有不能，无有不会。亦是说的诸路乡谈，省的诸行百艺的市语。更且一身本事，无人比的。拿着一张川弩，只用三枝短箭，郊外落生，并不放空，箭到物落，晚间入城，少杀也有百十个虫蚁。若赛锦标社，那里利物，管取都是他的。亦且此人百伶百俐，道头知尾。本身姓燕，

排行第一,官名单讳个青字。北京城里人口顺,都叫他做浪子燕青。"出众的仪表,多才多艺,武艺高超;再加上通晓风土人情,又坦荡正直,自我约束,顾全大局,不为美色所动,"原来这李师师是个风尘妓女,水性的人,见了燕青这表人物,能言快说,口舌利便,倒有心看上他。酒席之间,用些话来嘲惹他;数杯酒后,一言半语,便来撩拨",又是吹箫唱曲,又是求观花绣。"燕青是个百伶百俐的人,如何不省得?他却是好汉胸襟,怕误了哥哥大事",心生一计,便拜李师师为姊姊。小说评论道:"这八拜是拜住那妇人一点邪心,中间里好干大事;若是第二个,在酒色之中的,也把大事坏了。因此上单显燕青心如铁石,端的是好男子。"燕青十分出色地完成了宋江、吴用交给他的任务,显示了他的有胆有识、机智勇敢。"《水浒传》中燕青的形象,是一个完完全全从生活——市民阶级社会生活的土壤中培育出来的充满个性的真正的艺术形象。燕青不仅是市民理想中的英雄,而且是真正打上了市民阶层的烙印、倾注了市民群众的强烈敬慕之情的现实的英雄。"①

《水浒传》善于用典型化的手法,浓墨重彩地突出人物的某一特征,给人留下鲜明的印象。小说精心设计人物出场,先声夺人。如鲁达出场:"只见一个大汉,大踏步入来,走进茶坊里。"通过史进的眼睛看到的形象:"头裹芝麻罗万字顶头巾,脑后两个太原府纽丝金环,上穿一领鹦哥绿纻丝战袍,腰系一条文武双股鸦青绦,足穿一双鹰爪皮四缝干黄靴。生的面圆耳大,鼻直口方,腮边一部貉(猱)胡须。身长八尺,腰阔十围。"(第三回)真是威风凛凛,顶天立地一英雄,气势不凡。武松出场,借宋江的眼睛观察。武松身材魁梧,相貌堂堂,眼睛里射出锐利的光芒,能照彻寒星;两弯粗眉浑如刷漆;胸脯横阔,似有万夫难敌之威风;再加上"语话轩昂,吐千丈凌云之志气;心雄胆大,似撼天狮子下云端;骨健筋强,如摇地貔貅临座上;如同天上降魔主,真是人间太岁神"。(第二十三回)一个英武有力,让对手胆战心惊的英雄如在目前。每位人物的绰号也都用心琢磨,与其长相、性格或武艺相契合,取得相得益彰的效果。如霹雳火秦明,拼命三郎石秀,鬼脸儿杜兴,美髯公朱仝,青面兽杨志,矮脚虎王英,没羽箭张清,双枪将董平,

---

① 欧阳健:《〈水浒传〉是"为市井细民写心"的传神之作》,见张伯伟主编:《文苑明珠》第五卷,44页,北京:中国青年出版社,2000。

鼓上蚤时迁……无不惟妙惟肖，形神兼备。作者善于运用夸张的手法突出人物的某一正义行为或个性特征，带有几分传奇的色彩和一定程度理想化的夸饰，给人印象鲜明。鲁达倒拔杨柳，武松徒手打虎，花荣射雁，石秀跳楼等都是《水浒传》中的经典场景，作者极力渲染，放大英雄"超人"的特质，但又合情合理，具有艺术的真实性。

作者十分注意细节的真实，以细腻的笔触耐心描摹人物的动作、心理等，体现出浓郁的生活气息。在作品中，宋江是一个喜欢交友、爱才、慷慨、义气之人，第二十三回写他与武松初次相遇，惺惺相惜。武松思乡，要回清河县看望哥哥，柴进、宋江两人都留他再住几时，武松执意要去。作品详细描写宋江送武松一程又一程：

宋江道："实是二郎要去，不敢苦留。如若得闲时，再来相会几时。"武松相谢了宋江。柴进取出些金银，送与武松。武松谢道："实是多多相扰了大官人。"武松缚了包裹，拴了哨棒，要行。柴进又治酒食送路。武松穿了一领新纳红绸袄，戴着个白范阳毡笠儿，背上包裹，提了杆棒，相辞了便行。宋江道："贤弟少等一等。"回到自己房内，取了些银两，赶出到庄门前来，说道："我送兄弟一程。"宋江和兄弟宋清两个送武松。待他辞了柴大官人，宋江也道："大官人，暂别了便来。"三个离了柴进东庄，行了五七里路。武松作别道："尊兄，远了，请回。柴大官人必然专望。"宋江道："何妨再送几步。"路上说些闲话，不觉又过了三二里。武松挽住宋江说道："尊兄不必远送。常言道：送君千里，终须一别。"宋江指着道："容我再行几步。兀那官道上有个小酒店，我们吃三钟了作别。"三个来到酒店里。宋江上首坐了，武松倚了哨棒，下席坐了。宋清横头坐定。便叫酒保打酒来，且买些盘馔果品菜蔬之类，都搬来摆在卓子上。三人饮了几杯，看看红日平西。武松便道："天色将晚，哥哥不弃武二时，就此受武二四拜，拜为义兄。"宋江大喜。武松纳头拜了四拜。宋江叫宋清身边取出一锭十两银子，送与武松。武松哪里肯受，说道："哥哥客中自用盘费。"宋江道："贤弟不必多虑。你若推却，我便不认你做兄弟。"武松只得拜受了，收放缠袋里。宋江取些碎银子，还了酒钱。武松拿了哨棒，三个出酒店前来作别。武松堕泪，拜辞了自去。宋江和宋清立在酒店门前，望武松不见了，方才转身回来。

依依难舍之情，十分感人。也许是宋江欣赏武松的武艺，爱才，不忍他离去，宋江对武松兄弟般的情谊，让人动容。武松走在路上还寻思道："江湖上只闻说及时雨宋公明，果然不虚！结识得这般弟兄，也不枉了！"宋江之所以有领袖人物的气质，恰恰表现在他会用人，待人和气忠厚，善于团结人。

"把一百八个人性格都写出来"，这是金圣叹称道《水浒传》时曾说过的话，并因此说看别的书，一遍即休，独有《水浒传》，总是看不厌，就因为它"叙一百八人，人有其性情，人有其气质，人有其形状，人有其声口"。对此，《水浒传会评本》在第二回回末评曰："描画鲁智深，千古若活，真是传神写照妙手。且《水浒传》文字妙绝千古，全在同而不同处有辨。如鲁智深、李逵、武松、阮小七、石秀、呼延灼、刘唐等众人，都是急性的，渠形容刻画来各有派头，各有光景，各有家数，各有身份，一毫不差，半些不混，读去自有分辨，不必见其姓名，一睹事实就知某人某人也。"①这里所提出的"同而不同处有辨"的命题，即在共性中写出"一毫不差，半些不混"的鲜明个性，充分说明了《水浒传》在塑造人物形象方面所取得的非凡成绩。

但是应该看到，梁山好汉们的英雄壮举与人格理想往往表现着中国传统文化的负面痕迹，充斥着非人性、非理性的暴力与血腥。夏志清注意到《水浒传》与说书人深刻的渊源关系，继承了说书人的一些不好的内容与做法，他说："说书人当年讲这些故事，惟以取悦听众为务，未必会注意个人英雄与结伙行凶的区别。这些故事至今流传不衰，实在与中国人对痛苦与杀戮不甚敏感有关。……官府的不义不公，激发了个人的英雄主义的反抗；而众好汉结成的群体却又损害了这种英雄主义，它制造了比腐败官府更为可怕的邪恶与恐怖统治。"②鲁迅在《三闲集·流氓的变迁》中曾这样评论《水浒传》："'侠'字渐消，强盗起了，但也是侠之流，他们的旗帜是'替天行道'。他们所反对的是奸臣，不是天子，他们所打劫的是平民，不是将相。李逵劫法场时，抡起板斧来排头砍去，而所砍的是看客。一部《水浒》，说得很分明：因为不反对天

---

① 陈曦钟、侯忠义、鲁玉川辑校：《水浒传会评本》上，97页，北京：北京大学出版社，1981。

② 〔美〕夏志清著，胡益民等译：《中国古典小说史论》，95页，南昌：江西人民出版社，2001。

子,所以大军一到,便受招安,替国家打别的强盗——不'替天行道'的强盗去了。终于是奴才。"①

六、独具特色的结构模式

与《三国演义》线型情节推进模式不同,《水浒传》是情节连结模式,为环状链条型,即由一个个环组成系列。而在各环之上,还有高层结构,即英雄聚义集团形成,走向结局。这是美国学者李培德在《三国与水浒的叙事体模式》②一文中的观点。其实中国学者早就指出这一点,只不过用词有所不同。

比如有学者指出,《水浒传》的情节结构是以单线纵向进行的。上半部是以人为单元,下半部则以事为顺序,连环勾锁,层层推进。在七十一回之前,小说往往集中几回写一个或一组主要人物,将其上梁山前的业绩基本写完,然后引出另一个或另一组主要人物,而上一组人物则退居次要的地位。这样环环相扣,以聚义梁山为线索将一个个、一批批英雄人物串联起来。七十一回之后,就以时间为顺序,写两赢童贯,三败高俅,受招安,征辽国,平方腊,以报效朝廷为主干,将故事贯串始终。

这样一种结构模式显然留有原有民间故事的痕迹,也受讲史话本的影响,好处是故事性强,整个作品由多个故事组成,人物与情节的安排,主要是单线发展,每组情节又有相对的独立性。每个故事讲一个主要人物的经历和遭遇,等讲完后再讲下一个。每个小情节中,作者也刻意追求故事的完整性。如智取生辰纲由刘唐报信,晁盖与众人谋划及智取的过程,由此又引出了宋江的故事。情节简单,各部分具有相对的独立性,适合大众阅读,也有利于集中笔墨、淋漓酣畅地描写一些主要的英雄豪杰。《水浒传》最精彩的部分是前四十回,是由一个个人物的故事组成的,人物性格的刻画也是在一个接一个的故事中完成的。鲁智深正是在拳打镇关西、大闹五台山、大闹桃花村、倒拔垂杨柳、野猪林救林冲等一系列脍炙人口的故事中显现出他扶危济贫、刚

---

① 鲁迅:《三闲集》,见《鲁迅全集》第 4 卷,155 页,北京:人民文学出版社,1981。
② 见尹慧珉、周发祥、陈圣生:《美国出版三部研究我国古典文学的论文集》,《文学研究动态》1981 年第 4 期。

直不阿、粗狭直率的性格特征的；林冲则是由误入白虎堂、刺配沧州道、棒打洪教头、风雪山神庙、火并王伦等一系列惊心动魄的故事中栩栩如生地被表现的；武松是在景阳冈打虎、醉打蒋门神、大闹飞云浦、血溅鸳鸯楼等故事中得到展示的。整个《水浒传》其实就是由一个个故事串起来，没有这些故事，定会黯然失色。

由此也带来一些问题，作品的后半部，情节显得松散、拖沓，多有雷同、失真之处，也没能生动地揭示水浒英雄的悲剧精神，金圣叹之所以将七十一回以后内容删去，也正是从此点出发的。

七、纯熟精到的白话运用

与《三国演义》相比，《水浒传》所用文字的复音词大大多于单音词，语言的文言色彩减弱，白话特色更加明显。实际读起来也是这种感觉，无论叙事、写人，还是人物对话，语言都是简洁、明快、洗练，呈现出娴熟的白话技能。这是在唐宋传奇话本文白相杂、简陋不畅和《三国演义》半文不白语言基础上的进一步提高和发展。比如第十回"林教头风雪山神庙"中的"那雪正下得紧"一句，鲁迅就称赞它"比'大雪纷飞'多两个字，但那'神韵'却好得远了"①。因为"紧"字不但写出了风雪之大，而且也隐含了人物的心理感受，烘托了氛围。

《水浒传》随处可见生活气息浓郁的民间口头用语，这在中国古代通俗小说发展过程中具有里程碑式的意义，可以说，从此以后口语化成为长篇小说的主流。如武松疑心哥哥死得不明，寻何九叔说话一节：

> ……武松却揭起帘子，叫声："何九叔在家么？"这何九叔却才起来，听得是武松来寻，吓得手忙脚乱，头巾也戴不迭，急急取了银子和骨殖藏在身边，便出来迎接道："都头几时回来？"武松道："昨日方回到这里，有句话闲说则个，请挪尊步同往。"何九叔道："小人便去。都头且请拜茶。"武松道："不必，免赐。"两个一同出到巷口酒店里坐下，叫量酒人打两角酒来。何九叔起身道："小人不曾与都头接风，何故反扰？"武松道："且坐。"何九叔心里已猜八

---

① 鲁迅：《花边文学·大雪纷飞》，见《鲁迅全集》第 5 卷，553 页，北京：人民文学出版社，1981。

九分，量酒人一面筛酒，武松更不开口，且只顾吃酒。何九叔见他不做声，倒捏两把汗，却把些话来撩他。武松也不开言，并不把话来提起。酒已数杯，只见武松揭起衣裳，飕地掣出把尖刀来，插在桌子上。量酒的都惊得呆了，那里肯近前。看何九叔面色青黄，不敢吐气。武松将起双袖，握着尖刀，指何九叔道："小子粗疏，还晓得'冤各有头，债各有主'。你休惊怕，只要实说，对我一一说知武大死的缘故，便不干涉你！我若伤了你，不是好汉！倘若有半句儿差，我这口刀立定教你身上添三四百个透明的窟窿！闲言不道，你只直说我哥哥死的尸首，是怎地模样？"武松道罢，一双手按住胳膝，两只眼睁得圆彪彪地，看着何九叔。（第二十六回）

这里的描述就同生活本身的节奏一样，先写武松到何九叔家，如何揭帘子进去，相互寒暄；继而写二人同到酒店坐下，打酒，喝酒；再写武松掣出尖刀，向何九叔发问。人物的介绍和刻画，事件的进展过程，皆一目了然。尤其写武松把尖刀插在桌上时，何九叔"面色青黄，不敢吐气"，量酒的"惊得呆了"，武松"一双手按住胳膝，两只眼睁得圆彪彪地"，笔墨不多，却将人物的心理和神态活脱脱表现出来。

特别是在人物语言个性化方面，《水浒传》是能从对话中看出不同人物性格来的。例如第七回写高衙内调戏林冲娘子，鲁智深赶来要打抱不平时，林冲道："原来是本官高太尉的衙内，不认得荆妇，一时无礼。林冲本待要痛打那厮一顿，太尉面上须不好看。自古道：'不怕官，只怕管。'林冲不合吃着他的请受，权且让他这一次。"而鲁智深则道："你却怕他本官太尉，洒家怕他甚鸟！俺若撞见那撮鸟时，且教他吃洒家三百禅杖了去！"两句话，鲜明、准确地反映了林冲和鲁智深两人不同的处境和不同的性格：一个有官有职，在人屋檐下，只能忍气吞声，打掉牙往肚子里咽；另一个是赤条条无牵挂，该出手就出手，毫无顾忌。

《水浒传》有些地方能由说话看出人来，所谓"人有其性情"，"人有其声口"，说明其人物语言达到了极高的个性化程度。如李逵初见宋江时，第一句话就问戴宗："哥哥，这黑汉子是谁？"戴宗让他拜宋江时，他道："若真个是宋公明，我便下拜；若是闲人，我却拜甚鸟！节级哥哥，不要瞒我拜了，你却笑我！"当知道确是宋江后，他拍手叫道："我那爷！你何不早说些个，也叫铁牛欢喜！"说完扑倒身子便拜。他心口合一，心里想的，口里就说出来了，不管是不是符合礼节客套。只这几句话，就把李逵粗率自然、天真可爱的性格淋漓尽致地描画于纸上，如闻其声，如见其人。这就是鲁迅曾经指出的："《水浒》和《红楼梦》的有些地方，是能使读者由说话看出人来的。"①

八、《水浒传》的地位和影响

在中国文学史上，《水浒传》具有崇高的地位，产生了重大的影响。从小说创作的角度来看，它和《三国演义》一起，奠定了我国古代长篇小说的民族形式和民族风格，为广大人民群众所喜闻乐见，形成了中华民族特有的审美心理和鉴赏习惯。但比之《三国演义》，《水浒传》更贴近生活，更具世俗品格，作者开始把目光投向市井社会、日常琐事和平凡的人物，注重刻画人物性格的层次性、流动性，并纯熟地使用了白话，多方面地推进了中国古代长篇小说艺术的发展。

《水浒传》的语言是在民间口语的基础上加以提炼、净化了的文学语言，具有让读者喜闻乐见的白话特色，标志着我国古代运用白话语体创作小说已经成熟，而且对整个白话文学的发展也具有深远的意义。海外研究《水浒传》的著名学者夏志清在《中国古典小说史论》中高度评价了《水浒传》在中国古代小说史上的地位，认为"与《三国演义》相比，《水浒》至少在两个主要方面发展了中国的小说艺术，其一，它大量采用了现代读者仍喜闻乐道的白话文体。其二，它在塑造人物、铺陈故事时，能不为史实所囿"②。夏志清认为"《水浒》以真实的日常生活为背景，写了不少江湖豪杰的故事，比《三国演义》的确具有更生动的现实主义特色"③。小说作为一种新的文体，从此在文学领域内确立了应有的地位，开始逐步改变以诗文为正宗的文坛面貌。

《水浒传》作为英雄传奇体小说的典范，成功地塑造了数十个生龙活虎而又神态各异的英雄形象，其中许多人物形象都是非常个性化

---

① 鲁迅：《花边文学·看书琐记》，见《鲁迅全集》第 5 卷，530 页，北京：人民文学出版社，1981。

②③〔美〕夏志清著，胡益民等译：《中国古典小说史论》，77 页，南昌：江西人民出版社，2001。

的。金圣叹在《读第五才子书法》中说："独有《水浒传》，只是看不厌，无非为他把一百八个人性格都写出来。"①此话未免有点夸张，但至少有几十个主要人物，确是写得栩栩如生。尤为难能可贵的是，它能将性格相近的一类人物写得各个不同。李贽对此也非常称道："《水浒传》文字，妙绝千古，全在同而不同处有辨。如鲁智深、李逵、武松、阮小七、石秀、呼延灼、刘唐等众人，都是急性的，渠形容刻画来，各有派头，各有光景，各有家数，各有身份，一毫不差，半些不混，读去自有分辨，不必见其姓名，一睹事实，就知某人某人也。"②《水浒传》在塑造人物方面取得的成绩标志着中国古代长篇小说在塑造人物时从注重特征化到个性化迈出了坚实的一步。

《水浒传》在社会上广泛流传以后，其鲜活生动的故事成为各种文学艺术样式的题材库。以戏剧作品而言，明清的传奇就有李开先的《宝剑记》、陈与郊的《灵宝刀》、沈璟的《义侠记》、许自昌的《水浒记》、李渔的《偷甲记》、金蕉云的《生辰纲》等三十余种取自《水浒传》。昆曲、京剧和各种地方戏中，都有许多深受群众欢迎的剧目，如陶君起的《京剧剧目初探》就著录了六十七种。小说作品中，世情小说《金瓶梅》渊源于《水浒传》。它的续书更不胜枚举，如清代的《水浒后传》《后水浒传》《结水浒传》《荡寇志》等。后世的侠义小说如《三侠五义》等，虽然其命意另有所在，"而源流则仍出于《水浒》"③。《水浒传》开创了中国小说史上的英雄传奇小说流派，直接影响到后世的《杨家府演义》《大宋中兴通俗演义》《英烈传》等作品。

① 〔清〕金圣叹：《读第五才子书法》，见《中国古文论释林》清代上卷，66～67 页，北京：北京大学出版社，2011。

② 〔明〕李贽：《容与堂本〈水浒〉评》，见《中国古代文学理论读本》，265 页，天津：南开大学出版社，2009。

③ 鲁迅：《中国小说的历史的变迁》，见《鲁迅全集》第 9 卷，340 页，北京：人民文学出版社，1981。

第四章
明中后期通俗小说的进一步发展

　　明代的小说创作,在《三国演义》和《水浒传》出现之后,曾经沉寂了近二百年时间。直到嘉靖朝,通俗小说才陆续涌现,如嘉靖三十一年与三十二年,熊大木分别出版了《大宋演义中兴英烈传》与《唐书志传通俗演义》,此外他还写了《全汉志传》与《南北两宋志传》。吴承恩的《西游记》也在嘉靖年间写成,只不过到万历二十年才得以出版,这已是他死后多年的事情了。为什么会出现这一长时期停滞的现象?需要进行分析。

第一节　明初至中叶通俗小说近二百年的停滞

一、政治的高压

　　从明初开始的很长时间内,统治者对通俗文学的态度是仇视并严厉禁毁的。朱元璋开创基业以后,在政治上极力巩固皇权统治,废除了有一千多年历史的丞相制度和有七百多年历史的中书、门下、尚书三省制度,将军政大权揽于一身,这是秦汉以来封建专制主义中央集权的恶性发展。此外,朱元璋大肆杀戮功臣,先后制造左丞相胡惟庸和大将蓝玉"谋反"案,连坐诛杀数万人,几乎杀尽了开国功臣。同时,设立锦衣卫、东西厂等特务组织,对群臣和百姓进行监视。在思想文化方面,大力提倡程朱理学,规定"四书""五经"为国子监的功课,并明令全国府州县学及闾里私塾中都要"以孔子所定经书诲诸生,毋以仪、秦纵横坏其心术"①。实行了八股取士的制度,规定了严格的八股文的程式,命题内容也必须出自"四书""五经",并且只能依朱注解释,所谓"其文略仿宋经义,然代古人语气为之"②,绝不允许自由发挥。对文人们,一方面用科举考试进行笼络、利用,同时采取极为严厉的高压政策。洪武年间规定"寰中立夫不为君用",即可"诛其身而没其家"③。诗人高启因辞官被腰斩,苏州文人姚润、王谟被征不至而被斩首抄家。朱元璋又不断地大兴文字狱,加强对文人的控制。当时的文人动辄得咎,"一授官职,亦罕有善终者"④。在这种淫威高压之下,思想文化界呈现了一派沉闷压抑的气氛。文人为免于惨祸,谨小慎微,一时成了风气。政治的高压加上思想文化的专制统治,给文人以强烈的不安全感,他们在追求仕进和自保的心态中,难免向贵族化、御用化倾斜,在文学领域出现复古主义和形式主义的特点,一时间雍容典雅的"台阁体"诗歌和歌功颂德的戏剧泛滥,而生机勃勃的小说、戏曲创作受到了轻视和限制,通俗小说、戏曲的创作滑入了低谷。

二、印刷业的落后

一方面,官方对通俗小说的限制使书坊不敢涉足通俗小说的刊印;另一方面,印刷力量的不足也使得书坊无力承担通俗小说的印制。明初,抄写是书籍流传的主要方式。洪武十五年(1382年)从福建、湖广、江西、浙江、直隶招一千九百一十个书工,专事抄写。此时最大的官方印刷机构——司礼监经厂共有刻字匠一百五十人,表背匠三百二十人,印刷匠五十八人,共计五百余人。当时的刻字速度是多少呢?洪武七年(1374年)刊刻《宋学士文集》,十二万余字,由十个工匠费时

---

① 《明书》卷六二"学校志",1231页,北京:商务印书馆,1936。
② 《历代判例判牍》,见第三册《御制大诰三编·苏州人材第十三》,131页,北京:中国社会科学出版社,2005。
③ 朱元璋:《大诰三编·苏州人材第十三》。
④ 〔清〕赵翼:《廿二史札记》卷三十二"明初文人多不仕",677页,北京:商务印书馆,1968。

五十二天才完成,计算下来每个工匠每天可刻两百余字。按照这一速度,《三国志平话》八万字,则需要花费一个月时间;《三国演义》七十万字,需要十个月,三百多天。① 因此,这一时期官府和民间抄录、刊刻的小说数量很少,说明刊印的物质条件严重制约了通俗小说的广泛传播。

三、通俗小说消费群体的薄弱

需求是最好的刺激,而缺乏消费群体和消费市场的需求,会严重抑制通俗小说的发展。在明代前期,通俗小说的消费群体非常薄弱,购买力的不足使得书坊主们不愿把财力投入到通俗小说的刊印上。

明前期的百余年中,统治者实行了奖励垦荒、轻徭薄赋、移民屯田等一系列方针政策,元末明初残破的社会经济得以全面恢复发展,并且较宋元两代有了重大的进步。但是,明初实施的依然是中国封建社会传统国策——"重农抑商"政策,而且比起前代有过之而无不及。朱元璋出身贫寒,熟知农业对国家兴衰、社会稳定的重要。他认为"理财之道,莫先于农",把农业视为"为治之先务,立国之根本";鄙视技术为奇技淫巧,将商人作为抑制的对象。商人地位低下,即使在洪武年间,广开财路,大力选拔一技之长的人才时,也没有把善于经营的商家包括在内。明朝政府的贱商立法与政治干预,严重限制了商品经济的发展。无农不稳,无商不富,与此相适应的,明朝前期自上而下大力倡导节俭,朱元璋自己更是身体力行,引导臣民特别是百官的消费趋向。政府的购买力和民众的消费能力非常低下,一方面是由于财力和收入有限,另一方面是因为市场匮乏,这种购买力低下的情况又反过来抑制了商品经济的发展。在这样一种社会经济发展状况和消费趋向的大背景下,通俗小说作为生活必需品之外的消费品,显然不具备大量被消费的可能。

上述三方面的原因影响了明初通俗小说的发展繁荣,在《三国演义》《水浒传》等通俗小说问世之后的一百多年时间里,书坊始终对这

---

① 参考陈大康:《明代小说史》第二编第五章,159~173页,上海:上海文艺出版社,2000。

些优秀的长篇巨著保持着沉默,这些作品只能以抄本的形式流传。

第二节　明中后期通俗小说新变的时代背景

为什么在历经近二百年的沉寂后,到了明代中后期,即从弘治至万历的一百三十余年里,小说重新进入一个繁盛时期呢?这种转变,一方面与文网的松弛有关(洪武朝被杀的高启和永乐朝被杀的方孝孺的遗著,在弘治、正德年间相继刊行,可说明这一点),而更重要的是社会经济形态的变化以及与之相应的思想意识形态的变化所致。

一、统治者的喜好

明代开国之初,朱元璋制定了限制束缚通俗文学的政策,永乐、宣德、正统几朝都继续执行这一政策。但是,有的时候统治者也会出尔反尔,言行不一,自己违犯禁令。朱元璋本人喜欢听评话,藩王子孙们耳濡目染,受其影响,寄情歌舞享乐者大有人在。以后承平日久,帝王们在寻欢作乐之余,对小说、戏曲的兴趣愈益浓厚,据说明武宗半夜里看《金统残唐记》,明神宗爱读《水浒传》。我国第一部通俗小说《三国演义》的刊本出于皇家,即司礼监经厂就是最好的例证。官方一旦开禁,民间会汹涌跟上。随后,武定侯郭勋与都察院分别刊印了《水浒传》与《三国演义》,就连明王朝的最高学府之一——南京的国子监也出版了一部《三国演义》。这其实是官方和上层所释放的一种信号,即对这些通俗文学作品的认可。上有所好,下必甚焉,朝廷大臣、文人名士也开始爱好通俗文学,普通百姓也可以名正言顺地喜欢通俗小说,这在客观上为通俗小说的发展提供了宽松环境,为其地位的提高及繁荣创造了条件。

二、印刷业的发达

更为重要的是,社会生产力的提高为通俗小说的发展繁荣奠定了必要的物质基础,比如印刷术的提高、刊印费用的下降,使得通俗小说的大规模刻印成为可能。到了明代中叶的弘治、正德时期,农业经济有了进一步发展,手工业和商业出现初步繁荣,特别是在东南一带城市,纺织、采矿、冶铸等行业有了更大的发展,就是以前不甚发达或根本没有的行业如造纸、印刷、制糖、轧棉等,也有了迅速的成长。印刷业的普遍和繁荣,为文化的普及和交流,特别是小说、戏曲及通俗文学的广泛流传创造了有利的条件;而印刷术发达,书坊众多,也降低了小说的印刷成本,为书籍的广泛刊行提供了方便。弘治以后,以盈利为目的的商业性书坊如雨后春笋般涌现,刻书重心从官府转入私家,民间印刷业真正达到高潮。嘉靖、万历时期,是明代刻书的黄金时代。万历时期的南京成为大量刊行小说、戏曲和彩色套印的中心。刻书中心也不断向新的经济发达地区转移,胡应麟《少室山房笔丛》:"余所见当今刻本,苏常为上,金陵次之,杭又次之,近湖刻、歙刻骤精,遂与苏常争价。"①"凡刻之地有三,吴也,越也,闽也。蜀本,宋最称善,近世甚希。燕、粤、秦、楚,今皆有刻,类自可观,而不若三方之盛。其精,吴为最;其多,闽为最,越皆次之。其直重,吴为最;其直轻,闽为最,越皆次之。"②谢肇淛《五杂俎》:"宋时刻本以杭州为上,蜀本次之,福建最下。今杭刻不足称矣,金陵、新安、吴兴三地剞劂之精者,不下宋板。"③可知当时的刻书重心,遍及各大城市。

三、小说消费市场的活跃

印刷技术的提高和刻印成本的下降,极大地促进了小说的消费,小说从作家的案头作品真正成为了广大民众能够购买得起的商品,这使得小说普遍传播成为可能。而嘉靖、万历时期商品流通活跃,城市生活繁华,市民人数明显增多,为通俗小说提供了大量的读者。如明初受打击最严重的苏州,不但恢复了旧日的繁华,而且成为东南一带的经济中心。王锜《寓圃杂记》中有一节写苏州的变化,说明初时的景象是"邑里萧然,生计鲜薄";正统、天顺年间"稍复其旧,然犹未盛";到了成化年间,已经是"迥若异境";到了他写这一段文字的弘治年间,则"观美日增",其景象是:闾檐辐辏,万瓦甃鳞,城隅濠股,亭馆布列,略

---

① 〔明〕胡应麟:《少室山房笔丛》卷四,59页,北京:中华书局,1958。
② 〔明〕胡应麟:《少室山房笔丛》卷四,56～57页,北京:中华书局,1958。
③ 〔明〕谢肇淛:《五杂俎》卷一三,381页,北京:中华书局,1959。

无隙地。舆马从盖,壶觞罍盒,交驰于通衢。水巷中光彩耀目,游山之舫,载妓之舟,鱼贯于绿波朱阁之间,丝竹讴歌与市声相杂。杭州、苏州、广州、武汉、芜湖等都市,也都店铺林立,商贸发达。手工业和城市商业的繁荣使市民阶层迅速扩大,为小说繁荣提供了发达的阅读群体和需求市场。当时通俗小说的价格较高,购买者必须具备一定的经济实力,而此时商贾、官宦及具有一定经济能力的知识分子越来越多,使得小说消费群体逐步扩大,这是小说发展的重要动力。

四、书坊主们的推动

想使小说更加受欢迎,首先要让一般民众能够读懂小说,进而喜欢小说、购买小说。为了实现这一目的,作者和生产小说的书坊主们也想方设法,做了大量促销工作。比如,在通俗小说的封面做广告,以种种动听的语句打动那些犹豫不决的买主。如万历三十四年(1606年)三台馆余象斗所刊的《列国志传》,其扉页醒目地印着广告:"《列国》一书,乃先族叔翁余邵鱼按鉴演义纂集。惟板一付,重刊数次,其板蒙旧。象斗校正重刻,全像批断,以便海内君子一览。买者须认双峰堂为记。余文台识。"这段广告主要讲其作品版本的珍贵和佳处,文字比较平实。而多数通俗小说的广告则通常使用较为夸饰的言词,天花乱缀令人心动。如明代雄飞馆书坊将《三国演义》《水浒传》这两部作品合印在一起,另起新名《英雄谱》。其封面上印有如下文字:"语有之:'四美具,二难并',言璧之贵合也。《三国》《水浒》二传,智勇忠义,迭出不穷,而两刻不合,购者恨之。本馆上下其驷,判合其圭。回各为图,括画家之妙染;图各为论,搜翰苑之大乘。较雠精工,楮墨致洁。诚耳目之奇玩,军国之秘宝也。识者珍之。雄飞馆主人识。"这则广告生动可读,如数家珍般地指出该书的新创意及插图、印刷的精美等佳处,对买主当有一定的吸引力,从中可看出书坊主商业操作的明显痕迹。对他们来讲,只要有利于销售,溢美之词自然多多益善。利用名人效应做宣传,这也是书坊主们经常采用的促销策略之一。那些被拿来做招牌的名人并非随意指派,而是有所选择的。一般来讲,书坊主们喜欢利用那些思想偏激、才华独具、行为异俗的文人才士的名号,如李贽、徐渭、汤显祖、冯梦龙、钟惺、李渔、金圣叹等。这些人生平身世、言行举止较富传奇色彩,往往成为公众关注的焦点。更为重要的是,这些人多对通俗文学怀有浓厚的兴趣,他们或亲自创作,或进行评点。由此可见书坊主在通俗小说销售中的积极推动作用,他们善于发掘和利用名人潜在的商业价值,而对通俗小说的作者来说,书坊主的敦促催请已成为他们创作的外在直接动力。① 在小说中配上插图,也是一种有效的传播方式。王重民在美国国会图书馆发现明代著名书坊主余象斗所刊刻的小说时,就被余氏小说中精美的插图所吸引,他描述道:"图绘仰止高坐三台馆中,文婢捧砚,婉童烹茶,凭几论文之状。榜云:'一轮红日展依际,万里青云指顾间。'四百年来,余氏刊行短书流遍天下,家传而户诵之。"②充分利用插图所具有的形象直观的特点,给小说增色不少。插图因此也成了通俗小说的重要传播手段,对此时人评价道:"曲争尚像,聊以写场上之色笑,亦坊中射利巧术也。"③其作为传播手段的功用可见一斑。

评点也是明中后期促进小说传播的重要形式。评点是古人研读文章,发表自己阅读感受体会的一种重要方法,就是在阅读时,在文字的空白处写下自己对文章的内容、艺术技巧、写作方法等的评价分析。评点最初是为了让那些文化水平不高的普通民众看懂小说,在明清时期,它也被书坊主纳入商业运作的机制中,成为一种营销手段。通俗小说较早的评点者是明代嘉靖年间有名气的书坊主人余象斗。余象斗所刻小说如《新刻按鉴全像批评三国志传》《京本增补校正全像忠义水浒志传评林》《新刊京本春秋五霸七雄全像列国志传》《新刊校正演义全像三国志传评林》《新刊出像补订参史鉴南宋传通俗演义题评》,从题名看均有评点。当时名气大的评点家如李贽、金圣叹、毛宗岗、张竹坡诸人的小说评点不仅具有极高的艺术价值,而且具有很高的商业价值,刊载有这些人评点的小说往往最容易流行,最受读者欢迎,所以他们也往往被假托为评点者。当然,评点的质量也是良莠不齐的。

---

① 此处参考苗怀明:《中国古代通俗小说的商业运作与文本形态》,载《求是学刊》,2000 年第 5 期。

② 王重民:《中国善本书提要》,61 页,上海:上海古籍出版社,1983。

③ 毛效同编:《汤显祖研究资料汇编》,858 页,上海:上海古籍出版社,1986。

五、文人的积极参与

明中后期通俗小说的发展繁盛，也与文人的积极参与有密不可分的关系。明中叶以后，在商品经济繁荣、资本主义萌芽的背景下，思想文化领域活跃起来，一股以人文主义思想为特征的启蒙思潮悄然在封建社会的母体内孕育产生。弘治、正德时期，著名思想家王守仁继承并发展了陆象山的心学，形成了主观唯心主义的哲学体系。他提出了"良知"说："夫良知者，即所谓是非之心，人皆有之，不待学而有，不待虑而得者也。"①其主要内容是认为"理"在人们的心中。他说："心外无物，心外无事，心外无理，心外无义，心外无善。"②"心即理"这一命题，包含有承认个性尊严而反对偶像崇拜的意味，在客观上突出了人在道德实践中的主观能动性，某种程度上否定了程朱理学那套束缚人性的教条，他说："圣人之学不是这等捆缚苦楚的，不是妆做道学的模样。"③正因为这样，王学对动摇程朱理学长期以来的统治，启发人们思想有一定的积极作用，也有利于人的自我意识的觉醒。

"心学"被称为"王学"，流派很多，其中重要的有泰州学派，也称王学左派。他们发展了王守仁哲学中的反道学的积极因素，富有叛逆精神，在思想界和社会上影响极大。其代表人物，前期有王艮、徐樾、颜钧、罗汝芳，后期有何心隐、李贽等，而且越到后来越具有离经叛道的倾向。他们肯定人欲的合理要求，主张人际间地位平等，追求个性的自然发展，王艮说"百姓日用即道"④。李贽说得更直白："穿衣吃饭，即是人伦物理。除却穿衣吃饭，无论物矣！"⑤他还说："夫天生一人，自有一人之用，不待取给于孔子而后足也。"⑥鲜明地肯定了人类存在中的物质需求的合理性，洋溢着一种叛逆的勇气和张扬个性的精神。

在这一思潮影响下，文学观念和文化意识发生变化，对通俗小说

① 〔明〕王阳明：《书朱守乾卷》，见《王阳明全集》卷八，279 页，上海：上海古籍出版社，1992。
② 〔明〕王阳明：《与王纯甫》，见《王阳明全集》卷四，156 页，上海：上海古籍出版社，1992。
③ 〔明〕王阳明《传习录》，见《王阳明全集》卷三，104 页，上海：上海古籍出版社，1992。
④ 〔明〕王艮：《明儒王心斋先生遗集卷一"语录"》，见《王心斋全集》，10 页，南京：江苏教育出版社，2001。
⑤ 〔明〕李贽：《焚书》卷一，10 页，北京：中华书局，1974。
⑥ 〔明〕李贽：《焚书·答耿中丞》，43 页，北京：中华书局，1974。

的认识也与前不同,越来越多的文人加入到小说传播的队伍中来。李梦阳、何景明等人较早地从理论上肯定俗文学的价值,他们都赞扬民间歌谣,李梦阳还第一次将《西厢记》与《离骚》并列①。到嘉靖年间,王慎中、唐顺之等一批名士,又将《水浒》与《史记》并称②。后李贽、袁宏道、汤显祖和冯梦龙等人也加入到这一队伍中,进一步为俗文学大声疾呼。他们通过序跋、评点、改编、杂谈、书信、日记等各种写作方式,倾心呼唤俗文学,为市井细民、商贾、女性拓展生存空间,提高小说、戏曲的文体地位。其中贡献最大的是李贽,他把传奇、院本、杂剧、《西厢》《水浒》与《庄子》《离骚》《史记》《汉书》这些正统文坛已经奉为经典的诗文和史书相提并论,称之为古今至文,他说:"无时不文,无人不文,无一样创制体格文字而非文者。诗何必古选? 文何必先秦? 降而为六朝,变而为近体,又变而为传奇,变而为院本,为杂剧,为《西厢曲》,为《水浒传》……皆古今至文,不可得而时势先后论也。"③将《水浒传》与《史记》、杜诗等并列为宇宙内"五大部文章"④。甚至称《水浒》为"发愤之作",称《西厢》为"化工之文"。袁宏道受了他的影响,也非常重视小说、戏曲、民歌,给予很高的评价。他说:"吾谓今之诗文不传矣。其万一传者,或今间阎妇人、孺子所唱《擘破玉》《打草竿》之类,犹是无闻无识真人所作,故多真声。不效颦于汉、魏,不学步于盛唐,任性而发,尚能通于人之喜怒哀乐、嗜好情欲,是可喜也。"⑤袁宏道称《水浒传》《金瓶梅》为"逸典"⑥。在《听朱生说〈水浒传〉》中,他又从艺术的角度说《六经》和《史记》都不如《水浒传》:"少年工谐谑,颇溺滑稽传。后来读《水浒》,文字益奇变。六经非至文,马迁失组练。　雨快西风,听君酣舌战。"⑦汤显祖在《宜黄县戏神清源师庙记》等文中详细地论述了戏曲具有强烈的艺术感染力和巨大的社会教化作用,认为是"以人

①〔明〕徐渭:《曲序》,见黄桃红、刘宗彬编:《徐渭小品》,216 页,南昌:江西人民出版社,2010。

②〔明〕李开先:《词谑·时调》,见李永祥选注:《李开先诗文选》,231 页,济南:济南出版社,2009。

③〔明〕李贽:《焚书·童心说》,276 页,北京:中华书局,1974。

④〔明〕周晖:《金陵琐事》,52 页,南京:南京出版社,2007。

⑤〔明〕袁宏道:《袁宏道集笺校》,188 页,上海:上海古籍出版社,1981。

⑥〔明〕袁宏道:《袁宏道集笺校》,1419 页,上海:上海古籍出版社,1981。

⑦〔明〕袁宏道:《袁宏道集笺校》,118 页,上海:上海古籍出版社,1981。

情之大窦,为名教之至乐"①。

他们的这些言论,在当时具有革命性的意义,在中国文学史上第一次把从来为人轻视的小说、戏曲、民歌一类的作品,给予文学上的新评价,极大地提高了戏曲小说的社会地位。这和当时市民阶层的壮大,新的读者群和作家群的形成,文学的世俗化、商业化等因素结合在一起,自然地促进了小说、戏曲和各类通俗文学创作的繁荣。

第三节　明中后期通俗小说创作的新变化

在这一大背景下,明中后期小说创作步入了新的天地,其转折点便是嘉靖元年(1522 年)《三国演义》的刊印出版。《三国演义》创作完成以后,长期以抄本形式辗转流传,至此方正式出版,这是目前所知明清通俗小说的第一个刊本。《三国志通俗演义》被司礼监、都察院刊刻后,立即引起强烈的社会反响。先是官民人等竞相翻刊:嘉靖时有武定侯郭勋家刻本,时人视为善本;有南京国子监刊本(又称金陵国学本),万历时郑以桢据以覆刊;有夏振宇刊本,板心上径题"官板三国传";有嘉靖二十七年(1548 年)福建建阳叶逢春刊本,等等。到了万历年间,有关版本更多,据英国学者魏安统计,现存海内外的就有二十余种,尤以建阳本为多。② 在此之后,产生于明初的《水浒传》《平妖传》等作品也相继被刊出,这些小说刊本的行世,迅速地扩大了通俗小说在社会上的影响。一些作家拿起笔加入撰写通俗小说的队伍,一大批通俗小说被创作出来。如嘉靖三十一年(1552 年)福建建阳清白堂刊熊大木撰《大宋中兴通俗演义》八卷八十则;三十二年(1553 年)建阳清江堂刊熊大木撰《唐书志传通俗演义》八卷八十九节,又有《南北两宋志传》二十卷,《全汉志传》十二卷等,这些作品主要是模仿《三国志通俗演义》和《忠义水浒传》,将历史演义和英雄传奇相结合,但整体艺术水平不如《三国志通俗演义》和《忠义水浒传》。嘉靖中期引起人们兴趣

---

① 〔明〕汤显祖:《汤显祖集》,1127 页,北京:中华书局,1962。
② 魏安:《三国演义版本考》,2 页,上海:上海古籍出版社,1996。

的还有余邵鱼所撰《列国志传》八卷,因原本不存,具体刊刻时间不详。嘉靖时期还有两种版本的《三遂平妖传》在流传,晁瑮《宝文堂书目》有明确记载。

如果说嘉靖时期是中国通俗小说的恢复期和重新起步期,那么到万历年间,则出现了众多的长篇和短篇小说。特别是在万历二十年(1592 年),《西游记》第一次被刊印出版,它是历来西游故事的总结,同时又是吴承恩的天才创造,是我国杰出的浪漫主义神魔小说。《西游记》带出了一批以神魔故事为题材的作品。万历二十三年(1595 年),《金瓶梅》抄本开始在社会上流传,万历四十五年(1617 年)被刊出,它是中国小说史上第一部文人独创的以描写家庭生活为题材的长篇小说。这两部作品的传世意味着讲史演义一统天下的格局被打破,为中国长篇小说的发展开拓了新领域。

《三国演义》《水浒传》的刊刻和风行,《西游记》和《金瓶梅词话》的陆续写定和问世,兴起了编著章回体通俗小说的热潮。另外,现存重要的作品还有万历十六年(1588 年)张凤翼序刻武定版《忠义水浒传》一百卷一百回;万历十七年(1589 年)天都外臣序本《李卓吾先生评水浒全传》一百卷一百回;万历二十年(1592 年)金陵世德堂刊《新刻出像官版大字西游记》二十卷一百回,《三遂平妖传》四卷二十回;万历二十二年(1594 年)朱氏与耕堂刊行钱塘散人安遇时编集《包龙图判百家公案》十卷一百回;万历二十五年(1597 年)三山道人刊罗懋登著《三宝太监西洋记通俗演义》二十卷一百回,万卷楼刊《包龙图判百家公案》六卷一百回;万历二十六年(1598 年)余氏建泉堂、双峰堂分别刊行《皇明诸司廉明奇判公案传》四卷一百零五则,余氏三台馆刊余象斗编述《皇明诸司公案传》六卷五十九则;万历三十年(1602 年)余氏双峰堂刊《北方真武玄天上帝出身志传》四卷二十四则;万历三十一年(1603 年)佳丽书林刊《征播奏捷传通俗演义》六卷一百回,萃庆堂刊邓志谟撰《铁树记》二卷十五回、《咒枣记》二卷十四回、《飞剑记》二卷十三回,书林清白堂刊《达摩出身传灯传》四卷七十则、《二十四尊得道罗汉传》六卷二十二则;万历三十三年(1605 年)詹秀闽刊《两汉开国中兴志传》六卷四十二则,建州震晦杨百明发刊《新民公案》四卷四十三则,林仙源余成章刊朱名世编《牛郎织女传》四卷;万历三十四年(1606 年)金陵万卷楼刊晋人李春芳编次《海刚峰先生居官公案传》四卷七十一回,卧松阁刊《杨家府演义》八卷五十八则,闽双峰堂西—三台馆刊《列国前编十二朝传》四卷五十四则;万历三十七年(1609年)西蜀酉阳野史编次《三国志后传》十卷一百四十回,俞安期刊陇西李暨撰《南北史续世说》七卷;万历三十八年(1610年)杭州容与堂刊《忠义水浒传》一百卷一百回;万历四十年(1612年)金陵大业堂刊《东西两晋志传》十二卷、甄伟编著《西汉通俗演义》八卷一百零一则、金陵西湖谢诏编集《东汉十二帝通俗演义》十卷一百四十六则;万历四十二年(1614年)袁无涯刊《忠义水浒全传》一百二十回;万历四十七年(1619年)龚绍山刊《残唐五代史演义传》八卷六十回。万历年间还有钟山逸叟许仲琳编辑《封神演义》二十卷一百回,羊城冲怀朱鼎臣编辑《唐三藏西游释厄传》十卷、《南海观世音菩萨出身修行传》四卷二十五则,兰江吴元泰著《东游记》二卷五十六则,杨致和编《西游记传》四卷四十一回,余象斗编《五显灵官大帝华光天王传》四卷十八则,九华潘镜若编次《三教开迷归正演义》二十卷一百回,风月轩又玄子著《浪史》四十回,京南归正宁静子辑《国朝名公神断详刑公案》八卷四十则,以及无名氏编撰《五鼠闹东京传》二卷一百二十七则、《承运传》四卷、《戚南塘剿平倭寇志传》(今残存一至三卷)等。

据统计,在嘉靖、隆庆、万历、泰昌四朝共九十九年中,出版的通俗小说一共有五六十种,虽然数量不算太多,但是有一个事实不能忘记,就是在这之前的近两个世纪里,通俗小说的创作领域基本上还是一片空白。这时期获得的成就为后来天启、崇祯两朝通俗小说的迅速发展奠定了基础。

第四节 《西游记》与神怪类通俗小说

嘉靖前后,在通俗小说领域兴起了编著神怪小说的热潮。这批神怪小说不同于历史演义、英雄传奇,其主要特征是以神魔怪异为主要题材,参照现实生活中的人情物理,营造非人间的神怪世界,以神异的想象、生动的形象、奇幻的境界、诙谐的笔调,给人以独特的艺术感受。

这类小说最突出的代表是《西游记》。

一、《西游记》的故事渊源及成书过程

同《三国演义》和《水浒传》一样,《西游记》也是在长期民间流传和演变的基础上经文人整理加工而成,成书过程大约历时七百年。

《西游记》的故事源于唐僧玄奘只身赴天竺(今印度)取经的史实。玄奘法师是初唐人,俗姓陈,法名玄奘,洛州缑氏人,本是长安弘福寺的和尚。贞观三年(629年)西行去天竺求法,共历时十七年,于贞观十九年(645年)回到长安,带回佛经六百五十七部,受到唐太宗的礼遇。这件事在朝野引起巨大轰动,而玄奘沿途的所见所闻也同样引起人们的极大兴趣,于是他奉诏口述西行见闻,其门徒辩机笔录,撰成了游记《大唐西域记》,记述了取经途中的艰险,印度、尼泊尔和锡兰等国的异域风情。而后玄奘另两名弟子慧立、彦悰又据其经历写成了《大唐慈恩寺三藏法师传》,对取经事迹作了夸张的描绘,并插入一些带神话色彩的故事,这是神化唐僧取经的先声。此后,随着取经故事在社会中广泛流传,其虚构成分也日渐增多,并成为民间文艺的重要题材。唐代佛教盛行,佛教寺院内俗讲成风。现存最早的有关此事的俗讲材料是刻于南宋时的《大唐三藏取经诗话》,一般认为,这是唐五代时流传的故事。《大唐三藏取经诗话》以通俗讲唱的形式叙述了唐僧一行西行求法的过程,其中有大量虚构的成分。戏剧方面,宋之南戏有《陈光蕊江流和尚》,金院本有《唐三藏》,杂剧有元代吴昌龄的《唐三藏西天取经》、元末明初无名氏的《二郎神锁齐天大圣》、杨景贤的《西游记》。话本中,元代刊本《大唐三藏取经诗话》是较早的一种。它篇幅不大,宗教色彩浓厚、情节离奇,虽然文笔比较粗糙,但已具备了《西游记》故事的轮廓。书中有猴行者化为白衣秀士,神通广大,作为唐僧的保驾弟子,一路降妖伏魔,这就是《西游记》中孙悟空的雏形。而书中的深沙神,则是《西游记》中沙僧的前身,但还没有猪八戒。较杂剧《西游记》稍晚一些,出现了散文体的《西游记平话》。这些剧作与小说《西游记》的关系难以确定,但足以证明取经故事在社会上广泛流传的情况。

完整意义上的小说《西游记》,至迟在元末明初已经出现,故事情节和人物类型已大致形成,现在流行的《西游记》就是在这个基础上加

工创作而成,其中融入了吴承恩大量心血,显示了他非凡的创造才华。同属于世代累积型作品,《西游记》有不同于《三国演义》和《水浒传》之处,就是作者个人特征更明显,个性风格更突出。《西游记》在中国通俗小说发展史上是从集体创作到个人创作的过渡。

作者吴承恩(约1500—约1582),字汝忠,号射阳山人,淮安山阳(今江苏淮安)人。年轻时有文名,却屡试不第,中年以后才补为岁贡生,授长兴县丞,不久辞归。所著诗文大都亡佚,后人编订成《射阳先生存稿》四卷。天启《淮安府志》十六云:"吴承恩性敏而多慧,博极群书,为诗文,下笔立成,清雅流丽,有秦少游之风。复善谐剧,所著杂记几种,名震一时。数奇,竟以明经授县贰;未久,耻折腰,遂拂袖而归。放浪诗酒,卒,有文集存于家,丘少司徒汇而刻之。"这一段话概括了吴承恩的性格和生活境遇。在《禹鼎志序》中他有一段自序,说得尤其明显:"余幼年即好奇闻,在童子社学时,每偷市野言稗史,惧为父师诃夺,私求隐处读之。比长,好益甚,闻益奇;迨于既壮,旁求曲致,几贮满胸中矣。尝爱唐人如牛奇章、段柯古辈所著传记,善模写物情,每欲作一书对之,懒未暇也。转懒转忘,胸中之贮者消尽。独此十数事,磊块尚存;日与懒战,幸而胜焉,于是吾书始成。因窃自笑,斯盖怪求余,非余求怪也。……"①这一段自白,是极重要的材料。他自幼欢喜读小说,尤其欢喜读玄怪小说,正是他后来编写西游记的一个说明。如果他后来果然一帆风顺,飞黄腾达,做起大官来,可能他的趣味会转变方向,朝政治事业方面发展;恰巧他活了那么大年纪,老是不得意,于是玩世嫉俗,江湖放浪。从爱好通俗文学,到亲自操刀,一百回的《西游记》便在他的晚年写成。鲁迅在《中国小说史略》中云:"然作者虽儒生,此书则实出于游戏,亦非语道,故全书仅偶见五行生克之常谈,尤未学佛,故末回至有荒唐无稽之经目,特缘混同之教,流行来久,故其著作,乃亦释迦与老君同流,真性与元神杂出,使三教之徒,皆得随宜附会而已。"②此书未必出于游戏,但非语道之书。治佛的言佛,学道的言道,爱儒的言儒,不过是各取所需而已。吴承恩只是借神魔来写人间,在幻想中寄寓着讽刺诙谐的笔墨。

①〔明〕吴承恩:《吴承恩诗文集》,62页,上海:古典文学出版社,1958。
② 鲁迅:《中国小说史略》,见《鲁迅全集》第9卷,166页,北京:人民文学出版社,1981。

二、亦幻亦真、光怪陆离的神话世界

古代通俗小说源于变文和俗讲，以讲史为主要类别，以神话为素材的小说创作一向不够发达。特别是对于长篇小说来讲，"历史小说可以说是我国古代长篇小说创立阶段的唯一品种。虽然那些历史小说中也夹有神仙鬼怪的超人间现象的情节，但只是起穿插、渲染的作用"①。《西游记》是最早将神魔故事从历史故事中独立出来并臻于成熟的长篇小说，从此确立了神怪小说独立的范型。

《西游记》以非凡的艺术想象力营造了一个神异奇幻、五光十色的神话世界，编织出一系列奇妙动人、异彩纷呈的神话故事，塑造了一大批鲜明生动、妙趣横生的神话艺术形象。玉皇大帝居住的天宫宝殿，"金光万道滚红霓，瑞气千条喷紫雾"，"琪花瑶草暨琼葩"，"金阙银銮并紫府"；凌霄宝殿上，玉帝驾坐，仙卿护驾，天将林立；王母娘娘的蟠桃园里，有三千六百株仙桃树，"前面一千二百株，花微果小，三千年一熟，人吃了成仙了道，体健身轻。中间一千二百株，层花甘实，六千年一熟，人吃了霞举飞升，长生不老。后面一千二百株，紫纹缃核，九千年一熟，人吃了与天地齐寿，日月同庚"②。西天佛祖的灵山胜境、雷音宝刹：

> 顶摩霄汉中，根接须弥脉。巧峰排列，怪石参差。悬崖下瑶草琪花，曲径旁紫芝香蕙。仙猿摘果入桃林，却似火烧金；白鹤栖松立枝头，浑如烟捧玉。彩凤双双，青鸾对对。彩凤双双，向日一鸣天下瑞；青鸾对对，迎风耀舞世间稀。又见那黄森森金瓦迭鸳鸯，明晃晃花砖铺玛瑙。东一行，西一行，尽都是蕊宫珠阙；南一带，北一带，看不了宝阁珍楼。天王殿上放霞光，护法堂前喷紫焰。浮屠塔显，优钵花香。正是地胜疑天别，云闲觉昼长。红尘不到诸缘尽，万劫无亏大法堂。（第九十八回）

孙悟空居住的水帘洞别有洞天："翠藓堆蓝，白云浮玉，光摇片片烟霞。虚窗静室，滑凳板生花。乳窟龙珠倚挂，紫回满地奇葩。锅灶傍崖存

---

① 齐裕焜：《明代小说史》，264 页，杭州，浙江古籍出版社，1997。

② 〔明〕吴承恩：《西游记》第五回，济南，齐鲁书社，1980。以下凡引该书皆出自该版本，不另注，仅注回数。

火迹,樽罍靠案见肴渣。石座石床真可爱,石盆石碗更堪夸。又见那一竿两竿修竹,三点五点梅花。几树青松常带雨,浑然相个人家。"(第一回)

大自然的风雨雷电现象都被拟人化,有专属的风婆婆、云童子、布雾郎君、雷公、电母、龙王。悟空在车迟国与妖道斗法,悟空随意驱使着诸神,呼风唤雨,行者道:"……但看我这棍子往上一指,就要刮风。"那风婆婆、巽二郎没口地答应道:"就放风!""棍子第二指,就要布云。"那推云童子、布雾郎君道:"就布云,就布云!""棍子第三指,就要雷电皆鸣。"那雷公、电母道:"奉承,奉承!""棍子第四指,就要下雨。"那龙王道:"遵命,遵命!""棍子第五指,就要大日晴天。却莫违误。"

西天路上各种险山恶水,千奇百怪,神秘莫测。流沙河,"鹅毛飘不起,芦花定底沉";(第二十二回)黑水河,"滚滚一地墨,滔滔千里灰";通天河,里面"茫然浑似海,一望更无边",(第四十七回)里面"阔水更无波","冰漫如陆路";那火焰山,"八百里火焰,四周围寸草不生。若过得山,就是铜脑盖,铁身躯,也要化成汁"。(第五十九回)

《西游记》中的故事,更是无奇不有,变化万端,妙不可言。与二郎神斗法一段,写得十分精彩,孙悟空先是"变作个麻雀儿,飞在树梢头钉住"。二郎见状,亦展开变化:

> 摇身一变,变作个雀鹰儿,抖开翅,飞将去扑打。大圣见了,搜的一翅飞起去,变作一只大鹚老,冲天而去。二郎见了,急抖翎毛,摇身一变,变作一只大海鹤,钻上云霄来嗛。大圣又将身按下,入涧中,变作一个鱼儿,淬入水内。二郎赶至涧边,不见踪迹,心中暗想道:"这猢狲必然下水去也,定变作鱼虾之类。等我再变变拿他。"果一变变作个鱼鹰儿,飘荡在下溜头波面上。等待片时,那大圣变鱼儿,顺水正游,忽见一只飞禽,似青鹤,毛片不青;似鹭鸶,顶上无缨;似老鹳,腿又不红;"想是二郎变化了等我哩!"急转头,打个花就走。二郎看见道:"打花的鱼儿,似鲤鱼,尾巴不红;似鳜鱼,花鳞不见;似黑鱼,头上无星;似鲂鱼,鳃上无针。他怎么见了我就回去了,必然是那猴变的。"赶上来,刷的啄一嘴。那大圣就撺出水中,一变,变作一条水蛇,游近岸,钻入草中。二郎因嗛他不着,他见水响中,见一条蛇撺出去,认得是大圣,急转

身，又变了一只朱绣顶的灰鹤，伸着一个长嘴，与一把尖头铁钳子相似，径来吃这水蛇。水蛇跳一跳，又变做一只花鸨，木木樗樗的，立在蓼汀之上。二郎见他变得低贱——花鸨乃鸟中至贱至淫之物，不拘鸾、凤、鹰、鸦都与交群，故此不去拢傍，即现原身，走将去，取过弹弓拽满，一弹子把他打个踉蹡。那大圣趁着机会，滚下山崖，伏在那里又变，变一座土地庙儿，大张着口，似个庙门，牙齿变做门扇，舌头变做菩萨，眼睛变做窗棂。只有尾巴不好收拾，竖在后面，变做一根旗竿。真君赶到崖下，不见打倒的鸨鸟，只有一间小庙，急睁凤眼，仔细看之，见旗竿立在后面，笑道："是这猢狲了！他今又在那里哄我。我也曾见庙宇，更不曾见一个旗竿竖在后面的。断是这畜生弄喧！他若哄我进去，他便一口咬住。我怎肯进去？等我掣拳先捣窗棂，后踢门扇！"大圣听得，心惊道："好狠，好狠！门扇是我牙齿，窗棂是我眼睛。若打了牙，捣了眼，却怎么是好？"扑的一个虎跳，又冒在空中不见。（第六回）

千变万化，看得人眼花缭乱，目眩神迷。

　　平顶山葫芦装天，悟空哄骗小妖说自己的葫芦能装天，他念动咒语，叫那日游神、夜游神、五方揭谛神去奏上玉帝："将天借与老孙装闭半个时辰，以助成功。"玉帝原本不想答应，"天可装乎？""天怎样装？"哪吒劝说并出主意道："请降旨意，往北天门问真武借皂雕旗在南天门上一展，把那日月星辰闭了。对面不见人，捉白不见黑，哄那怪道，只说装了天，以助行者成功。"玉帝答应，当悟空将他的假葫芦儿抛将上去，"只见那南天门上，哪吒太子把皂旗拨喇喇展开，把日月星辰俱遮闭了，真是乾坤墨染就，宇宙靛装成。二小妖大惊道：'才说话时，只好向午，这怎么就黄昏了？'行者道：'天既装了，不辨时候，怎不黄昏！''如何又这等样黑？'行者道：'日月星辰都装在里面，外却无光，怎么不黑！'……小妖大惊道：'罢，罢，罢！放了天罢。我们晓得是这样装了。'"李卓吾就此评论道："说到装天处，令人绝倒。何物文人，奇幻至此？大抵文人之笔，无所不至，然到装天葫芦，亦观止矣！"①

　　活动在神话世界里的人物，也被塑造得神味十足，完全突破了时

---

① 《李卓吾先生批评西游记》（影印版）第三十三回总评，郑州：中州书画社，1983。

空的限制。天宫里有"九曜星、五方将、二十八宿、四大天王、十二元辰、五方五老、普天星相、河汉群神",西天世界有"八菩萨、四金刚、五百阿罗、三千揭谛、十一大曜、十八伽蓝"。神魔所使用的武器、法宝,也有着超自然的威力。孙悟空的如意金箍棒,净重一万三千五百斤,但可以缩小藏在耳朵眼儿里;牛魔王的芭蕉扇大可一丈二尺长,小可缩成一片杏叶噙在口里,扇一下,将人扇出八万四千里;猪八戒的钉钯,晃一晃也可以变成三十丈长的钯柄。其他如红孩儿的风火车、水泊的盂儿,以及具有魔力的净瓶、葫芦、金铃等,无不具有神奇的色彩。

悟空所具有的变化莫测的本事也令人叹为观止。他手中有一根重一万三千五百斤的定海神针金箍棒,又善降妖伏魔,上天入地,大能顶天立地,小能变成苍蝇,钻进铁扇公主的肚皮里……作者几乎把一切所能想到的神通都赋予了他。他可以一个筋斗十万八千里,能七十二变化。金箍棒缩作绣花针,藏在耳朵里,要用时,迎风晃一晃,碗来粗细。他可以任"刀砍斧剁,雷打火烧,一毫不能伤损",即使在太上老君的八卦炉里,以文武火烧炼七七四十九日,仍毫发未损。他可以在妖怪们要蒸他煮他的当口,"拔下一根毫毛,吹口仙气,叫声:'变!'即变做一个行者,捆了麻绳,将真身出神,跳在半空里"。(第七十七回)真是"变化无穷还变化,三皈五戒总休言";"无穷变化闹天宫,雷将神兵不可捉"。(第七回)

《西游记》以高超的艺术想象力,描绘出一个奇异多姿、光怪陆离的神话世界,塑造了孙悟空、猪八戒等鲜明生动的神话艺术形象,达到了神怪类通俗小说的高峰,充分体现了中国文学在摆脱思想禁锢后所产生的巨大活力,这在中国文学史上具有极其重要的意义。

三、强烈的喜剧效果

《西游记》是一部充满浓郁喜剧色彩的作品,作者以其"本善滑稽"的天性,游戏笔墨,滑稽搞笑,使整部作品充盈着轻松愉悦的喜剧气息。明人陈元之的《序》里说《西游记》是"滑稽之雄"。鲁迅在《中国小说史略》里也有"作者虽儒生,此书则实出于游戏"之类的话。胡适则说"《西游记》有一特长处,就是他的滑稽意味"。

一部《西游记》,可以用八个字概括:打打闹闹,嘻嘻哈哈。道路虽曲折，但前途却一直光明。唐僧取经途上不仅有诸如本领高强的悟空护驾，更有各路神仙的大力协助。作家的心态是从容、洒脱的，整部作品体现出来的风格是轻松、潇洒的，基调是诙谐、幽默的。打妖怪固然重要，但更重要的是怎么打，如何打得有趣，打得好玩。除妖不是目的，除妖的过程才是需要仔细体会的。读者只需安心静气地去欣赏，不必为人物前途命运担惊受怕。

敌我双方的矛盾冲突没有你死我活的激烈，而更像是一场又一场依照某种规则所进行的既惊心动魄又无所损伤的游戏。太上老君的坐骑可以化为独角大王，大鹏精更是与如来"有些亲处"，佛祖是"妖精的外甥"。帮助天宫打败悟空和帮助悟空降妖的是同一个观音菩萨。往往经过一番恶狠狠的苦斗，最后物归其主，才笑呵呵地发现不过是自家人打自家人。这就明显体现出作者的游戏态度，使得这部小说具有更多的娱乐性和世俗性。

在如火如荼的战斗中游刃有余地插入一些轻松场面，是作者的拿手好戏，是他最常用的手法，即使在紧张危险与性命攸关的时刻也不能免。狮驼岭降妖是很紧张的故事，可作者却不失时机地幽上一默。悟空被狮子怪一口吞进肚子里：

> 老魔喘息了，叫声："孙行者，你不出来？"行者道："早哩！，正好不出来哩！"老魔道："你怎么不出？"行者道："你这妖精，甚不通变。我自做和尚，十分淡薄。如今秋凉，我还穿个单直裰。这肚里倒暖，又不透风，等我住过冬才好出来。"众妖听说，都道："孙行者要在你肚里过冬哩！"老魔道："他要过冬，我就打起禅来，使个搬运法，一冬不吃饭，就饿杀那弼马温！"大圣道："我儿子，你不知事！老孙保唐僧取经，从广里过，带了个折叠锅儿，进来煮杂碎吃。将你这里边的肝，肠，肚，肺，细细儿受用，还够盘缠到清明哩！"那二魔大惊道："哥啊，这猴子他干得出来！"三魔道："哥啊，吃了杂碎也罢，不知在那里支锅。"行者道："三叉骨上好支锅。"三魔道："不好了！假若支起锅，烧动火，烟焰到鼻孔里，打嚏喷么？"行者笑道："没事！等老孙把金箍棒往顶门里一搠，搠个窟窿。一则当天窗，二来当烟洞。"（第七十五回）

异想天开，匪夷所思，意出尘外，怪生笔端，奇思异想，美不胜收。作者似有一副顽童心理,煞有介事地当真,让人忍俊不禁。调皮的悟空在狮怪肚里耍酒风:"不住的支架子,跌四平,踢飞脚,抓住肝花打秋千,竖蜻蜓,翻跟头乱舞。那怪物疼痛难禁,倒在地下。"经过谈判,妖怪答应送他们师徒出山,不过叫悟空先从它肚里出来。悟空答应了,这时,"那三魔走近前,悄悄地对老魔道:'大哥,等他出来时,把口往下一咬,将猴儿嚼碎,咽下肚,却不得磨害你了。'行者在里面听得,便不先出去。却把金箍棒伸出,试他一试。那怪果往下一口,咯喳一声,把个门牙都迸碎了"。这样一种喜剧性,透露出一种天真未凿的童心般的自然与真实。

正是这种幽默风趣,滑稽可笑,揶揄讽刺,使得《西游记》成为中国古代最有趣、最受欢迎、最吸引人的小说之一。它浓郁的喜剧效果及笑声背后所蕴含的入木三分的讽刺揭露,在中国古代小说中无出其右者。李时人认为:"流贯于全书的那种嘲谑人生的玩世态度和喜剧氛围,深蕴着时代人生的切实内容和悲剧况味,足以使其成为卓然于时代的艺术和不可企及的中国古代小说的'范本'。"①

四、"极似世上人情"

《西游记》创造了一个变幻莫测的世界,虽然想象诡异,夸张变形,不受时空限制,突破生死拘囿,但无不具有现实的生活依据,符合人情世态的逻辑,入情入理又深刻地反映了现实,寓严肃的讽刺批判于轻松的调笑戏谑之中,具有高度的艺术真实性。鲁迅先生说《西游记》"讽刺揶揄则取当时世态"②,"使神魔皆有人情,精魅亦通世故,而玩世不恭之意寓焉"③。胡适说:"《西游记》所以能成世界的一部绝大神话小说,正因为《西游记》里种种神话都带着一点诙谐意味,能使人开口一笑,这一笑就把那神话'人化'过了。我们可以说,《西游记》的神话是有'人的意味'的神话。"④那等级森严、富丽堂皇的天宫,就像人世间朝廷的缩影;那装腔作势、昏庸无能的各路神仙,好似当朝的百官;降

---

① 何满子、李时人主编:《明清小说鉴赏辞典》,299~300页,杭州:浙江古籍出版社,1992。
② 鲁迅:《中国小说史略》,见《鲁迅全集》第9卷,162页,北京:人民文学出版社,1981。
③ 鲁迅:《中国小说史略》,见《鲁迅全集》第9卷,65页,北京:人民文学出版社,1981。
④ 胡适:《〈西游记〉考证》,见《胡适学术文集·中国文学史》(下),989页,北京:中华书局,1998。

妖除魔的行动,隐喻着铲除社会恶势力的愿望;升天入地、无拘无束的生活,寄托着挣脱束缚、追求自由的理想。《李卓吾先生批评西游记》指出:《西游记》中的神魔都写得"极似世上人情","作《西游记》者不过借妖魔来画个影子耳"(第七十六回总批)。铁扇公主有失子之痛,牛魔王可以喜新厌旧,铁扇公主在悟空所扮的假丈夫面前柔情万种,玉面公主吃醋撒泼,真假虚实,神魔妖怪,让人分不清是在写妖还是写人,写幻还是写真。真是在极幻之文中,含有极真之情;在极奇之事中,寓有极真之理。

作者具有高超的艺术想象能力,在游戏笔墨中巧妙地讽刺世态,如第七十九回写在比丘国,国丈要用唐僧的心肝为药引,孙悟空变作假唐僧剖心一段:

> ……假僧接刀在手,解开衣服,挺起胸膛,将左手抹腹,右手持刀,唿喇的响一声,把肚皮剖开,那里头就骨都都的滚出一堆心来。唬得文官失色,武将身麻。国丈在殿上见了道:"这是个多心的和尚。"假僧将那些心,血淋淋的,一个个捡开与众观看,却都是些红心、白心、黄心、悭贪心、利名心、嫉妒心、计较心、好胜心、望高心、侮慢心、杀害心、狠毒心、恐怖心、谨慎心、邪妄心、无名隐暗之心,种种不善之心,更无一个黑心。

作者在这里借题发挥,针砭人世间种种黑暗现象与世态。

五、神人兼备的人物形象

《西游记》最突出的艺术成就是成功塑造了孙悟空、猪八戒等神话人物形象。他们既具有社会人的各种心理情态、欲望要求,又有某些动物的形象特点,也有种种夸张变形的神奇色彩。他们是社会性与神话性,人性和动物性的统一。

孙悟空是最具亮点的人物形象,他被赋予了最自由最强大最神奇最不可思议的能力,这个神话人物虽不可能在现实生活中存在,但却有着现实的依据,因此得到读者的喜爱。他既符合中国传统文化精神,又时有"冒犯",孙悟空可谓在中国传统文化的"手掌心"里左冲右突。

孙悟空的典型特征就是非人生父母养,他的成长经历中是以师为父。人,是天地间最了不起的杰作,中国先秦时代的思想家便对人发出了由衷的赞美。孔子说"天地之性人为贵",《礼记·礼运》曰:"人者,天地之心也",《老子》言"故道大,天大,地大,人亦大"。将人置于宇宙的首位,并十分重视人的价值。在西方,自文艺复兴以来,人也获得了至高无上的地位与尊严,莎士比亚将人称为"宇宙的精华,万物的灵长",另有思想家将人称为"具有人类外表的神"。不管人多么伟大,多么神奇,多么独特,在世间占据着多么重要的地位,领受了多少的歌颂与赞美,都是"十月怀胎,一朝分娩"的产物,这是谁都无法逃脱的"来径"。但是孙悟空偏偏就不是这样,他无父无母,凝聚了天地日月的精华,是一只从石头缝里蹦出的石猴。这是一个非常独特、大胆且具有想象力的设置。可以想象,如果真的没有血缘、宗法、伦理的羁绊,那也就没有了与生俱来的身份的定位,就会摆脱掉宗法制度的禁锢和礼治秩序的束缚,从而会获得彻底的生存自由。

单从这一点看,悟空被赋予了文化反叛的可能性。实际上他在大闹天宫的一系列言行举止中也无所畏惧地冲锋陷阵逍遥自在过,但被天上的神仙们当作不懂礼法未开化的野人对待,而且很快地悟空便被套上了金箍,并被派上一个师父,成了一个"徒"。中国一向重师教,将天、地、君、亲、师并称。《礼记·礼运》云:"天生时而地生财,人其父生而师教之。四者君以正用之。"可见把"师教"看得很重。荀子也说过:"君子隆师而亲友。"①"隆"即尊重的意思,即是说一个有地位有身份的人应该懂得尊师爱友;后世有"一日为师,终身为父"的俗语,也说明了师的"父"色彩。师父,即是将师徒关系比作父子,将原本无血缘关系的师生打上了血缘的文化印迹,那么,师要充当"父"的文化角色,发挥"父"的文化功能,"徒"则要承担起"子"的责任与义务。悟空成为唐僧的徒弟,这就将非人生父母养的悟空拉入了血缘伦理的行列之中,意味着他要负起"子"的责任。

子对父主要的职责是孝。孝就是要养父母、敬父母、爱父母,始终要和颜悦色地对待父母,让他们心情舒畅,而且还要不违背父母意志,顺从父母,即使是父母错了,劝谏不听,也要"号泣而随之"②。先贤圣

① 《荀子·修身》,见张觉:《荀子译注》,16页,上海:上海古籍出版社,1995。
② 《礼记·曲礼下》,见杨天宇:《礼记译注》上,47页,上海:上海古籍出版社,2004。

哲们如孔子、孟子、荀子等有许多关于孝道的论述。悟空基本上完成了一个"子"的责任，他时常挂在嘴上的话是："一日为师，终身为父"；"父子无隔宿之仇"（第三十一回）。第三十二回当八戒巡山偷奸耍滑又撒谎被识破时，悟空提出惩罚他，八戒向师父求情，师父又向悟空求情，悟空说："古人云：'顺父母言情，呼为大孝。'师父说不打，我就且饶你。"第三十一回悟空借教训被黄袍怪掠去的公主言："你正是个不孝之人。盖'父兮生我，母兮鞠我。哀哀父母，生我劬劳！'故孝者，百行之原，万善之本，却怎么将身陪伴妖精，更不思念父母？非得不孝之罪，如何？"有一次唐僧身体不适，起不了身，坐不了马，担心误了行程，表现出自责之态。悟空体贴地加以安慰，说："师父说那里话！常言道：'一日为师，终身为父。'我等与你做徒弟，就是儿子一般。"又说道："'养儿不用阿金溺银，只是见景生情便好。'你既身子不快，说甚么误了行程，便宁耐几日，何妨！"（第八十一回）俨然孝子声气。虽然孙悟空引经据典带有几分滑稽色彩，但也是实出于他的一片真心。他对师父的孝还体现在时刻将师父挂在心上，大战红孩儿时，悟空被妖精的三昧真火熏晕了过去，八戒和沙僧紧急救助，好一会儿悟空才清醒过来，当其时，他第一声喊的是："师父啊！"老实厚道的沙僧被感动了，说："哥啊，你生为师父，死也还在口里。"（第四十一回）悟空不仅是在言上将师"父"事之，而且体现在行动上，一路上降妖伏怪，危急时刻挺身而出，确保师父安全，替师父采果子化斋饭，还要安慰师父，排忧解难。可以说，悟空是唐僧取经成功的一大功臣。

固然，悟空对师父有报恩的感情在里面，况且师父的紧箍咒也使得他们之间的关系打上了几分无情与强迫的色彩，但悟空还是自觉地将师父置于家长的位置，自觉履行子的使命。但是，与严格的孝道比起来，悟空显然做得不够。悟空在言语上对师父有些不敬，在背后直呼其名，当面抢白他，指出他的迂腐与懦弱。他看不上师父动辄落泪的胆小样子，当面直斥为"脓包形状"；看不来师父危难之际只想他个人的做法，大加"嗔怒，就叫喊如雷道：'你忒不济！不济！又要马骑，又不放我去，似这般看着行李，坐到老罢！'"（第十五回）他也看不上师父的推卸责任："师父，你老人家忒没情义。为你取经，我费了多少殷勤劳苦，如今打死这两个毛贼，你倒教他去告老孙。虽是我动手打，却也只是为你。你不往西天取经，我不与你做徒弟，怎么会来这里，会打杀人!"(第五十六回)悟空经常嫌师父不长记性，不听意见，屡屡上妖怪的当，陷空山无底洞师父被妖精摄去，悟空变作苍蝇落到师父耳边，唐僧叫:"徒弟，救我命啊!"悟空忍不住讽刺了师父几句:"师父不济呀! 那怪精安排筵宴，与你吃了成亲哩。或生下一男半女，也是你和尚之后代，你愁怎的?"(第八十二回)这个时候的悟空对师父真有点大不敬了。

显然，悟空与千百年中国文化塑造出来的对父母言听计从、唯唯诺诺、循规蹈矩没有自己独立思想与人格的孝子形象不同，在他身上，人们更多地看到自信、自强、乐观向上的精神和勇往直前、舍我其谁的大无畏勇气，还有敢于承担、勇于战斗的意识和战无不胜，谁也无奈我何的力量。悟空反映了明中叶以来思想界、文化界要求顺应时代潮流，打破宗法血缘界限，肯定自我价值，突出个体人格尊严的思想精神。孙悟空虽然还冲不破传统根深蒂固的枷锁，跳不出传统文化的"手掌心"——在他身上，打着显而易见的传统思想道德的痕迹，但他的所作所为已经让人感受到从社会内部升腾起来的那股冲击旧有秩序与规范的不可扼制的力量。悟空是真正有生命力的人物，因为他是时代精神的体现。

孙悟空大闹天宫，公开宣称"皇帝轮流做"，具有很强的叛逆色彩。中国自秦朝以来的封建社会实行的是高度集权的专制主义政治体制，皇帝占据着至高无上的地位，拥有生杀予夺的大权，所谓"普天之下，莫非王土;率土之滨，莫非王臣"，"君要臣死，臣不得不死"。皇帝具有不容侵犯的神圣与权威。封建专制既形成独裁的政治体制，同时也容易滋生奴性。因为被统治者无法掌握自己的命运，只有沿着既定的轨道走，无须有独立的思想与个体的需求，长此以往，就形成了自感卑微的心态，驯顺依附、逆来顺受甚至卑躬屈膝、奉迎巴结，缺乏精神的独立性、自主性、开创性。这对一个民族来说是悲哀的;但对所有的统治者来讲，奴性又是求之不得并极力维持的，因为没有意志头脑的奴才最易于统治。

但这一切都被天不怕地不怕的悟空打乱了，他公开挑战皇权，践踏秩序，蔑视各级统治者。那象征人间皇权与统治机构的天宫被悟空搅了个不亦乐乎,让皇帝以及那些只知接受恭敬与顺从的各级官员们知道被反对、被蔑视的滋味,也让普通民众感受到无拘无束做人的快意、潇洒、自在。

不仅是大闹天宫这样公开的激烈的反抗,在日常的言谈举止中,悟空也不把代表皇权至尊的权贵们放在眼里。见玉皇大帝他只是唱个喏,不跪不拜。他自己曾不无骄傲地宣称:"老孙自小儿做好汉,不晓得拜人,就是见了玉皇大帝、太上老君,我也只是唱个喏便罢了。"(十五回)而在取经途中,所过的几个国家,其皇帝更没几个是有道的,具有很强的象征意味。这些皇帝大多是昏庸无能之辈,且混淆贤愚,祸国殃民。比丘国的国王听信妖言,沉湎女色,"弄得精神瘦倦,身体尪羸,饮食少进,命在须臾"。为了治病,竟然要用一千一百一十一个小儿的心肝,煎汤服药,连一向温雅的师父都忍不住大骂:"昏君,昏君! 为你贪欢爱美,弄出病来,怎么屈伤这许多小儿性命! 苦哉! 苦哉! 痛杀我也!"(七十八回)皇帝经常成为悟空教训的对象。车迟国的国王信奉三个妖道,弄得一国乌烟瘴气,民不聊生,悟空直斥他:"你怎么这等昏乱!"(四十七回)悟空历尽千辛万苦替他们斩妖除怪,他们无不倒身下拜,要把皇位让于悟空师徒。悟空根本瞧不上眼,他对因感谢救命之恩欲让位于他们师徒的乌鸡国国王说:"老孙若肯做皇帝,天下万国九州皇帝,都做遍了。"(四十回)他说:"……若做了皇帝,就要留头长发,黄昏不睡,五鼓不眠;听有边报,心神不安;见有灾荒,忧愁无奈。我们怎么弄得惯? 你还做你的皇帝,我还做我的和尚,修功行去也。"(四十回)他揭开了蒙在皇帝头上的神秘面纱,将之还原为一种平平常常、普普通通的职业,这种思想在将皇权神化并对之顶礼膜拜的中国古代封建社会是非常了不起的。

悟空将皇帝拉下神坛,具有很强的文化异端色彩。但深入分析起来,悟空对皇权与皇帝的叛逆只是在传统的圈子里打转罢了,并没能突围出去,完成自己彻底反抗的使命与任务。首先,那句最能反映悟空反抗精神的口号"皇帝轮流做,明年到我家",正说明悟空所要做的还是一个皇帝而已,他不满意现在的皇帝,他要做一个出色的皇帝,但皇帝总归是皇帝,还是专制集权,还是至高无上,根本性质不会变。其次,从悟空对待取经途中所遇国家的昏君的态度来看,他反对的是坏皇帝,希望出现好皇帝,他并没有否定皇权。悟空对那些昏聩无能又祸国殃民的皇帝只是臭骂一通,最终还是不辞辛苦冒着生命危险帮他们夺回王位,临走时对他们耳提面命一顿,要他们尽职尽责地做皇帝,做一个爱国爱民的好皇帝,为民众谋福利,不要再被小人奸臣愚弄。那些皇帝们也无不痛哭流涕地表示知错悔改,悟空师徒遂认为胜利完成了使命,心满意足地上路继续他们的征程。最后,也是最能说明问题的是:这场可谓惊天动地、轰轰烈烈,悟空为之付出全部心血与劳动的取经运动,奉的是唐朝皇帝的旨意。而唐太宗与唐僧拜了兄弟,唐太宗称唐僧为"御弟圣僧"。唐僧当时即发宏愿:"不取真经,永堕沉沦地狱"。(十二回)大抵是受王恩宠,不得不尽忠以报国耳。而作为唐僧徒弟的悟空诸人也便是唐王的贤孙了。背负着如此庄严的使命,悟空时时以之鞭策自己。他的行动的最终目的还是为了皇权永固。

这似乎对天马行空、不想受任何束缚的悟空来讲是一种嘲讽,但正像悟空的一系列消解权威、揶揄正统的反叛行为都是在不得不套着紧箍的前提下做出的一样,明中叶进步思想家的思想也只能是戴着镣铐的跳舞。另外,《西游记》说明虽然明中期以来以人文主义思潮为特征的启蒙运动对专制主义思想体系造成了很大的冲击,但对封建专制制度却还构不成解构和颠覆。在神话魔怪小说中,这个形象的出现,标志着我国浪漫主义文学的重大突破,也是一个重大的收获,是中国古代审美史上的重大进展。

猪八戒是给读者带来笑声最多的人物形象。他原本是天蓬元帅,因犯错受罚,却错投了猪胎,生成了猪的模样:长嘴大耳,时常拿出一副嘴脸吓人。他自己倒看得开,"粗柳簸箕细柳斗,世上谁见男儿丑"。因此便具有了猪的特点,贪吃懒散,性情粗犷莽撞;食量大得惊人,一见食物就忘记性命,风卷残云,流星赶月。在寇员外家吃斋,一顿狼吞虎咽吃个肚儿圆,临走时还把那馒头、卷儿、饼子、烧果满满地笼了两袖。猪八戒意志不甚坚定,遇到困难就打算分行李散伙回家,遇事能偷懒则偷懒。平顶山上巡逻,他找个地方躲起来睡觉,却动小心眼编谎骗人。作者以妙趣横生的喜剧性笔法着意加以描写——孙悟空跟踪而至,变成啄木鸟在他长嘴上啄了一下,他大叫妖怪,抡起钉耙,四下打去。等到发现是啄木鸟,又自作聪明地猜测是鸟儿把自己的嘴错认为枯树找虫吃。后来又把三块青石当作唐僧、悟空和沙僧三人，进行编谎预演。还有一样是与他原身天蓬元帅所犯错误相关，就是好色。第二十三回"四圣试禅心"，黎山老母、南海菩萨、普贤、文殊化成老妇人和她的三位美貌女儿试探唐僧一行，别人都视若无睹，无动于心，他却异常热心，甚至贪婪地表示如果别人拒绝招赘，自己一人可以娶三个女儿，连丈母娘也可一并笑纳，洋相出尽。盘丝洞，他因好色，被蜘蛛精用丝套住，差点送命。

但猪八戒并非一无是处，他憨厚纯朴，吃苦耐劳，与妖魔斗争也很勇敢，取经路上最苦、最累、最重的活总是由他承担。荆棘岭上开路，八百里荆棘一夜平，稀柿洞拱净污秽，立了大功。有的时候他还很机灵，有智谋。唐僧逐走孙悟空后被白骨精擒去，他无奈之下只好请孙悟空出山。

> 行者道："你这个呆子！我临别之时，曾叮咛又叮咛，说道：'若有妖魔捉住师父，你就说老孙是他大徒弟。'怎么却不说我？"八戒又思量道："请将不如激将，等我激他一激。"道："哥啊，不说你还好哩，只为说你，他一发无状！"行者道："怎么说？"八戒道："我说：'妖精，你不要无礼，莫害我师父！我还有个大师兄，叫做孙行者。他神通广大，善能降妖。他来时教你死无葬身之地！'那怪闻言，越加忿怒，骂道：'是个甚么孙行者，我可怕他？他若来，我剥了他皮，抽了他筋，啃了他骨，吃了他心！饶他猴子瘦，我也把他剁鲊着油烹！'"行者闻言，就气得抓耳挠腮，暴躁乱跳道："是那个敢这等骂我！"八戒道："哥哥息怒，是那黄袍怪这等骂来，我故学与你听也。"行者道："贤弟，你起来。不是我去不成，既是妖精敢骂我，我就不能不降他，我和你去。老孙五百年前大闹天宫，普天的神将看见我，一个个控背躬身，口口称呼大圣。这妖怪无礼，他敢背前面后骂我！我这去，把他拿住，碎尸万段，以报骂我之仇！报毕，我即回来。"八戒道："哥哥，正是，你只去拿了妖精，报了你仇，那时来与不来，任从尊意。"（第三十一回）

这一节就是《西游记》中著名的义激猴王，禀性高傲、火眼金睛的悟空竟然没有识破八戒的计谋，当即决定出山。猪八戒也会逮住机会报复一下经常捉弄自己的大师兄悟空。在乌鸡国，妖怪变成了师父唐僧，连孙悟空都识别不出真假，八戒出招让唐僧念紧箍咒，哪位念的有效果哪位便是真的，结果假唐僧原形毕露，八戒也趁此机会让孙悟空吃了个哑巴亏，一箭双雕。

更重要的是，和孙悟空相比，猪八戒更多地表现出"凡人"的特点：一逢困难，就打退堂鼓，要分了行李，回高老庄当女婿。他视佛门的清规戒律如耳旁风，受名"八戒"，却一戒不戒，我行我素，想吃就吃，想睡就睡，脑子里经常做着娶媳妇的梦。应该说，猪八戒的食色之欲，是人最本质的欲望。一个人如果没有了这些欲望，几乎等同于没有了生命，而没有生命的东西，哪还会有可爱可言？猪八戒的可爱之处正在于他有这些欲望。他还偷偷地积攒"私房"钱，有时还要说谎，撺掇师父念紧箍咒整治、赶走大师兄，或者自己嚷着"分行李"，散伙回高老庄。在《西游记》中，哪里有猪八戒，哪里就有快乐。试想，如果没有可爱的猪八戒，唐僧的西行之路该是多么的寂寞和乏味，《西游记》还会如此有趣，如此令人爱不释手吗？在猪八戒的身上，涵蕴了人性的方方面面，其行为较多地表现出人性的要求，这与明后期文化对人欲的肯定的倾向不无联系。

猪八戒这一形象，有其特殊的艺术价值，他不同于《三国演义》中的帝王将相和《水浒传》中的英雄豪杰，也不同于"超人"孙悟空，与他们相比，八戒更世俗，更真实，让人感觉更亲切。他身上的弱点，也是人类普遍存在的弱点，可笑但不可恶，有的时候很可爱，让人发出会心的微笑。猪八戒这一形象的出现，是作者超越前人的创新，填补了中国通俗小说人物画廊的空白，显示出作者对人性理解的深入与宽容，也显示了中国通俗小说人物形象更加向着世俗化和复杂多样的方向发展，反映了中国古代长篇小说在塑造人物形象方面取得的长足进步。

唐僧，取经团体的精神领袖，核心人物，是师傅，是领队，还是唐王的钦差。在取经路上，他的意志最顽强，信念最坚定，精神最可贵，即使山高路险，荆棘密布，毒魔狠怪，万苦千辛，为了求取真经，万死不辞。他曾向唐王保证说："我这一去，定要捐躯努力，直到西天，如不到西天，不得真经，即死也不敢回国，永堕沉沦地狱。"（第十二回）在取经路上，不管遇到什么样的困难，都没有动摇他取经的决心。他又严持戒律，是一个名副其实的圣僧，对金钱、美色视之如粪土，二十三回"四圣试禅心",黎山老母、南海菩萨、普贤、文殊化成老妇人和她的三位美貌女儿试探取经人,面对老妇人描述的富贵与妖艳的女儿,唐僧的反应是"如痴如蠢,默默无言","只是呆呆挣挣,翻白眼儿打仰"。只有那八戒禁不住考验,要师傅思量,听到呆子的傻话,"那师父猛抬头,咄的一声,喝退了八戒道:'你这个孽畜!我们是个出家人,岂以富贵动心,美色留意,成得个甚么道理!'"连菩萨也夸他"圣僧有德还无俗"。在西梁女国,面对温柔痴情的女王和一国之富,唐僧毫不为所动,连八戒也说得清楚:"我师父乃久修得道的罗汉,决不爱你托国之富,也不爱你倾国之容,快些儿倒换关文,打发他往西去。"(第五十四回)九十六回的题目便是"寇员外喜待高僧,唐长老不贪富贵"。唐僧真个是圣洁的高僧,堪称"富贵不能淫,贫贱不能移,威武不能屈",一心一意去西天求取真经。

正是唐僧的精神凝聚力使三个性情各异的徒弟不断克服自身弱点,最终完成了取经壮举。别看悟空一路上降妖除怪,居功甚伟,但真正的核心人物是唐僧。沙僧曾说:"世上只有唐僧取经,自来没个孙行者取经之说。"孙悟空也对猪八戒说:"我和你只做得个拥护,保得他身在命在,替不得这些苦恼,也取不得经来。就是有能先去见了佛,那佛也不肯把经善与你我。"(第二十二回)这都是强调唐僧在这个集体中无人可以取代的地位和作用。

唐僧又有着凡人的一些缺点。首先是胆小怕事,懦弱无能。取经途中,一遇危险,他就会"大惊失色"或"流下泪来";碰到妖魔鬼怪,胆战心惊,一筹莫展,束手无策。有时候悟空忍不住说他几句,连猪八戒都曾说他是"老大不济事"。其次是迂腐固执,有时显得无情无义,甚至自私。孙悟空为了他可谓舍生忘死,但他对孙悟空却是动不动就念紧箍咒,甚至把头箍得像个葫芦还不肯罢休。有次孙悟空对观音菩萨说:"我弟子舍身拼命,救解他的魔障,就如老虎口里夺脆骨,蛟龙背上揭生鳞。只指望归真正果,洗孽除邪。怎知那长老背义忘恩,直迷一片善缘。"(第五十七回)还曾当面埋怨师父道:"师父你老人家忒没情义。为你取经,我费了多少殷勤劳苦,如今打死这两个毛贼,就倒教他去告老孙。虽是我动手,却也只是为你。"(第五十六回)可谓切中要害。三是是非不明,人妖莫辨。"三打白骨精",妖精一而再、再而三地变化,都被孙悟空火眼金睛识破,但他却执迷不悟,固执己见,要赶走悟空,真是昏庸糊涂。总之,"作者没有把他写成法术高超的神仙,而是把他当作一个凡人;没有把他写成十全十美的圣人,而是把他写成一个有较多缺点的庸人,这样唐僧的形象就比较真实可信。"[1]

六、风趣诙谐的语言

《西游记》的语言,借鉴了宋元以来平话小说的传统,又吸收了民间语言的特色,以通俗的白话语言为主,同时杂以韵文,流畅生动、优美、鲜活,与其奇幻、浪漫、夸张、诙谐的整体风格相一致。

运用诗歌韵语来铺叙一些故事性弱的情景,是《西游记》的一大特点。如孙悟空拜师学艺的斜月三星洞:"烟霞散彩,日月摇光。千株老柏,万节修篁。千株老柏,带雨半空青冉冉;万节修篁,含烟一壑色苍苍。门外奇花布锦,桥边瑶草喷香。石崖突兀青苔润,悬壁高张翠藓长。时闻仙鹤唳,每见凤凰翔。仙鹤唳时,声振九皋霄汉远;凤凰翔起,翎毛五色彩云光。玄猿白鹿随隐见,金狮玉象任行藏。细观灵福地,真个赛天堂。"(第一回)

《西游记》第一回写"一朝天气炎热,与群猴避暑,都在松阴之下顽耍"。如果大写一通各式各样的顽耍,就太费笔墨,而如果不着一字,又粗疏简单,缺乏文采,作者运用说书的口吻,集中叙述:

> 你看他一个个:跳树攀枝,采花觅果;抛弹子,邷么儿,跑沙窝,砌宝塔;赶蜻蜓,扑蚍蟖;参老天,拜菩萨;扯葛藤,编草帻;捉虱子,咬又掐;理毛衣,剔指甲;挨的挨,擦的擦;推的推,压的压;扯的扯,拉的拉,青松林下任他顽,绿水涧边随洗濯。

以排比的语言将猴子们调皮戏耍的样子描摹得十分形象生动,且简洁概括。

二十三回"四圣试禅心",菩萨变幻的女施主故意以财富美貌试探唐僧师徒。八戒动了凡心,借放马之机到后院找老妇自荐,也是运用了说唱式的语言:

> 八戒道:"我——虽然人物丑,勤紧有些功。若言千顷地,不用使牛耕。只消一顿钯,布种及时生。没雨能求雨,无风会唤风。

---

[1] 齐裕焜:《明代小说史》,247页,杭州:浙江古籍出版社,1997。

> 房舍若嫌矮，起上二三层。地下不扫扫一扫，阴沟不通通一通。
> 家长里短诸般事，踢天弄井我皆能。"

这样既减少了重复，又增加了调侃与游戏色彩。

作者经常用插科打诨、滑稽调笑的语言增加喜剧效果。八戒常扮演丑角的形象，装愚守拙，耍弄小巧，逗笑取乐，令人捧腹。三十二回八戒巡山，悟空变化了悄悄跟在后面看八戒行动：

> 好大圣，摇身又一变，还变做个蟭蟟虫，钉在他耳朵后面，不离他身上。那呆子入深山，又行有四五里，只见山凹中有桌面大的四四方方三块青石头。呆子放下钯，对石头唱个大喏。行者暗笑道："这呆子！石头又不是人，又不会说话，又不会还礼，唱他喏怎的，可不是个瞎帐？"原来那呆子把石头当着唐僧、沙僧、行者三人，朝着他演习哩。他道："我这回去，见了师父，若问有妖怪，就说有妖怪。他问甚么山，我若说是泥捏的，土做的，锡打的，铜铸的，面蒸的，纸糊的，笔画的，他们见说我呆哩。若讲这话，一发说呆了。我只说是石头山。他问甚么洞，也只说是石头洞。他问甚么门，却说是钉钉的铁叶门。他问里边有多远，只说入内有三层。十分再搜寻，问门上钉子多少，只说老猪心忙记不真。此间编造停当，哄那弼马温去！"

这样的语言就是人们在日常生活中所运用的，听上去明白、生动、活泼，又雅俗共赏，喜剧效果明显。

七、《西游记》的地位和影响

《西游记》是明代四大小说之一，与其后的《金瓶梅》代表了嘉靖、万历时期通俗小说创作的最高成就，对后来的文学创作也产生了深远的影响，在小说史上具有重要地位。

《西游记》代表了我国神魔小说的最高成就。我国早期长篇小说的题材就是讲史，历史小说成为我国古代长篇小说较为成熟阶段的唯一类型，虽然其中也穿插有神仙鬼怪的故事情节，但只是陪衬和点缀。元人的《西游记平话》最早将神魔故事从历史故事中独立出来，而它正是《西游记》的前身。但是，只有吴承恩的《西游记》才以广泛深刻的社会容量、丰富多彩的表现手法，使神魔小说这一题材类型臻于成熟，从而确定了神魔小说在长篇小说中不可或缺的历史地位。

《西游记》开拓了我国长篇小说浪漫主义的新境界。我国早期长篇小说大部分属于历史题材，以写实为主。《西游记》以其高超的艺术想象力和表现手法，突破了题材限制，发扬了我国古代文学中的浪漫主义精神，开拓了一个光怪陆离、奇异多姿的艺术境界。"《西游记》还用玩笑态度和游戏笔墨，对世态炎凉、人性缺陷进行了嘲讽，使作品具有诙谐幽默的风格和揶揄讽刺的特点，对我国讽刺小说的发展起了积极作用。"①

特别值得一提的是，《西游记》对于提高中国古代通俗小说的独立创作意识及虚构能力具有不可替代的作用。吴承恩创作以前，其实面临着除话本、杂剧以及传说中的神奇故事之外大量有关取经的正式文献。他可以如同其他许许多多的小说作家那样，在史料的基础上，写作有关唐僧的传记或其他取经演义类作品，结果必然会是郭豫适指出的："以史籍的记载和唐太宗等人对玄奘的看法作为根据和出发点，那么创造出来的就只能是以艺术作品形式出现的一部'高僧传''圣僧传'，它的主题内容必然是对于佛教和佛教徒的歌颂。"②但吴承恩"选择了在话本、杂剧与民间传说的基础上进行艰苦的再创作的道路。唯有这样，他才可能充分展示自己的艺术才智，才可能在作品中融入现实的生活内容以及他对现实生活的感受与见解。这一选择表明了吴承恩对小说应该有怎样的地位与作用以及应该如何创作等问题，有着十分清醒的认识，因此他才安于清贫，甘于寂寞，潜心编创这部优秀的巨著，使其成为打破粗糙原始并远离现实生活的简单改编式创作格局的卓越示范。"③

在《西游记》的影响带动下，明清两代涌现出了一大批神魔题材小说，如《封神演义》《西游补》《东度记》《女仙外史》等，并形成这样一个小说派别。虽然这些神魔小说大多数没有达到《西游记》的创作高度，但也继承了《西游记》的好的创作手法，在某些方面还有所发展。其基本创作精神还是与《西游记》相通的。另外，《西游记》故事还被改编为戏曲等作品；一直到今天，西游故事仍然活跃在舞台、银幕、屏幕上，为

① 齐裕焜：《明代小说史》，265页，杭州：浙江古籍出版社，1997。
② 郭豫适：《中国古代小说论集》，127页，上海：华东师范大学出版社，1992。
③ 陈大康：《通俗小说的历史轨迹》，97页，长沙：湖南出版社，1993。

中国老百姓特别是小朋友们所喜爱。

第五节　《金瓶梅》与世情小说的勃兴

世情小说（或称人情小说），顾名思义，就是以描画世态人情为主要内容的小说。具体说来，"是指那些以描写普通男女的生活琐事、饮食大欲、恋爱婚姻、家庭人伦关系、家庭或家族兴衰历史、社会各阶层众生相等为主，以反映社会现实（所谓"世相"）的小说"①。世情小说是中国通俗小说发展史上的重要类别。

中国古代小说从大的题材类别来看，可以分为两类：一类是表现"非人"世界的，如志怪神怪灵怪小说；一类是表现人世的，即反映现实世界的真实生活。这一类，又分几种不同的题材，如历史演义小说，主要描写军国大事；英雄传奇小说，主要写英雄事业，也有人称之为侠义小说；公案小说，重点写破案断狱；还有一种就是世情小说。相比其他的小说类别，世情小说的出现和成熟最晚。魏晋南北朝时期，志怪小说已蔚为大观。元末明初，历史演义体小说出现了《三国演义》，英雄传奇体小说出现了《水浒传》，各自迎来了高峰作品。稍后神魔小说也迎来了最高水准作品——《西游记》，但真正描写人情世态的小说还没有出现，直到万历十年到万历十五年（1582—1587）间《金瓶梅》方才面世。当然并不是说在《金瓶梅》出来之前，中国小说史上没有世情小说，早在唐人传奇、宋元话本里面已经出现一些描写读书人与贵族小姐、高级妓女恋情的小说，此外还有一些世情作品，如《莺莺传》《霍小玉传》《李娃传》《闹樊楼多情周胜仙》《新桥市韩五卖春情》《刎颈鸳鸯会》等。但这些作品相比较《金瓶梅》来讲，无疑是小巫见大巫。《金瓶梅》如同一座突兀的高峰，奠定了世情小说在中国通俗小说史上的重要地位，所以把《金瓶梅》视为中国世情小说真正意义上的开山之作也是确当的。《金瓶梅》开拓了中国世情小说的新天地，在此之后的世情小说，题材广泛，手法多样，色彩斑斓，蔚为大观。

---

① 向楷：《世情小说史》，2～3 页，杭州：浙江古籍出版社，1998。

《金瓶梅》在中国通俗小说发展史上具有诸多方面的开创之功。它是第一部由文人独立创作的白话长篇小说,也是我国第一部以家庭日常生活为素材的长篇小说。它所刻画的极具人间烟火气息的人物,它透彻的写实,还有它缜密细致而又构思精巧的叙事结构等,都对我国古代通俗小说的发展产生了重要的影响。《金瓶梅》的出现,标志着中国古代通俗小说由传奇到写实的转变,开创了中国古典小说发展的一个新阶段,具有里程碑式的意义,它对后世小说特别是《醒世姻缘传》《红楼梦》的创作及艺术风格都产生了重要的影响。

一、第一部文人独立创作的长篇通俗小说

《三国演义》《水浒传》《西游记》等长篇巨制的一个共同特点是成书都不是由一个人独立完成,而是经过了历史记载、民间传说或说话艺术、戏曲等长期积累之后,最终由文人整理加工而成。《金瓶梅》则走了另外一条不同的道路,没有经过一个世代积累的过程。

在《金瓶梅词话》问世之前,根本没有内容相似的作品流传。据《万历野获编》记载,见多识广的沈德符在未读这部小说之前,也不知道这是一部什么样的书。第一次透露世上有《金瓶梅》这样一部小说存在的信息,见于明万历二十四年(1596 年)袁宏道给董其昌的信。袁宏道在信中问:"《金瓶梅》从何得来?"袁宏道的弟弟袁中道也曾回忆董其昌对他说过:"近有一小说,名《金瓶梅》。"①沈德符听说后,一时间犹"恨未得见"②。从中可知这部小说刚刚成书面世不久。现存的《金瓶梅词话》中虽然有一些话本故事、时曲小调等,但那只是作家在独立构思基础上的穿插和点缀,不是《金瓶梅》的源头作品,也没有证据表明此前曾经有过一部源头作品。事实上也正是如此,至今也没有任何一部接近《金瓶梅》的作品出现过。

《金瓶梅》的故事内容主要是描写日常生活琐事,缺乏惊心动魄的情节,也没有扣人心弦的传奇特征,不易作为说唱材料的底本来使用。这也决定了它不是像《三国演义》《水浒传》《西游记》等长篇巨制那样经过长期的民间艺术的打磨和积累后成书。至于有人认为《金瓶梅》

---

① 〔明〕袁中道:《游居柿录》卷九,193 页,青岛:青岛山版社,2004。
② 〔明〕沈德符:《万历野获编》卷二五"词曲·金瓶梅",652 页,北京:中华书局,1997。

属于世代累积型集体创作作品的理由,一是书中保留了较多的说唱艺术的痕迹;二是书中情节与文字前后颇有抵牾,行文时有粗疏、错乱等;三是较多引录前人作品。这些基本都是站不住脚的。小说中留有说唱艺术痕迹,那只是创作小说时摹拟话本形式的遗留。如此规模的长篇小说,前后文字与情节稍有不对应处也在所难免。引录前人作品,这也是当时小说的习惯。

《金瓶梅》成书于何时?有嘉靖与万历两说,研究者一般认为后者为是。如小说中引用的《祭头巾文》,系万历年间著名文人屠隆之作;写西门庆家宴分别用"苏州戏子""海盐子弟"演戏,为万历以后才有的风气。另外,万历中期,商业经济繁荣,市民阶层崛起,价值观念变化,享乐之风兴起,这样一个时代产生《金瓶梅》这样的作品也是顺理成章的事情。

关于《金瓶梅》的作者,现在还是一个谜。据卷首"欣欣子"序说,是"兰陵笑笑生"。兰陵今属山东峄县,书中亦多山东方言,故作者之为山东人自无可疑。这位"笑笑生"究为何人,至今无法确认。沈德符在《万历野获编》中说作者是"嘉靖间大名士",袁中道在《游居柿录》中说作者是"绍兴老儒",谢肇淛《金瓶梅跋》说作者是"金吾戚里"的门客,皆语焉不详。后世人们对此提出种种猜测和推考,特别是近年来,先后有王世贞、李开先、屠隆、徐渭、汤显祖、李渔等十几种不同的意见,但尚没有一种意见能成定论。另据一些记载中,还有种种离奇传说,也有说世贞父王忬之死,实出唐顺之的陷害,世贞决心报仇,乃以毒水印刷《金瓶梅》,欲毒死唐顺之、严世蕃。于是什么因《苦孝说》,什么《清明上河图》引起仇杀,《金瓶梅》是毒杀工具等,都说得若有其事,这完全是牵强附会。鲁迅说:"后人之主张此说,并且以《苦孝说》冠其首,也无非是想减轻社会上的攻击的手段,并不是确有什么王世贞所作的凭据。"①

《金瓶梅》成书后最初以抄本流传。在万历年间,已有《金瓶梅》抄本流传。据袁宏道于万历二十四年(1596年)写给董其昌的信,他曾从董处抄得此书的一部分;又据《万历野获编》,沈德符在万历三十七年

---

① 鲁迅:《中国小说的历史的变迁》,见《鲁迅全集》第 9 卷,331 页,北京:人民文学出版社,1981。

（1609 年）从袁中道处抄得全本，携至吴中，此后大约过了好几年，才有刻本流传。今见最早的刻本是卷首有万历四十五年丁巳（1617 年）东吴弄珠客序及欣欣子序的《金瓶梅词话》，共一百回，有的研究者认为这可能就是初刻本，人称"词话本"或"万历本"。崇祯年间有《新刻绣像批评金瓶梅》刊行，人称"崇祯本"。一般认为此本是词话本的评改本，即更改回目、变更某些情节、修饰文字，并削减了原本中词话的痕迹，再加评点和图像。清康熙年间，张竹坡以崇祯本为底本，将正文的个别文字修改、加上张氏的回评、夹批，并在卷首附有《竹坡闲话》《金瓶梅读法》《金瓶梅寓意说》等专论，以《张竹坡批评金瓶梅第一奇书》之名刊行于世，因此书扉页刻有"第一奇书"四字，因此也称作"第一奇书本"或"张评本"，这个本子在清代流传最广。

二、开辟描写凡俗生活的新领域

《金瓶梅词话》的欣欣子序云："兰陵笑笑生作《金瓶梅传》，寄意于时俗，盖有谓也。"正指出了《金瓶梅》在题材选择上最显著的特点。所谓"时俗"，就是当时的世俗社会，凡夫俗子的世俗生活。

在此之前成就最高、流传最广、影响最大的三部长篇小说——《三国演义》《水浒传》《西游记》，分别被视为历史演义、英雄传奇、神魔小说的奠基之作，其主角是帝王将相、英雄豪杰和神仙鬼怪，表现的是波澜壮阔的历史风云、曲折离奇的英雄壮举、虚幻神秘的奇异世界，是以传奇的笔墨塑造超凡脱俗的人物形象，叙写离奇玄妙的故事。虽然这些人物故事也反映出一定的社会真实生活，但毕竟是经过了很大程度的想象改造或虚拟变形，充斥着强烈的行动、紧张的情节，也不乏夸张的手法与高超的想象，它与普通大众的现实生活，与周围的世俗世界还是有距离的。

《金瓶梅》却完全变了一个样子，"它从《西游记》的天上神宫和妖窟鬼洞回到了人间世界，从《三国演义》的英雄争霸和铁马金戈回到了妻妾纷争和家庭纠葛，从《水浒传》的山头水泊和武场冈头回到了庭帏床第和青楼筵宴。一句话，《金瓶梅》不再像以往那些小说那样专注于描摹那些'大人物'、'大事情',而开始用心刻画凡夫俗子的平凡生活。"①它所表现的是司空见惯的世俗生活,描绘的是市井间芸芸众生与日常生活,透露着浓厚的生活气息。这无疑是一个重要的转变,是文化观念的一次根本性革命,标志着我国古代小说艺术的渐趋成熟和现实主义创作方法的重大发展,为此后的世情小说开辟了广阔的生活题材空间,并使之成为此后小说的主流。

《金瓶梅》对家庭日常生活场景有细致入微的描摹刻画。《金瓶梅》故事情节发生的中心场景是西门庆及其一妻六妾的家庭生活,由此辐射到社会生活的方方面面。因此,对日常生活场面和生活细节的描写,衣食住行的点点滴滴就成了刻写的重点。在这方面,笔墨浓稠,笔触细腻,无以复加。用张竹坡评曰:"似有一人亲曾执笔,在清河县前,西门家里。大大小小,前前后后,碟儿碗儿,一一记之,似真有其事,不敢谓为操笔伸纸做出来的。"②显示了高超的写实技艺。

比如书中写西门庆家里女人们的休闲娱乐,就有各种各样、形形色色——在花园里游玩,猜枚、抹牌、下棋、斗叶儿、投壶、赏灯、饮酒、荡秋千,在节令和各人的生日里饮宴作乐,听妓女、小优和瞎眼的女先生唱曲子,听尼姑讲佛经故事,制衣服,讲笑话,讲闲话,吵架等等。写饮食,更是随时随地,次数既多,且细致生动。第五十二回三番五次写到吃。先是西门庆跟应伯爵说,"大巡宋道长那里差人送礼,送了一口鲜猪,我恐怕放不的,今早旋叫厨子来卸开,用椒料连猪头烧了。你休去,如今请谢子纯来,咱每打双陆,同享了罢。"(绣像夹批:以西门庆口腹,岂嗜一猪? 而出之大巡,便觉视为上品异味。人情乎? 势利乎? 吾所不解)西门庆有种自我炫耀的味道在里面,猪倒没什么,关键是官员送的,这是社会地位的体现。然后童仆们端上食物,西门庆与应伯爵、谢希大享用。

　　不一时,琴童来放桌儿。画童儿用方盒拿上四个小菜儿,又是三碟儿蒜汁,一大碗猪肉卤,一张银汤匙,三双牙箸。摆放停

---

① 《金瓶梅是最伟大的古典小说之一》,http://bbs. guoxue. com/viewthread. php? tid＝138751

② 〔清〕张竹坡:《批评第一奇书金瓶梅读法》六十三回,见《中国历代美学文库》清代卷(中),261～262页,北京:高等教育出版社,2003。

当，三人坐下，然后拿上三碗面来，各人自取浇卤，倾上蒜醋。那应伯爵与谢希大，拿起箸来，只三扒两咽，就是一碗。两人登时狠了七碗。西门庆两碗还吃不了，说道："我的儿，你两个吃这些！"伯爵道："哥，今日这面，是那位姐儿下的？又好吃又爽口。"谢希大道："本等卤打的停当，我只是刚才吃了饭了，不然我还禁一碗。"两个吃的热上来，把衣服脱了。见琴童儿收家活，便道："大官儿，到后边取些水来，俺每漱漱口。"谢希大道："温茶儿又好，热的，烫的死蒜臭。"少顷，画童儿拿茶至。三人吃了茶，出来外边松墙外各花台边走了一遭。只见黄四家送了四盒子礼来。平安儿搋进来与西门庆瞧：一盒鲜乌菱、一盒鲜荸荠、四尾冰湃的大鲥鱼、一盒枇杷果。伯爵看见说道："好东西儿！他不知那里剜的送来，我且尝个儿着。"一手挝了好几个，递了两个与谢希大，说道："还有活到老死，还不知此是甚么东西儿哩。"西门庆道："怪狗才，还没供养佛，就先挝了吃？"伯爵道："甚么没供佛，我且入口无赃着。"①

稍后，又写到吃，是李铭来了，没有吃饭，应伯爵用箸子拨了半段鲥鱼给他，说让他尝新。

西门庆道："怪狗才，都拿与他吃罢了，又留下做甚么？"伯爵道："等住回，吃的酒阑上来，饿了我不会吃饭儿。你们那里晓得，江南此鱼，一年只过一遭儿，吃到牙缝里，剔出来都是香的。好容易！公道说，就是朝廷还没吃哩！不是哥这里，谁家有？"正说着，只见画童儿拿出四碟鲜物儿来：一碟乌菱，一碟荸荠，一碟雪藕，一碟枇杷。西门庆还没曾放到口里，被应伯爵连碟子都挝过去，倒的袖了。谢希大道："你也留两个儿我吃。"也将手挝一碟子乌菱来。只落下藕在桌子上。（第五十二回）

这哪里是写吃饭，分明是在刻画两位帮闲贪婪无耻的嘴脸，两人如饿虎扑食、风卷残云，三扒两咽就是一碗，连扒七碗，西门庆才吃了两碗，二人恶狠狠的吃相加上大如牛的食量连西门庆也惊呆了，说没想到你们两个吃这么多。应伯爵一副吃了泰山不谢土的架势，不说自

---

① 〔明〕兰陵笑笑生：《金瓶梅》第五十二回，774～775页，济南：齐鲁书社，1991。以下凡引该书皆出自该版本，不另注，仅注回数。

己吃得多，而是夸奖做饭人手艺高，下的面好吃；谢希大则宣称自己是吃过饭来的，不然还能再吃。这还不算，又有人送时令的新鲜菜蔬、水果、大鱼，二人也毫不客气，一手挝了好几个，还不忘夸赞东西好，说可能很多人活一辈子，不见得见到过这样东西，其实是在借机巧妙地吹捧西门庆：能承受这等新鲜上好的东西，是何等身份，何等地位，何等尊贵，何等难得。这一段活画出了应伯爵、谢希大的帮闲行径和寄生虫特征，形神兼备，如在目前。

还是在这一回，西门庆与潘金莲、李桂姐逮住机会就行云雨之事，在与潘金莲纵欲之时不忘许诺给潘"买一套好颜色妆花纱衣服与你穿"。而潘金莲趁机提条件："那衣服倒也有在，我昨日见李桂姐穿的那五色线掐羊皮金挑的油鹅黄银条纱裙子，倒好看，说是里边买的。他每都有，只我没这条裙子。倒不知多少银子，你倒买一条我穿罢了。"写出了潘金莲的心机与争风吃醋。妓女桂姐唱曲讨好西门庆，应、谢两不停插科打诨，嘲笑打闹。李瓶儿、月娘等逗弄孩子，要给他剃头，却惹得哭闹，月娘笑称："不长俊的小花子儿，剃头要了你了，这等哭？剩下这些，到明日做剪毛贼。"（第五十二回）充满了普通家庭天伦之乐的闲适与愉悦。还有月娘要李瓶儿玩投壶游戏，当听她说孩子由潘金莲看着，就叫孟玉楼去替瓶儿看着，显然她对潘金莲有戒心，不敢将孩子托付与她，而李瓶儿就没有这样的城府。果不其然，潘金莲根本没有替李瓶儿看孩子，而是抽空与陈经济厮混调情，当孟玉楼来抱孩子时，孩子正在蹬手蹬脚的大哭，旁边有一只大黑猫，潘金莲不见人影。潘金莲见状赶紧"随屁股也跟了来"，她担心孟玉楼学舌。果然，当月娘问："孩子怎的哭？"玉楼道："我去时，不知是那里一个大黑猫蹲在孩子头跟前。"金莲走上来说："三姐，你怎的恁白眉赤眼儿的？那里讨个猫来！他想必饿了，要奶吃哭，就赖起人来。"（第五十二回）在这些看似寻常的细节之中却能见出人情人性，刻画出人物性格，月娘的老到，李瓶儿的简单，孟玉楼的直接，潘金莲的滥淫、狡猾、不轨、贪毒纤毫毕现，入木三分。

可见，写家庭琐事是为了表现人情人性人心，展示人生的真实。"作者的特殊才能是写家常琐事，通过一般人乃至一般作家都瞧不在眼内的小事，他写下一大段人生，一大段在世界文学中都罕见的人生。

他笔下有几十人是细细写出来的，不但各有面目，而且各有生活。后来的《红楼梦》也写出不少各有声音笑貌的人，但没有几个能有个别的生活、追求、与所关切的事。《金瓶梅》画面之广阔，要《战争与和平》与Middlemarch才比得上的。"①

《金瓶梅》作者并没有局限于描写西门庆一家的生活，而是将犀利的笔触伸向广阔的社会，借此一家折射整个社会的境况。《金瓶梅》虽托言宋朝，实则表现明代社会生活，"把大运河的南北交汇点一带的商贸盛况，市廛车辐，滚滚红尘，描绘得光怪陆离、栩栩如生，特别是书中几次酣畅淋漓地描写了清河县中的灯节盛况，那种世俗生活的'共享繁华'，显示出一种超越个人悲欢恩怨的人间乐趣。"②明史专家吴晗早在20世纪30年代就撰文指出，《金瓶梅》反映了政治、经济、文化、习俗等等，是一部明末社会史。③ 在这个市井社会中，也有各行各业各色人等，三姑六婆、奸夫淫妇、贪官恶仆、帮闲清客、无赖恶少、优伶娼妓、阴阳僧道，他们或为了生活，或为了生活得更好，为了顺着社会阶梯向上爬升，占据更高更好的位置，蝇营狗苟，忙忙碌碌。从中我们也可以看出明末随着经济的发展、城市工商业的兴盛，市民阶层特别是商人的逐步崛起，他们在社会的地位日益提升，越来越受到关注，与官僚阶层的差别越来越小，鸿沟越来越浅，甚至受到广泛的艳羡与巴结。西门庆一家生活奢华，丝毫不逊于一般官僚阶层，甚至官僚阶层在他们面前也不得不降尊纡贵。第四十九回写蔡御史在西门庆家做客，受到优厚的款待，还有歌妓陪夜。吃人嘴短，对于西门庆的种种非法要求，蔡御史无不一口应承。第三十回写位极人臣的蔡太师，收受了西门庆的厚礼，遂送给他一个五品衔的理刑千户之职，这是典型的权钱交易。蔡太师还在自己过生日之际，招待西门庆的规格大大超过对待满朝文武官员，只因为西门庆携带来大量金钱财物认干爷。

显然，《金瓶梅》写世情不在于一般的描摹，而是着意在暴露。通过苗青害主，贿赂蔡京，结交蔡状元，迎请宋巡按，庭参太尉，朝见皇上等一系列故事，反映了一出出伤天害理，欺男霸女，收贿受贿，买官卖

① 孙述宇：《金瓶梅：平凡人的宗教剧》，13页，上海，上海古籍出版社，2011。
② 古耜选编：《中国作家别解古典小说：悟读金瓶梅》，172页，北京，京华出版社，2008。
③ 吴晗：《〈金瓶梅〉的著作时代及其社会背景》，载《文学季刊》创刊号，1934年1月。

官，认贼作父，狼狈为奸的罪恶行径，从西门一家写及明代后期官场的黑暗，吏治的腐败，世风的衰败，人心的险恶，道德的沦丧，深刻表现了荒唐、堕落的社会现实。正如鲁迅所说，"西门庆故称世家，为搢绅、不惟交通权贵，即士类亦与周旋，著此一家，即骂尽诸色"①。

三、高超的写实艺术

《金瓶梅》以犀利的笔触，深刻描绘出那一时代鲜活的社会状态及复杂的人性内涵，表现出前所未有的写实力量，取得了极大的成功。郑振铎说："她是一部纯粹写实主义的小说，《红楼梦》的什么金呀，玉呀，和尚，道士呀，尚未能脱尽一切旧套。惟《金瓶梅》则是赤裸裸的绝对的人情描写；不夸张，也不过度的形容。像她这样的纯然以不动感情的客观描写，来写中等社会的男与女的日常生活（也许有点黑暗的，偏于性生活的）的，在我们的小说界中，也许仅有这一部而已。"②

《金瓶梅》有很强的工笔细描的功夫。白描手法，即用最朴素最简练的笔墨，不事雕饰，不加烘托，抓住描写对象的特征，如实地勾勒出人物、事件与景物的情态面貌。鲁迅曾说："'白描'却并没有秘诀。如果要说有，也不过是和障眼法反一调：有真意，去粉饰，少做作，勿卖弄而已。"③谢肇淛在《金瓶梅跋》对其平淡无奇然而又入木三分的写实艺术作了精彩的概括："其中朝野之政务，官私之晋接，闺闼之媟语，市里之猥谈，与夫势交利合之态，心输背笑之局，桑中濮上之期，尊罍枕席之语，驵狯之机械意智，粉黛之自媚争妍，狎客之从臾逢迎，奴怡之稽唇淬语，穷极境象，骇意快心。譬之范工抟泥，妍媸老少，人鬼万殊，不徒肖其貌，且并其神传之。信稗官之上乘，炉锤之妙手也。"④《金瓶梅》之前，长篇小说《三国演义》《水浒传》《西游记》等已经取得了一些写实方面的成就，但是与它相比，《金瓶梅》中的写实更为透彻。这主要是因为，前此的作品更着重"人类生活的外部空间和人物外形等"，对诸如家庭生活及人物内心世界则着力不够。《金瓶梅》却正是在这些

---

① 鲁迅：《中国小说史略》，见《鲁迅全集》第 9 卷，180 页，北京：人民文学出版社，1981。
② 郑振铎：《插图本中国文学史》（下册），936～937 页，北京：北京出版社，1998。
③ 鲁迅：《南腔北调集》，见《鲁迅全集》第 4 卷，614 页，北京：人民文学出版社，1981。
④〔明〕谢肇淛：《金瓶梅跋》，见黄霖、韩同文选注：《中国历代小说论著选》，172 页，南昌：江西人民出版社，2000。

方面下大力气,非常用心地、兴味十足地对世俗生活及人物的内心世界进行了细细描摹,如实写来,不动声色,看似平淡无奇,但却能穷形尽相,栩栩如生。

三十二回"李桂姐拜娘认女",以细致入微的笔触表现妓女李桂姐的小心思,甚是生动有趣,耐人琢磨。彼时西门庆刚刚加了官,李桂姐希望找一个靠山,她和母亲商量之后,拜了西门庆的大老婆吴月娘做干娘。这下,李桂姐一下子有了飞上枝头做凤凰的感觉,身份不一样了,心里难免得意,行动上不自觉地就表现了出来。

> (她)坐在月娘炕上,和玉箫两个剥果仁儿,装果盒。吴银儿、郑香儿、韩钏儿在下边杌儿上一条边坐的。那桂姐一径抖擞精神,一回叫:"玉箫姐,累你,有茶倒一瓯子来我吃。"一回又叫:"小玉姐,你有水盛些来我洗这手。"那小玉真个拿锡盆舀了水,与她洗了手。吴银儿众人都看她睁睁的,不敢言语。桂姐又道:"银姐,你三个拿乐器来,唱个曲儿与娘听。我先唱过了。"

李桂姐的一系列言语活动,无不透着卖弄、炫耀以及藏不住的得意,从中可以看出娼妓世界里也存在激烈的竞争,需要寻找自以为安全的靠山,得到了就那么高兴,毫不掩饰地表现出来,而其他人也很轻易地觉察出来。

应伯爵是本书中一个很有趣的人物,他是西门庆家的食客。有一回空着肚子来到,西门庆故意问他吃过饭没有,"哥你猜,"他说。西门庆猜想他已经吃过了。"哥你没猜着。"应伯爵明明是来混饭吃的,西门庆也知道,但他故意恶作剧,要应伯爵自己承认跑来揩油吃饭,要他难堪一下。但应伯爵毕竟是职业帮闲,他巧妙地避过尴尬,又决不会因为面子而牺牲了一顿饱餐。读者至此,也不由地会心一笑。这种极端注重细节的写实艺术,让人印象深刻,过目不忘。

四、市井人物的群像

《金瓶梅》在人物塑造方面比之以前的小说取得了较大进步,突出表现在小说描写的重心开始从故事情节转移到人物形象上来。《三国演义》《水浒传》《西游记》等小说,作者首要关心的还是故事情节,千方百计使之一波三折,惊险刺激,以此来吸引读者。这与这些小说成文方式不无关系,因为是从民间"说话"中发展起来的,所以特别注意用波澜起伏的故事情节来抓住读者的注意力。而在《金瓶梅》中,则明显地出现了故事情节的淡化。它所描绘的大量平淡无奇的生活琐事,对于推进故事情节的发展没有多大作用,却能充分地表现社会生活,展示人物性格。例如第八回写西门庆刚娶了孟玉楼,燕尔新婚,如胶似漆,许久不曾往潘金莲家去,把潘金莲急得,"每日门儿倚遍,眼儿望穿"。不停地使王婆等去探消息,在屋里把气撒到使女迎儿身上,一会儿要洗澡,一会儿又睡觉,一会儿打相思卦,一会儿又要吃角儿。当发现角儿少了一个时,痛打了迎儿二三十鞭子,打的妮子杀猪般也似叫。放她起来后,又吩咐她在旁打扇,打了一回扇,还不解气,又用尖指甲在她脸上掐了两道血口子。通过一个一个动作,还有尖酸刻薄的语言,充分表现了潘金莲"无情无绪"的心境和狠毒暴戾的性格。像这类"闲笔",在以前的长篇小说中是比较少见的。小说的着力点从传奇志怪趋向叙俗述凡,因此,故事情节推进的节奏也明显放慢,这样更有利于在相对稳定的时空环境中精雕细刻人物的心理和形象。写李瓶儿病危、死亡到出葬,竟用了两回半近三万字的篇幅,仅临终一段就写了一万余字,把西门庆、李瓶儿及众妻妾等的感情世界刻画得细致入微。

《金瓶梅》塑造了一大批市井人物,有官员、商人、丫环、仆妇、帮闲、妓女、唱曲儿的、和尚、尼姑、道士等,涉及三教九流,各色人等。他们不是什么驰骋战场、建功立业的一代豪杰,也不是扶危济困、揭竿而起的起义英雄,更不是神通广大、上天入地的神仙妖魔,他们也没有做出什么惊天动地的大事,只是普通的世俗人物,在每天的柴米油盐中生活,但经过作者细致刻画,大都声像毕肖,个性鲜明,跃然纸上。

小说的主人公西门庆,原是清河县一个破落户财主,"是个好浮浪子弟,使得些好拳棒,又会赌博、双陆象棋,抹牌道字,无不通晓"(第二回)。开四五处铺面:缎子铺、生药铺、绸绢铺、绒线铺,外边江湖又走标船,扬州兴贩盐引,在家中放官吏债。发迹有钱后,便勾结衙门,交通官吏,贿赂官场,成了提刑院的掌刑千户。东京蔡太师是他干爷,朱太尉是他旧主,翟管家是他亲家,巡抚巡按都与他相交,破落户变成了暴发户,暴发户变成了西门大官人。他原有一妻二妾,又先后谋取孟玉楼、潘金莲、李瓶儿为妾,并和婢女春梅等发生淫乱关系。嗣后,因贿结宰相蔡京为义父,和太尉、巡抚等大臣有往来,又发了几场横财,更加肆无忌惮,谋财害命,霸占良家妇女,直至纵欲暴亡。西门庆是个十足的恶棍,恶贯满盈。在他身上,集中地反映了明代后期由地主、恶霸、商人等统治阶级构成的市侩势力的凶恶面目,他们撕去了虚伪的封建教义,恬不知耻,为所欲为。西门庆在捐款助修永福寺后对吴月娘说:"咱闻那佛祖西天,也止不过要黄金铺地,阴司十殿,也要些楮镪营求,咱只消尽这家私,广为善事,就使强奸了嫦娥,和奸了织女,拐了许飞琼,盗了西王母的女儿,也不减我泼天富贵。"(第五十七回)这正是他们奉行的生活准则。

但是作者在着力刻画西门庆穷奢极欲、巧取豪夺、杀人害命一面的同时,也没有把这一形象简单化,而是挖掘他身上表现出的新的时代因素及多面特征,因而显得更加真实可信。西门庆是新兴商人的代表,是新兴市民阶层中的显赫人物,他已经意识到金钱的巨大威力,因而不择手段地、疯狂地追逐金钱,尽情享受俗世的快乐,将传统道德、封建秩序、朝廷法规、因果报应毫不留情地践踏。就在短短的五六年间,从一爿生药铺起家,竟拥有了当铺、绒线铺、缎子铺、绸绢铺等五家商号。"外边江湖上走标船,扬州兴贩盐引,东平府上纳香蜡,伙计主管有数十。……赤的是金,白的是银,圆的是珠,光的是宝"(第六十九回),已成家资巨万的豪商。他财大气粗,地方上的头面人物包括朝廷的巡按、御史、内相、太监等都屈尊俯就于他;一向清高的读书人甘愿受雇于这个不通文墨的商人;寡妇孟玉楼改嫁,看不上那"斯文诗礼人家,又有庄田地土"的举人,认定西门庆"象个男子汉",义无反顾地再嫁于他;那位林太太,出身于"世代簪缨,先朝将相"之家,不怕玷辱门户,与西门庆暗通款曲,勾搭成奸(第六十九回)。在西门庆身上,昂扬着一股不可抑止的力量,虽然不乏邪恶但生气勃勃,歪门邪道但有他的精明强干。作者对社会有着高度的探察力,独具只眼写了这样的典型,应该说是了不起的,这样的形象在中国古典小说中极为罕见。

另外,西门庆的形象还有他的另一面。他既溺于肉欲,也有真情。李瓶儿临死前,潘道士特别告诫:"切忌不可往病人房里去,恐祸及汝身!"他不忍相舍,还是去了,"宁可我死了也罢,须得厮守着,和他说句话儿"。瓶儿死后,他抚尸痛哭:"宁可教我西门庆死了罢! 我也不久于人世了,平白活着做什么?"(第六十二回)这是他的真情流露。他贪婪地攫取财富,但并不吝啬,吴典恩借钱,他在借据上把"每月行利五分"抹去,说日后"只还我一百两本钱就是了"(第三十一回);乃至仗义疏财,他给常时节十二两银子救急,还为他付三十五两房钱,另给十五两"开小本铺儿",说"月间撺的几钱银子儿,勾他两口儿盘搅过来"(第六十回)。甚至还有捐钱修庙、印经的善举。这多少有点市民所赞颂的"仗义疏财,救人贫难"(第五十六回)的精神。这就使得虽恶贯满盈,但又有几分侠义之气的西门庆愈加真实可信。

其他如潘金莲的淫荡泼辣,应伯爵打诨趋时的帮闲嘴脸,李瓶儿的既泼辣、凶狠又善良、懦弱,来旺的妻子宋惠莲轻浮、浅薄又决绝刚烈,都给人留下深刻印象。

五、充分俚俗化的语言

《金瓶梅》所用的语言,在通俗小说的发展史上也达到了一个新的阶段,呈现出新的特点,就是充分的俚俗化、口语化和个性化。小说写的是俗人俗事,当然应该用俚俗之语,也确实在语言的俚俗上下了一番功夫,用张竹坡的话说即"只是家常口头语,说来偏妙"(张竹坡第二十八回批语)。

作者善于用日常生活语言来叙事状物,对话传声,显得平实朴素,生动流畅,具有粗俗泼辣、酣畅淋漓的特点。特别是大量吸取了市民中流行的方言、行话、俗语、谚语、歇后语、俏皮话等等,熔铸成了一篇市井特色浓郁的文字。

当官哥儿被潘金莲治死后,潘金莲百般称快,指桑骂槐地说与李瓶儿听:

> 贼淫妇!我只说你日头常晌午,却怎的今日也有错了的时节?你斑鸠跌了弹,也嘴答谷了!春凳折了靠背儿,没得倚了!王婆子卖了磨,推不的了!老鸨子死了粉头,没指望了!(第六十回)

再如宋惠莲原指望西门庆只将丈夫来旺每每外派,以使能与西门庆长期偷情,谁知西门庆却置来旺于死地,她才醒悟过来,责骂西门庆道:

> 你是个人?你原说教他去,怎么转了靶子,又教别人去?你

干净是个"球子心肠——滚上滚下","灯草拐棒儿——原拄不定"。把你到明日盖个庙儿,立起旗杆来,就是个谎神爷!(第二十六回)

第八十六回写王婆揭金莲的老底时说:

你休稀里打哄,做哑装聋!自古蛇钻窟窿蛇知道,各人干的事儿各人心里明。金莲,你休呆里撒奸,说长道短,我手里使不的巧语花言,帮闲钻懒!自古没个不散的筵席,出头椽儿先朽烂。人的名儿,树的影儿。苍蝇不钻没缝儿蛋。你休把养汉当饭,我如今要打发你上阳关!

一连串的民间谚语,粗俗而又生动,揭开了潘金莲淫荡狠毒的丑恶嘴脸,同时也把一个老辣凶悍、口若利剑的媒婆形象呈现在读者面前。

《金瓶梅》语言虽多用明白如话的口语,但却是经过作者加工锤炼的文学语言,蕴藉含蓄,曲折有致,具有极强的表现力和耐人寻味之处。正如张竹坡在《金瓶梅》批语中所指出的,它"笔蓄锋芒而不露",其"文字千曲百曲之妙,手写此处,却心觑彼处,……处处你遮我映,无一直笔、呆笔,无一笔不作数十笔用"。

李瓶儿被正式娶到西门庆家做六姿之后,西门庆家中吃会亲酒,作者写道:

应伯爵、谢希大这伙人,见李瓶儿出来上拜,恨不的生出几个口来夸奖奉承,说道:"我这嫂子,端的寰中少有,盖世无双。休说德性温良,举止沉重;自这一表人物,普天之下,也寻不出来。那里有哥这样大福!俺每今日得见嫂子一面,明日死也得好处。"(第二十回)

短短一段文字即活画出了应伯爵等人那种虚浮夸张,信口开河,极力谄媚奉承的帮闲者的嘴脸,所谓醉翁之意不在酒,这段话语明着是赞美李瓶儿,实则是吹捧西门庆的。用张竹坡的话来说,这叫"手写此处,却心觑彼处",言在此而意在彼;而取悦西门庆的最终目的又是为了自己,这就是帮闲、寄生虫的目的,主子高兴了,奴才们才有吃有穿有好处。这就把帮闲者令人肉麻的逢迎嘴脸和他们狡黠圆滑的心计刻画得入木三分,活灵活现。

第六十二回,李瓶儿去世,西门庆十分难过,趴在她身上痛哭,还

几天不梳头不洗脸,不吃东西。应伯爵们前去吊唁,西门庆向他们说:

"好不睁眼的天,撇的我真好苦!宁可教我西门庆死了,眼不见就罢了。到明日,一时半霎想起来,你教我怎不心疼!平时,我又没曾亏欠了人,天何今日夺吾所爱之甚也!先是一个孩儿也没了,今日他又长伸脚子去了。我还活在世上做甚么?虽有钱过北斗,成何大用?"

伯爵道:"哥,你这话就不是了。我这嫂子与你是那样夫妻,热突突死了,怎的不心疼?争耐你偌大的家事,又居着前程,这一家大小,太山也似靠着你。你若有好歹,怎么了得!就是这些嫂子,都没主见。常言:一在三在,一亡三亡。哥,你聪明,你伶俐,何消兄弟每说?就是嫂子他青春年少,你疼不过,越不过他的情,成服,令僧道念几卷经,大发送葬,埋在坟里,哥的心也尽了,也是嫂子一场的事,再还要怎样的?哥,你且把心放开。"

当时,被伯爵一席话,说的西门庆心地透彻,茅塞顿开,也不哭了。须臾,拿上茶来吃了,便唤玳安:"后边说去,看饭来。我和你应二爹、温师父、谢爹吃。"伯爵道:"哥原来还未吃饭哩。"西门庆道:"自你去了,乱了一夜,到如今谁尝甚么儿来。"伯爵道:"哥,你还不吃饭,这个就糊突了,常言道:'宁可折本,休要饥损。'《孝经》上不说的:'教民无以死伤生,毁不灭性。'死的自死了,存者还要过日子。哥要做个张主。"

这一段话把西门庆对李瓶儿的情,应伯爵的巧舌如簧淋漓尽致地表现出来。西门庆虽是恶魔般的人物,但人性真情未泯,特别对李瓶儿,那份情谊让人动容。他说的一番话也是发自内心:即使有钱,没了情投意合的人,活在世上还有什么意思。应伯爵的一番话不失帮闲的本色,更体现了非常强的劝说本领,直说到西门庆心里去了。应伯爵先是肯定了西门庆的心痛体现了其与李瓶儿的深情厚谊,是人之常情,反映了西门庆是一个多情之人,难过是有情之人的必然表现,如果不心痛那就不是人了,这是对西门庆的恭维;然后话一转,劝说西门庆不能太过难受,更不能影响到身体,因为那么大的家业还等着你去操持,自身又居着官,前程远大;还有你是一家大小的主心骨,你若有好歹,这些嫂子们怎么办,我们怎么办?这又是从西门庆的不可或缺的重要性,有这么多的仰赖依靠体现出西门庆的重要性,他的至高无上的价值,他的众人离不了,这是更高层次的恭维;最后应伯爵还给西门庆出主意,即使是疼不过瓶儿,终不过厚厚地发送一番,以示尽心也就罢了。这一席话有理有据,有情有义,有劝说有恭维,说得西门庆心地透彻,茅塞顿开,也不哭了,要了茶饭来吃。

《金瓶梅》写的是市井人物和市井生活,在语言上采用了与这些市井人物身份、地位、环境、性格相适合的市井语言,刻画人物形象逼真传神。如明代谢肇淛的《金瓶梅跋》所指出的:"譬之范工抟泥,妍媸老少,人鬼万殊,不徒肖其貌,且并其神传之。信稗官之上乘,炉锤之妙手也。"①

语言扣紧人物个性,故写出来才神情毕肖。例如,有一次吴月娘和潘金莲、李瓶儿、孟玉楼在一起听薛姑子、王姑子说佛法,接着又听唱佛曲,宣念偈子,潘金莲不耐烦了,作者写道:

> 那潘金莲不住在旁,先拉玉楼不动,又扯李瓶儿,又怕月娘说。月娘便道:"李大姐,他叫你,你和他去不是,省的急的他在这里怎有划没是处的。"那李瓶儿方才同他出来。被月娘瞅了一眼,说道:"拔了萝卜地皮宽。交他去了,省的他在这里跑兔子一般。原不是听佛法的人!"

> 这潘金莲拉着李瓶儿走出仪门,因说道:"大姐姐好干这营生!你家又不死人,平白交姑子家中宣起卷来了。都在那里围着他怎的? 咱每出来走走,就看看大姐在屋里做甚么哩。"于是一直走出大厅来。(第五十一回)

这段文字,没有一句对人物外貌的刻画,也没有一点对人物心理的剖析,仅通过人物自身的动作和语言,就把各人的心理状态和外貌神情生动展示了出来,如同眼前。原因是扣紧了四个人的性格:潘金莲好动,原不是听佛法的人,当然坐不住;月娘信佛,看不惯金莲的骚动,但她心地宽厚善良,还是放她们走了;孟玉楼是乖人,在大妇月娘面前,在众人广坐之中,是不会稍有越轨之举的,自然拉她"不动";李瓶儿一般不大有主见,比较随便,就跟着金莲走了。② 短短一段,真如崇祯本《金瓶梅》的眉批所指出的:"金莲之动,玉楼之静,月娘之憎,瓶儿之随,人各一心,心各一口,各说各是,都为写出。"(崇祯本《金瓶梅》第五十一回眉批)

---

① 侯忠义等编:《金瓶梅资料汇编》,217页,北京:北京大学出版社,1985。
② 参见周中明:《论金瓶梅的语言艺术》,载《文史哲》,1987年第5期。

作者善于摹写人物的神态、动作及口吻、语气,从中表现人物的心理与个性,具有强烈的直观性。十兄弟一起到玉皇庙结拜,当吴道官要他们排列次序时:

> 众人一齐道:"这自然是西门大官人居长。"西门庆道:"这还是叙齿,应二哥大如我,是应二哥居长。"伯爵伸着舌头道:"爷可不折杀小人罢了,如今年时,只好叙些财势,那里好叙齿? 若叙齿,还有大如我的哩! 且是我做大哥,有两件不妥:第一不如大官人有威有德,众兄弟都服你;第二我原叫'应二哥',如今居长,却又要叫'应大哥'了。倘或有两个人来,一个叫'应二哥',一个叫'应大哥',我还是应'应二哥',应'应大哥'呢?"西门庆笑道:"你这挢断肠子的,单有这些闲说的!"(第一回)

这里对应伯爵的描写,就一段话,一伸舌头动作,却使一个帮闲附势的无耻小人俨然从纸上活跳出来,真是如闻其声,如见其形。虽说油嘴滑舌,但却直抵社会现实,在看似玩笑的背后是人情世态的反映,朴素的白描勾挑掩不住笔底的犀利深刻。

作者还有一种不动声色的讽刺与幽默特色。第四十九回写西门庆宴请蔡御史,请他关照生意,之后留他宿夜,来至翡翠轩:

> 只见两个唱的,盛妆打扮,立于阶下,向前插烛也似磕了四个头。……蔡御史看见,欲进不能,欲退不舍,便说道:"四泉,你如何这等爱厚? 恐使不得。"西门庆笑道:"与昔日东山之游,又何异乎?"蔡御史道:"恐我不如安石之才,而君有王右军之高致矣。"于是月下与二妓携手,恍若刘阮之入天台。因进入轩内,见文物依然,因索纸笔,就欲留题相赠。西门庆即令书童,连忙将端溪砚,研的墨浓浓的,拂下锦笺。这蔡御史终是状元之才,拈笔在手,文不加点,字走龙蛇,灯下一挥而就,作诗一首。

表面上作姿作态的风雅,骨子里却是遮掩不住的、令人作呕的卑俗,作者不露声色,就写尽了两面。鲁迅称赞说:"作者之于世情,盖诚极洞达,凡所形容,或条畅,或曲折,或刻露而尽相,或幽伏而含讥,或一时并写两面,使之相形,变幻之情,随在显见,同时说部,无以上之。"[1]

在长篇小说的发展进程中,《三国演义》的语言是半文半白,《水浒

---

[1] 鲁迅:《中国小说史略》,见《鲁迅全集》第9卷,180页,北京:人民文学出版社,1981。

传》《西游记》在语言的通俗化、个性化方面前进了一大步,但基本上还没有摆脱说书体语言风格。在前面作品的基础上,《金瓶梅》又前进了一大步,更加生活化、俚俗化了,而且经过雕琢锤炼,精致传神,不失文采。后世《红楼梦》在语言上的极大成功受了《金瓶梅》的影响。

六、网状化结构模式

对一部长篇小说来讲,如何谋篇布局是颇能体现匠心的,在这方面《金瓶梅》有异于前人的独特之处。在此之前的几部长篇小说如《三国演义》《水浒传》和《西游记》,保留着较多"说话"的特点,在小说的谋篇布局和结构上,往往是以时间为序纵向推进,线条相对简单,故事有较强的独立性。像《水浒传》,可以分成一个一个相互独立的人物传记。

《金瓶梅》却一改线性推进的结构模式,采用的是网状交织的结构形态。所谓"网状结构",就是小说的结构像一张密密麻麻的大网,每一个人物,每一个故事情节,都相互关联、相互纠结、相互牵绊,共同构成一个有机整体,不能任意抽掉或割裂某一部分,否则整张网就会破裂。对此,张竹坡十分称赏,"然则,《金瓶》我又何以批之也哉? 我喜其文之洋洋一百回,而千针万线同出一丝,又千曲万折不露一线。闲窗独坐,读史,读诸家文,少暇,偶一观之,曰:如此妙文不为之递出金针,不几辜负作者千秋苦心哉!"①确实如此,《金瓶梅》在故事情节推进过程中,既有时间的延续,同时,通过人物活动,将触角伸向四面八方,纵横交织,时空融会,形成一种网状结构。从全书来看,西门庆家庭由盛而衰的过程是小说结构的一条纵向主线,其中贯通着西门庆和潘金莲、李瓶儿、庞春梅等几个主要人物的命运;而这个家庭又与市井、商场、官府等发生千丝万缕的联系,这些联系可以视为横向线索。家庭内部的矛盾纠葛,家庭外的各种关系,内外钩联,纵横交织,既千头万绪,又浑然一体;既像生活一样丰富多彩,又十分自然严谨,形成一股包容巨大的艺术合力。

结构网状化是小说取材世俗化、生活化的必然。《金瓶梅》在我国长篇小说创作中是率先采用网状结构方法的典范之作,体现了从说话体小说向阅读型小说的过渡,给后世的小说如《红楼梦》以艺术启发。

---

① 〔清〕张竹坡:《竹坡闲话》,见朱一玄编:《金瓶梅资料汇编》,417 页,天津:南开大学出版社,2002。

七、《金瓶梅》的地位与影响

在中国小说史上,《金瓶梅》是一个伟大的里程碑。它的出现带给中国古代通俗小说许多新的改变,它是中国古代通俗小说发展史上的一个新起点。

《金瓶梅》改变了历史演义、英雄传奇、神魔故事的叙述内容,开启了由历史和神怪故事转向世情题材的新时期。在此之后,中国通俗小说的主角不再被帝王将相、英雄豪杰、神仙魔怪所占据,而换位给世俗百姓,芸芸众生;小说中所展示的,也不再是或惊涛骇浪、波澜壮阔,或神秘玄虚、曲折离奇的情节事件,而代之以日常习见的、平淡无奇的现实人生、世俗生活。世情小说遂成为占压倒优势的小说类别,出现两大流派,其一是花前月下、浪漫美妙的才子佳人小说;其二是暴露谴责类小说。它们都与《金瓶梅》有着千丝万缕的联系,都可以从《金瓶梅》找到影响的痕迹。当然,对于其后大批淫邪烂俗的色情小说的出现,《金瓶梅》也应该负有不可推脱的责任。

《金瓶梅》也改变了历史演义、英雄传奇、神魔故事的叙述方式,因为作者把关注点从描绘金戈铁马式的英雄,转移到描绘普通人的普通生活方面,所以以往作品中常用的高亢激昂的浪漫主义和激情代之以冷静客观的观察,毫不留情地解剖世情,将强烈的主观情感寓于客观叙述之中。"如果说历史演义、英雄传奇大都带有浪漫主义的色彩的话,那么《金瓶梅》则是我国古典长篇小说真正意义上的现实主义的开端。"①正因为关注现实人生和凡俗生活,所以《金瓶梅》的人物形象是从生活中生长出来的,是在生活的万花筒中展现出性格和精神风貌的,是在生活的点滴细节中呈现出来的,这对于以类型化擅长的历史演义、英雄传奇、神魔小说来讲也是一种突破,从而使小说叙述发生了本质上的变化,真正体现出作者艺术创造的才华和能力。可以说,《金瓶梅》开创了一种新的小说模式,在通俗小说发展史上具有里程碑式的意义,它对后来创作的影响,丝毫不逊于《三国演义》与《水浒传》。

---

① 张强、江健:《论〈金瓶梅〉在艺术上的大突破》,载《淮阴教育学院学报》,1989 年第 2～3 期。

第五章
明末清初通俗小说的繁荣

　　明末清初是阶级矛盾与民族矛盾空前尖锐的时期，但通俗小说在此期间却获得了前所未有的发展。其显著的表现就是作品大量出现,天启、崇祯年间,现存长篇通俗小说主要有天启三年(1623年)金陵九如堂刊杨尔曾著《韩湘子全传》八卷三十回。天启四年(1624年)吴兴会极消隐道士编次《七曜平妖传》六卷七十二回,清溪道人编次《禅真逸史》八集四十回,潇园主人编次《大唐秦王词话》八卷六十四回。崇祯元年(1628年)峥霄馆刊《魏忠贤小说斥奸书》四十回,长安道人国清编次《警世阴阳梦》十卷四十回,西湖义士述《皇明中兴圣烈传》五卷四十八则。崇祯二年(1629年)峥霄馆刊《禅真后史》十集六十回。崇祯三年(1630年)平原孤愤生撰《辽海丹忠录》八卷四十回。崇祯四年(1631年)吟啸主人序刊《近报丛谭平虏传》二卷二十回,齐东野人编演《隋炀帝艳史》八卷四十回,东鲁落落平生撰《玉闺红》六卷三十回,古吴金木散人编《鼓掌绝尘》四集四十回。崇祯五年(1632年)陆人龙著《型世言》十二卷四十回,京江醉竹居士编《龙阳逸史》二十回。崇祯六年(1633年)袁于令撰《隋史遗文》十二卷六十回。崇祯八年(1635年)王黉撰《开辟衍绎通俗志传》六卷八十回,方汝浩著《扫魅敦伦东度记》二十卷一百回。崇祯九年（1636 年）吴门啸客述《孙庞斗志演义》二十卷二十目。崇祯十二年（1639 年）西子湖伏雌教主编《醋葫芦》四卷二十回，醉西湖心月主人著《宜春香质》四集二十回、《弁而钗》四卷二十回。崇祯十三年（1640 年）静啸斋主人董说著《西游补》十六回，西湖渔隐主人著《欢喜冤家》二集二十四回，磊道人序《七十二朝人物演义》四十卷。崇祯十五年（1642 年）于华玉、余邦缙编《岳武穆尽忠报国传》七卷二十八则。崇祯十六年（1643 年）冯梦龙编著《新列国志》一百零八回。此外，尚有不能确定刊刻准确时间的明季通俗小说，如余季岳刊《盘古至唐虞传》二卷七则、《有夏志传》四卷十九则、《有商志传》四卷十二则，天德堂刊《武穆精忠传》八卷八十则，存仁堂刊《国朝名公神断详情公案》八卷，叶敬池刊《石点头》十四卷，雄飞馆刊《英雄谱》（又名《三国水浒全传》）二十一卷，兴文馆刊西吴懒道人述《剿闯通俗小说》十回，等等。

　　这一时期，短篇通俗小说创作势头同样强劲，作品大量涌现，主要有天启元年（1621 年）天许斋刊冯梦龙编辑《古今小说》（后更名《喻世明言》）四十卷；天启四年（1624 年）冯梦龙编著的《警世通言》四十卷由金陵兼善堂刊出；天启七年（1627 年）冯氏又编著《醒世恒言》四十卷，由金阊叶敬池刊出。这三部短篇通俗小说被统称为"三言"，奠定了明代短篇通俗小说的重要地位。崇祯元年（1628 年）凌濛初编著的《拍案惊奇》四十卷由尚友堂刊出，同样受到读者欢迎。崇祯五年（1632 年）凌氏又编著《二刻拍案惊奇》四十卷再次由尚友堂刊出，所谓"贾人一试之而效，谋再试之"，仍然深受读者欢迎。"三言二拍"代表了明代短篇通俗小说的最高成就。

第一节　"三言""二拍"与白话通俗小说的成熟

一、明末清初的思想文化背景

　　明末清初在中国思想文化史上具有特殊意义。一方面，封建专制体制与封建意识形态达到了极致，各种矛盾集中暴露，政治腐败，道德滑坡，信仰危机，社会风气堕落。另一方面，商品经济的活跃与繁荣给社会心理、思想潮流、文化形态带来非常大的转变,以人文精神为核心的启蒙思潮唤醒了人们的觉悟并动摇了传统的生活与价值标准,个性、尊严、享乐、爱情等等成了人们追逐的目标。明清易代给社会心理带来了巨大冲击。这一个阶段思想文化领域总体上呈现出复杂的过渡转折期特点:新与旧,进步与落后,生命与腐朽,前进与倒退,交织在一起,鱼龙混淆、美丑杂陈。细加梳理,此一时期思想文化又呈现出一个有规律可循的发展变迁轨迹,那就是从万历年间的人文思潮高涨,到天启、崇祯时的反思批判浪潮,再到清初道德重建。作为社会时代的晴雨表及当时最具代表性的文体——通俗小说,从社会的五脏六腑中孕育出来,又形象地记录反映着社会的一切,其发展演化的轨迹,呈现出与思想界相似的趋势。小说记录反映着时代文化,又为时代文化的发展变迁推波助澜。

万历前后,一股以人文主义思想为特征的启蒙思潮悄然在封建社会的母体内孕育产生。其社会经济背景是自明中叶以来在东南沿海一带逐渐成熟的资本主义萌芽,它使得商品经济繁荣,中小规模城市兴起,市民阶层崛起,为新的思想意识的形成提供了物质基础;其哲学背景是程朱理学的衰退与阳明心学以及由此发展演变而成的泰州学派的兴起。这一学派公开反对假道学,假名教,倡导合理的欲望满足,呼吁真情至上,宣扬个性解放,在义利观、情理观及个体与群体观上都有不同于以往的新的时代精神内涵,社会的生活方式、道德观念、价值取向由此发生了前所未有的变化。

特别是李贽学说的诞生,将这一人文色彩浓郁的启蒙思潮推向高潮。李贽公然以"异端之尤"自居,向统治中国几千年的权威思想开战,"颠倒千万世之是非"而"决于一己之是非"。反对禁欲主义,肯定人们追求物质欲望的合理性。他认为自私心是人的天性,逐利是人的本能。他说:"趋利避害,人人同心";"虽大圣人不能无势利之心,则知势利之心亦吾人秉赋之自然矣"①。他反对等级尊卑,肯定人性平等。所谓"天下之人,本与仁者一般",所以大可不必"为庶人者自视太卑""为天子者自视太高",主张每个人都应该充分发挥自己的个性,各得

---

① 〔明〕李贽:《藏书》卷三十二《德业儒臣后论》,1827 页,北京:中华书局,1974。

其心,各遂其欲。李贽特别提出男女平等的观点,进而肯定人有追求爱情自由与幸福的权利,认为卓文君私奔司马相如是"善择佳偶"。李贽对真情至性的肯定与颂扬,到汤显祖、袁宏道、冯梦龙等人便发展为"至情论",将"情"置于至高无上的地位,赋予它以超越生死的力量。这些在当时思想界振聋发聩的言论给延续几千年的封建纲常礼教带来巨大冲击,震撼了社会生活的各个方面。"长期为伦理异化所桎梏的中国文化终于迈出了向现代人文主义转型的步伐。"①

启蒙思潮对晚明的文艺界产生了极大影响,它包含了近代色彩的人文主义思想观念直接启发了晚明文学中的人学内涵。这一时期出现的最有代表性的通俗小说便是冯梦龙的"三言",稍后的凌濛初的"二拍"则更多地呈现出向后期转化的特征。

二、冯梦龙与"三言"

冯梦龙(1574—1646),字犹龙,又字子犹,别号龙子犹、墨憨斋主人等,长洲(今江苏苏州)人。出身于书香门第,少有才名,史载"才情跌宕,诗文丽藻,尤明经学"②,他和兄冯梦桂、弟冯梦熊被称为"吴下三冯"。但科场不顺,五十七岁才补了一名贡生,六十一岁时任福建寿宁知县,四年后秩满离任,归隐乡里。清兵南下时,曾参与抗清活动,至南明政权相继覆亡,忧愤而卒。

冯梦龙一生的最大贡献,是对通俗文学的研究、整理与创作,堪称成就卓著。他曾改编长篇小说《三遂平妖传》《新列国志》,推动书商购印《金瓶梅词话》,刊行民间歌曲集《挂枝儿》《山歌》,编印《笑府》《情史类略》《古今谭概》《智囊》等书籍,编辑散曲集《太霞新奏》,改编《精忠旗》《酒家佣》等戏曲,写作《双雄记》《万事足》等剧本,刻印《墨憨斋传奇定本》十种。冯梦龙最重要的成就,是编著"三言"。

冯梦龙对通俗文学有着超乎同时代人的卓识,他肯定通俗文学可以起到正史不能起到的作用,认为通俗文学能使"怯者勇,淫者贞,薄者敦、顽钝者汗下。虽小诵《孝经》《论语》,其感人未必如是之捷且深

---

① 萧萐父、许苏民:《明清启蒙学术流变》,27 页,沈阳:辽宁教育出版社,1995。
② 转引自杨晓东编著:《冯梦龙研究资料汇编》,7 页,扬州:广陵书社,2007。

也"①。而之所以取得如此效果,正因为其俗,就因为通俗文学之"谐于里耳"的通俗易懂的内容和"说话人当场描写,可喜可愕,可悲可涕,可歌可舞。再欲捉刀,再欲下拜,再欲决脰,再欲捐金"的寓教于乐、为下层民众喜闻乐见的形式,他反问:"不通俗而能之乎?"他还认为作家要表现真情实感才能打动人,在《叙山歌》中,他提出了要"借男女之真情,发名教之伪药"的文学主张,并把民间文学说成是"性情之响"而推崇备至。而他所谓的真实性,并非是事事必有出处,而是符合事物的发展规律和人的情感逻辑。这些见解,在当时具有积极的进步意义。

"三言"打着鲜明的时代精神烙印:对至情的讴歌,对小人物的尊重,对美好人情人性的颂扬,对世俗生活的投入,显示着一种健康宁静的气质品格与向善向美的人文情怀,就是对社会黑暗面的揭露也不像后来的小说作者那样雷霆震怒、义愤填膺。

读"三言",首先让我们感动的是一批有个性、有精神、有人格魅力的人物形象,他们大都是生活在社会底层的小人物,却不卑不亢,不媚不俗,听从自己内心的召唤,为"人"这个神圣的字眼儿生活着、痛苦着、快乐着、抗争着,他们的幸福将生命燃出火花,他们的死亡将生命升华出尊严,透着鲜明的时代气息与人文精神特征。《卖油郎独占花魁》(《醒世恒言》三卷)中的秦重是个小贩,每日里踏踏实实卖油为生,他对自己的定位是"我做生意的,清清白白之人"。当他被美娘的娇艳惊呆,再也忘怀不下,便生出痴想:"人生一世,草生一秋。若得这等美人搂抱了睡一夜,死也甘心。"②这愿望不能说高也不能说低,不能说光彩也不能说不光彩,红尘滚滚,繁华喧闹的都市充满了诱惑,有血有肉的人很难抗拒。让人惊讶的倒是它是一个小小卖油郎的内心欲求,他知道接近美娘的人都是王孙公子,富室豪家,他更明白自己的身份、处境与那种生活格格不入,所以开始颇有点自惭形秽。但他并没觉得自己的要求有什么不当之处,也不甘心只充当一个旁观者。他把自己摆在与其他人一样的平等的地位上,认为自己有追求一切的权利,这是一种十分健康的心理状态。最终他通过自己的劳动攒够了银子,实现

---

① 〔明〕冯梦龙编,许政扬校注:《古今小说》,1~2 页,北京:人民出版社,1955。

② 《卖油郎独占花魁》,见〔明〕冯梦龙编:《醒世恒言》第三卷,52 页,北京:人民文学出版社,1995。以下凡引该书皆出自该版本,不另注,仅注篇名。

了愿望，并且因为他的忠诚志厚抱得美人归。从他身上，我们看到了勇敢追求人生幸福，积极主动地改变自身命运的时代精神。

"三言"里面写男女恋情的篇章不少，主人公特别是一些女性对爱情大胆、执着的追求显出了一种活泼泼的生命力量。《崔待诏生死冤家》(《警世通言》八卷))里的秀秀，《白娘子永镇雷峰塔》(《警世通言》二十八卷)中的白娘子，《宿香亭张浩遇莺莺》(《警世通言》二十九卷)中的莺莺，都是一些颇具光彩的女性形象，她们主动出击，大胆追求属于自己的爱情幸福，显现出生动活泼的时代精神内涵。夏志清先生曾将"三言"中的爱情故事与唐代传奇的爱情故事相比，认为"三言"中的爱情故事，"更加坦白地欣赏性本能，更加直率地肯定冲动和疯狂热情的神圣性……在这些情人身上，我们几乎可以说说书人创造了新的自我——一个能充分品味自身知觉和感情的自我，一个在对爱的迫切追求中发现了滋养生活所需的全部价值的自我"[①]。对照一下李贽、汤显祖等人对情的无上崇尚，那么，"三言"对情的态度就毫不奇怪了，它们是时代思想的形象体现，又反过来推动了时代思想的广泛传播。

既然大胆地追求财富是社会普遍现象，期盼过上好日子是每一个人的愿望，作为反映社会形象的小说，追求财富与物质利益的人与事迹就成为描写的热门题材。有朝一日发迹变泰是人们的理想，在小说作品中这样的神话司空见惯，如《钝秀才一朝变泰》(《警世通言》十七卷)、《临安里钱婆留发迹》(《喻世明言》二十一卷)，作者对这种一夜之间改变命运的奇迹表示出了极大的兴趣，这是当时人们愿望的反映，与传统的耻于言利观念有天壤之别。在这种观念的促使下，以赢利为目的的商人就频频出现在小说作者的笔下，他们基本上摆脱了传统文化观念赋予的奸诈无情的性格特征，更多地具有了正面的价值。

这一股颇具声势的人文思潮以及在通俗小说中的呈现，构成了中国文化史上色彩斑斓的一章。将人从厚厚的封建传统伦理的铠甲下解放出来，显露出本真的面目，在某种程度上缓和了政治、伦理对人性的压抑，获得了几分自由的快意，这是对人的解放的贡献；承认人的感性欲望的合理性，肯定人追求物质利益的正当性，以及享受爱情的美

---

① 夏志清：《中国古典小说导论》，350～351页，合肥：安徽文艺出版社，1988。

好,有助于提高人的主观能动性,发挥创造的热情与才能,顺应了历史发展的规律与潮流。作为这一股人文思潮的形象载体的通俗小说,适应了市民阶层的文化与精神需求,反映着下层民众的情感趋向和心理愿望,其显而易见的民间情怀与世俗化品格打破了正统文化一统天下的格局,打乱了原有的文化秩序,开辟出了一片新的文化空间,使中国古代社会的文化形态更加完备,文化格局更加科学,为中国文化进步提供了广泛的群众基础和感性经验。

三、凌濛初与"二拍"

凌濛初(1580—1644),比冯梦龙晚生六年,卒年比冯梦龙早两年,虽然年龄大致相仿,但"二拍"的写作与成书年代却要晚得多。因为从《拍案惊奇序》中可以看出,"二拍"的创作正是在受了"三言"的影响才开始的。凌濛初先批评了近日出现的一些怪诞淫亵小说,乱人耳目,坏人心志,毫无足取;然后阐发自己创作此书的缘由:"独龙子犹氏所辑《喻世》等诸言,颇存雅道,时著良规,一破今时陋习。"[1]凌对"三言"的称扬说明在他创作"二拍"时,"三言"在社会上已广为人知,且声誉不错。《初刻》刊于天启末年,《二刻》刊于崇祯五年,刻完这两部书,他就做官了,自此不太涉足文学。

与"三言"多是辑录旧作不同,"二拍"几乎全是独创。谭正璧说它是"中国第一部个人的白话短篇小说创作集,是文学史上空前的收获"[2]。谭正璧评价"初刻"道:"以文章论,在四十篇中,风格精粹崇高的极少,勉强说来,还是卷十二《陶家翁大雨留宾,蒋震卿片言得妇》、卷十八《丹客半黍九还,富翁千金一笑》等等寥寥数篇,比较写得有生气,布局也很不坏。其他各篇便往往落入教训文学的窠臼,仿佛是《劝世文》《感应篇》的白话故事解,不大像是白话的小说。……有好几篇写得很大胆、很裸露的,……它真是明万历、天启间极端放纵不羁时代的产物,很深浓地表现出当时上、中层社会的放荡淫佚的生活的一面。"[3]

---

① 〔明〕凌濛初:《拍案惊奇序》,见《拍案惊奇》上,1页,北京:人民文学出版社,1995。
② 谭正璧:《话本与古剧》,142页,上海:上海古籍出版社,1985。
③ 谭正璧:《话本与古剧》,146~147页,上海:上海古籍出版社,1985。

谭正璧评价"二刻"道：在《初刻》里，有时也采用很怪诞的题材，但谈神说鬼之事却很不多见。在本书里，则全书几乎充塞了鬼气，像卷十三、二十四、二十八、三十六、三十七……郑振铎氏以为这或者是题材的搜索已枯，不得不再借径于鬼神一方面。①

谭先生的评价是很准确的。可以说"二拍"是介于"三言"与《石点头》等批判说教小说之间的一个过渡。借着"三言"开创的良好风气，加以延续，其中有许多与"三言"风格相接近的作品，但凌创作的时代已与冯梦龙时期大为不同，凌在自觉不自觉中就加大了对社会批判的力度，语气也严厉了许多，所以在"二拍"中社会批判的作品要比"三言"中多，这与它大多取材现实也有关系。

第二节　艳情小说

晚明的小说创作还有一股不容小觑的力量，尽管从诞生之时起就不断遭到口诛笔伐甚至明令禁止，但它的生命力却异常强大，不仅没有被斩草除根，相反力量却不断壮大，成为一个规模庞大的流派，这便是自万历以来的艳情小说。

据统计，自万历初年至清初、中叶，出现了不下四十余种艳情小说，主要有：《僧尼孽海》《闹花丛》《浪史》《昭阳趣史》《玉妃媚史》《弁而钗》《宜春香质》《肉蒲团》《杏花天》《巫山艳史》《灯草和尚》《浓情快史》《株林野史》《桃花艳史》《春灯谜史》《怡情阵》等。这批作品的共同特点就是以赤裸裸的性事为目的，毫不避讳地描写具体性行为，里面的人物都是色情狂，无休止地发泄性欲。对讲究礼仪之道，推崇君子人格，"连描写男女间恋爱的作品都被视作不道德"②的中国传统文化来说，色情小说赤裸裸的淫荡、粗俗显得突兀与怪异。但是，它们的出现却自有其社会经济、政治、文化的原因。

---

① 谭正璧：《话本与古剧》，150 页，上海：上海古籍出版社，1985。
② 茅盾：《中国文学内的性欲描写》，见《茅盾文艺杂论集》上集，246 页，上海：上海文艺出版社，1981。

一、晚明纵欲风气的产物

明代自中期以后,经过百年的休养生息,物质财富大增,商品经济繁荣,消费性大城市也得到了极大的发展。人们已不单纯以吃饱喝足为满足,而是追求物质外的其他享受,甚至追新逐异,纵情享乐,尽量满足感官欲望。饱暖思淫欲,这也是人之常情。与社会心理、风尚剧变相适应,明中叶的思想界也出现了要求解放思想、打破传统、尊重个性、纵情驰性的言论主张,对社会风气与士子心态起到了推波助澜之力,两相激荡,遂带来影响深远的晚明纵欲主义思潮。这是一场自上而下的淫乱风潮。吴晗先生在《晚明仕宦阶级的生活》一文中曾对仕宦阶级的生活状态做过描述:"营居室,乐园亭,侈饮食,备仆从,再进而养优伶,召伎女,事博弈,蓄姬妾,雅致一点的更提倡玩古董,讲版刻,组文会,究音律……"①袁宏道曾在《龚惟长先生》中总结自己倾心的五大乐,其中之一是:"目极世间之色,耳极世间之声,身极世间之鲜,口极世间之谭"②,毫不讳言追逐声色犬马的世俗之乐。袁中道则津津乐道自己流连"游冶之场,倡家桃李之蹊"。张岱在晚年曾以忏悔的口吻回忆自己年少时纵情声色,花天酒地;冯梦龙也曾过着"逍遥艳冶场,游戏烟花里"的生活。李贽则干脆被人指责为拥妓日浴,并为此付出生命的代价。鲁迅先生曾提到成化、嘉靖间有方士因"献房中术骤贵","瞬息显荣,世俗所企羡,侥幸者多竭智力以求奇方,世间乃渐不以纵谈闺帏方药之事为耻。风气既变,并及文林,故自方士进用以来,方药盛,妖心兴,而小说亦多神魔之谈,且每叙床第之事也"。③ 可见,明代自上而下的这种风气已形成一种不以说性为耻的氛围。

与此纵欲享乐风气相一致的是晚明妓女盛行,妓女广泛渗透进社会生活的各个层面。餐无妓佐,则无趣无味。宴请他人无妓,则无规格,不够档次。晚明时期的文人如康海、杨慎、唐寅、祝允明、董其昌、袁中道、王稚登、屠隆、臧懋循、田艺衡等人都有狎妓的记录。甚至娶

---

① 吴晗:《吴晗文集》第一卷,179 页,北京:北京出版社,1988。
② 〔明〕袁宏道著,钱伯城笺校:《袁宏道集笺校》(上)卷五,205 页,上海:上海古籍出版社,2008。
③ 鲁迅:《中国小说史略》,见《鲁迅全集》第 9 卷,182~183 页,北京:人民文学出版社,1981。

妓女为妻者大有人在,如汤显祖在夫人吴氏病故以后,续娶夫人傅氏即妓女出身。冯梦龙也曾与一名叫侯慧卿的名妓交好,且有白首之约,但后来却被侯离弃了。而如董其昌,"居乡豪横,老而渔色,招致方士,专讲房术"①。更有人认为:"饮醇酒近美人,在今日富贵利达之士大夫,以为是得志而不可不为乐事。"②纵情声色、留恋风月、沉湎花柳,放浪形骸,这就是当时士子们引以为豪的生活状态。

性消费、性贿赂成了流行的时尚,性病也因为混乱的性生活而发生。有名的文人因出入花街柳巷而感染性病者大有人在。据徐朔方先生考证,屠隆约在万历末年即 17 世纪初死于梅毒;曾作诗对屠隆之患性病一事不无微讽的汤显祖最后也因感染此病而死。沈德符《万历野获编》卷二十三《王百谷诗》记:词客王百谷曾"有诗云:'窗外杜鹃花作鸟,墓前翁仲石为人。'时汪太函(道昆)介弟仲淹(道贯)偕兄至吴,亦效其体作赠百谷诗:'身上杨梅疮作果,眼中萝卜瞖为花。'时王正患梅毒遍体,而其目微带障故云。然语虽切中,微伤雅厚矣。"说的是互相模仿做诗,却让我们知道了患梅毒者的某些症状。

即使是明清易代之际,战乱、动荡、残破也没有影响到士子们的奢靡淫逸,余怀曾在《板桥杂记》中描绘当时的情形:"宗室王孙,翩翩裘马,以及乌衣子弟,湖海宾游,靡不挟弹吹箫,经过赵李。每开筵宴,则传呼乐籍,罗绮芬芳,行酒纠觞,留髡送客,酒阑棋罢,堕珥遗簪。真欲界之仙都,升平之乐国也!"③一些士人不仅没有因朝代更替而收敛放浪形骸,相反把自我放纵当作不能以死"殉明"的挡箭牌,似乎只有这样才能对得起故朝。

二、士子人生价值无由实现的发泄

晚明士子们所处的情势异常复杂,社会黑暗,政治混乱,仕路不畅,人生价值无从实现,幻灭感严重,对科举仕途的兴趣部分转向了声色犬马。

小说作者大都是科举考试的失败者。冯梦龙自二十岁左右为诸

---

① 邓之诚:《董思白为人》,见《骨董琐记全编》卷四,139 页,北京:三联书店,1955。
② 曾异:《卓珂目〈蕊渊〉〈蟾台〉二集序》,见《明文海》卷二五五,2677 页,中华书局影印本,1987。
③ 〔清〕余怀:《欲界仙都》,见《板桥杂记》上卷,1 页,南京:江苏文艺出版社,1987。

生,其后屡试不第,直到五十七岁(崇祯三年)才出贡,中间三十多年时间编纂著书与处馆教学,为此,他十分苦恼:"吾惧吾之苦心,土蚀而蠹残也,吾其以《春秋》传乎哉!"①与冯梦龙遭遇相同者大有人在,最典型的是《西湖二集》的作者周楫。湖海士为《西湖二集》作的序中说周楫:"旷世逸才,胸怀慷慨,朗朗如百间屋……才情浩瀚,博物洽闻,举世无两。"但是周楫却郁郁不得志,以至"贫不能供客,客至恐斫柱刬荐之不免,用是匿影寒庐,不敢与长者交游。败壁颓垣,星月穿漏,雪霰纷飞,几案为湿"。序者由此感慨道:"士怀才不遇,蹭蹬厄穷,而至愿为优伶,手琵琶以求知于世,且愿生生世世为一目不识丁之人,真令人慷慨悲歌泣数行下也。"②古代士人视出仕为自我价值实现的最佳途径,那些广开"才"路、仕途通畅的朝代往往给人以政治清明、健康向上的感觉。相反,那些政治黑暗、仕途险恶的朝代,士子们往往心灵空虚,无所依归,寂寞彷徨,消极颓唐,其关注点和兴奋点便会转移。晚明正是这样一个让知识分子无所作为的年代,士人理想无从寄托,感觉前景黯淡,有许多人通过各种扭曲与鄙陋的渠道发泄郁闷之情,也有人在各种畸形变态的形式中寻找归宿。袁中道在《殷生当歌集小序》中说"近有一文人酷爱声妓赏适,予规之,其人大笑曰:'吾辈不得于时,既不同缙绅先生享富贵尊荣之乐,止此一缕闲适之趣,复塞其路,而欲与之同守官箴,岂不苦哉?'"③晚明一个小品作者黄虞龙曾很有见地分析此种现象:"古来奇逸之士,皆胸中负如许无状,喀喀欲吐而不得吐,故发之歌咏,行之词赋,或使酒骂坐,或拥少挟伎,或呼庐陆博。虽云习气未除,总之英雄不得志,则用以自秽耳,宁有真实哉!"④这是多么可怕的一种倾向,因为不得志而放浪形骸,纵情声色,自甘堕落。

另外,知识分子因贫著书,唯利是图,也为艳情小说的泛滥起到了推波助澜的作用。明清之际,乱世之秋,生存成为一个大问题,士大夫之普遍贫困化更是有目共睹的事实。魏禧《溉堂续集叙》说孙枝蔚"世

---

① 〔明〕冯梦龙:《麟经指月·序》,见《冯梦龙全集》,2页,南京:江苏古籍出版社,1993。
② 湖海士:《西湖二集序》,见〔明〕周楫编纂《西湖二集》,2页,北京:华夏出版社,1995。
③ 〔明〕袁中道:《珂雪斋文集》卷一〇,472页,上海:上海古籍出版社,1989。
④ 〔明〕黄虞龙:《与邹满字》,见〔清〕周亮工辑:《尺牍新钞》卷七,240~241页,长沙:岳麓书社,1986。

既不重文士，又不能力耕田以自养，长年刺促乞食于江湖"①。戴名世的《种杉说序》中说："余惟读书之士，至今日而治生之道绝矣，田则尽归于富人，无可耕也；牵车服贾则无其资，且有亏折之患；至于据皋比为童子师，则师道在今日贱甚，而束修之入仍不足以供俯仰。"②读书人生存艰难，谋生成为一大难题，难免要用自己拿手的技艺——著书来求生，那么，创作当时大有市场的艳情小说便成为一种治生之道。

三、出版业牟利的动机

晚明社会的纵欲风气和士大夫的不平发泄固然滋生了对艳情文化的需要，但是真正刺激和助长这种需要，并使之转化为一种强烈的消费力量的则是出版业的商业化趋势。林辰说："印刷术发达，刊刻业空前繁荣。于是书商刻书以牟利，盛行一时。许多落魄文人、冬烘先生也以胡编低劣小说以混饭糊口养家。……尤其是在清初，从康熙到乾隆初期，书坊左右着文坛，指挥着一些靠小说养家糊口的文人，按他们的要求写艳情小说。……对于这种以小说牟利的现象，当时就有人提出尖锐的批评：'其弊在于凭空捏造，变幻淫艳，贾利争奇而不知反为引导入邪之饵。'（《醒风流传奇序》）"③可以说，艳情小说是书商们获取商业利润的途径之一。事实上自明中叶以来已有不少人专门从事编辑刻印胡拼乱凑的所谓书籍，并从中得到丰厚的回报，因而不少人将此做了谋生的途径。清初蒋士铨的戏曲作品《临川梦》第二出"隐奸"讽刺明末山人陈眉公，以陈的口气自我揭露："费些银钱饭食，将江浙许多穷老名士养在家中，寻章摘句，别类分门，凑成各样新书，刻板出卖。吓得那一班鼠目寸光的时文朋友，拜倒辕门，盲称瞎赞，把我的名头传播四方。而此中黄金、白镪不取自来。"④虽然是讽刺晚明盛行一时的所谓名士，假隐真俗，但其以刻书为生的生活方式却不无几分真实在里面。

而这一时期造纸业与印刷业的发展给艳情小说的大量印制提供

① 〔清〕孙枝蔚：《溉堂集》卷九，481页，上海：上海古籍出版社，1979。
② 〔清〕戴名世：《种杉说序》，见《戴名世集》，83页，北京：中华书局，1986。
③ 林辰：《书伴人生》，206～207页，沈阳：辽宁教育出版社，1998。
④ 〔清〕蒋士铨：《临川梦》第二出"隐奸"，19页，上海：上海古籍出版社，1989。

了现实的可能,特别是在江南,纸张和油墨供应货源充足、质优价廉,印刷工艺具有相当水准并已呈现规模效益。以赢利为目的的商业性书坊在大城市全面繁荣,如杭州、福建、南京、北京、徽州、苏州等。据统计,明代书坊有名可考的,福建建宁府(建阳和建安)有书坊近百家,南京九十三家,苏州三十七家,杭州二十四家,可见印书之盛。书坊业不单单是印,而且兼营销售,刻书业盛的地方都形成了专门的图书市场。清初学者查慎行曾以诗描绘福建建阳麻沙书市的盛况:"西江估客建阳来,不载兰花与药材;妆点溪山真不俗,麻沙村里贩书回。"①书籍商品化已是不争的事实,而刊印制作艳情小说是牟利的捷径,其中有不少是书坊主重利怂恿无行穷困的文人随意编造出来的,这从许多作品东拉西扯,生拼硬凑,相互抄袭剽窃,胡乱成章即可窥见一斑。

总之,明末清初艳情小说的集中爆发反映了这一时期人文精神的滑坡、道德理想的沦丧、社会风气的堕落,从中可以看到一个社会追求感官享乐达到极致以后必然导致的不可收拾的结果。当然,艳情小说不是一个横空出世的文化现象,而是一个社会产物,它本身包含着丰富的人性内涵,为明末清初的文学创作提供了别样的文本。虽然由于理论上的滞后限制了人们对这些作品的阐释与解读,但作为晚明特有的客观存在的文化现象,它有自己的存在理由,为纷纭复杂的社会提供着形象的读本,揭示着表面以下某种本质性的东西。

第三节　暴露谴责小说

"三言""二拍"之外,明末清初还出现了一批通俗短篇小说集和通俗中篇小说集,前者主要以《型世言》《石点头》《西湖二集》《醉醒石》《清夜钟》《一片情》等为代表;后者主要以《鼓掌绝尘》《鸳鸯针》等为代表。它们的创作与成书年代大体相仿,也呈现出相同的创作特色。

---

① 查慎行:《建溪棹歌词十二章》,见《敬业堂诗集》卷四十四,1300 页,上海:上海古籍出版社,1986。

一、末世颓败的刺激

天启至明亡，短短几十年时间，明王朝形势急转直下，文学潮流也随之发生了很大变化。在小说创作领域，作品的内容与所传达的情绪与前一时期大不一样。如果说，在前一时期时代心理还以开朗、向上、健康、明快、自信为基调，显示着一种生气勃勃的物欲横流，那么天启以后时代心理则被躁急郁愤、牢骚满腹充斥。一向视治国安邦为神圣使命的小说家们将小说当作了暴露黑暗、劝惩人心的工具，他们毫不留情地暴露着自己时代的黑暗面，耐心地发着长篇大论的说教，树起一个个道德的楷模，试图警醒世人，挽救危亡。这便是以《型世言》《石点头》《西湖二集》《醉醒石》《清夜钟》《一片情》等为代表的一批短篇白话小说集和以《鼓掌绝尘》《鸳鸯针》等为代表的中篇白话小说集所表现出的一种普遍的思想倾向。其最突出的特点是淋漓尽致地暴露社会的黑暗、腐朽，无情展示人生的污秽与残忍，让人切实感受到时代精神发生了巨变的讯息。笔者印象中，在中国文学史上，没有哪一个朝代的小说像明末这样对社会与政治的批判如此严厉、如此露骨、如此不留情面。这一切的背后到底潜藏着什么样的文化变迁要求？

末世的颓败刺激着小说作者，让他们不能不撮其笔端。天启至明亡是明朝历史上也是中国历史上最黑暗最动荡不安的时期。政治腐败，党争激烈，阉寺弄权，贪风炽烈，一片亡国景象。再加上农民起义风起云涌，外族入侵日益严峻，还有自然灾难频频袭来，国家已处于崩溃的边缘，有人将这时的明代社会形容为一只"溃瓜，手一动而流液满地矣"[①]。

二、思想界的反思

社会局势的危亡激发了士人们的社会责任感与使命意识，思想界开始反思前一阶段的个性解放思潮。思想领域自明中叶以来狂放不羁的追求个性解放的浪潮，现在被当作社会风气颓败的罪魁遭到批判与清算。其实，自万历中后期，值王学如火如荼之时，立志改良政治、

---

① 〔明〕吕坤：《答孙月峰》，见《吕坤全集》上册，215 页，北京：中华书局，2008。

拯救时艰的东林学人,对于士大夫当官则误国害民、为民则空谈性命、甚而离经叛道的思想和行为深为不满,就力主从政要有气节,做学问务求有用,开始倡导经世致用之学风,希望再回到朱学上去。东林党代表人物顾宪成将朱熹之学与王学作了对比:"以考亭为宗,其弊也拘;以姚江为宗,其弊也荡。拘者有所不为,荡者无所不为……昔孔子论礼之弊,曰:'与其奢也宁俭。'然则论学之弊亦应曰:与其荡也宁拘,此其所以逊朱子。"①相比较之下,宁要朱不要王,态度很明确。虽然他们并没有明确提出经世致用的政治主张,但挽救危亡的意识却是清楚的,"水间林下,三三两两,相与讲求性命,切磨德义念头不在世道上,即有他美,君子所不齿也"②。而"风声、雨声、读书声,声声入耳;家事、国事、天下事,事事关心"这副对联更显示了东林党人救世济民的热望。

暴露黑暗、惩治邪恶、挽救危亡已成为明末清初社会的一股潮流,而王学衰歇、朱学复炽更是思想界的大势所趋。阿英曾论述《西湖二集》的作者周楫的创作心态,说他"有用世之心,而无进身之路,不得不借小说以见其苦口婆心,这正是他的不得已处"③。而周楫也曾借作品中的人物抒发感慨:书生怀才不遇,命运蹭蹬,治国平天下的才能不能施展,那么退而求其次,发挥文人的本色,立言,倒也不失为流芳千古的功绩。在一切为了挽救危亡的时代主题下,小说也很自然地、义不容辞地担当起应负的文化使命与文化责任。

三、对黑暗社会现实的暴露谴责

各种各样丑陋秽恶堆集在眼前,让人不能无动于衷,于是作者笔底便挟风带刺。而最让人深恶痛绝的是各级官吏与官府的腐败,贪污、索贿受贿成风,作者对其予以猛烈抨击。《型世言》第九回对贪酷刻鄙的下层官僚崔科的揭露可谓入木三分。他公开向贫苦小民要银要酒要肉,满足不了他的要求就放出狠话,吓得小民撇妻舍子逃往他乡。作者用诗感慨道:"鳄吏威如虎,生民那得留?"《石点头》第八回则

---

① 〔明〕顾宪成:《小心斋札记》卷三,见《顾端文公遗书》,《四库全书存目丛书》子部14,266 页。
② 〔清〕黄宗羲:《明儒学案》(下册)"东林学案"一,1377 页,北京:中华书局,2008。
③ 阿英:《小说闲谈·西湖二集所反映的明代社会》,5 页,上海:上海古籍出版社,1985。

塑造了一个贪婪到极点,爱钱如命的官吏吾爱陶形象。他做官的目的就是敛财,民众就是他的财物来源,所以被乡民们讥称为"吾剥皮"。这样的官吏已成为民众的敌人,国家的罪人。当他离任时,百姓们聚在岸边投掷砖瓦石块。可就是这种禽兽不如之人,却反而处处吃得开。作者愤愤不平地指出:"贪婪的人,落得富贵,清廉的,枉受贫穷。"《醉醒石》第六回则通过一个才子变老虎吃人的故事,形象地说明了贪官是如何从清廉自守到忍不住小试牛刀,再到毫无顾忌咬人吃人、搜刮百姓的。作者指出那世间的贪官都是"形虽人,心犹虎也。都是披着虎皮的兽",表现出对贪官的深恶痛绝。

　　作者对晚明社会文争武斗、尸位素餐、害民误国的不良习气也予以尖锐抨击。在日益危急的形势面前,文武官员们不是群起振作、挽救国家,而是高谈阔论、相互推诿,坐视国家走向危亡,如梁启超先生所说:"当他们笔头上口角上吵得乌烟瘴气的时候,张献忠李自成已经把杀人刀磨得飞快,准备着把千千万万人砍头破肚;满州人已经把许多降将收了过去,准备着看风头捡便宜货,入主中原。"①《西湖二集》十七卷将文臣不管事、武将不戍边的现象讥刺为猫儿不拿耗子,作者说那不管闲事的猫儿"向人只作狰狞势,不管黄昏鼠辈忙"。又质问道:"国家大俸大禄,高官厚爵,封其父母,荫其妻子,不过要他剪除祸难,扶持社稷,拨乱反正。若只一味安享君王爵禄,贪图富贵,荣身肥家,或是做了贪官污吏,坏了朝廷事体,害了天下百姓,一遇事变之来,便抱头鼠窜而逃,岂不负了朝廷一片养士之心?"②作者还对道德失范、邪恶横行的社会风气进行了揭露:自上而下,各行各业,流氓恶棍,无赖泼皮,到处横行,无恶不作,而良善之人则处处受打击遭排挤,这实为晚明现实生活的真实写照,由此可知明末社会秩序的混乱无序。

　　将污浊丑恶亮出来不是目的,作家们都是怀了济世拯民的热肠的,希望能于救世有所裨益。但对这些社会黑暗人性邪恶,作者却没有提出一个具体的可操作的解决方案。读这一类作品,最大的感受就是作者将冥冥中的神当作了主持公道的"判官",来替人世间惩恶扬

---

① 梁启超:《中国近三百年学术史》,4页,北京:中国书店,1985。
② 〔明〕周辑编纂《西湖二集》十七卷"刘伯温荐贤平浙中",184～185页,北京:华夏出版社,1995。

善。《型世言》三十三回写一对受尽恶人折磨的贫贱夫妻,眼看就要被官府冤枉成为刀下之鬼,一阵暴雷,击死七个歹人,案件不辨自明。作者评论道:"天理昭昭,不可欺昧,故人道是问官的眼也可瞒,国家的法也可欺,不知天的眼极明、威极严,竟不可躲。"①也许是在对官府千百次的失望以后不自觉地选择了子虚乌有的神,让它明辨是非,为人们特别是善良无助的人们主持公道,不至于使无辜的人太受屈,使作恶的人太得意。《西湖二集》十三卷也有这样的严正警告:"……那冤魂难道就罢了?况且日游神、夜游神、虚空过往神明时时鉴察,城隍土地不时巡行,还有毗沙门天王、使者、太子考察人间善恶,月月查点,难道半夜三更便都瞎了眼睛不成?少不得自然有报,只是迟早之间。"②借助于并不存在的力量来惩恶扬善,除了自我安慰、自欺欺人以外,还有什么实际效果呢?! 寄托于冥冥之中的神,用此等办法来震耸世俗,使人生敬畏之心,不能不说是一种虚妄的自欺欺人。作者将果报不爽的话说得越多、越言之凿凿,就越觉得现实社会的政治法律等毫无用处,形同虚设,这其实也是对社会现实的另一种批判。

鲁迅先生曾评价这批小说道:"文亦流利,然好颂帝德,垂教训,又多愤言,则殆所谓'司命之厄我过甚而狐鼠之侮我无端'(序述清原语)之所致矣。"③郑振铎先生总论明末平话小说时说过:"明末平话小说,半为劝诫教训,半亦陷于自泄悲愤的渊阱中。"④一方面,社会的颓败危亡为小说作者们提供了空前丰富的素材,并激发了作家们的责任感与使命感,他们自觉充当了拯救者的角色,将小说当作得力工具,或声色俱厉地指斥,或苦口婆心地劝惩;另一方面,这一批暴露教化小说汇入了晚明那一股救亡图存的实学浪潮中,发挥了小说应有的社会作用,也为几百年后的我们认识那个混乱腐朽的社会留下了形象生动的文本。从文学的角度说,因为其创作心态更加急功近利,劝惩教化的目的更明确,主题先行、平白直露就是显而易见的特点,因此也就远离了

---

① 〔明〕陆人龙编著:《型世言》三十三回"八两银杀二命,一声雷诛七凶",296 页,济南:齐鲁书社,1995。

② 〔明〕周辑编纂:《西湖二集》十七卷"刘伯温荐贤平浙中",149 页,北京:华夏出版社,1995。

③ 鲁迅:《中国小说史略》,见《鲁迅全集》第 9 卷,201 页,北京:人民文学出版社,1981。

④ 郑振铎:《西谛书话》,143 页,北京:三联书店,2005。

小说用形象说话的本质特性,甚至有的作品为了完成说教的使命连篇累牍引经据典,生硬烦琐。除了个别的作品外,这批小说整体的文学价值不算太高,可以称之为古典小说的异化期。

第四节 时事小说

在以拟话本为艺术样式的中短篇通俗小说大量问世的同时,明末清初的时事小说也盛极一时。所谓时事小说,是指那些反映与时代相平行的重大事件的作品,其突出的特征便是题材的政治性和表现的时效化。

困扰明末社会的主要问题,即直接关系到国家安危、民族存亡,引起全社会关注的主要矛盾有三:朝廷内部阉党与东林党斗争、辽东战事、李自成农民起义。出自明末的时事小说从内容上可大体分为以上三大类,如反映阉佞魏忠贤祸国殃民的《梼杌闲评》《魏忠贤小说斥奸书》《皇明中兴圣烈传》(又称《魏忠贤轶事》)《警世阴阳梦》等;再现明王朝与后金政权明里暗里争斗杀伐的《辽海丹忠录》;全面反映晚明史实,自天启魏忠贤乱政到边关告急再到崇祯殉国,直到南明小朝廷苟延残喘的《樵史通俗演义》《七峰遗编》《陆沉纪事》等;还有大多出于臆测和胡编乱造的关于李自成、张献忠起义的小说,如《新编剿闯通俗小说》。其中,较具代表性的有揭露阉党乱政的《梼杌闲评》和反映辽东战事的《辽海丹忠录》。

《梼杌闲评》以魏忠贤的一生为主要线索,描写了他与熹宗乳母客氏相互勾结,蒙蔽皇帝,祸乱朝政,镇压东林党和复社进步文人的故事,深切地揭露了明代厂卫制度的罪恶,广泛地反映了当时的社会生活。第八回、第三十五回写到为反对贪官污吏的敲诈勒索和阉党对于正直官员的政治迫害而发生的商人、市民暴动,很有时代气息,在中国古代文学史上是不多见的。小说中的主要人物、重大事件都有史实根据,但都小说化了。全书的结构比较严密,文字也洗练畅达,并注意市井俗语的运用。尤其值得注意的是,它是继《金瓶梅》之后,又一部以反面人物为主角,主要通过揭露丑来把人们引向美的作品。《辽海丹忠录》主要是写万历十七年(1589年)至崇祯三年(1630年)之间的辽东战事,歌颂"报国忠臣"毛文龙,其材料来源多实见及当时的塘报、奏议。作者的创作宗旨是尽可能贴近事实,该书序有言:"词之宁雅而不俚,事之宁核而不诞,不剿袭于陈言,不借吻于俗笔,议论发抒其经纬,好恶一本于大公。"孙楷弟《日本东京所见小说书目》卷三"辽海丹忠录"条称此书:"记明季辽东之役,于毛文龙事独详,文亦详赡细腻,不为苟作。"小说的人物刻画不够精细,议论也较多,然语言清雅,长于叙事,行文中充满着一股愤激之气,在晚明的同类作品中,还是较好的一部。

明末清初的时事政治小说数量不少,但可看者不多,能流传到现在尚有文学价值的更是凤毛麟角。当作者被参政的热情鼓涨着将小说当作了一种工具时,也便模糊了小说文体塑造形象、以情感人的本质规律,在非史非文的夹缝中难逃被冷落的命运。

第五节　才子佳人小说

才子佳人小说是明末清初重要的小说流派。顾名思义,才子佳人小说就是关于才子与佳人恋爱婚姻的小说。才子、佳人是其中的绝对主角,也免不了几个兴风作浪的小人。才子佳人们经过斗智斗勇,曲折磨难,终成姻缘。那些才子,无一不是学富五车,才高八斗,下笔千言,倚马可待;那些佳人,出身高贵,有貌、有才、有情,且无一例外都是礼教的自觉维护者与坚定不移的信奉者、执行者,堪称无懈可击的完人。其中的主要作品有《章台柳》《山水情传》《玉娇梨》《平山冷燕》《玉支玑》《春柳莺》《好逑传》《人间乐》《两交婚》《幻中真》《锦疑团》《飞花咏》《麟儿报》《画图缘》《定情人》《赛红丝》《情梦柝》《风流配》等。

明末清初是一个动荡残破、血雨腥风的时期,出现这样一批花前月下、卿卿我我的才子佳人小说,着实予人以不合时宜的怪异之感。也许是小说天地的美妙与现实的残酷对比太过强烈,读这批小说时常让人生出几分白日做梦的虚妄、沉湎想象世界的不真实感,让人产生探究其产生缘由的冲动。它们绝不是无源之水、无本之木,是士子们对社会绝望后的置之不理,是极度苦闷后的自我排解,也是士人们对晚明粗俗放纵的通俗小说的一种反拨,是文人小说走向雅化的必然结果。

一、士人排解苦闷的乌托邦

明末清初是中国历史上一个风云变幻、错综复杂的特殊时期。改朝换代,内忧外患,历史性的巨变,影响着每一个人不得不作出自己的反应。有的人积极投身到反清复明的斗争中去;有的人难以抵挡功名利禄的诱惑,出仕新朝;有的人选择消极对抗——或以遗民自居,或漂泊流浪,或逃进深山,或躲进佛阁;有的人甚至已做好了死的准备。还有的人采取别样的方式表达与社会的游离状态:躲进小楼成一统,两耳不闻窗外事,营造一个虚幻世界让自己沉湎陶醉,这便是才子佳人小说的作者。

从文艺创作的动机上来看,当现实的压迫异常沉重,压得人没有喘息之机时,往往拿臆造的美好世界来舒缓压力,排解苦闷。而才子佳人小说是作者所制造的最大的桃花园、逍遥阁,这里少有剑拔弩张、刀光火影,多的是卿卿我我、诗酒酬唱。沉迷其中,暂时忘掉眼前的烦忧,也不失为一条捷径。

也许,当心中完全被狂乱与痛苦占满时,就会特别欣赏单纯、美好、快乐、优雅的东西。丹纳在《艺术哲学》中描绘 15 世纪的意大利在经过没有稳定的政局,没有严正的司法,没有安全保障的长期动荡混乱后,人们特别喜欢欣赏米开朗其罗的静穆高贵的裸体英雄塑像,拉斐尔的健康宁静、目光单纯的圣母画。丹纳还说:"心灵越是被强烈的不安和阴沉的念头缠绕不休,看到优雅的东西越快活。……担过严重的心事,做过噩梦以后,看见床头挂着一幅恬静而鲜艳的圣母,碗橱上摆着一个年富力强的年青人的雕像,眼睛特别舒服。"[①]经过明清易代的大变故,士人与普通民众也都历经了过多的磨难与苦痛,他们需要一种轻松来调节、缓解,才子佳人小说及其所塑造的了无缺憾的女性形象在某种程度上正是这样心理的产物。

---

① 〔法〕丹纳:《艺术哲学》,见《傅雷译丹纳名作集》,117 页,兰州:敦煌文艺出版社,1994。

二、士人寄托理想与希望的温柔乡

何满子在《中国爱情小说中的两性关系》中曾论及才子佳人小说的作者,说他们"大都是中下层社会的小文人,在当时的社会秩序下,他们终生所倾慕向往的,无非是两件事:一是获得一个乃至几个既美丽又有才情的淑女,缔结良缘,享受闺房诗酒之乐;二是金榜题名,弄个官做。小说中的爱情和荣华就是他们在生活中未能实现的愿望在幻想形式下的满足。"①这不能不说是切中肯綮之言。"洞房花烛夜,金榜题名时"是古代读书人最大的梦想,仕途得意,美人陪伴,缺一不成其为"美事"。而在明末清初残酷的社会环境下,生存都不能保障,理想更无从实现,那就只好在幻想中求得暂时的满足了。弗洛伊德说过:"一个幸福的人绝不会幻想,幻想只发生在愿望得不到满足的人身上。幻想的动力是未被满足的愿望,每一个幻想都是一个愿望的满足,都是一次对令人不能满足的现实的校正。作为动力的愿望根据幻想者的性别、性格和环境不同而各异;但是它们天然地分成两大类。它们,或者是野心的愿望,用来抬高幻想者的个人地位;或者是性的愿望。在年轻女人的身上,性的愿望占有几乎排除其他愿望的优势,因为她们的野心一般都被性欲的倾向所同化。在年轻男人身上,自私的、野心的愿望与性的愿望共存时,是十分引人注目的。但是,我们并不打算强调两种倾向之间的对立;我们最好是强调它们经常结合在一起的这个事实。"②这段话与何满子先生的论述有异曲同工之妙。那些闭月羞花、沉鱼落雁的美人,才华出众、出口成章,坚贞不渝、冰清玉洁,一与"才子"相逢,便心心相印,忠贞不二,这是多么美妙多么令人向往的事情!更加美妙的是,关键时刻,佳人也会变须眉,为爱情的成功出谋划策,才子不费吹灰之力即可抱得美人归,这样的才子简直太幸运太幸福太值得羡慕了!更加让人称奇的是,小说中的才子们对功名如探囊取物,唾手可得,在才子佳人小说的结尾,我们经常会听到一片状元及第的报捷声;而在现实中,男性寒窗苦读一辈子不见得能得

① 何满子:《中国爱情小说中的两性关系》,148 页,上海:上海书店出版社,1999。
② 〔奥地利〕西格蒙德·弗洛伊德著,张唤民、陈伟奇译:《弗洛伊德论美文选》,32 页,上海:知识出版社,1987。

个一官半职。什么叫白日做梦？诸如此类，心想事成！

三、士人对抗社会、消极避世的一种方式

恶劣的现实既可让文学靠近，也可让文学走远。晚明的暴露教化小说，作者们还在毫不留情地暴露鞭挞，呼吁呐喊，甚至求助于虚妄的神灵与幽冥世界，以期拯救世道人心。这其实说明他们在痛恨之余还未曾完全绝望，还在进行着努力，希望伤痕累累的社会能重新振作起来。恨正说明着爱，说明心里放不下，还存着期望。到了明清易代，这种希望如热汤浇雪眼看就化为乌有，那哀其不幸、愤其不争的旧朝成了心底里的留影，成为永远的过去，这种心情是让人绝望的。素秉"忠臣不事二主"的传统士子，对新朝有着彻骨的敌意，虽然缺乏主动行动的性格、勇气与力量，骨子里还是持坚决不合作的态度的。那么放弃对现实的关注，放弃责任感、使命感与入世情怀，精心垒搭自己的空中楼阁，再涂抹上粉红色的优雅，不能不说是士子们对抗社会、表达对新朝漠然甚至是蔑视与不合作态度的一种策略了。哲学家叔本华曾在分析文艺动机时说过这样的话：把人们引向艺术和科学的最强烈的动机之一，是要逃避日常生活中令人厌恶的粗俗和使人绝望的桎梏。正是对粗俗现实、沉闷人生的不满，激发出了一种创作活力。

四、士人麻木不仁的表现

明末清初是一个特殊的历史时期，人们的精神境界大不相同。有人在忧时伤世，有人在歌舞升平；有人在忧虑国家民族的命运，有人则沉溺在自我营造的虚幻世界里不能自拔。此一时期的文化环境呈现出复杂多元的景观，吴晗先生曾引余怀《板桥杂记》中的话说："崇祯中四方兵起，南京不受丝毫影响，依然征歌召妓：'宗室王孙，翩翩裘马，以及乌衣子弟湖海宾游，靡不挟弹吹箫，经过赵李，每开筵宴，则传呼乐籍，罗绮芬芳，行酒纠觞，留髡送客，酒阑棋罢，堕珥遗簪，真欲界之仙都，升平之乐国也！'"①这就很好理解为什么易代之际出现那么多才子佳人小说和娱乐性极强的戏曲作品了。对某些人来讲，朝代更迭与

① 吴晗：《吴晗史学论著选集》（一），512 页，北京：人民出版社，1984。

我无关,生活依旧,欢乐依旧,只不过多了几声枪炮刺耳罢了。这里,才子佳人小说作者又成了"商女不知亡国恨,隔江犹唱后庭花"的"商女"了。

才子佳人小说还是晚明通俗小说走向雅化的必然产物,体现着一种文人文化的延续。因为明清易代并不意味着思想文化的断裂。才子佳人小说作者大多出自东南一带,江南数百年间的繁华,发展了一种极为精致的文化,细腻而审美,鼎革之际也不变风貌。况且江南名士与才媛间的故事自有其历史渊源,这也是才子佳人小说产生的现实根基。其实在晚明就有许多文人将目光投向女性,他们细细描画妇女的婚姻生活、日常家居、生活细节,从化妆、着衣、修饰、言谈等诸方面为妇女提供全方位的服务,好像现在的女性生活指南。文人们还描画出了理想中的女性形象,虽然是男子心目中的女性,目的是为男人们服务的,但从中可以看出社会对女性的欣赏成为一种时尚。

《好逑传》里的水冰心小姐自是一个楷模,山父称赞女儿:"我儿不独有才,有礼,竟是一个道学先生。"歌德先生曾用"没有强烈的情欲""彻底遵守道德"来概括自己读这部中国小说的感觉,确实触其实质。①这也是这一批小说的创作主导倾向。才子佳人小说少不了爱情,这点毋庸置疑。一个佳人,一个才子,千辛万苦,历尽磨难,结为婚姻。但是,它又将情道德化,从明中叶以来的高举情之大旗、涌动欲之潮流、追逐俗世的快乐走向另一种极端:将情、欲视为邪恶与丑陋的化身。所以在才子佳人小说里面你会看到:男女自由地谈着爱情却丝毫不会违背礼教,情被完完整整地纳入到理的框架之中,所谓"情定则由此而收心正性,以合于圣贤之大道不难矣"(《定情人》序)。《好逑传》描写了一对你有心我有意的男女青年在交往过程中不违背礼教的故事,整个故事都在说情,但实际上却让人感到无情。铁公子被歹人暗算,身体生病虚弱至极,有生命之虞。水小姐果断将他移至家中养病,却又百般避嫌,铁公子临行之际置酒相谢,却是隔帘设席对饮:"两人隔着帘子,各拜了四礼⋯⋯冰心小姐就满斟一杯,叫丫鬟送到公子席上,请公子坐下。铁公子也斟了一杯,叫丫鬟捧入帘内,回敬冰心小姐。"此

---

① 〔德〕爱克曼辑录:《歌德谈话录》,102页,北京:人民文学出版社,2000。

等繁文缛节，男女授受不亲，透着陈腐与道学气。铁公子和水小姐本来你有情我有义，是一段天赐的姻缘，但在论及婚姻时，他们却认为自己曾经男女私相交接过，于名节有亏了，所以死活不答应，宁愿委屈自己感情也不叫名节受玷，即使是两家老人强行为他们结了亲，他们却分室而居，直到皇上出面并请宫女验明正身证明水小姐一直是处女之身，这才重谐鸳鸯。全书没几句涉及情，几乎全都是在跟拨乱的小人斗智斗勇，显示非凡的本领与冰清玉洁的行止。水小姐与铁公子的以理抑情，被作者当作值得夸耀的一件事情津津乐道，大肆吹捧。人的正常的七情六欲都被否定了，它们是"三言"以来言情、尚情观念的退化。

才子佳人小说固然有对晚明以来世俗文化思潮的矫正，反映了明末清初思想文化界回归传统的努力。但将治国平天下的良策寄托于道德的重整，这是一条虚妄的道德乌托邦神话，而且要求文学承担道德教化的主题，无疑是对文学独立审美价值的戕害，是文学观念的倒退。因为缺乏现实的文化根基，是士子们一厢情愿的向壁虚构，所以尽管才子佳人小说在明末清初产生过非常大的影响，但在中国文学史上的地位却并不重要，只是作为特殊时代的一个富有意味的文化现象而保存下来，是那个历史时期文化变迁链条上不可或缺的一环。

第六节　《醒世姻缘传》对《金瓶梅》的继承与发展

《醒世姻缘传》是清初出现的一部以家庭婚姻问题为描写中心，笔触涉及广泛社会现实的长篇通俗世情小说。此书原名《恶姻缘》，现存最早的同治庚午刻本，题为"西周生辑著"，共一百回。

关于此书的作者和创作时代，向来众说纷纭，但基本上有三种说法。一种认为此书是明末作品，作者是明末人，持这种观点的代表是鲁迅，见于他 1924 年 11 月 25 日致钱玄同的信。另一种观点认为《醒世姻缘传》是蒲松龄的作品，西周生即蒲松龄。清人杨复吉《梦阑琐笔》说:"鲍以文云:留仙尚有《醒世姻缘》小说,盖实有所指。"①胡适以此为基础进行考证,认为此书故事框架与《聊斋志异》中的《江城》《马介甫》及俚曲《禳妒咒》相似,乡音土语亦相近。持此观点者还有孙楷第,见20世纪30年代上海亚东图书馆刊印的《醒世姻缘传》序言。第三种意见认为《醒世姻缘传》是清代初期的作品,作者为山东人,但绝不是蒲松龄,持这种观点的是创作《蒲松龄年谱》的路大荒。

《醒世姻缘传》用今生来世冤冤相报的故事结撰全篇,用"转世"这样不无神秘的手法来解释难以理性思考的恶妇、夫妻关系、婆媳矛盾、家庭伦理等棘手问题,使得作品具有了一种独特的趣味与阅读吸引力。它将家庭问题扩展延伸到社会生活的各个方面,笔触所及,凡官场、市井、儒林、家庭无不穷形尽相,入木三分,使得作品具有了丰富的内涵与社会认识价值。胡适对此评价甚高,说它是中国17世纪"一部最丰富最详细的文化史料"。胡适断言:"将来研究17世纪中国社会风俗史的学者,必定要研究这部书;将来研究17世纪中国教育史的学者,必定要研究这部书;将来研究17世纪中国经济史(如粮食价格,如灾荒,如捐官价格,等等)的学者,必定要研究这部书;将来研究17世纪中国政治腐败,民生痛苦,宗教生活的学者,也必定要研究这部书。"②《醒世姻缘传》是17世纪中国北方小城镇及周围乡村的"清明上河图",为我们了解明末清初那个混乱无序的社会提供了鲜活的感性材料。

除了胡适先生,还有另外一些学者对这部作品予以很高的评价。著名作家张爱玲说:"《醒世姻缘》和《海上花》一个写得浓,一个写得淡,但是同样是最好的写实的作品。我常常替它们不平,总觉得它们应当是世界名著。"③诗人徐志摩称它是"我们五名内的一部大小说"④。当代著名学者徐朔方认为《醒世姻缘传》足以与《金瓶梅》相抗

① 〔清〕杨复吉:《梦阑琐笔》"经事",见朱一玄编:《〈聊斋志异〉资料汇编》,302页,天津:南开大学出版社,2002。

② 胡适:《醒世姻缘传考证》,见《胡适学术文集·中国文学史》(下),1188页,北京:中华书局,1998。

③ 崔春昌编:《张爱玲精品集》,18页,哈尔滨:北方文艺出版社,2009。

④ 徐志摩:《〈醒世姻缘传〉序》,见〔明〕西周生:《醒世姻缘传》(下)"附录 ",1445页,上海:上海古籍出版社,1981。

衡,起码不逊色于《金瓶梅》:"在《金瓶梅》和《红楼梦》之间将近二百年的中国小说发展历程上,除了以上两者外,再没有第三者在思想和艺术上足以和《醒世姻缘传》相提并论。"①作为中国古代长篇通俗小说中的两部巨著,又是同属于描述家庭生活的世情小说,《醒世姻缘传》与《金瓶梅》有渊源关系,前者是对后者的继承与发展,也可以说,《醒世姻缘传》是《金瓶梅》与《红楼梦》间的重要过渡。

一、《醒世姻缘传》对《金瓶梅》的继承

《金瓶梅》是世情小说的开创者,它以西门庆的发迹变泰及其一家的兴衰荣枯为中心展开描写,展示了丰富的社会生活面。《醒世姻缘传》继承了《金瓶梅》的写实精神,直接反映现实人生,具有重要的认识价值和社会史料价值。

作者以高超的写实手法,对晚明社会政治、经济、道德、伦理、社会风尚、世俗心理等作了全面而深刻的再现与摹画,特别是对明代中后期暴露出来的流氓风气、官吏堕落腐败刻画细致而入木三分,让我们在历史之外对明末清初社会黑暗的了解又多了一些生动形象的感性认识,有其重要的史料价值。

晚明政治流氓化,是史家的共识。而流氓政治最集中体现在各级官府及其当权者身上。《醒世姻缘传》里面所写到的大大小小的官吏,较少有刚直清廉的正面形象,相反他们大都是一些胸无点墨、刁钻古怪、贪赃枉法的败类。

作品二十二回以后的主要人物狄希陈就是这样一个货色。他自小便显现出凶顽乖劣的一面,使促揢,弄低心,玩弄人,无所不为。上学时使狡计赚先生掉进茅坑里面,气得先生跺脚大骂"教这样书的人比那忘八还是不如";做秀才时把教官的马一蹬一蹬牵到那极高的钟楼上面下不来;哄骗卖鸡蛋的说要买,先数清鸡蛋的数目,让人家两只手圈起来将鸡蛋一个个放上面,他却托口去拿钱,一去不回,累那卖鸡蛋之人"蹲在那里,坐又坐不下,起又起不得,手又不敢开";使小棒抹臭屎塞睡觉人的鼻孔里;甜言蜜语说不忍看一位老人家独自挑两只大

---

① 徐朔方:《论〈醒世姻缘传〉以及它和〈金瓶梅〉的关系》,载《社会科学战线》,1986年第2期。

粪筐子过桥,执意要与老人一只只抬过去,抬过一只去,他借故走掉,"弄得两筐大粪,一在桥南,一在桥北,这样臭货,别又没人肯抬,只得来回七八里路,叫了他的婆子来抬过那一筐去,方才挑了回家"。① 完全是个一肚子坏水的街痞流氓。而且不学无术——读了十年书只记住了一句"天上明星滴溜溜转",目光短浅,愚蠢呆痴。这样的草包、窝囊废、泼皮、无赖竟做了成都府经历,掌握一方重权,岂不滑稽且令人对国家前途命运悲哀忧虑!

流氓参政,政治焉能不流氓化。官吏对待黎民百姓就如强盗,晁思孝本是一个舌耕度日的秀才,靠了相熟的上司门路选了知县。他很懂得做官升官的诀窍:"没有路数相通,你就是龚遂、黄霸的循良,那吏部也不肯白白把你升转。皇上的法度愈严,吏部要钱愈狠。"(第五回)他垂涎北通州知州,离家近,还是京官,托相熟的胡旦带二千两银子去求胡的舅舅刘锦衣,那刘锦衣倒直言不讳:"这通州是五千两的缺。叫他再出一千来,看在两个外甥分上,让他三千两便宜。不然,叫他别处去做。"官职成了明码标价讨价还价的商品,明目张胆地予以交易。晁思孝上任后,公然大肆搜刮,"吸民之髓,刮地之皮","三载赃私十万多"(第十七回)。他的儿子更恨不得他的老子活上一万岁,"把那山东泰山都变成挣的银子,移到他住的房内方好"。"待那秀才百姓,即如有宿世冤仇一般"(第五回),"说声打,人就倘在地下,说声罚,人就照数送将入来"(第十八回),难怪那"两学秀才、四乡百姓,恨晁大尹如蛇蝎一般"(第六回)。作者形象地称那些如狼似虎的官吏们是魔,而那些软弱黎民则"个个都是这伙魔人的唐僧、猪八戒、悟净、孙行者,镇日的要蒸吃煮吃"(第二十四回)。为什么如此胆大妄为?因为"恁你做官怎么歪憋,就是吸干了百姓的骨髓,卷尽了百姓的地皮,用那酷刑尽断送了百姓的性命,因那峻罚逼逃了百姓的身家,只管有人说好,也不管什么公论;只管与他保荐,也不怕什么朝廷"。朝廷掌握在少数几个人手里,他们手中掌握的权力成了他们谋取个人私利的手段。

贪污受贿的背后是贪赃枉法,营私舞弊。晁源的姘娼女珍哥逼死正妻计氏,被计氏父兄告上官府。珍哥被判刑入狱,那晁源到监内打

---

① 〔清〕西周生:《醒世姻缘传》,477 页,济南:齐鲁书社,1993。

点,什么刑房、提牢、禁子头役、女监牢头都重重地使了银子,"打发得那一干人屁滚尿流,与他扫地的,收拾房的,铺床的,挂帐子的,极其掇臀捧屁"。新来的一个典史,晁源的银子还不曾到他身上,他便假作严正,使威要挟。那晁源立马明白典史大人的心理,但还不甚摸他的脾性,明着送,怕他装腔,乃装了两坛绝好的陈酒,每个坛内放四十两银子,而且"要奉承人须要叫他内里喜欢,一个坛内安上了一副五两重的手镯,一个坛里放上每个一钱二分的金戒指十个"。那典史更是经验十足,"叫人把酒另倒在别的坛内,底下倒出许多物事。那个四奶奶见了银子倒还不甚喜欢,见了那副手镯,十个金戒指,又是那徽州匠人打的,甚是精巧,止不住屁股都要笑的光景"。那典史"千恩万谢",又赔礼道歉,拍胸发誓"拜上相公,以后凡百事情就来合我说,我没有不照管的"。典史与晁源竟成了朋友,不仅晁源随意出入监狱,那犯人珍哥更是众星捧月般,典史奶奶还经常教人送吃食给她。更有甚者,竟然在监狱里面另为珍哥盖了一间"牢房",还配有厨房、暖炕,围了墙,独自成了院落,"那伏事丫头常常的替换,走进走出,通成走自己的场园一般"。(第十四回)贪赃枉法到令人震惊的地步,因为收受了贿赂,就可以视法律为儿戏;因为使了几个臭钱,就可以凌驾于国法之上。金钱已经主宰了人们的生活与心理,金钱也使得权力极端异化!《醒世姻缘传》以高度写实的笔触为我们细细描画出了这荒唐罪恶的一幕。

　　政治流氓的另一个特点是过河拆桥、忘恩负义、翻脸不认人。晁源父子,至奸险,至刻毒。当初父亲晁思孝升官全是靠了胡旦、梁生的关系与奔走,对胡、梁两位是爹娘一般侍奉着。但当胡旦、梁生的后台被杀,看他们没有了可利用的价值,晁源父子立马冷落了下来,甚至想"首将出去"得一百两银子,那狼心狗肺的儿子晁源还振振有词:"甚么天理,……甚么良心,又是人家的甚么好处。可说如今的世道,儿还不认的老子,兄弟还不认的哥哩!且讲甚么天理哩、良心哩!……我生平是这们个性子:该受人掐把的去处,咱就受人的掐把;人该受咱掐把的去处,咱就要变下脸来掐把人个够。该用着念佛的去处,咱旋烧那香。"(第一十五回)这就是他的为官为人之道,露骨的实用主义,无人性无恩义无良心无廉耻,一切以是否有用为目的。最后晁源想出一个惨绝人寰的毒计,将胡旦、梁生二人身边的银两全赚出来,空身子赶了出去,二人流落庙宇,皈依佛门。不用说别人,就是晁源的母亲晁老夫人看见自己儿子如此作为也恼得要上吊自杀,她说"我虽是妇人家,不曾读那古本正传,但耳朵内不曾听见有这等刻薄负义没良心的人,干这等促搯短命的事"。难怪作者要说"这样绝命的事,只除非是那等飞天夜叉,或是狼虎,人类中或是那没了血气的强盗,方才干得出来!"(第十六回)这些源于对现实中腐败黑暗政治的了解,描写真切细致,是《官场现形记》的先声。

流氓习气、强盗行径也浸染到那些理应知书识礼教化他人的书生、先生身上。三十五回作者细细刻画了一个无耻无行的所谓先生汪为露。光天化日之下明目张胆地寻衅作恶,欺软怕硬,侵占相邻土地,听人家房声;为了达到赖人家房墙的目的,使出泼妇骂街强盗行凶的手段撒野要横:"揉了头,脱了光脊梁,躺在侯小槐门前的臭泥沟内,浑身上下,头发胡须,眼耳鼻舌,都是粪泥染透,口里辱骂那侯小槐。"哪还有什么师德,分明一个恶人、歹人、无赖。还老脸厚皮,旧时的徒弟中了举,他先坐到人家家里,将上级送的八十两坊银取过一锭看了一会,放在袖中,说道:"这也是我教徒弟中举一场,作谢礼罢了。"他的恶行丑事罄竹难书,作者用他手中的那一管生花妙笔,活画出此等儒林败类的无耻嘴脸!二十六回又写一个秀才麻从吾,以读书为名,强住到一个庙里,不但白吃白喝人家道士辛辛苦苦念经得来的食物,还横挑鼻子竖挑眼,"嫌粥吃了不耐饥,定要道士再捍上几个饼,嫌光吃饼躁的慌,逼那道士再添几碗饭。后来不特吃饭,且要吃酒,不特吃饼,且要吃肉! 道士应承得略略懒意,是要拳打脚踢一顿"。白吃还不算,又把道士的衣服被褥尽数拿了回家,道士实在忍受不了他的作贱逃走,他却递了呈子告人家拐跑了他的东西,列出一张清单,什么道袍、香案、神像、灶经、大鼓等等,县官倒英明"怎么你失去的东西都是道士的物件!"可就是这么一个形迹恶劣之败类,"钻干了教官,岁考发落,头一个举了德行。诧异得那合学生员、街上的百姓,通国的乡绅面面相觑,当作件异闻传说。"是非混淆,善恶颠倒,这样的世道不是最适宜流氓无赖生存吗?

那原本温婉贤淑的女性也失去应有的性情脾气。狄希陈的妻子素姐,礼义尽失,廉耻全无,动辄折磨虐待丈夫,对婆婆也是满嘴脏话。

她的丫头偷嘴吃,她的婆婆说了两句,她便开骂:"贼多嘴的淫妇! 贼瞎眼的淫妇! 你挽起那眼上的屎毛仔细看看,我的丫头是偷嘴的? 贼多管闲事的淫妇! 贼扯臭屎淡的淫妇! 我打打丫头你也管着?"很难想象这竟是儿媳妇对婆婆说的话! 素姐回到娘家,她的母亲说她:"你通长红了眼,也不是中国人了! 婆婆是骂得的? 女婿是打得的? 这都是犯了那凌迟的罪名哩。"素姐道:"狗! 破着一身剐,皇帝也对打,没那燥屎帐!"(第四十八回)她还公开叫嚷:"我薛老素不怕人败坏,我不图盖什么贤孝牌坊! 你问声,那年张家盖牌坊,老婆汉子的挤着看,我眼角儿也不看他!"(第六十六回)道德的神圣性荡然无存,教化也失去其应有的约束力,潜伏人们心底的粗莽流氓习性无遮拦地暴露出来,邪恶堂而皇之地大行其道。

流氓习气充斥在社会的各行各业各个阶层,涉及各色人等,其手段也不一而足。"银匠打些生活,明白落你两钱还好,他却挽些铜在里面,叫你都成了没用东西。裁缝做件衣服,如今的尺头已是窄短的了,他又落你二尺,替你做了'神仙摆',真是掣衿露肘。头一水穿将出去,已是绑在身上的一般,若说还复出洗,这是不消指望的了! 凡百卖的东西,都替你挽上假:极瘦的鸡,拿来杀了,用吹筒吹得胀胀的,用猪脂使槐花染黄了,挂在那鸡的屁眼外边,妆汤鸡哄人! 一个山上出那一样雪白的泥土,吃在口里绝不沙涩,把来挽在面里,哄人买了去捍饼,吃在肚内,往下坠得手都解不出来! 又挽面蹓了酒曲,哄人买去,做在酒内,把人家的好米都做成酸臭白色的浓沘。"(第二十六回)那以治病救人为天职的医生,为敲诈病家,竟然用药先使病人病情恶化,然后进行勒索。(第六十七回)还有一些泼皮无赖专靠胡搅蛮缠过活。五十七回晁源族人晁思才:"再说晁思才是晁家第一个的歪人,第一件可恶处,凡是那族人中有死了去的,也不论自己是近枝远枝,也不论那人有子无子,倚了自己的泼恶,平白地要强分人的东西。那人家善善的肯分与他便罢;若稍有些作难,他便拿了把刀要与人斫杀拼命。若遇着那不怕拼命的人,他又有一个妙计:把自己的老婆厚厚的涂了一脸蚌粉,使墨浓浓的画了两道眉,把那红土阔阔的搭了两片嘴,穿那片长片短的衫裙,背了一面破烂的琵琶,自己也就扮了个盖老的模样,领了老婆在闹市街头撞来撞去胡唱讨钱,自己称说是晁某的或叔或祖,不能度日,只得将着老婆干这营生。那族里人恐怕坏了自己体面,没奈何只得分几亩地或是分两间房与他。"完全是一副流氓无产者嘴脸。这些人大多是城市的产物,他们不像农民还有土地这最后的依托,当丧失了生存的根本,只好靠出卖人格、尊严过生活,失去了善良质朴的本性,这是社会贫富差距加大,沦落底层的小人物的无奈选择。这些对社会黑暗和世道人心的揭露,都是在此之前的通俗长篇小说未涉足过的,在题材领域开后来谴责小说之先河。

二、《醒世姻缘传》对《金瓶梅》的新发展

与《金瓶梅》借用《水浒传》原有的故事框架,以之作为自己创作的起点不同,《醒世姻缘传》虽假托明中期正统至成化年间事,但其中所描写的事实与环碧主人的"弁语"却证明着该书的创作过程与取材对象是明末清初的时代。因此有论者认为《醒世姻缘传》才是真正意义上的文人独立创作的开始。这反映了文人驾驭长篇章回小说的能力大大提高,在小说史上是一种进步。

《醒世姻缘传》沿着《金瓶梅》所开创的写实道路又向前推进了一步,这就是试图探讨明末黑暗现实的根源,并提出治世的设想。

毋庸置疑,《醒世姻缘传》中正面的形象很少,善良的晁夫人算是其中之一。第十二回写到一个李观察也算是一个正面官吏形象,他勤于政务,怜惜百姓,兴利除害,该他得的他得,不该他得的分毫不取。他说:"我若把你们县里的银子拿到家里买田起屋,这样柳盗跖的事,我决不做他。你若要我卖了自己的地,变了自己的产,拿来使在你县里,我却不做这样陈仲子的勾当。"这就是作者理想中的地方官员形象,比较合情合理且客观真实。可就是这么一个正直的官员,却没有他的立足之地,"一堂和尚,叫你这个俗人在里边咬群"。可想而知明末官场之腐败、堕落,偶尔一二清官倒成了怪物,被周围大大小小的魑魅魍魉吞噬掉。

对于明末官吏腐败的原因,《醒世姻缘传》并未作出明确的解答,因为它毕竟是文学作品,不可能像政论文章那样对一个问题进行有条有理的剖析总结。但作者又不单纯是在虚构与臆造,与中国古代其他许许多多的小说作家一样,《醒世姻缘传》的作者也怀有深深的忧患意识与济世拯民的热望,希望有补于世道人心。所以在字里行间,自觉不自觉地留下了对这一问题的认识,如宦官专权、社会风气变坏、金钱的强大腐蚀等等,而作者最为关注的还是士风。他认为天下士人的骨气与尊严已丧失殆尽,少有人为了正义而拼命去斗争,多数士人心里想的是,只要今日还做着官发着财,哪管国家民族的生死危亡,所以才出现那样的官场丑态。作者向士人们提出最基本的道德底线:做一个堂堂正正、对得起自己良心的人,不去做那摇尾乞怜,不知羞耻之人。每位官员"使那有利没害的钱,据那由己不由人的势,处那有荣无辱的尊"(第三十三回)。

除了表现官场腐败,《醒世姻缘传》对晚明社会道德滑坡,礼制失序,世风浇薄的现象也多有揭示。第二十六回:"那些后生们戴出那跷蹊古怪的巾帽,不知是甚么式样,甚么名色。……这样的衣服,这样的房子,也不管该穿不该穿,该住不该住,若有几个村钱,那庶民百姓穿了厂衣,戴了五六十两的帽套,把尚书侍郎的府第都买了住起,宠得那四条街上的娟妇都戴了金线梁冠,骑了大马,街中心撞了人竟走!"人们说话则:"口里说得都不知是那里的俚言市语,也不管甚么父兄叔伯,也不管甚么舅舅外公,动不动把一个大指合那中指在人前摄一摄,口说:'哟,我儿的哥呵!'""把些七八十岁的老人家怪异得呼天叫地,都说不惟眼里不曾看见,就是两只耳朵里也从来不曾听见有这等奇事。"对此,作者深有忧虑,并进一步分析出现这种混乱的原因:"只因安享富贵的久了,后边生出来的儿孙,一来也是秉赋了那浇漓的薄气,二来又离了忠厚的祖宗,耳染目濡,习就了那轻薄的态度,由刻薄而轻狂,由轻狂而恣肆,由恣肆则犯法违条,伤天害理,愈出愈奇,无所不至。"(第二十七回)怎么改变这种状况?作者也提出了自己的设想,希望回归那种各安其位、各司其职、各守其分的秩序井然的社会,在那样一个社会中,人心"淳庞质朴,赤心不漓,闷闷淳淳,富贵的不晓得欺那贫贱,强梁的不肯暴那孤寒"(第二十四回),而"在上的有那秉礼尚义的君子,在下又有那奉公守法的小人,在天也就有那风调雨顺,国泰民安的日子相报"(第二十七回)。与《金瓶梅》以及其他暴露批判小说不同,作者呼吁的是回归民间,自食其力,不受任何约束,也不用弯腰低眉事权贵,这样才能拥有独立的尊严与人格。为此,作者描绘了一幅诱人的田园生活图景：

> ……清早睡到日头露红的时候，起来梳洗了，吃得早酒的，吃杯暖酒在肚。那溪中甜水做的绿豆小米粘粥，黄暖暖的拿到面前，一阵喷鼻的香，雪白的连浆小豆腐，饱饱的吃了。穿了厚厚的棉袄，走到外边，遇了亲朋邻舍，两两三三，向了日色，讲甚么"孙行者大闹天宫"，"李逵大闹师师府"，又甚么"唐王游地狱"。闲言乱语，讲到转午的时候，走散回家。吃了中饭，将次日色下山，有儿孙读书的，等着放了学。收了牛羊入栏，关了前后门，吃几杯酒，早早的上了炕。怀中抱子，脚头登妻，盖好被子，放成一处。……这样大同之世，真是大门也不消闭的。……鼾鼾睡去，半夜里遇着有尿，溺他一泡；若没有尿，也只道第二日早晨算帐了。
> （第二十四回）

作者没有扮演那高高在上的救世主角色，指手画脚，出谋划策，相反他自觉地厮身民间，以一种平易的实用的态度，表达对理想生活状态的向往，所以《醒世姻缘传》时常在喧嚣浮露之外流露一种清高的知识分子气息，并具有某种理想色彩。

三、《醒世姻缘传》结构与语言艺术的新开拓

中国古代长篇通俗小说的结构，一般来讲有三种大的类型：一种是每个部分具有相对完整性和独立性，彼此之间没有因果关系，有的章节能自成一体，《水浒传》和《西游记》是其代表；另一种是组织结构十分严密，故事情节前后呼应，因果相连，草蛇灰线，伏脉千里，牵一发而动全身，《红楼梦》是代表；还有一种是介于以上两种之间的，如《金瓶梅》和《醒世姻缘传》，结构稍显散漫，有贯串始终的故事情节，但个别人物和情节游离在整体结构之外，又对表现全书主题有作用。相比较而言，《醒世姻缘传》又不同于《金瓶梅》，作品中的"插曲性的、游离于全书主干之外的人物和故事以数十计，这就使得它和后来的《官场现形记》之类作品更加接近"①。

《醒世姻缘传》在结构上的另一个特点是同时有两条平行的主线，

---

① 徐朔方：《论〈醒世姻缘传〉以及它和〈金瓶梅〉的关系》，载《社会科学战线》，1986年第2期。

在二十三回之后,晁家和狄家两条线索同时展开,分头叙述。第二十三回至二十九回,三十七回至四十二回,九十四回至一百回等写明水镇狄家,第三十回、四十六回、九十回等十三回写武城县晁家。围绕这两条主线又各有多条副线,在写晁家的家庭生活这条主线时,小说又写到了晁思孝的仕宦生涯,戏子胡旦、梁生的命运遭际,以及下层市民的人情世态等副线;写狄家的家庭生活这条主线时,又旁及童家、薛家,以及当时市井妇女的生活情态等副线。它们形成了两股互不关连、齐头并进的生活流,二者在时间上是平行的,在空间上又有着某种交叉。"这种结构具备我国古典小说中非常罕见的'立体性'特点,它就像是一座立体交叉桥,表现了作者对生活的立体观照和空间意识。在具体的叙述过程中,作者把两条主线交错地写来,取消中间的转换过程,比如第九十回写的是晁夫人之死,回末写道:'不知晁梁将来若何作为,再看后回分解。'而第九十一回的开头竟是'却说童寄姐自从跟了狄希陈往四川任上……'一下子转到了写狄希陈'受制孽妾',中间也不作交待。"①"《醒世姻缘传》结构艺术上的独特性,显示出我国古典小说不仅有所谓单线式、复线式、网状式等多种结构,而且还有另一种结构形式。"②

从章回小说的外在形式上,《醒世姻缘传》比《金瓶梅》也有进步。《金瓶梅》的回目双句有参差不齐的情况出现,字数有七言、八言、九言三种。《醒世姻缘传》的所有回目都是七言的对句,对仗工整,音律悦耳。同时,《醒世姻缘传》说话的痕迹更加淡化,很多回开头没有了"话说",结尾没有了"且听下回分解",这说明通俗小说更加精致化。

在语言上,《醒世姻缘传》对《金瓶梅》有借鉴,有引用,也有发展。《醒世姻缘传》第三回珍哥说:"这可是西门庆家潘金莲说的:三条腿的蟾希罕,两条腿的骚屄老婆要千取万。"这源出《金瓶梅》第八十七回:"三只脚蟾没处寻,两脚老婆愁那里寻不出来。"说话的人是周守备的管家。西门庆死后,潘金莲被吴月娘送到王婆那里发卖。周府管家奉主人之命来买潘氏,王婆要价一百两,加到九十两还是不卖,管家恼了才这样说。

---

①② 刘文革:《试论〈醒世姻缘传〉结构的独特性》,载《江西大学学报(社会科学版)》,1989年第1期。

以小说中人物姓名的谐音揭示他们的个性，《金瓶梅》是始作俑者，《醒世姻缘传》对此有所模仿。如《金瓶梅》中有应伯爵（白嚼）、卜志道（不知道）、韩道国（寒到骨）、温必古（屁股）、游守（手）、郝贤（好闲）；《醒世姻缘传》中则有晁思才（财）、晁无晏（厌）、郎德新（狼的心）、汪为露（枉为儒）等。

《金瓶梅》的语言具有浓郁的市井风味；《醒世姻缘传》的语言既具有与之相似的特点，又有所发展，其文笔泼辣粗粝，汪洋恣肆，像是一位粗唇大口的乡间村妇，嬉笑怒骂，无所顾忌，虽粗俗却保留了源于民间生活的原汁原味。

《醒世姻缘传》刻画市井小人物，逼真生动。作者对世情了解甚是透彻，目光犀利，对市井小人物观察细致入骨，于是在描画其神态动作及内心世界、心理活动时，便浃骨沦髓，使其无所遁形。第二十一回写晁家近族一帮无赖刚刚与晁夫人闹得不可开交，晁夫人生了儿子，他们都腆个脸来贺喜，其实是想改善一下关系，捞点好处。他们手里提的"礼物"，有的是一把芝麻盐，有的是十来个鸡子，有的是一个猪肚或两个猪肘。在晁家狼吞虎咽了一顿，待回去时晁夫人令把他们的食盒子里装满东西，他们不禁喜出望外。作者写道："虽然是一伙泼货，却也吃不得一个'甜枣'，那头就似在四眼井打水的一般，这个下去，那个起来。这个说，我纳的好鞋底；那个说，我做的好鞋帮。这个说，我浆洗的衣服极好；那个说，我做的衣裳极精……"见利眼开的乡人形象如在目前。

作者人生经验丰富，在反映市井小人物的为人处世时，字里行间充满民间的生存智慧。小人物的生活，特别是仰人鼻息、朝不保夕的下层小人物，需要看人眼色，机变灵动，嘴乖言甜，哄得人高兴，否则一不小心，便会家破人亡。这个时候说话的艺术便是一个人艰难之下讨生活的本领。第七十回，银匠童七与管东厂的内官陈公公合伙开银铺，陈公公出资。陈公公母亲寿日，童七去贺寿的首饰物件竟然是用精铜代银，陈公公大发雷霆，不仅叫他赔本钱，还要人"带到厂里伺候着"。童七笨嘴拙腮，不知如何是好，幸亏童七奶奶是一个精明能干之人，她买了时鲜物品上门请求陈公公高抬贵手。她先将自己的丈夫贬得"没天理"，博得陈公公的好感，然后顺着陈公公的话，说自己曾如此这般地劝过童七：

> ……咱一家子顶的天，踩的地，养活的肉身子，那一点儿不是老公的。你哄骗老公，就合哄了天的一样，神灵也不祐你。你有银就一一的还了老公，老公见咱没饭吃，自然有别的生意看顾咱，浑深舍不的冻饿着你。你要没银子，你倒是老实在老公身上乞恩，只怕老公可怜你这们些年的伙计，饶了你也不可知的。……拿着这假杭杭子哄老公，……叫老公看出来了，还不认罪，还敢和老公顶罪，这不是寻死么？……小的的意思，这们忘恩负义的人，发到理刑那里监追，打杀也不亏他。只是小男小女都要靠着他过日子，天要诛了他，就是诛了小的一家子一般。望老公掣他回来，叫他讨个保，叫他变了产赔老公的，免发理刑追比。

这一番话说得既自贬乞怜，又奉承拍马，给陈公公戴高帽子，把个千人尊万人捧、只知欺他人、何曾被蒙过的陈公公糊弄得舒心熨贴，像"蒴着他的痒痒，就合那猫儿叫人蒴脖子的一般，呼卢呼卢的自在"，不惟将童七免刑，且饶了三百两银子。作者为此感叹道："家有贤妻，男儿不遭横祸。"一个利落、明白、谙熟人心世情的童奶奶形象便立了起来。

作者善于用一个个细节塑造市井小人物。第十九回写与晁源偷情的妇女唐氏，生性不老实却又遮遮掩掩，装出一副羞羞答答的样子却又耐不住邪心，作者对她的神态动作描摹十分传神："见了晁大舍，故意躲藏不迭；晁大舍刚才走过，却又掩了门缝看他；或是在那里撞见，你就端端正正的立住，那晁大舍也只好看你几眼罢了，却撩着蹶子飞跑。"短短几句话就把一个专会勾人的小妖精形象活脱脱立在读者面前了。有的地方三言两语就把一个人物写活，如庸医杨古月，他原本与珍哥关系不清白，来给珍哥诊病时还不忘与珍哥调情，待他走出去时："珍哥将窗纸挖了一孔，往外张着，看着杨古月走到跟前，不重不轻的提着杨古月的小名，说道：'小椤登子！我叫你多嘴！'杨古月忍着笑，低着头，咳嗽了一声，出去了。"文字十分精简传神。对此，徐志摩曾给予极高的评价，他说作者："本人似乎并不费劲，他把中下社会的各色人等的骨髓都挑了出来供我们赏鉴，但他却从不露一点枯涸或竭蹶的神情，永远是他那从容，他那闲暇，我们想象他口边常挂着一痕'铁性'的笑，从悍妇写到懦夫，从官府写到胥吏，从窑姐写到塾老师，从权阉写到青皮,从善女人写到妖姬,不但神情语气是各合各的身份(忠实的写生),他有本领使我们辨别得出各人的脚步与咳嗽,各人身上的气味!他是把人情世故看烂透了的。"①正是基于生活中的精细观察,他才能把世俗的小人物写得活灵活现。

作者还常以农村里常见的物事设喻,自有一种活泼的生气。薛素姐往死里打狄希陈,打得他浑身是伤,作者描写道:"(狄希陈)脊梁上黄瓜、茄子似的,青红柳绿。"(第四十八回)黄瓜、茄子对庄稼人来讲最熟悉不过了,地里种它们,饭桌上吃它们,它们的形状、颜色闭着眼睛也能想得出来,用黄瓜、茄子形容伤痕,既有一种如在目前的直观,同时让人感觉到狄希陈被打的严重程度。薛素姐和她的婆婆狄婆子顶嘴,狄婆子恨得牙痒,正赶上素姐娘家人来接她,狄婆子气呼呼地说:"俺那闺女不似这等的!定要似这们样着,我白日没功夫,黑夜也使黄泥呼吃了他!"素姐说:"罢呀,我待不见打你那嘴哩!"狄婆说:"你休数黄道黑的!待去,夹着腚快去。"对话活灵活现,口吻毕肖,我们似乎看到狄婆子怒容满面,薛素姐却撇着嘴满不在乎的神情。采用未加修饰的家常语入文,更增加了作品浓郁的生活气息,这恐怕是自《金瓶梅》以来比较少见的。

山东诸城、昌乐一带地道的方言土语的运用,更增加了作品的地域特色。《醒世姻缘传》里面经常出现一个词"觅汉",单从字面上看有点莫明其妙,不知就里,可是生活在诸城、昌乐一带的老年人对此一点并不陌生,这词读起来重音在"觅"上,"汉"应读轻声,最好是儿化,意思是给富人家打工扛活的人。与此相似的词很多,如"鳖羔":"你要今日不打杀我的,就是那指甲盖大的鳖羔儿!"(第三十二回)这是骂人的话,现在山东一带仍然在用;把膝盖叫"罗跛盖子",蝙蝠叫"盐鳖户",受了很多罪叫"五积六受",骂人叫"掘人",估量揣度叫"拇量",搭拉着脸称"琅珰着脸",等等,如此一些不加修饰的口语土话的运用,虽然增加了阅读障碍,但使文章具有了浓郁的乡土气息,给人以新鲜奇异的艺术感受。孙楷第先生曾这样评价:"全书百回,赤地新立,纯粹用土语为文,摹绘村夫村妇口吻,无不毕肖,文笔亦汪洋恣肆,虽形容处稍

---

① 徐志摩:《〈醒世姻缘传〉序》,见〔明〕西周生:《醒世姻缘传》(下)"附录一",1405 页,上海:上海古籍出版社,1981。

欠蕴蓄，要为灵动活跃最富有地方性之漂亮文字，在中国小说中实不多见。"①

《醒世姻缘传》的语言还富有民间的幽默喜剧效果。底层民众有其特殊的语言交流方式和表情达意特点，在不动声色中，透出一种幽默诙谐的滑稽效果。第二回写晁大舍与刚娶的妾——妓女小珍哥盛妆骑马出去打猎，甚是招摇惹眼。晁大舍的正妻计氏扒着门缝往外瞧，心里又是气又是恼，旁边一群看热闹的邻居婆娘又煽风点火，她们之间有了一段精彩的"街坊家套话"：

> 有一个尤大娘说道："晁大婶，你如何不同去走走，却闲在家中闷坐？"计氏说道："我家脸丑脚大，称不起合一伙汉子打围，躲在家中，安我过苦日子的分罢！"有一个高四嫂说道："晁大婶倒也不是脸丑脚大，只有些体沉骨重，只怕马驮不动你。"又说道："大官人也没正经。……莫说叫乡里议论，就是叫任里晁爷知道，也不喜欢。"计氏说道："乡里笑话，这是免不得的。俺公公知道倒是极喜欢的，说他儿子会顽，会解闷，又会丢钱，不是傻瓜了。俺那旧宅子紧邻着娘娘庙，俺婆婆合我算记，说要拣一个没人上庙的日子，咱到庙里磕个头，也是咱合娘娘做一场邻舍家。他听见了，瓜儿多，子儿少。又道是怎么合人擦肩膀，怎么合人溜眼睛。又是怎么着被人抠屁眼，怎么被人剥鞋。庙倒没去得成，倒把俺婆婆气了个挣。不是我气的极了，找了两个嘴巴，他还不知怎么顶撞俺娘哩！"

计氏拈酸吃醋，邻里婆娘看似帮衬着计氏攻击珍哥，实则勾引着计氏多说，含沙射影，语里带刺，写得甚是生动。

作者十分熟悉乡村生活，善于就地取材，设譬成喻，形象贴切又生动有趣。第二十二回形容晁无晏、晁思才两个无赖家伙之贪得无厌、得陇望蜀："晁无晏合晁思才起初乍听了给他每人五十亩，也喜了一喜，后来渐渐的待要烤火。烤了火，又待上炕。上了炕，又待要捞豆儿吃。没得捞着豆子，心里就有些不足的慌了。"第十九回写唐氏和小鸦故意在人前大嚼大咽，"两口子拿着馍馍就着肉，你看他攮颡，馋得那

---

① 孙楷第：《一封考证〈醒世姻缘〉的信》，见〔明〕西周生：《醒世姻缘传》（下）"附录六"，1523页，上海：上海古籍出版社，1981。

同院子住的老婆们过去过来,咽咽儿的咽唾沫"。那情景既活灵活现,又让人忍俊不禁。

作者善于取用已被人们熟知的小说形象,让人哑然失笑。他形容地方上那些如狼似虎的官吏们是妖魔鬼怪,而那些无依无靠的黎民百姓则个个是唐僧、猪八戒、悟净、孙行者,"镇日的要蒸吃煮吃"。(第二十四回)晁大舍之妾——小珍哥骂正妻计氏:"这可是西门庆家潘金莲说的'三条腿的蟾希罕,两条腿的骚屄老婆要千取万',倒仗赖他过日子哩!"(第三回)

村言俗语和歇后语、俏皮话的运用使作品充满了风趣、滑稽、幽默的色调与生活气息。如:"鸡屁股拴线——扯淡。""八十岁妈妈嫁人家,图生图长。"鲁迅先生说过:"方言土语里,很有些意味深长的话,我们那里叫'炼话',用起来是很有意思的,恰如文言的用古典,听者也觉得趣味津津。……这于文学,是很有益处的,它可以做得比仅用泛泛的话头的文章更加有意思。"①"成语和死古典又不同,多是现世相的神髓,随手拈掇,自然使文字分外精神,又即从成语中,另外抽出思绪:既然从世相的种子出,开的也一定是世相的花。"②这与作者生活底子厚实,对世态人情了解细致入微有关。

作者还善于运用看似矛盾的笔法表现人物复杂的心理状态。第七回描写老晁两口子第一次见珍哥时的情形:"见了这们一个肘头霍撒脑、浑身都动弹的个小媳妇,喜的蹙着眉,沈着脸,长吁短叹,怪喜欢的。"两个老湖涂虫,唯儿子命是从,明知珍哥是个妓女,本能地讨厌;却又因了儿子喜欢不得不表现出喜欢之态,明明要哭还要强装出一副笑脸,那种哭笑不得的心理神态表现得淋漓尽致。对那些人间败类则采用戏曲化的漫画化的方式,夸张地予以鞭挞,让其如舞台上的跳梁小丑般尽情表演,尽情出丑,以充分表现作者心中的愤恨、蔑视之情。

光绪年间凫道人在《旧学庵笔记》中称《醒世姻缘传》为:"快书第一。每一下笔辄数十行,有长江大河浑浩流转之观。"的确,这部作品的语言,文气充沛,笔墨淋漓,洋洋洒洒,常给人以激流飞舟,一泻千里之感。第三十三回作者列举了多种生存之路,什么开书铺、卖大粪、开

① 鲁迅:《门外文谈》,见《鲁迅全集》第6卷,97页,北京:人民文学出版社,1981。
② 鲁迅:《何典题记》,见《鲁迅全集》第7卷,296页,北京:人民文学出版社,1981。

棺材铺等,重点分析了结交官府这一"生意":

> 除了这几样,想有一件极好的生意出来。看官!你猜说这是件甚么生意?却是结交官府。起头且先与他做贺序、作祭文、做四六启,渐渐的与他贺节令、庆生辰,成了熟识,或遇观风、或遇岁考、或遇类试,都可以仗他的力量,考在前边。瞒了乡人的耳目浪得虚名,或遇考童生,或遇有公事,乘机嘱托,可以侥幸厚利,且可以夸耀同里,震压乡民,如此白手求财,利名兼尽,岂不美哉?……你要结识官府,先要与那衙役猫鼠同眠,你兄我弟,支不得那相公架子,拿不出那秀才体段,要打迭一派市井的言谈,熬炼一副涎皮顽钝的嘴脸。……必定有那齐人般的一副面孔,赵师睪般的一副腰骨,祝鮀般的一副舌头,娄师德的一副忍性,还得那铁杵磨针的一段工夫,然后更得祁禹狄的一派缘法,你便浓济些的字,差不多些的文章,他也便将就容纳你了。

一路讲来,滔滔不绝,挥洒自如,有一种语言的放纵与狂欢。想必作者看得多了,听得耳朵满了,才能张口即来,村俗流言,洒落一片。

第二十六回作者对充斥当时社会各行各业的坑蒙拐骗的邪恶习气作了深入鞭挞。做官的,巧取豪夺,仗势欺人;读书的,形迹恶劣,道德堕落;医生,蛆心搅肚,趁火打劫;泼皮无赖,胡搅蛮缠,卑劣无耻;做生意的,更是骗字当头,无所不用其极:

> 银匠打些生活,明白落你两钱还好,他却挽些铜在里面,叫你都成了没用东西。裁缝做件衣服,如今的尺头已是窄短的了,他又落你二尺,替你做了"神仙摆",真是掣衿露肘。头一水穿将出去,已是绑在身上的一般,若说还复出洗,这是不消指望的了!凡百卖的东西,都替你挽上假:极瘦的鸡,拿来杀了,用吹筒吹得胀胀的,用猪脂使槐花染黄了,挂在那鸡的屁眼外边,妆汤鸡哄人!一个山上出那一样雪白的泥土,吃在口里绝不沙涩,把来挽在面里,哄人买了去捍饼。吃在肚内,往下坠得手都解不出来!又挽面蹋了酒曲,哄人买去,做在酒内,把人家的好米都做成酸臭白色的浓泔。

敢说敢骂,无所顾忌,将五光十色各式各样的丑陋、邪恶剥得体无完肤,有一种发泄的快意,荡漾着一种粗俗、放纵、丑陋然而又蓬蓬勃勃的生气,给人以触手可及的真实感。孙楷第先生曾评价道:"所述不过匹夫匹妇琐事,而汪洋恣肆,笔力卓绝;记一方风土,亦遒丽雄畅,在通俗小说中洵为至文。……使世人知文字之工美,实不得以文体今古强立差别。斯编虽以俚语演述,而要其实,上可抗踪《水浒》,下可媲美《红楼》……"①对《醒世姻缘传》来讲,这样的评价是确当的。

《醒世姻缘传》矗立在《金瓶梅》与《红楼梦》两座高峰之间,从中既可窥见《金瓶梅》反映社会的广度与力度,也可感受到《红楼梦》摹写各色人等的传神笔致,同时又具有自己独特的个性:以残酷的写实介入民间生活,在酣畅淋漓的叙事中,充满生活的汁液,给人以饱满切肤的感觉。但是作者用今生来世、冤冤相报的婚姻故事结撰全篇,用"转世"这样不无神秘的手法来解释难以理性思考的恶妇、夫妻关系、婆媳矛盾、家庭伦理等等棘手问题,显得有点可笑陈旧,所以人们便放弃了对它的应有关注,这其实是一种不加细究的草率做法。只要将它的文本细细研读,会发现作者创作态度十分严肃,创作激情异常充沛,是一位生活底子厚实且很有语言天分的文学家。它将家庭问题扩展、延伸到社会生活的各个方面,使得作品具有了丰富的内涵与异乎寻常的社会认识价值;对明末清初时期混乱的社会体察颇深,笔触所及,凡官场、市井、儒林、家庭、世道人心无不穷形尽相,入木三分;其文笔泼辣粗粝,汪洋恣肆,嬉笑怒骂,无所顾忌,虽粗俗却保留了源于民间生活的原汁原味。它的取材无所依傍,源于鲜活生动的现实生活,是真正意义上的文人独创长篇通俗小说。

第七节　李渔与通俗短篇小说

继"三言""二拍"之后,李渔是清初拟话本小说的代表性作家,他的两部小说集《无声戏》和《十二楼》代表了清代前期通俗短篇小说的最高水平。

李渔生于明万历三十九年(1611 年),卒于清康熙十九年(1680年)。字笠翁,又字笠鸿,别署笠道人、湖上笠翁等。浙江兰溪人,清初

---

① 孙楷第:《戏曲小说书录题解》,150 页,北京:人民文学出版社,1990。

移家杭州,后迁居金陵。六十七岁时,复迁居杭州,三年后,终老西湖。李渔明末曾多次应乡试,均不第,于是不再以功名为事,靠卖文、刻画、经营书铺、组织家庭戏班巡回演出等谋生。李渔生性豪爽,才思敏捷,结交广泛,喜欢享受生活,在饮食、器具、娱乐、养生、服饰、花木种植等方面都有研究和心得体验。他常以游戏心态对待人生,依附于高级士大夫阶层却又游离于正统规范之外。李渔对通俗文学评价很高,对创作充满热情,对自己的创作才能也颇为自得,他说:"得志愉快,终不敢以稗官为末技"①,"不效美妇一颦,不拾名流一唾,当世耳目,为我一新"②。他以小说为"无声戏",强调以喜剧娱乐人心。李渔著述颇丰,有短篇小说集《无声戏》《十二楼》,诗文集《笠翁一家言》,杂著《闲情偶记》,剧作《笠翁传奇十种》,章回小说《合锦回文传》等。另据说《肉蒲团》也是出自李渔。

李渔的两部小说集《无声戏》和《十二楼》都是他自兰溪移家杭州后数年间作成并刊行的。最先刊行的是《无声戏小说》,十二篇;继而刊行了《无声戏二集》,六篇。后李渔将二书重新编排,易名为《连城璧》,分内外两集,共十八篇。所以《无声戏》又名《连城璧》。《十二楼》又名《觉世名言》,十二卷,每卷演一故事,因为每一个故事的名字都有一个楼字,故以楼命名小说集的名字。

李渔善于以一种娱乐游戏的心态编织一波三折稀奇古怪的故事,笔墨恣谑,结构精巧,具有较高的艺术技巧。他已将小说驾驭得得心应手,随意驱使,显示着很强的主体意识。李渔的小说呈现着与此前小说不同的艺术风貌,代表着古代通俗小说的新发展。

一、主动的创造意识

李渔小说的内容大多描写世情,表现青年男女的爱情婚姻,反映市井细民经商致富的经历愿望,揭露社会上一些黑暗的不公正的现象等,也有关乎名教、有裨风化的劝惩说教。从题材角度说,与前面的世情小说并无太大区别。但是"李渔的小说不是摹写社会人生的实况,他所营造的小说世界,大都是与现实世界似是而非,所显示的不是真

---

① 〔清〕李渔:《十二楼》,1 页,上海:上海古籍出版社,1992。
② 〔清〕李渔:《与陈学山少宰》,见《李渔全集》第一卷,164 页,杭州:浙江古籍出版社,1991。

实的生活,而是他别出心裁的经验之论和游戏人生的意趣。"①他在小说创作中有着活跃的创造意识,对小说题材有极强的驾驭能力,不管什么样的故事到了他的笔下,他就可以为了自己事先确定好的主题对之进行随心所欲的加工改造。而且"他不掩饰他作为叙述者的存在,总是以自己的名义、口吻进行叙述,不仅在篇前篇后絮叨地发议论,叙述故事也会随时介入他的解释和俏皮的调侃。"②因此,他小说里的故事和人物都是为完成他的意图服务的道具,生活也不再是真实的人生写照。比如,他要写才子的风流,便让书生吕哉生交上桃花运,有三个妓女真情实意地爱上了他,还出资为他娶来了一位大家闺秀,兼收了一位倾慕于他的富孀(《寡妇设计赘新郎,众美齐心夺才子》)。他要表现时来运转因祸得福好人好报的主题,便可以轻而易举地让皂吏蒋成、落泊文人秦世良(《失千金祸因福至》)、乞儿"穷不怕"(《乞儿行好事,皇帝做媒人》)富贵起来。他要完成他"弭酸止妒"的意图,就设计了一个"妒总管"费隐公,有二十多房妻妾,"正妻不倡酸风,众姬妾莫知醋味",登坛说法,广授止妒之法(《妒妻守有夫之寡,懦夫还不死之魂》)。读者一看便知这不是真实的生活,但也充满对人情世态的调侃,显示了为人处世的经验。

李渔在小说创作中所发挥出来的主观能动性,其实是明末清初小说观念变化的体现,比如金圣叹就特别强调小说虚构的能力,他在《水浒》二十八回的评点中说:"夫修史者,国家之事也;下笔者,文人之事也。国家之事,止于叙事而止,文非其所务也。若文人之事,固当不止叙事而已,必且心以为经,手以为纬,踌躇变化,务撰而成绝世奇文焉。"③明确区分开小说与修史的本质不同。他还说:"……稗官之家,无事可纪,不过欲成绝世奇文以自娱乐,而必张定是张,李定是李,毫无纵横曲直,经营惨淡之志者哉? 则读稗官,其又何不读宋子京《新唐书》也。"④就是说,既然小说家们的任务不是记载历史,大可以展开想象的翅膀,施展出飞扬的才情,纵横驰骋,营造出一方美妙绝伦的世

---

① 黄霖、袁世硕、孙静主编:《中国文学史》第四卷,329~330 页,北京:高等教育出版社,2003。

② 黄霖、袁世硕、孙静主编:《中国文学史》第四卷,332 页,北京:高等教育出版社,2003。

③④《金圣叹全集》(上),见《贯华堂第五才子书水浒传》二十八回评,439 页,南京:江苏古籍出版社,1985。

界，所谓"顺着笔性去，削高补低都由我"，小说作者的主观能动性被提到前所未有的高度。

二、强烈的娱乐性

李渔小说大多有一个皆大欢喜的结局，富于喜剧气氛。他曾自谓其作小说戏曲是："尝以欢喜心，幻为游戏笔。"①最终是让读者开心，得到娱乐。为此，他写社会家庭的纷争，也没有那么多的苦大仇深，而总是让好人不必付出大的牺牲，最后得到好报，人生的酸味苦情都被冲淡、化解了。人生难免充满苦难，遇到不幸挫折，他也总是让陷入困顿中的人物神差鬼使般地时来运转，富贵起来。小说虽不全无劝惩之意，但主要还是让人在轻松快乐的节奏中放松休闲，在哈哈一笑中暂时忘却生活的沉重烦恼与不如意。

在故事的结撰上，他追求巧妙的构思，不落陈套，他曾颇为自负地宣称："若诗歌词曲以及稗官野史，则实有微长。不效美妇一颦，不拾名流一唾，当世耳目，为我一新。使数十年来，无一湖上笠翁，不知为世人减几许谈锋，增多少瞌睡？"②他的小说几乎每一篇都有新鲜奇巧的关目和别出心裁的情节。如《无声戏》第四回"清官不受扒灰谤，义士难伸窃妇冤"，写书生蒋瑜与邻居何氏的"偷情"冤案，整个故事曲折离奇，一波未平，一波又起，出人意料，不无引人入胜的艺术魅力。

李渔是编撰戏曲的高手，在小说创作中往往运用戏曲手法来写小说，体现戏曲作品的特点。如他的小说作品结构比较单纯，中心线索明确，没有过多的枝枝蔓蔓，让读者读起来爽心悦目，轻松惬意。李渔小说的语言也晓畅明白，通俗易懂，充满幽默风趣的诙谐意味，给读者带来阅读的愉悦与快意。

---

① 〔清〕李渔：《偶兴》，见《李渔全集》第二卷"笠翁一家言诗词集"，25～26 页，杭州：浙江古籍出版社，1991。

② 李渔：《与陈学山少宰》，见《李渔全集》第一卷"笠翁一家言文集"，164 页，杭州：浙江古籍出版社，1991。

第六章
清代前期通俗小说的文人化趋势

第一节　概说

　　康熙、雍正时期，清王朝的统治已经稳固，社会秩序日趋稳定，经济得以发展繁荣，遗民情绪大为缓和。与此同时，清政府对知识分子采取了怀柔与高压两种政策，一方面继续推行科举制度，开设博学鸿词科，以"牢笼志士，驱策英才"，大力提倡孔孟儒学和程朱理学；另一方面则大兴文字狱，严禁士人结社，实行文化专制。特别是雍正一朝，文字狱十分严苛。在这样的背景下，文人的心态也出现变化，明末清初之际浓郁的故国之情逐渐淡漠，创作中时或流露出某种民族情绪，但多数人成为新政权的拥护者。在作品中反映民族矛盾和阶级矛盾，但因惧罹文祸，不敢直言，因而呈现出隐晦曲折的特点。

　　这一时期的小说创作，延续了明末清初小说兴盛的局面，不仅作品数量众多，艺术上也有新的发展。从题材上看，主要分为三类：长篇通俗历史演义与英雄传奇小说，如《水浒后传》《说岳全传》《隋唐演义》《说唐》；世情小说主要有《林兰香》《姑妄言》；神魔类则有《女仙外史》《斩鬼传》等。其突出特点是出现了题材的混杂融合，不论是历史演义、英雄传奇，还是神魔小说、世情小说，都不是简单的某一题材,而是几种题材的杂糅。有的时候,很难将某一小说归入某一题材类别。其实这种题材的混融现象在明代长篇通俗小说中已经存在,只不过没有现在这样明显,如《水浒传》中潘金莲、潘巧云的故事明显带有世情小说的特征,《封神演义》中既有历史演义的成分,也有神魔题材的特色。到清前期这种情况有了更加鲜明的变化,而且它成为小说作者的一种自觉的有意识的追求。正如孙楷第先生在《中国通俗小说书目》中指出的,"若通俗小说,其界限初虽明显,自明以降,则杂糅实甚……品题分类,事属权假,不得以严格绳之"。① 因之,学者们称之为"混类现象",或称之为"跨类型现象",皆因注意到了此类小说的这一特点。从内容上看,这一时期的通俗小说有新的开拓,主要体现在三个方面:一是同情女性,批判封建礼教的性别歧视、性别压迫的内容大大增加;二是开始出现对科举制度以及"功名富贵"之人生道路的反思与批判;三是对程朱理学有不同程度的思想批判。

　　之所以出现以上特点,主要原因是这个时期通俗小说的创作队伍与创作观念发生了重大变化。有许多文人加入到通俗小说的创作队伍中来,作家队伍的文人化,是清朝前期通俗小说创作的显著特点。由于传统观念的偏见,在中国古代很长时间,小说都被视为"小道","君子弗为"②,而作为俗文学的白话小说,文人们更是不屑一顾。明中叶以后,随着一些著名文人的加入,这种情况有所改观,但尚未从根本上改变通俗小说创作的格局。到了清前期,这种状况有了根本变化,小说作者的文化层次有了较大提高,如丁耀亢、陈忱、董说、吕熊等,都是在社会上有一定身份、地位和名望之人。他们的介入,使清代前期的通俗小说在思想观念、艺术手法和文字水平方面都有了质的变化。

　　更为重要的是,这一时期的作家队伍呈现出专业化的特质,这是此前任何一个时期都没有出现过的。一些文人倾其毕生精力用于小说创作或小说出版,如天花藏主人、烟水散人等,他们也成了专业小说家,在他们名下出现一大批通俗小说作品,因为创作技巧娴熟、艺术品位较高而备受关注。

　　作家队伍的变化也带来了通俗小说创作模式的变化。中国通俗

① 孙楷第:《中国通俗小说书目》,3 页,北京:作家出版社,1958。
② 〔汉〕班固编撰,顾实讲疏:《汉书艺文志讲疏》,166 页,上海:上海古籍出版社,1987。

长篇小说的早期大多属于"世代累积"型创作模式,也就是小说的素材都经过了一个长期的积累过程,最终由某位作家写定完成。《三国演义》《水浒传》《西游记》都是如此,《金瓶梅》被视为第一部文人独创的小说,但并没有完全脱离"累积"的痕迹。到清代前期,通俗小说家们独立创作的能力大大提升了,他们不再在前人的基础上作一些编创工作,而是尝试着独出机杼,自我构思,独立创作,从而使白话小说的艺术面貌有了明显改变。也正因为这样,通俗小说具有了另外的特点,即选取自己熟悉的题材,表达个人的人生理想,宣泄一己的烦恼与忧思,描绘个人的欢乐与愿望,批判社会现象,呈现自己的才学文章,作品中主体意识大大增强,正如石昌渝所言,

> 它们虽然运用白话语体,借用白话小说体制,但其旨趣已不再仅仅是以故事娱人,而在表现和抒发作者对社会对人生的理解和追求,与民间文学的趣味迥然有别。这一类小说大都融注着作家个人的生活经历和体验,反映着作家个人对社会人生的独特的思维方式,表现了作家个人的才华特征,因而具有鲜明的个人风格。它们属于通俗小说,但其品质却已不是市民文学,而是士人的文学了。①

在小说观念上,这一时期也有一些根本转变,特别是小说虚构观念的进一步发展。大约从明中叶开始,关于小说的真假问题就被越来越多的文人们提出和论证,如谢肇淛的《五杂俎》对小说虚实的认识就很有见地,他说:"凡为小说及杂剧戏文,须是虚实相半,方为游戏三昧之笔,亦要情景造极而止,不必问其有无也。……近来作小说,稍涉怪诞,人便笑其不经。而新出杂剧若《浣纱》《青衫》《义乳》《孤儿》等作,必事事考之正史,年月不合,姓字不同,不敢作也。如此则看史传足矣,何名为戏?"②明确指出戏剧之文体特征与正史不同,不必按照正史的要求强求戏剧,那就会失去它应有的特性,小说也是一理。叶昼曾托名李贽评曰:"《水浒传》事节都是假的,说来却似逼真,所以为妙。常见近来文集,乃有真事说做假者,真钝汉也!何堪与施耐庵、罗贯中作奴。""劈空捏造,条理井井如此,文人之心一至此乎!若实有其事,

① 石昌渝:《中国小说源流论》,21～22页,北京:三联书店,1994。
② 〔明〕谢肇淛:《五杂俎》卷一五,447页,北京:中华书局,1959。

则不奇矣。"①即是说小说所写之事不必是真的,但是看上去却像真的一样,因为作家艺术技巧高超;而有的所写是确凿无疑的真事,但看上去却像假的,原因是其艺术技巧拙劣。这其实是强调了虚构对小说创作的重要性。小说终于从史官文化的笼罩下挣脱出来,占据了属于自己的位置。

文人的广泛参与,小说观念的新变化,使得清前期小说在艺术上有了较大的提升。小说体制更为完备,完成了从说书体小说向案头小说的转变。小说的外在形式更加精致,章回体回目的文字比较整饬,对仗工整,艺术水准得到加强;小说的语言也更为简洁顺畅,游离于故事情节之外的套话式的诗词韵语大大减少,而代之以作者独创的与故事情节和人物塑造密不可分的诗、词、曲、赋等,增强了小说的表现力,提高了小说的雅化程度,这正是文人小说的标志性特征。

总起来说,经过明末清初通俗小说的发展积淀,这一时期的通俗小说创作已经在个人独创的道路上愈走愈远,小说题材更为丰富,反映的社会生活面更为广阔,对社会的认识更为深刻,写实色彩大大加强,作家的主体意识更为鲜明。虽然这个时期并未产生一部划时代的巨著,但是却为巨著的出现作了必不可少的铺垫,因此可以说,这个时期在中国小说发展史上起到了承前启后的重要作用。

第二节　历史演义与英雄传奇小说

清代前期的长篇小说,历史演义与英雄传奇小说较为流行,写得比较好的有《水浒后传》《说岳全传》《隋唐演义》三部,另有时代稍晚的《说唐》也较有影响。

《隋唐演义》和《说岳全传》有一个共同的特点,就是"集大成",也就是把与中晚明相近的"历史—传奇"小说攒到一起再加工。前者是在《隋唐两朝志传》《唐书志传通俗演义》《隋史遗文》《隋炀帝艳史》等

---

① 〔明〕施耐庵、罗贯中著,凌赓等校点:《容与堂本水浒传》第一回评,1页,上海:上海古籍出版社,1988。

书基础上的再创作,后者则是"岳飞故事"的汇总。不过,两部书的作者都是具有较好文学修养的寒士,所以作品的可读性明显有了跃升,成为《三国演义》《水浒传》之后最具影响力的两部历史传奇小说。

一、《水浒后传》

作为《水浒传》的诸多续书之一,《水浒后传》的思想价值和艺术水平最高。全书共四十回,主要写梁山英雄中尚存的李俊、燕青等三十二位英雄再度起义,由反抗贪官污吏,转为反抗入侵的金兵,惩治祸国通敌的奸臣、叛将,最后到海外创立基业的故事。

作者陈忱,约生于明万历后期,卒于清康熙初年。身历明清易代的战乱,绝意仕进,栖身田园,与吴中许多遗民文士优游文酒,曾参加叶桓奏、顾炎武、归庄等名士组成的惊隐诗社。他以亡明遗民自居,常有国破家亡的不平与伤感。《水浒后传》第一回中序诗云"千秋万世恨无极,白发孤灯续旧编",可见这是他晚年寄寓感慨之作。

与《水浒传》相比,《水浒后传》更侧重表现作者的民族意识,更时常流露作者作为"亡国孤臣"的悲愤与感伤心情,显露浓郁的时代特征。如写燕青、柴进在吴山看四周景物,山川秀丽,宫阙参差,城内街市繁荣,柴进感叹说:"可惜锦绣江山,只剩得东南半壁!家乡何处?祖宗坟墓远隔风烟。如今看起来,赵家的宗室,比柴家的子孙也差不多了。对此茫茫,只多得今日一番叹息!"作者再现了金兵南下后"四野萧条,万民涂炭"的情景,也揭发了金兵虏杀良民,贩卖人口的罪行;抨击徽宗、钦宗的昏聩无能和蔡京、童贯等人的祸国殃民,颂扬了关胜、朱仝、呼延灼等人英勇反击外来入侵者的行为,隐约流露出作者抗清复明的希望。在艺术方面,《水浒后传》虽然与《水浒传》一样,属于英雄传奇一类,但它的叙事模式发生了很大的变化,人物与故事情节不再具有鲜明的传奇色彩,更加趋向日常生活,因此它的抒情写意性增强了。作者有比较高的艺术修养,在描画景物、表达感怀方面真实自然,形成情景交融的艺术境界,具有比较强的感染力。另外,小说结构完整,语言流畅生动,体现了通俗小说文人化的新的艺术素质。

二、《说岳全传》

《说岳全传》是在明代《大宋中兴通俗演义》《岳武穆精忠传》等书

的基础上,经过增订加工创作而成,是说岳故事的集大成。同时,故事题材也与《水浒传》有一定关联,书中描写了不少水浒英雄,比如年老的呼延灼力奋双鞭,英勇抗金,为国捐躯。还虚构了许多梁山后代,如阮小二之子阮良,关胜之子关铃,董平之子董芳,张青之子张国祥,也都在外敌入侵的形势下,加入岳家军,驰骋沙场,杀敌报国。因此这部作品也以《水浒》续书自居。书的作者题钱采、金丰,但两人的生平事迹不详。

《说岳全传》的主要成就是浓墨重彩塑造了岳飞这位抗金英雄和爱国统帅的形象,他出身贫寒,但勤奋好学,志向远大,好结义友。岳母在他背上刺字,勉励他"精忠报国"。金兵入侵,国家面临危亡关头,岳飞毅然投军,决心"以身许国,志必恢复中原,虽死无恨"。他治军严明,英勇善战,屡建奇功;他性情宽厚,平等待人,岳家军内团结一致,同仇敌忾,令敌人闻风丧胆。但最后却被秦桧夫妇诬陷下狱,惨遭杀害。岳飞身上体现出来的精忠报国、义薄云天的壮志情怀,具有强烈的艺术魅力和感染力,千载之下,依然具有鼓舞、震撼人心的力量。作品中另外一些人物,如李逵式的人物牛皋,鲁莽憨直,常惹是生非,但敢说敢做,给作品带来一些生动有趣的气氛。一些反面人物,如兀术的骄横狡诈,顽固自信;秦桧夫妇的阴险毒辣,下流无耻,也都写得淋漓尽致。

这部作品还有一点令人大加称道的地方就是其强烈的故事性和传奇特点。作者抱着"不宜尽出于虚,而亦不必尽由于实"的创作态度,既忠于史实,又重视虚构,在汲取元明戏曲及说唱中有关故事精华的基础上,充分发挥艺术想象力,使得整个故事情节紧张激烈,扣人心弦,引人入胜。很多场面,如岳飞枪挑小梁王、高宠挑滑车、梁红玉击鼓战金山、岳云踹营,都写得跌宕多姿,惊险刺激,非常能引起一般读者的兴趣,更受到说书人的青睐。

三、《隋唐演义》

《隋唐演义》是褚人获根据《隋史遗文》《隋唐志传》《隋炀帝艳史》改编而成,大量吸收了民间传说、野史笔记和传奇小说的相关材料。全书共一百回。作品以隋炀帝、朱贵儿和唐明皇、杨贵妃的"两世姻缘"为主线,将隋唐两朝的历史故事串连起来,既写了隋炀帝的宫廷生活,刻画了炀帝的荒淫残暴;又写了唐明皇和杨贵妃的风流情事,展示了唐代宫闱生活的骄奢淫逸;还写了以秦琼、单雄信、程咬金等为代表的草泽英雄故事,表现他们起兵反隋、追随李世民打天下的传奇经历,颂扬了他们的侠义勇武。

褚人获生于 1635 年,卒年不详。他终生未仕,但交游甚广,与著名文人尤侗、洪昇、顾贞观以及毛宗岗等人都有交往。尤侗在为其《坚瓠集》所作的序中称其"少而好学,至老弥笃,搜群书穷秘籍,取经史所未及载者,条例枚举,其事小而可悟乎大,其文奇而不离乎正"。他的小说创作思想与袁于令一致,主张历史演义的创作可以作人异、事奇的变幻,以达到一种"新异可喜"的境界。正是在这种创作观念指导下,他杂取各种隋唐故事,又以自己的眼光加以取舍、改编,将隋唐题材重新整合为雅俗共赏的历史演义。

《隋唐演义》能熔历史与传奇于一炉,包含了丰富的历史传说故事,许多情节生动有趣,作为一种通俗读物,还是有一定的吸引力的。特别是对瓦岗寨英雄的描写,如秦琼的慷慨仗义、单雄信的刚毅淳厚、程咬金的鲁莽坦直、徐茂公的足智多谋,都比较鲜明生动。作品事件纷繁,头绪庞杂,但排比史实,穿插故事,松而不散,颇见功力。文笔流畅,带有民间说唱文学格调。因为这些艺术成就,《隋唐演义》成为反映隋唐史事内容最丰富、资料最完备、流传最广的一部小说。但是此书取材驳杂,思想倾向也不很明确。例如书中既揭示了隋炀帝的荒淫奢侈,导致天下大乱,又把他描绘成一个多情而仁德的君主,津津乐道地渲染其宫闱生活,故鲁迅批评为"浮艳在肤,沉著不足"①。

四、《说唐演义全传》

《说唐演义全传》,简称《说唐》,共六十八回,或以为产生于雍正年间,但今所见以乾隆年间的刊本为最早,题"鸳湖渔叟较订"。主要内容是采撷褚人获《隋唐演义》中瓦岗英雄故事,并吸取明人诸圣邻《大唐秦王词话》及大量民间传闻,增删加工而成。作品从文帝平陈、隋末

---

① 鲁迅:《中国小说史略》,见《鲁迅全集》第 9 卷,133 页,北京:人民文学出版社,1981。

农民起义，一直写到唐王削平群雄、太宗登基为止。其描写中心，则是瓦岗英雄的风云聚散，兼及隋亡唐兴史事。作品以粗犷的笔调描绘了草泽英雄的仗义豪侠，勇武神力，反抗隋末暴政，辅佐秦王李世民四方征战，终于一统天下。像劫王杠、反山东、取金堤、取瓦岗这些纯粹出自想象的热闹情节，被作者大加渲染，在文学史上留下了脍炙人口的故事。秦琼的宽厚善良、任侠好义，单雄信的豪爽暴躁、宁死不屈，罗成的少年英武，尉迟恭的勇敢果断，以及程咬金的粗野、直率、诙谐、憨厚，都给人留下深刻印象。其实，这些人物个性的创造，并无充分的历史依据，完全是在传说中丰富起来的，因而整部作品呈现出浓厚的浪漫色彩。

《说唐演义全传》具有浓厚的民间传说的风味，比较典型地表现了历史演义向英雄传奇的演变。沿着这个方向演变下去，就出现了"英雄"与"清官"合作的公案侠义小说。继《说唐演义全传》之后，又出现了《说唐后传》《说唐三传》《反唐演义》等续书。它们共同的特点是描写忠奸斗争，宣扬功名富贵的思想，在艺术上则模拟远过于创造，平庸粗糙。

第三节　《林兰香》与清前期世情小说

世情小说是清前期重要的小说派别，不管是数量还是质量都有突出的表现。从题材内容上可分为艳情小说、才子佳人小说、人情小说等不同的类型，但表现出混融的特点。

一、清前期世情小说的新发展

清前期世情小说在思想内容方面，主要是通过家庭人伦关系描摹世态，见其炎凉。这些家庭人伦关系大都充斥着矛盾与问题，或父子失和、伦常堕落，或夫妻争斗、嫡庶争宠，或朋友无信、人情浇薄。如《炎凉岸》《金石缘》等作品，主题主要是谴责那些"赖婚悔亲"的封建家长，不顾子女意愿，嫌贫爱富、趋炎附势的可耻行为。《金石缘》叙富户林旺将女儿爱珠许配入京会试、高中会魁的金桂之儿金玉，但后因金桂赴任途中为山盗萧化龙掳，金玉脱逃，辗转返家，遍体疥癞，无医可治，林旺悔亲，使爱珠婢女无暇代爱珠嫁于金玉。金玉获医者石道全，即无暇之父悉心疗治痊愈，乃发愤读书，高中状元，又立功得赏，无暇被封为一品夫人。爱珠淫乱杀父，被逐出境；后流落杭州，沦为娼妓；又被逐出，乞讨为生，见金玉飞黄腾达，追悔羞愧，撞墙而死。《善恶图》写家庭人伦悲剧，李雷的生母及胞弟屡次劝说他改邪归正，多行善事，他非但不听劝告，反将他们赶出家门，甚至派刺客去暗杀生母、胞弟，恶行令人发指。《金兰筏》通过田中桂的十年沉浮，强调识人交友、亲贤远恶的重要。书中塑造了狡猾阴险、诱人堕落的仇人久和翟有志两个帮闲篾片的人物形象，揭穿了他们引人堕入歧途的种种鬼蜮伎俩。《金兰筏》虽属人情小说范畴，但其中关于清官微服私访，以及罗致侠士麾下效力的描写，对下一阶段出现的公案小说、侠义小说无疑有着直接或间接的影响。

清前期世情小说的突出亮点是塑造了一批正面的女性形象，相比《金瓶梅》《醒世姻缘传》等，理想色彩有所增强。如《林兰香》中的主要女子，大多是正面形象。尤其是燕梦卿，更是作者极力歌颂的人物。即是像任香儿，作者对她虽多所批评，但她灵巧机变、活泼任性，也有其可爱的一面。作品还增加了对青年男女爱情生活的描写，肯定了儿女之情，比起充塞于《金瓶梅》中的那些肉欲描写，无疑增添了一点生活的诗意。《金石缘》中的石无瑕，作者也把她塑造为一个完美的人物。她虽无出众的才貌，但忠厚善良，孝顺知礼。穷困时她逆来顺受，安于命运，富贵时不妒不嫉，大度谦让，终被封为极品夫人，登仙而去。在她们身上，寄寓着作者的某些生活情趣和愿望。

清前期世情小说也反映了作家们的理想和追求，对现实的不满与批判，以及怀才不遇的苦闷与悲观。作者借《金兰筏》中的人物说："看官们知道，如今世上的人，趋炎附势的多，爱惜人才的少。"又说："有才的人，生在世间，最苦当时运未来的时候，就是掷地金声的文字，偏生有许多蹭蹬，虽说是盘根错节，方足以别利器，然英雄困顿，毕竟身受磨折，把锐气消磨殆尽。反觉磊磊落落的襟怀，为其所累，不如卖菜佣、挑脚汉，不识不知，讨尽便宜。"惜阴堂主人在《善恶图》中屡屡慨叹："富贵五更春梦，功名一片浮云"；"富贵不坚牢，达人须自晓。兰蕙蓬蒿,看来都是草;鸾凤鸱鸮,看来都是鸟。北邙路儿人怎逃,及早寻欢笑。痛饮百万觥,唱三千套"。有些作家愤恨社会之不平,功名之心幻灭,但又找不到出路,因而或鼓吹"反本穷源",恢复人的"本来面目",或意图超然物外,退隐山林。如随缘下士在《林兰香》中便时时流露出一种幻灭之感。学憨主人《〈世无匹〉题辞》云:"士君子得志于时,翱翔皇路,赞庙谟而修明国典,名闻于当时,声施于后世,幸矣。设不幸而赍志以老,泉石烟霞,为僚友君臣;山林风月,为经纶事业。时而俯仰盱衡,怀抱莫展,或借酒盏以浇傀儡,或藉诗简以舒抑郁,甚至感愤无聊,弗容自已。则假一二逸事,可以振聋聩挽凋敝者,为之描声而绘影。"作者在《炎凉岸》中也慨叹:"人生一世,百年瞬息,智愚奸直,作为诸事,全同梦幻。忠直者流芳百世,奸邪者遗臭万年。且世事沧桑,贫富无根。只有那绿水长流,青山不改。一生作事,真同石火电光;百岁辱荣,无异浮云泡影。守道者到底安益,妄为者终受灾迍。"官为"四品黄堂"的袁七襄,后亦解职而归,自在快活。这种意绪心态,与极力宣扬"一朝成名天下知","奉旨成婚大团圆"的才子佳人小说不同。

　　清前期世情小说在艺术成就上也有一些新的发展。有一些作品还保留着话本小说的体制,在正文前有入话,书中多用"花开两朵,另表一枝","闲话少叙,且说……"等说书口吻,但这种话本痕迹已经是比较少了。在回目句式上,全部是七言句式,对仗工整,句式整齐,且注意修辞,相对于《金瓶梅》来讲是一种进步。《金瓶梅》的回目,大多为七言、八言、九言的韵体偶句,但也有十多回是七八、八七、八九、九七、九八等字数不等的非韵体双句,显得参差不齐,较为杂乱。到《红楼梦》的回目句式,不像《金瓶梅》那样参差驳杂,而是如《醒世姻缘传》《林兰香》那样用了八言韵体偶句组成,对仗工整,读之悦耳;且形式多样,富于变化,生动醒目,贴合题旨。这对《林兰香》又是一个继承和发展。

二、清前期世情小说的代表作——《林兰香》

　　在清前期世情小说中,《林兰香》是一个代表。《林兰香》是继《金瓶梅》之后又一部重要的世情小说。作者模仿《金瓶梅》,写一个家族百余年的盛衰荣枯,既有兴旺时的富丽繁华,也有没落时的悲惨凄凉。

它塑造了一群女子的形象,表现了她们的才情品格与悲剧命运,寄托了失意文士的感慨与不平。能看出其对《金瓶梅》借鉴的痕迹,同时又力图超越《金瓶梅》,在思想内涵、人物形象、艺术水平等方面形成了自己的特色,在一定程度上显示了中国小说的发展趋向。《林兰香》之对显赫家族由盛而衰的描写,对女子的才干及儿女之情的肯定,对女子不幸命运的叹惋,无不让人想到后来的《红楼梦》。可以说,《林兰香》是上承《金瓶梅》,下启《红楼梦》的一部重要作品。

这样一部承上启下的重要作品,它的作者和创作年代却相当模糊。原书题"随缘下士编辑""寄旅散人评点",真实姓名均不详。其成书年代也无定论。小说正文、评点都提及《金瓶梅》,而无一语涉及《红楼梦》,可知其成书当在《红楼梦》之前。陈洪《〈林兰香〉创作年代小考》认为,"此书成于康熙中期的可能性很大,至迟亦不会至雍乾"①。

《林兰香》的取材,上承《金瓶梅》和《醒世姻缘传》,主要写家庭生活。描写了以明初开国功臣之后耿朗一家为代表的几个勋旧世家的盛衰荣枯,在叙述这几家盛衰的同时,兼及各个家庭上下里外的各种关系,从而广泛地反映了当时的社会生活。可贵的是,作者不仅描述了耿家的衰败,而且还剖析了它败落的原因。作者认为,勋旧之家"自赫奕至衰微",是其"子孙习安好逸"的结果。第四回写林夫人为女择婿时,对耿朗就有点担心,她说:"正是这般人家子弟,最是难信他。"作者似乎意识到,这是一种自然规律,不可挽回。他通过书中人物之口屡屡哀叹"盛宴难再""伤因喜至""乐极悲生""合而必分"。从中可以看到《红楼梦》的影子。小说从始至末,一直笼罩着一种人生如梦的幻灭感。开卷写道:"天地逆旅,光阴过客,后之视今,今之视昔,不过一梨园,一弹词,一梦幻而已。"作者对历史、对人生的这种虚无幻灭的慨叹,与《红楼梦》中"好一似食尽鸟投林,落了片白茫茫大地真干净"何其相似。

小说成功地描绘了一大批人物,上自朝廷官员太监、侠客高士,下至僮仆侍婢、倡伎优伶、奸商恶棍、妖人流氓等,三教九流无所不包,全书人物达三百多个。虽然形象较为生动,给读者留下鲜明印象的只有

---

① 陈洪:《〈林兰香〉创作年代小考》,载《明清小说研究》,1988年第3期。

十来人,但一部作品涉及这么多人物并由此较广泛地反映社会生活,在清前期通俗小说的创作中是不多见的。而且,与《金瓶梅》比较,《林兰香》写出了人物思想感情的发展变化,并注意揭示这种变化的条件和依据。比如平彩云,她本是个多情、有气节的女子,但性情真,"游移无定",听信香儿谗言,与梦卿感情疏远。不过,她"总是读书人家的女子",在看到梦卿的许多好处后,逐渐"恍然后悔",终至"人品大变",写来比较合理。再如耿朗对梦卿的态度,由爱恋而情疏,而反目,而悔悟,感情的变化轨迹,亦历历可辨。

小说特别塑造了一大批知书明理、才华出众、灵心慧性、善良可爱的女性形象,作者对这些女性充满了敬意、爱慕,同时又对她们的不幸命运寄予了最深切的同情。燕梦卿是作者全力塑造的一个悲剧形象,正是通过这样一个完美女性的毁灭,揭示出封建社会女性悲惨的生存状况和不可避免的悲剧命运。在此之前,《金瓶梅》中的诸女子,只知卖俏营奸,甘受凌辱;《醒世姻缘传》中的几个女主人公一味寻事生非,心理变态。而《林兰香》则突出写了几个年轻女子的才智异能。小说开篇,即赞美"闺人之幽闲贞静,堪称国香者不少"。五位女主人公,都"灵心巧性,出口成章",使男子自愧弗如。第十五回写云屏、梦卿协力理家,安排需用,重定家规,总纲细目,名实相称,自此"耿家法度一新,诸事就绪,内外肃然"。梦卿死后,又有爱娘、春畹协持家务,日夜殷勤。作者称道她们是"女中丈夫""人世之英",大声疾呼:"果然士德无三二,闺阁淑媛即我朋。"即使一些侍婢,也读书明理,擅诗能画,颇有才情。同时,作者深切同情女子的不幸,感慨"薄命从来属丽娟,几回翘首问青天"。女主人公梦卿是一个塑造得较为成功的悲剧形象。她先是因父蒙冤,甘心为奴,以代父罪,是个典型的孝女;嫁耿朗后,她不以才争宠,不以色取怜,甚至为丈夫割发断指,是个标准的贤妻。但另一方面,她又不愿作丈夫的附庸,敢于面斥耿朗的过失,意图与丈夫建立一种"名虽夫妇,实同朋友"的平等关系,以保持自己独立的人格。而耿朗则认为"妇人最忌有才有名",怕她"自是自大",于是故意处处挟制她,裁抑她,致使她抱恨而死。这一形象,"既不同于一味痴情、甘心依附的李瓶儿,也不同于勇于叛逆的《红楼梦》中新的女性,而正好成为二者之间的一种过渡"①。作品大胆肯定了儿女真情。作者倡言以"情"作为婚姻的基础。第五十一回写香儿死后,耿朗以礼祭葬,尽情哭泣,作者议论云:"大概男女之间,情为第一,理居其次。"将"儿女私情"置于"夫妇正理"之上。耿家四少爷耿服与小丫头涣涣相爱,经梦卿巧妙安排,打破世俗成见,使一对有情人终成眷属。这一主奴恋爱故事,更体现了这一观点。

当别的作家忙着写才子佳人大团圆的喜剧时,随缘下士却描绘了一出大团圆后的悲剧;其他作品都粉饰现实,歌颂皇恩浩荡,而《林兰香》却暴露了那个社会的腐朽、黑暗与种种罪恶。《林兰香》能跳出千部共出一套的创作模式,得力于作者直接从生活中选取素材,而独立地、精心地设计作品结构则是作品打破旧有模式的标志之一。不是靠借用其他作品的情节构思,而是独立地设置结构,这是《林兰香》与当时许多小说的不同之处,也是它对小说创作发展的一个贡献。这部作品的出现表明,自从通俗小说的创作迈入独创阶段后,经过几十年中篇小说创作的摸索与逐渐积累经验,作家已开始尝试独立创作长篇小说,这部长达三十万字的《林兰香》,实际上是乾隆朝文人独创的长篇小说成批出现的前奏。

《林兰香》在艺术上也很有特色。书中有借鉴《金瓶梅》的明显痕迹,但却超越了当时众多才子佳人小说的格套,表现出作者深厚的文学功力。作为一部描写家庭生活的小说,它所描画的生活场景相当广阔。全书主要文字写的是儿女私情、家庭琐事,诸如饮馔游宴、夫妻嘲谑、姊妹闲情、小儿嬉闹、仆妇私语、侍女戏要以及释道迷信、生老病死等,形形色色,丰富多彩。有不少场景的描绘真实可信,有浓郁的生活气息。

《林兰香》的语言,也颇有特色。它绘景状物,间用骈俪句式,叙述语言,则多用口语,挥洒自如,形成一种朴素生动而又泼辣俏利的风格。人物对话,带有人物自己特有的口吻和方式,具有鲜明的性格色彩。如云屏的语言,厚重简略,有"君子风";梦卿的语言,典雅端庄,有"道学味";彩云的语言,闲散平妥,有"书呆子气"等,人各一腔。尤其

① 马积高、黄钧主编:《中国古代文学史》(下册),465~466页,长沙:湖南文艺出版社,1992。

是爱娘的语言流动诙谐，香儿的语言机巧娇慢，更是声口酷肖，只要她们一说话，读者便可默会为何人。

总之，《林兰香》上承《金瓶梅》，下启《红楼梦》，在中国古代小说发展史上占有重要地位。它的出现，把世情小说的创作推向一个新境界，开启了清中叶世情小说创作高潮的前奏。这部小说显示了古代小说创作文人化的倾向，是《红楼梦》的先声。

第七章
清中期:通俗小说的高峰

第一节　概说

　　清中叶,清王朝发展到了鼎盛时期。经过康熙、雍正两朝的休养生息、励精图治,至乾隆年间,经济发展到繁荣的顶点,文化也达到有清一代的极盛时期。但同时,清王朝对思想的控制一点也没有放松,文字狱也更为严厉。到乾隆晚年,和坤当权,朝政腐败,危机四伏,衰世之象已经显露出来。道光以后,更是内忧外患,接踵而至,乾嘉时期表面的繁荣已经幻灭,中国社会正酝酿着一场新的变革。

　　在这一时期,通俗小说领域迎来了自己的最高峰,中国小说史上最伟大的鸿篇巨制——《红楼梦》创作出来。它代表了中国古代小说的最高成就。在其影响和带动下,通俗小说的创作异常繁荣,涌现出了百余部长篇小说,我国古代小说进入了鼎盛时期。自此以后,人情世态小说的创作成为中国小说史上的主流。其他类型的小说都有不同程度的发展,也出现了一些佳作。如英雄传奇小说较为兴盛,说唐、说宋、说杨、说呼作品系列相继出现,共计十余部,但大多承袭原有的模式,缺乏新意。其中比较好的有《飞龙全传》《平闽全传》《说呼全传》《万花楼杨包狄演义》《五虎平西前传》《五虎平南后传》《说唐三传》等，而《双凤奇缘》《木兰奇女传》描写中国历史上的女英雄，传奇色彩较浓，人物形象刻画也比较成功。

历史演义小说在这时期依然大量涌现，以明代清官海瑞及其故事为题材的作品比较多，如《海公大红袍传》《海公小红袍传》等，内容不外忠奸争斗，朝政昏昧，权臣结党营私，海瑞则刚直不阿，尽忠报国。海瑞的形象鲜明突出，但小说的艺术成就并不高。另外，还有《北史演义》《南史演义》等作品，尽可能忠于史实，具有一定的认识价值，但文学价值平平。

这一时期的神怪小说作品有二十余种，取得了比较大的成就。其中较为突出的如李百川的《绿野仙踪》，借助一个修道成仙的故事，广泛反映了社会生活的诸多方面，特别是对社会黑暗腐朽进行了深刻的揭露批判，同时也表达了作者希望拯救世道人心的理想和态度。世情小说中，李绿园的《歧路灯》提出了一个如何教育青少年的重大社会问题，被冠以"教育小说"，在艺术上也堪称佳作。才子佳人小说在这时期数量锐减，蹈袭旧辙，陈陈相因，毫无创意，已是穷途末路。

这一时期，小说题材混融综合的趋势更为明显和普遍，衍变兴起了一些新的小说创作流派，如在才子佳人小说故事中加入战争、神怪、侠义等内容，世情小说与英雄传奇融合产生了儿女英雄小说，其代表作品是夏敬渠的《野叟曝言》和文康的《儿女英雄传》。还有一种倾向是将侠义小说和公案小说融合而成侠义公案小说。侠义小说与公案小说原本是中国小说史上两种独立的题材类型，各自都有代表性作品，都取得不俗的成绩，形成自己鲜明的特点。清中叶以后，开始有作家将两类题材合为一体，风气所及渐成流行，遂成一种著名流派。鲁迅在《中国小说史略》中对此做了高度概括："凡此流著作，虽意在叙勇侠之士，游行村市，安良除暴，为国立功，而必以一名臣大吏为中枢，以总领一切豪俊。"①

在嘉庆、道光年间，最为流行的是"续红"热，一时多达三十余种。它们或是接着原著一百二十回继续往下写，或者从中间续起，而内容

---

① 鲁迅：《中国小说史略》，见《鲁迅全集》第9卷，272页，北京：人民文学出版社，1981。

则多是变悲剧为喜剧,以大团圆为结局。从思想内容上削弱了原有的深厚与蕴藉,艺术上也显得平庸,总体质量不高。

这个时期的小说创作强化了对社会的批判力度,对社会生活和人情世态反映的广度和深度都大大超过了以往的小说作品。这一时期的小说所关注表现的社会生活内容更为广泛,笔触所及,上至京师要员、府县官吏,下至乡间豪绅、乡间细民,都有所涉及。不仅如此,还深刻揭露和抨击了当时社会的种种黑暗腐朽现象,触及到各种不合理制度,如君主专制制度、科举制度、司法制度、官僚制度、婚姻制度、家庭制度、奴婢制度等,对社会风气、伦理道德、礼仪习俗也都加以表现,并就其腐化堕落予以批判。

第二节 《红楼梦》——中国古代通俗小说高峰

《红楼梦》的出现,标志着中国古典小说的发展达到顶峰。它在继承此前优秀小说精华的基础上,又有极大的创新发展,思想内涵丰富深邃,艺术成就高超卓越,成为中国乃至世界文学艺术宝库中的瑰宝。

一、红楼梦的作者与成书

《红楼梦》的作者曹雪芹,约生于康熙五十四年(1715 年),卒于乾隆二十七年(1763 年),名霑,字梦阮,号雪芹、芹圃、芹溪。曹家的祖先原是汉族人,明代末期被编入满州正白旗。清初,他的高祖曹振彦随清兵入关,立有军功,曹家成为专为宫廷服务的内务府人员,家族开始发达起来。他的曾祖曹玺的妻子当过康熙的保姆,而祖父曹寅小时也做过康熙的伴读。所以曹家与皇室有着密切的关系。从曹雪芹的曾祖父曹玺开始,曹家三代四人任江宁织造,前后达六十余年。康熙六次南巡,有五次驻跸曹家,使曹家在江南显赫非常。同时江宁织造还控制着江南的丝织业,从中获取极大的利益。康熙死后,雍正五年(1727 年),曹雪芹父亲曹頫因事被株连,获罪落职,家产被抄没,曹家从此衰败下来,全家迁居北京。乾隆继位后,曹家略有复兴,但不久又遭"巨变",终至一蹶不振。

曹雪芹少年时代曾在金陵度过一段富贵荣华的生活。回京后，境遇潦倒，常常要靠卖画才能维持生活。他人生的最后十几年，流落到北京西郊的一个小山村，生活更加困顿，已经到了"举家食粥酒常赊"（敦诚《赠曹芹圃》）的地步。终因积劳成疾，加上爱子夭亡感伤过度而与世长辞，终年不到五十岁。

曹雪芹性格坚强，孤高傲岸，思维敏捷，才气横溢，工诗善画，具有多方面的艺术修养和才华。亲身经历家族由盛而衰的剧变，使他对社会上种种黑暗和罪恶的认识比别人更全面、更深刻，对封建阶级没落命运的感受也比别人更深切，同时也使他有机会接触更广阔的社会现实，这都为他的创作提供了坚实的生活基础。

《红楼梦》写于曹雪芹凄凉困苦的晚年。创作过程十分艰苦。小说第一回说"曹雪芹于悼红轩中，披阅十载，增删五次"，真是"字字看来皆是血，十年辛苦不寻常"，而后又题一绝云："满纸荒唐言，一把辛酸泪！都云作者痴，谁解其中味？"可惜没有完稿，就在贫病交迫中搁笔长逝了。他去世时，全书仅完成前八十回，并留下一些残稿，这些残稿后来也佚失了。

从《红楼梦》的第一回来看，曹雪芹对这部小说似乎考虑过好几个书名，文中提及的有《石头记》《情僧录》《风月宝鉴》《金陵十二钗》。乾隆四十九年（1784 年）梦觉主人序本正式题为《红楼梦》，在此以前，此书一般都题为《石头记》，此后《红楼梦》便取代《石头记》而成为通行的书名。

《红楼梦》的版本，大致可分为两个系统。一是八十回抄本系统，题名《石头记》，大都附有脂砚斋评语。曹雪芹逝世前的抄本，已发现的有三种，即"脂砚斋甲戌本"（1754 年）、"己卯本"（1759 年）、"庚辰本"（1760 年），都是残本。其中"庚辰本"较完整，只缺两回。这些抄本因为离曹雪芹写作年代较近，所以比较接近原稿。此外重要的脂本还有：甲辰本（1784 年）、己酉本（1789 年）和 1912 年有正书局石印的"戚蓼生序本"。另一种是一百二十回本系统。由程伟元于乾隆五十六年（1791 年）初次以活字排印（简称"程甲本"），又于次年重经修订再次以活字排印（简称"程乙本"），以后的各种一百二十回本大抵以以上二本为底本。这种本子的后四十回，一般认为是高鹗续写的，但也有人对此表示怀疑。高鹗（约 1738—约 1815），字兰墅，别署"红楼外史"，汉军镶黄旗人，乾隆六十年（1795 年）进士，官至翰林院侍读。他根据原书线索，把宝黛爱情写成悲剧结局，使小说成了一部结构完整、故事首尾齐全的文学巨著，从此在社会上产生了巨大的影响。在续作中有些篇章和片段写得也还精彩、生动，如黛玉之死，袭人改嫁等。但就总的思想和艺术成就来说，和原著还有相当距离。有些人物性格走样了，特别是最后"沐天恩延世泽"，宝玉中举，贾府复兴，兰桂齐芳，这些描写显然违背了曹雪芹的原意，歪曲了主要人物的性格，背离了原作的精神。

现在我们常见的两种本子，一种是 1955 年文学古籍刊行社所影印的《脂砚斋重评石头记》，它主要根据"脂砚斋庚辰本"。另一种是 1959 年人民文学出版社出版的《红楼梦》，它主要根据"程乙本"。

二、细数繁华与告诫警醒

以写实的手法生动形象、细致入微地描写贵族家庭的豪华气派、富贵风流，在中国古代文学作品中，无出《红楼梦》其右者。它就像生活本身一样丰富复杂、五光十色，而且自然本真，没有斧凿痕迹，达到了既源于生活，又高于生活的艺术境界。这主要是因为曹雪芹有深厚的贵族家庭的生活基础，熟悉封建家族的生活方式、各种人物的言语举动，在生活上有丰富的体验，有细微深入的观察。同时，他又有高度的文学修养，高度的语言表现能力和优美的艺术技巧，有"字字看来皆是血，十年辛苦不寻常"的投入和付出、剪裁和创造，因此他笔下出现的贾府及各种人物的形象，是既真实而又具体地展开在读者的眼前，即使是房屋设备、服饰饮食、仆从玩乐等各个方面，也都写得具体而又生动。

贾府的居室规模宏大，备极奢华。荣、宁二府"二宅相连，竟将大半条街占了"，里面厅殿楼阁，峥嵘轩峻，奇花异草，蓊蔚洇润。贾母的正房大屋，配上大箱大柜大桌子大床，自是威武气派，小姐姑娘们大都拥有自己的独立套房，设计精巧，别有情趣。宝玉，这位年轻的公子哥儿，他的住房精致豪华："四面墙壁玲珑剔透，琴剑瓶炉皆贴在墙上，锦笼纱罩,金彩珠光,连地下踩的砖,皆是碧绿凿花……"①误撞进入的刘姥姥眼花缭乱,以为进了哪个小姐的绣房,感觉"就象到天宫里的一样"。秦可卿的房间,里面有西子浣过的纱衾,红娘抱过的鸳枕,武则天摆过的宝镜,赵飞燕立着舞过的金盘,这些虽然是夸张戏谑的笔墨,但也渲染透露出了那种无所不用其极的富丽堂皇。为迎接娘娘省亲而建的大观园,更是人间仙境,"凭是世上所有的,没有不是堆山塞海的,'罪过可惜'四个字竟顾不得了"。(第十六回)就连省亲的贵妃,也三次叹息奢华过费,并语重心长地嘱咐贾母等诸人:"万不可如此奢华靡费了!"这些都是在映衬贾府的穷奢极欲。

贾家人的衣饰华丽雕琢,让人眼花缭乱,叹为观止。凤姐一出场就是"彩绣辉煌,恍若神仙妃子",作者细细描摹其穿衣打扮:"头上戴着金丝八宝攒珠髻,绾着朝阳五凤挂珠钗;项上带着赤金盘螭璎珞圈;裙边系着豆绿宫绦,双衡比目玫瑰佩;身上穿着缕金百蝶穿花大红洋缎窄褃袄,外罩五彩刻丝石青银鼠褂;下着翡翠撒花洋绉裙。"(第三回)贾府里的太太小姐们每一位都是珠围翠绕,粉妆玉砌,花枝招展,即使是次一等的主子,如平儿,也是"遍身绫罗,插金戴银,花容月貌"。单是冬天穿的避雪大衣,就有多种样式,华丽无比,有大红猩猩毡羽毛缎斗篷、大红羽纱面白狐狸里鹤氅、莲青斗纹锦上添花洋线番羓丝鹤氅、青哆罗呢对襟褂子、貂鼠脑袋面子大毛黑灰鼠里子里外发烧大褂子,还有的用料极为稀罕,宝玉穿的雀金呢大氅,是用孔雀毛织的;贾母送给宝琴穿的凫靥裘,是用野鸭子头上那点毛织成的,十分贵重,价值连城。"那一位太太奶奶的头面衣服折变了不够过一辈子的,只是不肯罢了",旺儿媳妇的一句话说出了贾家人衣饰的华贵与奢靡。

贾府的饮食,可谓"食不厌精,脍不厌细"。贾母吃的菜是"把天下所有的菜蔬用水牌写了,天天转着吃"。凤姐吃过饭后的桌上,"碗盘森列,仍是满满的鱼肉在内,不过略动了几样"。一顿螃蟹宴足够庄稼人过一年日子,家常茄子做成一道名谓"茄鲞"的菜肴,"倒得十来只鸡来配他";小荷叶儿小莲蓬儿的汤,工艺烦琐,令人咋舌。过年过节所用的菜肴饭点更是山珍海味,龙肝凤胆,吃的菜有暹猪、龙猪、汤羊、风

---

① 〔清〕曹雪芹、高鹗:《红楼梦》第四十一回,573页,北京:人民文学出版社,1982。以下凡引该书皆出自该版本,不另注,仅注回数。

羊;糟鹅掌、糟鸭信、烧野鸡、炸鹌鹑;牛乳蒸羊羔、风干果子狸;牛舌鹿筋狍子肉、熊掌海参鲟鳇鱼。用的饭有御用胭脂米、绿畦香稻粳米、上用银丝挂面、松穰鹅油卷、螃蟹馅儿小饺子;甜点有藕粉桂糖糕、奶油炸小面果、枣泥馅山药糕、桂花糖蒸新栗粉糕、琼酥金脍内造点心……另外,喝的汤、饮的酒与茶,无不种类繁多,难以胜记。

婢仆众多,佣人成群。"冷子兴演说荣国府"指出荣府存在的首要问题是"生齿日繁,事务日盛",其实荣府(包括宁府)主子和准主子人数并不多,不超过五十人,但第六回提到"荣府中一宅人合算起来,人口虽不多,从上至下也有三四百丁"。可见,其中绝大多数是服务人员。服侍每一位正经主子的到底有几人,我们且来看一个例子:黛玉初入荣府时,除带来的自幼奶娘王嬷嬷和小丫头雪雁,贾母又将自己身边的一个二等丫头鹦哥给了黛玉,"外亦如迎春等例,每人除自幼乳母外,另有四个教引嬷嬷,除贴身掌管钗钏盥沐两个丫鬟外,另有五六个洒扫房屋来往使役的小丫鬟"。这样算起来,服侍黛玉的倒有十四五个人,那么服侍贾母、王夫人、宝玉诸人者就更多。每个佣人每个月都有月钱,他们还要吃穿生存,这是一笔庞大的开支;加上事无专职,人浮于事,一些主子的丫头养尊处优,颐指气使,俨然二主子。

贾府人喜玩、会玩、能玩、善玩,玩得花样繁多,无所顾忌,甚至是醉生梦死,不管明日。常规的娱乐项目自然一样不少,饮酒、作诗、听曲、看戏、猜谜、下棋、打牌、说笑话……家里除专门养着唱戏唱曲的女孩子,遇年节生日和大的活动还要从外面请戏班、请说书的女先儿。元宵佳节,贾府唱戏放花灯,"……锣鼓喊叫之声远闻巷外。满待之人个个都赞:'好热闹戏,别人家断不能有的。'"以至宝玉都感觉繁华热闹到不堪的田地,他趁机躲了出去。心血来潮之时,以贾母为首的众女眷们浩浩荡荡出游,打醮看戏,"荣国府门前车辆纷纷,人马簇簇。……乌压压占了一街的车"。没想到早惊动了京城的贵戚世家,都来送礼。贾母这才后悔,说:"又不是什么正经斋事,我们不过闲逛逛,就想不到这礼上,没的惊动了人。"至于贾赦、贾珍、贾琏之流,买小妾、开赌局、公款嫖娼,那更是穷奢极欲、放纵堕落的表现。

曹雪芹在细数繁华的同时,又往往流露出深深的不安与忧虑,作为一个亲历富贵又坠入困顿者,他善于从闹热中感受悲凉,从辉煌中体会阴冷,从繁华中看到衰败。他认为正是贾府的大吃大喝、爱豪华、爱摆阔架子、不会理财,又不肯节省、不懂珍惜才造成了"白茫茫大地真干净"的结果,所以曹雪芹在展示繁华的同时,不忘自责、忏悔与告诫、警醒。他时常提醒人们要懂得珍惜,要有长远目光与打算,不要一味安富尊荣,挥霍奢靡,以致坐吃山空,一败涂地。所以《红楼梦》就形成了这样的格局:一方面大肆渲染,大力铺排,津津乐道曾经的"烈火烹油,鲜花着锦"之盛;另一方面,又不失时机地当头棒喝,冷水浇心,促人猛醒。一热一冷,一喜一悲,悲喜交织,冷热相济,让人思索回味,感慨不已。

　　贾府的境况已今非昔比,正日渐萧疏,走下坡路,虽说"百足之虫,死而不僵",在红红火火的表面之下,是捉襟见肘、入不敷出的衰败窘迫。曹雪芹如实描写贾府财政紧张状况,并再三建议,不要抱着"老祖宗手里的规矩"不放,讲那"黄柏木作磬槌子,外头体面里头苦"(贾珍语)的体面排场,"趁早儿料理省俭之计"(王熙凤语),放下架子,扔掉虚荣心踏踏实实过日子。作者让一些比较有头脑的人出面提出节俭之计,宝钗劝王夫人免掉大观园这一项费用,她说,"……还要劝姨娘如今该减些的就减些,也不为失了大家的体统";凤姐和管家林之孝提出裁减冗员:"人口太重了。不如拣个空日回明老太太老爷,把这些出过力的老家人用不着的,开恩放几家出去。一则他们各有营运,二则家里一年也省些口粮月钱。再者里头的姑娘也太多。俗语说,'一时比不得一时',如今说不得先时的例了,少不得大家委屈些,该使八个的使六个,该使四个的便使两个。若各房算起来,一年也可以省得许多月米月钱。"(第七十二回)但是"由俭入奢易,由奢入俭难",排场惯了,岂能将就省俭。乡下老妪刘姥姥教训女婿的话,"守多大碗儿吃多大的饭",可视为作者劝诫贾府子孙及后来人的一句良言。

　　贾家存在的最大问题是:"主仆上下都是安富尊荣,运筹谋划者竟无一个。"贾母"凡百事情,我如今都自己减了",做了一个逍遥自在的甩手掌柜;贾赦只知淫乐,在家高卧,"不管理家事";贾政"不惯于俗务","每公暇之时,不过看书着棋而已";贾珍、贾琏之流更是成事不足、败事有余的下流种子;邢、王二夫人也不善家务;宝玉是有名的"富贵闲人";主持日常工作的凤姐倒是有能耐,有干劲,会过日子,但她心术不正，她的精力更多地用在假公济私、徇私舞弊，千方百计为自己捞好处上。作者只好托付原本无足轻重的重孙媳妇秦可卿指点迷津，出谋划策。她的看法主要有两条：一是要有危机意识和忧患意识。贾府赫赫扬扬，已将百载，人们都已习惯了安享富贵，以为世世代代"荣华不绝"，这可是一种危险的意识，因为"月满则亏，水满则溢""登高必跌重""乐极生悲，否极泰来""盛筵必散""荣辱自古周而复始"是人力不可改变的规律，只有居安思危，时刻保持一颗忧惕之心，才可"永保无虞"。二是要高瞻远瞩，未雨绸缪，作长远打算，以防患于未然。要"早为后虑"，"于荣时筹画下将来衰时的世业"，即使将来败落下来，子孙有退路，祭祀可永继。

贾家荣耀已久，后代子孙已鲜知创业之艰难。宁国府的老仆焦大喝醉酒大骂杂种王八羔子们只知享用"祖宗九死一生挣下这家业"，不懂珍惜，大家还嫌骂得难听填了他一嘴马粪。他们更喜欢追怀的是当年"把银子都花的淌海水似的"幸福时光，而不是流血流汗的艰难创业时期。久处富贵，往往麻木不仁，反生出一些烦恼，宝玉经常自惭形秽，抱怨做不得主，遗憾生在侯门公府之家，而不是寒门薄宦之家。探春没有将公侯小姐的尊贵放在眼里，认为大户人家烦恼之事更多，生活更不遂意顺畅："……倒不如小人家人少，虽然寒素些，倒是欢天喜地，大家快乐。"湘云和黛玉也有相似的议论。当初秦可卿治病时需一日二钱人参配药，凤姐安慰她就是每日二斤也能够吃得起；可到了后来当她自己病了需要上等人参二两配药，却再也找不出来。丫头晴雯，随主子养尊处优，当她被逐回家，宝玉去看她，那又苦又涩的茶，她如得了甘露一般。宝玉不由得感慨："往常那样好茶，他尚有不如意之处；今日这样。看来，可知古人说的饱饫烹宰，饥餍糟糠，又道是'饭饱弄粥'，可见都不错了。"作者刻意突出饮茶这样的细节，是在告诫富贵之人，要有惜福意识，不要身在福中不知福，否则一旦失去，再愧悔也无益。

贾府浪费严重，漏洞百出。贾赦费八百两银子买小妾，贾琏把嫖娼的钱入公账报销，凤姐将手中管家的权力当作商品出售，拿着大家伙的月例放高利贷，中饱私囊，老太太见到喜欢的人就留下来：秦钟、薛宝琴、薛蝌、邢夫人侄女岫烟、李纨寡嫂及两个女儿……还有那些无法避免的外部因素，如太监公然勒索、元妃省亲等。花销越来越大，"又不添些银子产业"。作者提出要从点滴做起，杜绝浪费，尽可能开源，增加收入。作者的主张具体体现在探春理家上。由于凤姐生病，家政暂托付三小姐探春，她年纪虽轻，却有头脑有眼光有见地有胆魄有手腕，在她管家期间，她试图减少一些无谓的花费，堵塞一些明显的漏洞，并为捉襟见肘的经济开拓生路。她先是提议蠲了贾环、贾兰、宝玉家学里一年八两银子的费用，因为"凡爷们的使用，都是各屋领了月钱的"，属于重复；又去除了姑娘丫头们每月交由买办购买头油脂粉的二两银子，因为姑娘、丫头们原有月银，而买办采买既不及时东西质量又低劣，姑娘们"依然得现买"，"钱费两起，东西又白丢一半"，不如蠲了；还借鉴贾家奴才赖大家花园的管理办法，将园子里的树木、花草、水塘、稻地都承包给婆子媳妇们，除了能供应姑娘们的头油脂粉和瓶花、鸟食等以外，所生产的稻米、竹笋、莲藕、花果、鱼虾，每年还有四百两银子的盈余，而且专人专管，园子照顾得更加上心，婆子媳妇们也略可剩些，贴补家用，"一年四百，二年八百两，取租的房子也能看得了几间，薄地也可添几亩"，这真是两全其美的好事。只可惜，如探春者能有几人，这样小打小闹式的改革于末世的病入膏肓的贾家所起的作用也只能是杯水车薪而已。

从小说发展历程来说，《红楼梦》对日常生活的逼真细腻描写，显然是受到了《金瓶梅》的影响，但又有很大的提高。进入《红楼梦》的素材，都经过了作者精心的提炼，富有典型性和倾向性；更为重要的是，通过贵族大家庭的覆亡，揭示出封建社会走向崩溃的必然性，这是《红楼梦》现实主义的巨大胜利。

三、贾宝玉与新的时代气息

《红楼梦》在冷静从容的笔调下，对封建末世从家庭到社会的种种矛盾和斗争的深刻剖析，让读者感受到隐藏在繁华热闹背后的腐烂和虚伪，另外，也令人依稀看到一丝光明，那是没有被封建礼教和世俗所污染的人性。作者用优雅、多彩的文笔去描写人性的真、善、美，表现了人性的价值和存在的合理性。在贾宝玉这个形象身上，这一点体现较为明显。

　　宝玉是《红楼梦》中最可爱、最具魅力的男性形象,作者对他倾注了热情、喜爱与欣赏,也博得后世无数读者的喜欢。他有着真实、坦荡、青春、纯洁、独异的个性,也有着鲜活昂扬的生命力量。他与《红楼梦》中的其他男性迥然不同,也与传统男性判然有别。在他身上虽然抹不去传统道德观念的印痕,但已随处可见晚明以来进步启蒙思想光芒强劲的闪耀。他是独特的"这一个",是有着极为丰富饱满的人性内涵的"人",在中国文学史上有着独特的意义与价值,对传统的男性群像也是一种突破与补充。

　　不加掩饰、坦荡荡的真是宝玉的一个可贵的性格特征。中国传统道德要求于人的首先是克己、内敛,所谓"非礼勿视,非礼勿听,非礼勿言,非礼勿动",身心都包裹在一层厚厚的套子里,人们耻于表达自己内心真实的感情、剖露真实的想法,不敢露出真我,正当的生命要求被视为丑陋与邪恶。时代发展到晚明,以李贽为代表的进步思想家对这种给人性带来异化的传统道德发起了猛烈抨击,他衡量一切的新尺度是"真"。只要是真性情,从天性中流露出来的,无欺无伪无矫饰不遮掩不做作,哪怕有不轨之言行,反常之举动,也都是好的。"后士风大都由此染化",祟真尚奇,成了晚明个性解放的时代思潮的集中体现。宝玉就是这样一个体现着新的启蒙精神,具有鲜明时代特色的人物。

　　宝玉是性情中人,且至情至性。不隐瞒,不遮掩,听从自己内心的召唤,坦露真实的自我,让人看到生命的活泼泼的朝气与人性的可爱,也即是作为一个活生生的人应有的自然自在的魅力。他有那么多的闲情逸致,细腻柔肠,不仅是对姑娘们,对花鸟树木,宝玉都抱了一种同情又欣赏之意,表现出一种物我融洽的柔情。

　　　　那一日正当三月中浣,早饭后,宝玉携了一套《会真记》,走到沁芳闸桥边桃花底下一块石上坐着,展开《会真记》,从头细玩。正看到"落红成阵",只见一阵风过,把树头上桃花吹下一大半来,落的满身满书满地皆是。宝玉要抖将下来,恐怕脚步践踏了,只得兜了那花瓣,来至池边,抖在池内。那花瓣浮在水面,飘飘荡荡,竟流出沁芳闸去了。(第二十三回)

不仅对花如此体贴关爱,对自然界中的万事万物都当作同类与之交流:"看见燕子,就和燕子说话;河里看见了鱼,就和鱼说话;见了星星月亮,不是长吁短叹,就是咕咕哝哝的。"(第三十五回)周围的人都认为他呆得出奇。

他有自己的所爱所好,那就是世间一切真的、美的东西。在他心目中,唯有如花似玉的女性才有真实的、新鲜的生命的自然流露,也才有未被污染的尚未泯灭的真情至性。他认为,"天生人为万物之灵,凡山川日月之精秀,只钟于女儿,须眉男子不过是些渣滓浊沫而已"。他"把一切男子都看成混沌浊物,可有可无"(第二十回)。他见了女子便清爽,见了男子便觉浊臭逼人。女性能激发他所有温柔的情愫,只要有女子陪伴着他,或者说只要他跟女子在一起,就别无他求,心满意足。他可以为女儿们付出一切,就是受她们的气,挨她们的抢白也心甘情愿毫无怨言;他与她们"弹琴下棋,作画吟诗,以致描鸾刺凤,斗草簪花,低吟悄唱,拆字猜枚",(第二十三回)淘胭脂膏子,为她们理妆、梳头、熬药,其乐无穷。在宝玉心目中,一切的女孩子都是好的,没有高低贵贱之别。

他对女性的那份体贴、关爱、多情、温存,细腻、殷勤,一方面让人感动,使得那么多的女孩子为他神魂颠倒、忘情迷醉,就是青灯古佛旁的妙玉见了他也难以自持,引动凡心;另一方面也令人生疑,引起许多误解,如平儿、香菱、鸳鸯等都说过怀疑他动机的话。还有宝钗,一个静悄悄的午后,怡红院里"鸦雀无闻,一并连两只仙鹤在芭蕉下都睡着了",宝钗来了,其他的丫头子都睡了,只有袭人坐在宝玉身边做针线,旁边放着白犀麈,宝钗以为是赶苍蝇蚊子的,便说,这屋里哪里还有什么蚊虫,袭人说有一种小飞虫,人看不见,咬人却像蚂蚁夹的,宝钗说:"这种虫子都是花心里长的,闻香就扑。"(第三十六回)宝钗说话一向含蓄隐掩,这话却让人觉得大有深意,似是对宝玉的微讽,这可是对宝玉天大的误会。其实他喜欢的女性是有标准的,就是没有染上太多的世俗浊气,没有那么多名利之心功利之想,也没有那么多心计城府、矫揉造作,保有自己的个性,纯粹一些,率性一些,自然一些。总之宝玉要求的还是先天的性情,与生俱有的气质秉赋,而不是后天修炼的功夫,只要是有真性情,哪怕是有缺陷,有不足,也比完美的假来得可贵。

也正是因为女孩子们在那个社会上还留存着真的美的性情,所以宝玉在她们那里才能找到自己,找到感觉,找到亲切,找到归属。也只有在她们那里，宝玉才感到自如、从容、自在，如鱼得水。女子世界正是作者的理想世界：真实、洁净、多趣。宝玉对女子的认同其实是对世俗的反拨，与其说他喜欢与女性厮混，倒不如说他是喜欢清净纯洁的精神与高尚真实的思想。所以他对女性的态度无丝毫不轨之心、苟且之念、邪恶之想，没有占有欲，一句话就是"思无邪"。

崇尚真情，坦露真情，追求真情，这也是宝玉的一大性格特征。他与黛玉之情那么缠绵曲折，委婉多致，妙不可言，美丽动人，让人不由自主地心向往之。他与黛玉有共同的志趣、爱好、性情，他们之间的情，是两颗心的相互吸引。他的情，就是对黛玉这个人，丝毫没有诸如家庭背景、未来前途之类因素的考虑；他对黛玉的那份关爱、柔情、大度，是真正处在恋爱中的人才有的。他爱得坦白，爱得外在，爱得深沉，爱得专一，爱得持久，爱得千百年下的人们为之泪落心伤。宝黛二人尝尽了爱情的甜蜜与忧伤，得到了爱情全部的滋味，他们的爱情之树是无与伦比的枝繁叶茂。爱情应有的他们都有了，爱情没有的他们也挖掘体会到了。可以说他们的爱情达到了极致，今生足矣。与其说这是一出爱情悲剧，莫如说情取得了最后的胜利，宝玉的心已随黛玉而去，宝钗得到的也只是宝玉的一个躯体而已。从这个方面说，黛玉是无憾的，是幸福的。

可宝玉为什么不喜欢宝钗？自《红楼梦》问世以来，不知有多少人为宝钗不平，甚至有人为"尊薛抑林"还是"尊林抑薛"而"几挥老拳"。宝钗才貌双全，且比黛玉更多了健康之美，比黛玉另具一种妩媚风流，比黛玉的性情更温和，更得人好评。上至最高领导者贾母，中间的实权人物凤姐，还有下层的丫头仆役们，几乎众口一词称赞宝钗，相反，黛玉经常被冠以小心眼、傲气、尖刻、多疑、猜忌等毛病。其实只要清楚了宝玉是一个求真之人，那么就能很容易地知晓他对爱的取舍标准了。黛玉是一个真的人，敢于呈示自己内在的真实，敢爱敢恨，心地澄明；宝钗却像一个太懂事的孩子，自我节制、自我约束、自我包装、自我掩饰，有时甚至是心口不一，虚伪做作。她理智、清醒，始终是一本正经、义正词严的模样，少了点真气、痴气、傻气，有点儿虚，也有点儿假，不容易让人产生认同感。如果说黛玉活得自然自在，那么宝钗则是讲究策略技巧；黛玉是情，宝钗则是理。当着宝钗身上"理"之因素不太显露之际,她还是非常可爱的。作品中几次写到宝钗的失态,都非常可爱迷人,引得宝玉心动神摇,以至于见了姐姐忘了妹妹,说明她身上天然的、自然的人性的东西还没有完全泯灭,还颇具诱惑力。可是一旦当理的东西占据上风,将情压住,她就变得有如泥塑木雕,有生形而无生气,此时的她也便成了宝玉眼中浊臭逼人的男子,面目可憎,无半点清新可爱的女儿气,避之唯恐不及了。作者之设置大观园这样一个所在,具有特别的意义,就是给情寻找一块合适的自由生长的土壤。虽然它远非一块净土,也不是完全未被污染的世外桃源,但它无疑是相对自由纯净的地方,与世俗社会有一段距离,可以不受传统正统束缚,可以让心性自由发展,让情自由生长,随意发挥,达到情所能达到的极致。实际上,一旦出了大观园,宝玉便陷入理的层层包围之中,生机盎然的情便销声匿迹了。

宝玉带给人们一种新鲜的生命感觉。宝玉英俊、飘逸、聪慧,有一种从容、高贵、优雅的气质与风流情调。他没有薛蟠之流的粗俗,没有贾环那样的阴险与邪恶,也没有其父贾政那般愚腐与僵化,更没有贾琏诸人的好色、淫荡。北静王初见他便叹他"如'宝'似'玉'";凤姐说他,"好兄弟,你是个尊贵人,女孩儿一样的人品"(第十五回)。可以说宝玉是一个天之骄子,天资优异,难怪老祖母"爱如珍宝"了,也惹得那么多的女孩子为他魂不守舍,心动神摇。

他的心情总是清朗而新鲜,精神愉快而纯洁,显露出一种自由的、轻松的、快乐的心境。他心思细密,多愁善感,具有浪漫情怀和诗意的心灵,常常见花落泪闻风生情,有那么多的闲情逸致,对一些细小琐碎的东西表现出浓厚的兴趣。他发掘了作为一个人的各方面感觉,发掘了生活的另一重内涵。生活原本就是在功名利禄、责任义务等等冷峻沉重的负载之外,另有一副天地,另有一副色彩,另有一副情调。宝玉拓展了精神生活的空间,营造了一个令人向往的诗意的精神世界。他是真正的精神贵族,宝钗曾不无讥诮地说他是"富贵闲人"(三十七回)。与传统的男性相比,他没有那么多的为家为国、为名为利的考虑,而呈现出了作为一个人的"个体血肉之躯的存在"[①]。他的屡被人

---

① 李泽厚:《中国古代思想史论》,182页,合肥:安徽文艺出版社,1994。

不解、诟病的呆、傻、痴，其实正是其可贵的个性之所在。

宝玉生活在花柳繁华地，温柔富贵乡，烈火烹油，鲜花着锦，但他的心头却总笼罩一层深深的不可把握的忧伤、怅惘，经常说一些让人听来不吉利的话语。也许，聪慧敏锐如宝玉者，早已感知到人生的无常与美的短暂，他的莫名的伤感正是意识到了生命的短暂与可贵之后的一种过度看重。李泽厚曾在《美的历程》中就《红楼梦》之感伤、挽歌色调有过论述。而鲁迅先生的论述更加精辟："颓运方至，变故渐多；宝玉在繁华丰厚中，且亦屡与'无常'觌面，先有可卿自经；秦钟夭逝；自又中父妾厌胜之术，几死；继以金钏投井；尤二姐吞金；而所爱之侍儿晴雯又被遣，随殁。悲凉之雾，遍被华林；然呼吸而领会之者，独宝玉而已。"①与传统男性只关注一己现时的利益不同，宝玉的悲剧感受是深沉的也是深刻的，是超脱于利益得失之外的，触及到了生命存在的本体，潜伏着对人生终极意义的哲理思考，所以他也才能抛下现世的一切走入虚空。宝玉临走时何等决绝，又是何等潇洒，不是世界将他抛弃，而是他决意将世界抛弃。它启示着人生深一层的境界与意义：宁愿将生命毁灭以求得真、善、美，求得神圣与自由，在这种牺牲中人类的价值升华了，人生的意义也凸显出来了。所以王国维说："《红楼梦》，哲学的也，宇宙的也，文学的也。此《红楼梦》之所以大背于吾国之精神，而其价值亦即存乎此。"②

宝玉对人生之路的选择完全背离了中国传统文化对男性的设计，也不符合对他这样一位名门望族的贵公子的要求：读书、科考、入仕，如他的祖辈父辈那样承恩泽、蒙雨露、袭官延爵。宝玉对这一规定情景缺乏兴趣，他不想循着无数先贤圣哲走过的老路继续下去，成为那峨冠博带、指手画脚，开口圣贤、闭口报国，实则欺世盗名的一队或一类须眉浊物中的一员。他已看清那些假圣人打着道德的幌子行欺骗卑劣勾当的本质所在，进而对传统所要求的理想、信仰发生了怀疑：所谓读书、上进、修身齐家治国平天下就是要皓首穷经、寒窗苦读？就是文死谏、武死战吗？这样做的结果是什么？又有什么好处呢？宝玉对

① 鲁迅：《中国小说史略》，见《鲁迅全集》第9卷，231页，北京，人民文学出版社，1981。
② 王国维：《红楼梦评论》，见郑振铎编《中华传世文选晚清文选》，709页，长春，吉林人民出版社，1998。

此做了彻底否定：

> 人谁不死，只要死的好。那些个须眉浊物，只知道文死谏，武死战，这二死是大丈夫死名死节。竟何如不死的好！必定有昏君他方谏，他只顾邀名，猛拼一死，将来弃君于何地！必定有刀兵他方战，猛拼一死，他只顾图汗马之名，将来弃国于何地！所以这皆非正死。……那武将不过仗血气之勇，疏谋少略，他自己无能，送了性命，这难道也是不得已！……那朝廷是受命于天，他不圣不仁，那天地断不把这万几重任与他了。可知那些死的都是沽名，并不知大义。（第三十六回）

文官武将是这样，那些所谓读书上进的读书人呢？宝玉认为他们将八股文当作升官发财的敲门砖，"饵名钓禄之阶"，根本不能"阐发圣贤之微奥"（第七十三回）。没有谁是真正为国家民族的利益、江山社稷的长治久安考虑，只不过是打着冠冕堂皇的旗帜邀宠弄名罢了。宝玉所揭露的正是中国封建社会末期官僚体制所呈现出来的可怕痼疾，甚至弥漫成为一种社会风气。晚明启蒙思想家李贽曾对此大加鞭斥，他说那些假道学假圣人们"平居无事，只解打恭作揖，终日匡坐，同于泥塑，以为杂念不起，便是真实大圣大贤人矣。其稍学奸诈者，又揽入良知讲席，以阴博高官。一旦有警，则面面相觑，绝无人色，甚至互相推委，以为能明哲。盖因国家专用此等辈，故临时无人可用"[1]。说到底他们是"皆口谈道德而心存高官志在巨富"，"以欺世获利"[2]。名誉、声望被当作了一种商品，这是多么可怕的伦理异化，道德变味！可以看到，宝玉对传统的价值体系予以毫不留情地批驳否定，其思想正是晚明以来进步启蒙思想的延续与体现。

很显然，对宝玉来说，金榜题名、衣锦还乡这曾经耀眼炫目的东西已经失去它强大的吸引力，他已感觉到传统士大夫们所做的一切，对社会的前途没有多大意义，他压根不想趁势成为其中的一员，这也是自清初以来进步思想家们反对空疏学风、追求经世致用的思潮的体现。宝玉的可贵就在于他有欲走自己路的企图，有这种朦胧的精神努力与精神探险，而不是循着前辈规定好的路，无知无觉，浑浑噩噩。但

---

① 〔明〕李贽：《因记往事》，见《焚书》卷四，434 页，北京：中华书局，1974。
② 〔明〕李贽：《因记往事》，见《焚书》卷四，135 页，北京：中华书局，1974。

宝玉尚不能把握自己命运,时代尚未提供给他相应的土壤与适宜的环境,更没有提供给他独立的经济地位,那么,欲掌握自己命运,只能是纸上谈兵,空中望月。就是眼前现有的生活他也几乎不能主宰,他最喜欢的几个女孩子,也只好眼睁睁地看着她们被损害被侮辱而一无计施,只能在她们被逐或含冤而死以后百般悼念。当然宝玉也不能明确地认识到社会进步与发展不是单靠读圣贤书、明心修性就能实现的,还需要积极主动的态度与科学理性的精神等等,作者的思想与观念还达不到这样的高度,但他使人们意识到,天地间还可以有另一种想法,另一种活法,另一种存在,生活还有其他的内涵;也让人思索自己眼下的处境,对被给定的道路进行一番审视而不是理所当然地接受。

应该看到,宝玉有欲走自己路的朦胧企图,有突破传统的冲动、潜力,但他又不能确定自己需要什么,不知道出路在哪里,而且他也没有主动地去寻找新的出路,也不想承担责任与义务。他意识到他所倚恃的社会不可避免地要走向没落和败亡,进而体认到生命之短暂可贵,但他并没有从生之有限急迫中得出强大的追求永恒的激情,没有焕发出创造新生活的勇气与进取的力量,而只是一味沉醉、迷恋,无为彷徨,甚至消极颓废,所以他成了别人眼里的"富贵闲人"。且来看一段对话:

> 探春笑道:"⋯⋯倒不如小人家人少,虽然寒素些,倒是欢天喜地,大家快乐。我们这样人家人多,外头看着我们不知千金万金小姐,何等快乐,殊不知我们这里说不出来的烦难,更利害。"宝玉道:"谁都象三妹妹好多心。事事我常劝你,总别听那些俗语,想那俗事,只管安富尊荣才是。"尤氏道:"谁都象你,真是一心无挂碍,只知道和姊妹们顽笑,饿了吃,困了睡,再过几年,不过还是这样,一点后事也不虑。"宝玉笑道:"我能够和姊妹们过一日是一日,死了就完了。什么后事不后事。"⋯⋯"人事莫定,知道谁死谁活。倘或我在今日明日、今年明年死了,也算是遂心一辈子了。"众人不等说完,便说:"可是又疯了,别和他说话才好。若和他说话,不是呆话,就是疯话。"(第七十一回)

宝玉大有今日有酒今日醉的潇洒。高鹗的续书中对宝玉的这一特点也有毫不客气的暗示,宝玉第一次丢玉以后,大家都慌了,李纨提议大家搜身，探春表现得很理智，她嗔着李纨道："大嫂子，你也学那起不成材料的样子来了。那个人既偷了去，还肯藏在身上？况且这件东西在家里是宝，到了外头，不知道的是废物，偷他做什么？……"（第九十四回）这似乎正是宝玉的写照：在家里是宝贝，是公子王孙，是凤凰，是命根子，可是在有的人眼里，也许正如词里所写，他是"天下无能第一，古今不肖无双"。

从中我们看到什么呢？一方面，时代尚未为之提供一个适合的位置，也就是说当时的社会条件还没有形成适宜宝玉生存的大环境、大气候，他的一切被视为异于常人，有点呆、傻、怪异；另一方面，他自身也存在致命的缺陷，其自我意识还不够强烈，还未能从精神上站立起来，也没有意识到时代赋予自己的重任，缺乏坚实的行动的力量。宝玉，只适合居于大观园这样一个乌托邦，一旦走出这一个世外桃源，等待他的只有毁灭。

四、精雕细琢的人物群像

《红楼梦》最值得称道的，是塑造出一大批有血有肉的个性化的人物形象。小说中有名姓的人物就多达四百八十多人，其中能给人以深刻印象的典型人物，至少也有几十个人，贾宝玉、林黛玉、薛宝钗、王熙凤更是成为千古不朽的典型形象。这是《红楼梦》艺术上的巨大成就。

作者善于通过日常的生活细节，对人物的独特性格反复皴染，给人以深刻的印象。比如黛玉是《红楼梦》中最漂亮、最聪明之女性，也是最具有生存危机感的一个人物。

黛玉一出场就给人一种缺乏自信的感觉，如果拿《红楼梦》中另一个经典场面作比的话，就好像刘姥姥进大观园。第三回林黛玉经千山万水到京，乘上荣国府派来接她的等候已久的轿子。透过轿子纱窗向外看街景，感觉"街市之繁华，人烟之阜盛，自与别处不同"，黛玉自幼生长于维扬（扬州），想那也是异常繁华富庶之地，想必不会相差太远，这更多的是黛玉心中的感觉。为什么有此感觉，因为她的母亲从小便跟她说自己娘家的气派与高贵，"与别家不同"，给黛玉心中留下难以磨灭的印象。一旦带有先入为主的看法，那感觉自是不同，似在处处验证已有的印象。她先是细细观察贾府派来接她、一路上陪伴她的几个三等仆妇,发现她们"吃穿用度,已是不凡了",这就更加深了她的印象,强化了她的感觉。

到了宁、荣二府大门旁,黛玉眼中看到的和心中已有的感觉叠印,便更多的是壮观与不同凡响了:

> 又行了半日,忽见街北蹲着两个大石狮子,三间兽头大门,门前列坐着十来个华冠丽服之人。正门却不开,只有东西两角门有人出入。正门之上有一匾,匾上大书"敕造宁国府"五个大字。黛玉想道:这必是外祖之长房了。想着,又往西行,不多远,照样也是三间大门,方是荣国府了。却不进正门,只进了西边角门。那轿夫抬进去,走了一射之地,将转弯时,便歇下退出去了。后面的婆子们已都下了轿,赶上前来。另换了三四个衣帽周全十七八岁的小厮上来,复抬起轿子。众婆子步下围随至一垂花门前落下。众小厮退出,众婆子上来打起轿帘,扶黛玉下轿。(第三回)

黛玉在细细地体会贾府行事的不同凡俗之处,所用之下人都有一定之规,什么样的人负责什么样的任务、在什么地方听命,都有条不紊、秩序井然,这正是大家族的做派,想必黛玉在心里面感叹了。真正到了贾家人活动居住的场所,黛玉眼中所看到的自是一派富贵气象:

> 林黛玉扶着婆子的手,进了垂花门,两边是抄手游廊,当中是穿堂,当地放着一个紫檀架子大理石的大插屏。转过插屏,小小的三间厅,厅后就是后面的正房大院。正面五间上房,皆雕梁画栋,两边穿山游廊厢房,挂着各色鹦鹉,画眉等鸟雀。台矶之上,坐着几个穿红着绿的丫头。(第三回)

耳听是虚,眼见为实,刚刚走近贾府,尚未走进贾府,而且还没有接触真正的贾府主人时的黛玉已完全被震撼了。一个人在自己所崇拜的人或事面前,往往不自觉地生出自惭形秽的感觉,容易失去自信,找不到自我,黛玉现在的情形便是如此。另外,黛玉是因为"上无亲母教养,下无姊妹兄弟扶持,今依傍外祖母及舅氏姊妹去"(第三回),这样一个背景也很难让她心理强大起来。这两个因素合在一起,便足以让黛玉的自信心萎靡不振了。

其实,黛玉原本是"钟鼎之家""书香之族"之后。第二回提到林黛玉的父亲是林如海,"林如海姓林名海,表字如海,乃是前科的探花,今已升至兰台寺大夫，本贯姑苏人氏，今钦点出为巡盐御史，到任方一月有余。原来这林如海之祖，曾袭过列侯，今到如海，业经五世。起初时，只封袭三世，因当今隆恩盛德，远迈前代，额外加恩，至如海之父，又袭了一代；至如海，便从科第出身。虽系钟鼎之家，却亦是书香之族。"更莫说其母是赫赫有名的贾府之女，应该见过大世面的，而且黛玉又是林如海夫妻唯一的女儿，掌上明珠，被"爱如珍宝"（第二回）。可是这一切在显赫的贾府面前统统相形见绌，不值一提。黛玉放下了原有的矜持和娇贵，她暗下决心要"步步留心，时时在意，不肯轻易多说一句话，多行一步路，惟恐被人耻笑了他去"（第三回）。这样看来，林黛玉到贾府根本就没有到家的感觉，她没有一点激动，也没有将见亲姥姥的亲切与急迫。这种"无家"、依傍他人、寄人篱下的感觉从她初来乍到的一刻便牢固地占据了她的心灵，并一直保持到终场。

黛玉出场后就一直是眼看心想，到她说话——这是她在这部皇皇巨著中第一次说话——却是关于她的病：

> 我自来是如此，从会吃饮食时便吃药，到今日未断，请了多少名医修方配药，皆不见效。那一年我三岁时，听得说来了一个癞头和尚，说要化我去出家，我父母固是不从。他又说：'既舍不得他，只怕他的病一生也不能好的了。若要好时，除非从此以后总不许见哭声；除父母之外，凡有外姓亲友之人，一概不见，方可平安了此一世。'疯疯癫癫，说了这些不经之谈，也没人理他。如今还是吃人参养荣丸。（第三回）

让人奇怪且不明白的是，已下决心谨小慎微的黛玉怎么会一下子说这么多话，而且都是暴露自己弱点的话？什么从小就身体不好，天天吃药，典型的药罐子；什么癞头和尚的预言；什么不能见外姓亲友；什么人参养荣丸，每一条都是对自己极大不利的负面的信息。试想，天天吃药，还是吃好药，不仅是药罐子，还是钱罐子，可她是赤条条一人而来，并没有携带万贯家产；和尚的话谁说全都是疯癫之语？人们专门相信和尚的话；不能见外姓亲友，她所来的姥姥家不正是外姓之家吗？那么每一天都要与外姓亲友厮混，病岂不是一生都不能好？罪过倒在外姓亲友了。黛玉这一段话一出口，恐怕令所有在场的贾家人倒吸一口凉气，这么娇贵之命，这么难以养活之人，这么多灾多病之身,今后可如何是好?!这孩子的前途另人忧虑。

这段话一出,全场寂然,无人接话,都不知该怎么说。姥姥听了可能心里感觉不舒服,也未加评论,只是轻描淡写地道:"正好,我这里正配丸药。叫他们多配一料就是了。"(第三回)可以想象,这个时候现场出现了令人尴尬的沉默,幸好凤辣子的出现及时化解了这种让人感觉别扭的局面。

薛宝钗的到来打破了平静快乐的一切,让黛玉的心中起了波澜。为什么薛宝钗一到,黛玉有异样之感呢?因为林、薛二人形成了一种对比,而且这种对比是显而易见的,所有人一眼就可瞧得出来。这种对比的结果是彰显了黛玉原有的不足,使之处于明显的不利局面,难怪黛玉耿耿于怀。林、薛形成鲜明对比的方面主要表现在以下几点:

其一,林、薛二人来贾府的前提不同。黛玉是因为母亲去世,"年又极小,上无亲母教养,下无姊妹兄弟扶持",且父亲"年将半百",身在宦中,无暇照顾,所以要"依傍外祖母及舅氏姊妹去"(第三回)。黛玉之来贾府实乃无可奈何之举。

薛宝钗进都的主要目的是为了备选才人,她的母亲和哥哥一起陪伴她到京,也是为了看望京中亲戚(母舅王家、姨妈贾家),查看京中几处家族生意,浪荡公子薛蟠还有欲游览京都风光之意。薛家在京中自"有几处房舍"(第四回),完全没必要依傍贾府。那薛蟠就百般不愿住在姨妈王夫人的贾家和母舅王子腾的王家,因为害怕受管束。薛蟠的母亲薛姨妈了解自己儿子的德行,说破他的小心眼,"'你的意思我却知道,守着舅舅姨爹住着,未免拘紧了你,不如你各自住着,好任意施为。你既如此,你自去挑所宅子去住,我和你姨娘,姊妹们别了这几年,却要厮守几日,我带了你妹子投你姨娘家去,你道好不好?'薛蟠见母亲如此说,情知扭不过的,只得吩咐人夫一路奔荣国府来"。(第三回)

其二,林、薛二人来贾府时的捎带不同。林黛玉来时别无长物,空空如也,与父亲"洒泪拜别,随了奶娘及荣府几个老妇人登舟而去"(第三回)。别说任何的礼物与财物,即使是服侍的人也十分的少,贾母看不过去,"将自己身边的一个二等丫头,名唤鹦哥者与了黛玉"。(第三回)黛玉还要一年到头吃药,吃名贵的人参养荣丸,贾母说从自己的药里"多配一料"(第三回)。

那薛家乃"金陵一霸"(第四回)，有钱有势，人们口头上流传的"丰年好大雪，珍珠如土金如铁"就是指的薛家。现在"家中有百万之富，现领着内帑钱粮，采办杂料"(第四回)，京中还做着生意。所以当他们进京之时，提前做好准备，"打点下行装细软，以及馈送亲友各色土物人情等类"。一到贾府，便"将人情土物各种酬献了"。(第四回)

其三，林、薛二人所需生活费用来源不同。林黛玉完全靠贾府过生活，而薛家决定住下来，薛姨妈就表明："一应日费供给一概免却，方是处常之法。"(第四回)想那"贾家上上下下都是一双富贵眼睛"(第八回)，这种差别想必都清楚明白，那感觉是不一样的。

其实黛玉对这一点心里也似明镜。一次宝钗过来看望黛玉，建议黛玉喝上等燕窝粥，滋阴补气，黛玉发表了一些感慨：

黛玉叹道："……你方才说叫我吃燕窝粥的话，虽然燕窝易得，但只我因身上不好了，每年犯这个病，也没什么要紧的去处。请大夫，熬药，人参肉桂，已经闹了个天翻地覆，这会子我又兴出新文来熬什么燕窝粥，老太太、太太、凤姐姐这三个人便没话说，那些底下的婆子丫头们，未免嫌我太多事了。你看这里这些人，因见老太太多疼了宝玉和凤丫头两个，他们尚虎视眈眈，背地里言三语四的，何况于我？况我又不是他们这里正经主子，原是无依无靠投奔了来的，他们已经多嫌着我了。如今我还不知进退，何苦叫他们咒我？"

宝钗道："这样说，我也是和你一样。"

黛玉道："你如何比我？你又有母亲，又有哥哥，这里又有买卖地土，家里又仍旧有房有地。你不过是亲戚的情分，白住了这里，一应大小事情，又不沾他们一文半个，要走就走了。我是一无所有，吃穿用度，一草一纸，皆是和他们家的姑娘一样，那起小人岂有不多嫌的。"(第四十五回)

黛玉背负着如此沉重的精神包袱，难免敏感多疑，对一些不起眼的小事情反应过激。

黛玉之多疑成了一种病态，除了天性的原因之外，也是客观存在的情势使然。倒也怨不得黛玉小心，人世间原本就是这样势利，世态就是这样炎凉。

其四,林、薛二人性情不同。那林黛玉自小是父母的独生女儿,掌上明珠,娇生惯养,难免生成骄纵之气与千金小姐的小脾气,还有天生的"孤高自许,目无下尘"(第五回)的清高气质,这样一来,就有些难以相处。到贾府以后,贾母的娇惯,与宝玉的极好的关系,他人为了迎合贾母而对黛玉的讨好顺从,极可能在不知不觉间更加强化了黛玉原有的性情脾气。如果没有对比,大家也感觉不到什么,可是薛宝钗忽然从天而降,年龄与林黛玉差不多,长得"肌骨莹润,举止娴雅"(第四回),"品格端方,容貌丰美"(第五回),更重要的是"行为豁达,随分从时"(第五回),"人多谓黛玉所不及"(第五回),"故比黛玉大得下人之心。便是那些小丫头子们,亦多喜与宝钗去顽。"(第五回)这恐怕也不会单单是一个性情的事情,试想,薛家临上京之前,打点了一应送人的礼物,一到贾府,就将各种土特产分送。如果说这个时候还只是送给贾家有头有脸的人,那么待长住下来后,依薛家的财气还有行事风格,薛宝钗肯定会对自己周围的人包括姐妹们、下人们一一打点。从后来她慷慨帮助史湘云过生日之事看,这样的钱她不会吝惜。这样一来,薛宝钗的善于处理与他人的关系,再加上时不时的一此小恩小惠,定能打动下人之心,谁都愿意跟她玩。而林黛玉一点资本也无,再加上不善于处理人际关系,又有些骄纵之气,不讨下人喜欢是自然的了。

对于这一点,黛玉清清楚楚、明明白白、确确实实感觉到了,心中生出"悒郁不忿之意"(第五回)。何为"悒郁"? 忧愁不安聚结心中不得发泄;何为"不忿"? 不服气,不平。黛玉肯定会难过伤心,但她又无计可施,自己确实不具备宝钗优厚的物质条件,而且这种忧愁又不可与外人道,不好说出口,只可意会不可言传,所以郁结心中,闷闷不乐。但黛玉心中又不服气,靠这个拉拢收买人心算什么本事?

不管怎么说,到贾府刚刚有点感觉的黛玉在突如其来的薛宝钗面前又土崩瓦解了,她放松下来的神经又要绷起来了,她阳光起来的心情又要乌云密布了,她"回家"的感觉又要时时接受挑战,她对未来的生存又失去了信心,以致她心中每时每刻都充满不恰当的敏感与多疑。

正因为内心的不自信、没有"回家"的感觉以及对生存怀有危机意识,所以黛玉经常表现出超乎常人的锐利与尖刻。

当面对宝玉的时候,黛玉更是毫不掩饰自己的情感。在跟宝玉的关系上,黛玉的危机感更重,警惕心更强。她不能确定,没有把握,因而时时说出一些含沙射影、夹枪带棒、尖酸刻薄、锋芒毕露的话语,因此而有意无意中伤害到的人也不在少数。在这一个过程中,黛玉与宝玉的心走得越来越近,但是却与众人的距离越来越大。换句话说,黛玉得到宝玉一个人的心的同时,却失掉了众人的心。

宝钗身体微恙,宝玉惦记独自一人前去探视。一会儿工夫,黛玉也来了,是不约而同,还是跟踪追击? 看书中描写黛玉来时的姿态:"摇摇的走了进来"(第八回),感觉似是黛玉已晓宝玉在此,有种觑破他人秘密、搞一点恶作剧的得意与满不在乎(当然,也可能是形容黛玉体态的弱不禁风与袅娜多姿)。从下面的对话中,可以感觉到黛玉似乎有备而来:

> (黛玉)一见了宝玉,便笑道:"嗳哟,我来的不巧了!"宝玉等忙起身笑让坐,宝钗因笑道:"这话怎么说?"黛玉笑道:"早知他来,我就不来了。"宝钗道:"更不解这意。"黛玉笑道:"要来时一群都来,要不来一个也不来,今儿他来了,明儿我再来,如此间错开了来着,岂不天天有人来了? 也不至于太冷落,也不至于太热闹了。姐姐如何反不解这意思?"
>
> 宝玉因见他外面罩着大红羽缎对衿褂子,因问:"下雪了么?"地下婆娘们道:"下了这半日雪珠儿了。"宝玉道:"取了我的斗篷来不曾?"黛玉便道:"是不是,我来了他就该去了。"宝玉笑道:"我多早晚儿说要去了? 不过拿来预备着。"(第八回)

这一段对话实在太精彩,三个人性格毕现。黛玉一上来就扔过一杆枪,直刺最敏感的部位,所谓来者不善。下面一句话更是不言自明,对处于微妙关系的男女来讲,其意再清楚明白不过,所谓心照不宣。但是局外人就糊里糊涂不明就里了,当时在场的薛姨妈、李嬷嬷不置一词,因为她们蒙在鼓里,不了解其背景,只是感觉到他们三人你来我往暗藏机锋。黛玉既不隐瞒自己内心情感与想法,说明她心无城府;同时她也不太顾忌别人感受,不管是不是置人于尴尬的境地,这又有点自我中心;再者,黛玉善谑,喜欢打趣别人,倒没有多少恶意,顶多有一点点醋意,也是半真半假;再再者,黛玉十二万分聪明,脑袋瓜转得快,反应机敏,她自己射出的箭她不仅能稳稳地将它收回,而且收得十分漂亮,天衣无缝,让人看不出丝毫破绽。看黛玉最后的反问多么有力量:姐姐你真糊涂还是假糊涂,还真要我说出来吗?

宝钗连着两问是明知故问,以守为攻,绵里藏针,把黛玉往死角逼:你林黛玉话里有话,居心何在,当着长辈们的面你给出一个解释,能否自圆其说,能否为自己解围,能否合情合理,看你怎么收场。幸亏是鬼精灵的黛玉,巧妙地灵机一动,变被动为主动,这一个理由既无懈可击又冠冕堂皇。

宝玉则略显尴尬,毕竟他是一个人悄悄跑来的,专程看视的是黛玉视之为情敌的宝姐姐,又正巧被黛玉撞见,心里有点小鬼,辩解也不好,不辩解也不好,无所适从,只好"王顾左右而言他",转问天气如何,试图转移大家的注意力,改变一下话题。

只要宝、林、薛三人在一起,就有耐人寻味的好戏看,期间微妙的、外人不易察觉的情愫总是让人或会心一笑或感觉意趣盎然。

性格即是命运,黛玉敏感的、多疑的、缺乏生存归属感的性格导致了她"多泪"特征,这也是她悲剧命运的重要原因。想当初黛玉刚到贾府的时候,不知出于何种目的,对着贾府一大家子人说了一番于己不利的话,什么自小便吃药,癞头和尚要化她出家,身体的病一生不能好,除非从此以后不许见哭声等等。刚说过没多久,宝、黛见面,宝玉问黛玉有玉没有,黛玉据实回答没有,惹出宝玉的呆性,狠命摔玉,经贾母、王夫人连哄加骗才又戴上。当天晚上黛玉就开始"淌眼抹泪",说自己刚来就惹得宝玉发狂病,以后不知怎样。

黛玉的担心不是多余的,自此以后,眼泪就成了黛玉须臾不可离的陪伴,成了黛玉标志性的特征,按书中的说法,开始了偿还宝玉泪债的过程。

黛玉的哭泣之时太多,流的眼泪不计其数,别的人见得多了,也便见怪不怪,习以为常。"紫鹃雪雁素日知道林黛玉的情性:无事闷坐,不是愁眉,便是长叹,且好端端的不知为了什么,常常的便自泪道不干的。先时还有人解劝,怕他思父母,想家乡,受了委屈,只得用话宽慰解劝。谁知后来一年一月的竟常常的如此,把这个样儿看惯,也都不理论了。"(第二十七回)物以稀为贵,黛玉之眼泪泛滥成灾,也便不珍贵了。大家不以为然倒是小事，更重要的是别人还要怨怪她无缘无故流泪不吉利，可以想一想尤二姐被凤姐一伙人折磨时偷偷哭泣，还被秋桐告到贾母处，说她"专会作死，好好的成天家号丧"，（第六十九回）贾母称二姐为"贱骨头"，因此更不喜欢她。黛玉与尤二姐虽不可同日而语，但整天眼泪陪伴注定也不是一件讨人喜欢的好事。

林黛玉曾写过一首"桃花行"的诗，其中有云：胭脂鲜艳何相类，花之颜色人之泪；若将人泪比桃花，泪自长流花自媚。泪眼观花泪易干，泪干春尽花憔悴。憔悴花遮憔悴人，花飞人倦易黄昏。（第七十回）八句诗里面竟然有六个"泪"字，初时并不知作者为谁的宝玉看了坠下泪来，宝琴说是自己作的，宝玉却断定是黛玉作的。他对宝钗说："我知道姐姐断不许妹妹有此伤悼语句，妹妹虽有此才，是断不肯作的。比不得林妹妹曾经离丧，作此哀音。"宝玉对作诗人的心境体会得很透彻。

黛玉之哭是多种因素相互作用的结果。天性敏感、猜忌、多疑，无父无母无兄弟姐妹，孤身一人寄人篱下，所处环境的特殊，所相处之人的复杂，身体的多灾多病，加上与宝玉、宝钗敏感的三角男女关系……如果没有小心又敏感的天性，如湘云般豪放豁达不在乎，那么周围的一切也便不成其为问题。偏偏黛玉放不下，总是才下眉头却上心头，凝结成灵魂深处孤独无助漂泊无依之感，甚至成为一种偏执，时时处处折磨着她脆弱的神经。这也是林黛玉这一形象悲剧特质浓郁的最主要表征。

薛宝钗，是与黛玉相对应而出的人物，在许多方面形成一种对比。曹雪芹善于将不同人物，特别是相近人物进行复杂性格之间的全面对照，使他们个性的独特性在对比中突出出来。她不像黛玉那样锋芒外露，她的喜怒哀乐不表面化，给人以难以琢磨的印象，喜欢她的人说她稳重大度，雍容尊贵；不喜欢她的人说她装憨卖傻，惯会做人。

其实宝钗就是现实生活中的那么一种人，不太个别，有一点普通；不太突出，有一点平；不太尖锐，有一点温；不太好，有一点坏；不太超拔，有一点俗。她有自己的性格特点，有自己的为人处世方式，她比黛玉那类人所占人数比例大，更讲究生存策略，更能融入周围，更适合世俗社会。

薛宝钗的姓氏名字既至尊至贵又透着俗世的烟火气息。薛,为姓,原本无所谓好坏雅俗,但联系到"丰年好大雪,珍珠如土金如铁"(第四回),就会生出财富、地位、权势、身份,还有奢侈、挥霍、豪华、尊贵的感觉。再联想到薛宝钗的哥哥薛蟠,整日唯知斗鸡走马,游山玩水,打死人扬长而去,就不仅是仗势欺人,飞扬跋扈,还透着一股子俗不可耐的市侩之气。

"宝钗"二字,从字面上解释,就是宝贵的钗。钗,是古代女子簪头的饰品。它可以是用金银打造而成的,且雕刻花纹,镶珠嵌玉,还可以在钗的根部缀以珠玉,一步一摇,高贵而华丽,起到装饰与炫耀的作用;钗也可以是最普通而廉价的,用骨头、竹子、荆条都可以作钗,仅是起到簪头发的实用效果。据《列女传》载,后汉梁鸿的妻子"荆钗布裙",是因为梁鸿家贫,后世遂以"拙荆"谦称自己妻子,荆即荆钗。显然薛宝钗兼具这两方面的特性,既是名门闺秀,至尊至贵,她的性情气质里面又天然地有着一种平民式的亲和力,而不是居高临下俯视四方的贵族气。以钗名之,何其贴切传神。

若将"薛宝钗"三个字与"林黛玉"三个字置于一起,就更能感觉出其中不同的神韵丰采。无疑地,钗、玉都属于装饰性的物品,都是美的。但后者属天然品,未经雕琢。黛是青黑色颜料,可代画眉之用,合起来便是青色的玉,而玉在中国人的印象中总是稀少罕见,透着几许神秘色彩,对应着脱俗超凡之意,玉还经常被古人用来比喻人之纯洁无瑕的品性。天然未凿的玉,透着未经雕饰的美,正是黛玉的写照。

"薛宝钗"这三个字很容易让人联想到这样的生活场景:富丽堂皇,奴婢环绕,环佩叮当,富贵闲适,安逸富足,这是一般人特别是俗世的女子们向往达到的一种境界,很人间,很现实,也很世俗。

薛宝钗的长相姿容合乎世俗社会的审美标准。在《红楼梦》中,多次出现的宝钗的形象描写离不了两个字:一是美,一是丰。

第四回介绍薛家现状时提到宝钗:

> 还有一女,比薛蟠小两岁,乳名宝钗,生得肌骨莹润,举止娴雅。

第五回将宝钗和先到贾府的黛玉作了对比描写:

> 不想如今忽然来了一个薛宝钗,年岁虽大不多,然品格端方,

容貌丰美，人多谓黛玉所不及。而且宝钗行为豁达，随分从时，不比黛玉孤高自许，目无下尘，故比黛玉大得下人之心。便是那些小丫头子们，亦多喜与宝钗去顽。因此黛玉心中便有些悒郁不忿之意，宝钗却浑然不觉。

第八回，宝玉听说宝钗身体微恙，特意去梨香院看宝钗，宝玉眼里的宝钗如邻家女孩般自然朴素、亲切随意：

> 宝玉掀帘一迈步进去，先就看见薛宝钗坐在炕上做针线，头上挽着漆黑油光的鬏儿，蜜合色棉袄，玫瑰紫二色金银鼠比肩褂，葱黄绫棉裙，一色半新不旧，看去不觉奢华。唇不点而红，眉不画而翠，脸若银盆，眼如水杏。罕言寡语，人谓藏愚；安分随时，自云守拙。宝玉一面看，一面问：“姐姐可大愈了？”

相同的描写出现在二十八回，宝玉要看宝钗戴在左腕上的红麝串子，宝钗生的肌肤丰泽，不大容易褪得下来。当她往下褪红麝串子时，宝玉被她的雪白的臂膀吸引：

> 宝玉在旁看着雪白一段酥臂，不觉动了美慕之心，暗暗想道：“这个膀子要长在林妹妹身上，或者还得摸一摸，偏生长在他身上。”……再看看宝钗形容，只见脸若银盆，眼似水杏，唇不点而红，眉不画而翠，比林黛玉另具一种妩媚风流，不觉就呆了，宝钗褪了串子来递与他也忘了接。

刚刚黛玉还满口含酸地讥讽宝玉，“我很知道你心里有‘妹妹’，但只是见了‘姐姐’，就把‘妹妹’忘了”。（第二十八回）转眼宝玉、宝钗偶遇贾母处，发生了上面一幕。偏巧黛玉不知何时也到了贾母处，把宝玉的表现瞧了个真切，不饶人的黛玉遂打趣宝玉为“呆雁”。

第三十二回，宝玉拿杨贵妃比宝钗，说她“体丰怯热”，将宝钗激怒，脸红冷笑：“我倒象杨妃，只是没一个好哥哥好兄弟可以作得杨国忠的！”杨贵妃是中国古代四大美女之一，以丰腴美貌著称。白居易《长恨歌》里面的杨贵妃形象，雪肤花貌，天生丽质，“芙蓉如面柳如眉”。但传统的“美女祸水论”并不很尊重杨玉环，况且马嵬坡下被赐死的遭遇也并不见得多光荣，所以宝钗一听将自己比作贵妃，一向沉得住气的她也露出了少有的锋芒予以驳击。其实宝玉倒没有别的想法，只是从容貌上比附，不能不说是恰当的。

中国民间的审美标准常以丰满为美,面如满月、面如桃花常被用来形容美女。丰满是家庭幸福、生活富足的表现,被认为是一种福相。身体丰腴的人往往皮肤白晰,所以常常白胖相联,而且身上多肉的人常被认为是心胸宽广,大度能容,能给人安全可靠的感觉。那么,漂亮、丰满、健康的宝钗被贾府选作未来的媳妇是可以理解的,也是符合人情人性的。

但是有一点应该注意,即丰腴富态从来不是时尚与浪漫的标志,引不起诸如诗意、飘逸、潇洒等的联想,而是很现实的感觉;相反倒是那些瘦削、纤细、弱不禁风、娇喘吁吁的女孩子更超拔,更脱俗,更有不食人间烟火的仙气。

庄子曾塑造了藐姑射山上的仙人形象:"肌肤若冰雪,淖约若处子;不食五谷,吸风饮露;乘云气,御飞龙,而游乎四海之外。"①曹植《洛神赋》里的洛神也是:"翩若惊鸿,婉若游龙。"这样的形象是多么虚无缥缈,似真似幻,不染尘埃,冰清玉洁。自此以后,中国人的心理中便形成两种不同女性形体容貌的审美标准:一是丰满型,给人的感觉是现实、实用,不会引起他人的非分之想;另一种是纤柔型,腰不盈握,弱柳扶风,娇喘吁吁。

再拿黛玉跟宝钗比,她们二人正代表着两种不同的风度神采。黛玉像风像雨又像雾,有点虚,有点飘忽,有点琢磨不定,如雾里花,镜中月,神秘朦胧,只可远观不可把玩,有一种出尘之感;而宝钗就像一件家常衣服或者很有用处的家什,平凡、普通、实用、方便,但也易流于平庸。黛玉是一种不能抵达的境界,而宝钗则是我们周围的世界。

薛宝钗的性情气质合乎传统道德要求。一个人的性格特点总是体现在他生活的方方面面:从外到内,从上到下,言谈举止,仪容姿态,为人处世,思维方式,总之是渗透在他的血脉骨髓里面,无法遮掩也遮掩不了,无法逃避也逃避不了,不自觉不期然地流露出来,对应着他性格中的那一主导方面。孟子曾说:"君子所性,仁义礼智根于心,其生色也睟然,见于面,盎于背,施于四体,四体不言而喻。"②即是说一个人性情品质源于其心灵深处,由身体面容表现出来,观察其身体语言,就

①《庄子·逍遥游》,见曹础基:《庄子浅注》,9 页,北京:中华书局,1982。
②《孟子·尽心上》,见杨伯峻译注:《孟子译注》,309 页,北京:中华书局,1960。

会得出对这个人的本质认识。

　　宝钗从容、坦然、贞静、娴雅，确有点大家气象，也颇有孔子所倡导的君子的风度。她不是娇滴滴的弱女子，而是有主张、有头脑，能主事，这一点与宝玉和黛玉不同。她小小年纪便知道为母亲"分忧解劳"（第四回），薛姨妈曾夸奖自己的女儿，说她"就和凤哥儿在老太太跟前一样，着了正经事，就有话和他商量，没有了事，幸亏他开我的心"（第五十七回）。她的哥哥薛蟠是一个到处惹是生非的花花公子，薛姨妈整天为他担惊受怕，只有宝钗陪伴在母亲身边操持家务，管理下人。她是妈妈的主心骨，顶着薛家的半壁江山。很难想象，没有了宝钗，薛姨妈会是多么孤单无助，薛家又是多么的不成样子。特别是到了后来薛蟠娶了夜叉般混账不讲理的金桂，闹得薛家家翻宅乱，不得安宁，幸好有宝钗把持得住，否则薛家就彻底垮了。书中写："那金桂见丈夫旗纛渐倒，婆婆良善，也就渐渐的持戈试马起来。先时不过挟制薛蟠，后来倚娇作媚，将及薛姨妈，又将至薛宝钗。宝钗久察其不轨之心，每随机应变，暗以言语弹压其志。金桂知其不可犯，每欲寻隙，又无隙可乘，只得曲意俯就。"（第七十九回）

　　连贾府有事也请宝钗帮忙。凤姐小月之后王夫人命李纨、探春管家，又请来宝钗协助，王夫人对她说："好孩子，你还是个妥当人，你兄弟姊妹们又小，我又没工夫，你替我辛苦两天，照看照看。凡有想不到的事，你来告诉我，别等老太太问出来，我没话回。那些人不好了，你只管说。他们不听，你来回我。别弄出大事来才好。"（第五十五回）王夫人视之为妥当之人，可委托大事之人。

　　宝钗不喜欢花儿粉儿的东西，在她的居室里也看不到女孩子们的一切小玩意。老太太带领刘姥姥和众人游逛大观园时进到宝钗的屋子所看到的景象是：

　　　　进了蘅芜苑，只觉异香扑鼻。那些奇草仙藤愈冷愈苍翠，都结了实，似珊瑚豆子一般，累垂可爱。及进了房屋，雪洞一般，一色玩器全无，案上只有一个土定瓶中供着数枝菊花，并两部书，茶奁茶杯而已。床上只吊着青纱帐幔，衾褥也十分朴素。（第四十回）

一个人的居住环境、摆设、饰物正体现其性格特点与气质爱好，所种植物显示宝钗是一个重实际的人,她不喜欢那些花里胡哨、只好看不中用的东西,她重的是实际效果。摆设的简洁明快说明她做事低调,不喜张扬。

她成熟老到,懂事明理,稳重沉静,不会轻嘴薄舌,妄言妄说。虽然被人讥为"不干己事不张口,一问摇头三不知"(第五十五回),但还是显得含蓄蕴藉,不张不扬,很有修养,所以很能博得大人好感。贾母就在好几个场合公开赞扬宝钗,"提起姊妹,不是我当着姨太太的面奉承,千真万真,从我们家四个女孩儿算起,全不如宝丫头。"(第三十五回)要知道这一次是宝玉特意想勾着老祖宗赞黛玉的,没成想老祖宗却没理会宝玉的意思,没接宝玉的话头,转而说了宝钗一大堆好话,实出宝玉意外。

一次,史湘云提议吃烤鹿肉,贾宝玉、平儿等都围着吃,而薛宝钗不去吃。很明显,在她看来,这种行为违背了"淑女"标准,她当然不会做。对照古代要求于妇女的"四德":"妇德不必才明绝异也,妇言不必辩口利辞也,妇容不必颜色美丽也,妇功不必技巧过人也",而要"幽闲贞静,守节整齐,行己有耻,动静有法",①宝钗真的是守妇德的典范。

也许因为太合乎传统道德要求,在宝钗身上,理的色彩太过浓郁,有的时候未免遮蔽了一个年轻姑娘应有的真情率性,甚至会表现出几分无情。金钏投井而死,王夫人觉得不安,宝钗反劝慰她:"不过多赏几两银子发送他,也就尽主仆之情了。"听说三姐自杀、柳湘莲出家的事,薛姨妈"心甚叹息",呆霸王薛蟠也心疼难过,"眼中尚有泪痕"。当薛姨妈把这事说给宝钗听,不料宝钗却一点不在意,而是说:"俗语说的好,'天有不测风云,人有旦夕祸福',这也是他们前生命定……妈妈也不必为他们伤感了。倒是自从哥哥打江南回来了一二十日,……酬谢酬谢才是。别叫人家看着无理似的。"(第六十七回)鲜活生命的逝去并没有引起她内心的波澜,在这一点上,宝钗确实显得冷酷无情。

薛宝钗的价值观是正统而实用的。宝玉最烦别人要他学习上进的话,斥为混账话,而宝钗是那些经常劝他好好读书懂得仕途经济学问的人之一,也因此遭遇过尴尬。第三十二回,通过袭人的嘴说过一

① 〔汉〕班昭:《女诫》,见《蒙养书集成》(二),42~43页,西安:三秦出版社,1990。

件事：宝姑娘曾劝宝玉读书上进，宝玉咳了一声，拿起脚来走了，宝钗话没说完，"登时羞的脸通红，说又不是，不说又不是"，好生下不来台。袭人还借此发挥了一下，说幸亏是宝姑娘，要是林姑娘，见宝玉这么不给她面子，肯定会恼了，还不知哭闹成啥样子，而宝姑娘过后还是照旧，"真真有涵养，心地宽大"。虽然明知宝玉不喜欢，但宝钗依然如故，一遇合适的机会，照劝不误。在宝钗看来，仕途经济才是一个男人最应该关心的，是正业，其他的都可以不管不问。宝钗的人生观里面有出人头地的渴望，她的理想是："好风频借力，送我上青云。"（第七十回）

宝玉挨打以后，贾母不让任何人逼迫宝玉学习。宝玉本就懒与士大夫诸男人接谈，又最厌峨冠礼服贺吊往还等事，今日得了赦免令，越发得了意，不但将亲戚朋友一概杜绝了，而且连家庭中晨昏定省亦发都随他的便了，日日只在园中游卧，不过每日一清早到贾母王夫人处走走就回来了，却每每甘心为诸丫鬟充役，十分消闲随意。就在宝玉荒唐度日之时，只有一个人时时见机劝导他，就是宝钗，宝玉对此极为不满，生气地说："好好的一个清净洁白女儿，也学的钓名沽誉，入了国贼禄鬼之流。这总是前人无故生事，立言竖辞，原为导后世的须眉浊物。不想我生不幸，亦且琼闺绣阁中亦染此风，真真有负天地钟灵毓秀之德！"（第三十六回）宝钗对宝玉似乎天然地负有一种责任感、使命感，不管他愿不愿意，她都不失时机地予以劝勉。而黛玉就没有这方面的想法，书中说："独有林黛玉自幼不曾劝他去立身扬名等语，所以深敬黛玉。"（第三十六回）但是，正因为宝钗的这种异于同龄人的成熟，才使得贾家人感觉她是宝二奶奶的合适人选，把宝玉交到她手里才让人放心，这也是在宝、黛、钗关系上宝钗最终取得胜利的原因之一。

不仅仅对宝玉，对别的姊妹们，宝钗也是一副苦口婆心的贤人心态，这鲜明地体现在对诗词的态度上。对于居住在大观园这一温柔富贵乡里、吃不忧穿不愁的年轻的少爷小姐们来说，吟诗作赋、喝酒酬唱是他们抒发青春郁闷、焕发生命光彩、排遣无聊光阴的最佳途径，只要有个引子如秋风起雪花落，就要兴高采烈地起诗社，给沉寂的日常生活增添几抹亮色。只要有人倡议，每个人都热烈响应，全身心投入，兴味十足。宝钗作为年轻人中的一员，而且是才华横溢的一位，自然是不可或缺的，都要把她邀上。但在所有的人中，她是最清醒的一位，她是以旁观者的心态参与的,没有将之视为生活中的必不可少,而是把它看成一种点缀,一种可有可无的补充,甚至是有不如无的多余。她经常说一些不合时宜的话给那些狂热的脑袋降温,泼点冷水让一颗颗沉迷的心醒悟。

宝钗对湘云说作诗,"究竟这也算不得什么,还是纺绩针黹是你我的本等。一时闲了,倒是于你我深有益的书看几章是正经"。(第三十七回)

宝钗对湘云和香菱说:"一个女孩儿家,只管拿着诗作正经事讲起来,叫有学问的人听了,反笑话说不守本分的。"(第四十九回)

黛玉作了五美吟,宝钗借此发挥道:"自古道'女子无才便是德',总以贞静为主,女工还是第二件。其余诗词,不过是闺中游戏,原可以会可以不会。咱们这样人家的姑娘,倒不要这些才华的名誉。"(第六十四回)俨然一个道德代言人。

所制作的灯谜太过文雅,宝钗说:"这些虽好,不合老太太的意思,不如作些浅近的物儿,大家雅俗共赏才好。"走南闯北、见多识广的宝琴作了几首怀古诗,其中两首因涉及《西厢记》《牡丹亭》,宝钗假装糊涂说:"我们也不大懂得,不如另作两首为是。"黛玉看不下去,马上反驳道:"这宝姐姐也太'胶柱鼓瑟',矫揉造作了。这两首虽于史鉴上无考据,咱们虽不曾看这些外传,不知底里,难道咱们连两本戏也没有见过不成?那三岁孩子也知道,何况咱们?"(第五十一回)这里体现出宝钗的假正经、假道学,可厌! 黛玉反驳得痛快,真实率性,可爱!

宝钗以其小小的年纪,何以有如此的内在自觉与坚守不移的耐力? 这与她从小生长的环境与所受的教育有关,这是她自己给我们的答案。

一次行酒令,黛玉不小心说了几句《牡丹亭》《西厢记》上的话,被宝钗逮住严加"审问",并现身说法,相当知心地告诉黛玉自己成长过程中加以自觉约束的经历:"我们家也算是个读书人家,祖父手里也极爱藏书。先时人口多,姊妹兄弟都在一处,都懒看正经书。弟兄们也有爱诗的,也有爱词的诸如这些'西厢''琵琶'以及'元人百种',无所不有。他们是偷背着我们看,我们却也偷背着他们看。后来大人知道了,打的打,骂的骂,烧的烧,才丢开了。"(第四十二回)

　　原来宝钗也不是生而知礼，而是后天的管教加以不断的自我修炼。她自觉担负着净化纯洁他人的职责与使命，所以她循循善诱，好为人师，俨然一道德代言人。这也注定了她的理想会打着浓郁的传统道德的色彩，难怪她对省亲的贾妃那么样地尊崇，她对只管婆婆妈妈的宝玉说："谁是你姐姐？那上头穿黄袍的才是你姐姐，你又认我这姐姐来了。"（第十八回）仰慕之情溢于言表。而这个时候，黛玉还只是想"大展奇才，将众人压倒"，才不想什么黄袍不黄袍，宝钗的早熟可见一斑。将宝玉交到如此合乎道德要求与世俗标准的宝钗手里，贾府可谓一百个放心。

　　薛宝钗的为人处世是讲究实效与策略的。薛宝钗做事注重实际效果，她从来不做那些云里雾里、无边无际的浪漫虚缈事情，很难想象葬花的事儿会发生在宝钗身上，只有满脑袋诗呀泪呀哥呀的黛玉才配。宝钗之为人处事讲究实效与策略最典型地体现在处理与宝玉的关系上。

　　不要以为只有黛玉为了宝玉神魂颠倒，宝钗的心里也是很在乎宝玉的，只不过采取了合乎她的性格特征的方式，隐而不露，秘而不宣。这也难怪，毕竟她是一个年轻的少女，情窦初开，宝玉又是那么样的出类拔萃，风流俊秀，有着无人能敌的魅力，宝钗心动亦在情理之中。

　　宝钗经常到宝玉处，惹得丫头们都烦了。有一次晴雯和碧痕拌嘴，没好气，"忽见宝钗来了，那晴雯正把气移在宝钗身上，正在院内抱怨说：'有事没事跑了来坐着，叫我们三更半夜的不得睡觉！'"（第二十六回）

　　宝钗的一些不自觉的言谈举止也透露出她内心隐秘的感情。她有两次"失态"之举，从中可以看出她对宝玉内在的感觉。一次是宝玉挨打后，宝钗第一个去探望，还带着疗伤的药，她问宝玉："这会子可好些？""又点头叹道：'早听人一句话，也不至今日。别说老太太、太太心疼，就是我们看着，心里也疼。'刚说了半句忙又咽住，自悔说的话急了，不觉的就红了脸，低下头来。"（第三十四回）这是宝钗第一次在宝玉面前流露自己真实的感情，让常常自作多情的宝玉听得心花怒放，将疼痛丢在九霄云外，不由得开始浮想联翩……

　　对宝玉感情不自觉的流露还有一次，第三十六回写到，宝钗中午到怡红院找宝玉,正赶上宝玉午睡,袭人在一边给宝玉做兜肚,袭人说脖子低得怪酸的出去溜达一会儿,留宝钗一个人在宝玉身边。宝钗便坐在袭人方才坐的地方,拿起袭人刚才做的活计接着做。看看这是一幅多么温馨可人的图画:"宝玉穿着银红纱衫子,随便睡着在床上,宝钗坐在身旁做针线,旁边放着蝇帚子。"好一似家庭小夫妻的温馨样儿。这一幕刚巧让黛玉和湘云看到了,黛玉自然心里不是滋味,"冷笑了两声";湘云刚要笑时,"忽然想起宝钗素日待他厚道,便忙掩住口",将满心含酸的黛玉拖走了。一向理智有加的宝钗面对宝玉时也不免柔情似水,表现出一位年轻女性可爱的一面。

宝钗的心思到底被她那个冒撞的哥哥给说了出来:"好妹妹,你不用和我闹,我早知道你的心了。从先妈和我说,你这金要拣有玉的才可正配,你留了心,见宝玉有那劳什骨子,你自然如今行动护着他。"(第三十四回)虽然这话把宝钗气哭了,但谁又能否认薛蟠的话中含有几分实情呢。

虽然宝钗心里喜欢宝玉,但是她对自己是否能取胜没有把握,因为与黛玉比起来,她虽然预先有了金锁,也有王夫人、凤姐等至亲,但与老太太比起来又次一等了,所以她并不和黛玉争一时之高下,而是表现得理智而婉转。她不与宝玉发生直接的联系,却千方百计讨得贾母、王夫人等人的信任与喜欢,取得湘云、探春等重要姊妹的好感,拉拢袭人等有些体面的丫头,且尽力表现自己与黛玉不同的一面,当然她做这一切的时候都是不动声色,不显山不露水。

在千方百计讨老祖宗好这一点上,宝钗与凤姐有相同之处,甚至有过之而无不及。贾母亲自替宝钗做生日,特意定了新戏,摆了酒席。"贾母因问宝钗爱听何戏,爱吃何物等语。宝钗深知贾母年老人,喜热闹戏文,爱吃甜烂之食,便总依贾母往日素喜者说了出来。贾母更加欢悦。"(第二十二回)点戏也是这样,宝钗只按照贾母的口味点谑笑科诨之类,宝玉不喜欢,他不满地说:"只好点这些戏。"但宝钗知道只要贾母喜欢即可,因为贾母是决定宝玉命运的人,讨得贾母喜欢比讨得宝玉喜欢更重要。果然,贾母很快就表现出对宝钗的重视,凤姐说去看戏,"贾母因又向宝钗道:'你也去,连你母亲也去。长天老日的,在家里也是睡觉'"。又打发人去请了薛姨妈。(第二十九回)

有一次宝钗极其露骨地奉承老太太,守着一大家子人,她略显突兀地说:"我来了这么几年,留神看起来,凤丫头凭他怎么巧,再巧不过老太太去。"(第三十五回)把老太太高兴得忘乎所以,毫不谦虚地说:"当日我象凤哥儿这么大年纪,比他还来得呢。"并且反过头来大夸了宝钗一顿。要知道,贾府其他人都是唯老太太马首是瞻,她的话就是圣旨,她的首肯就是命令,果然此后形势便慢慢朝着有利于宝钗的方向发展了。

不仅对贾母,对姊妹们宝钗也注意密切联系。秋后夜渐长,宝钗"日间至贾母处王夫人处省候两次,不免又承色陪坐闲话半时,园中姊妹处也要度时闲话一回,故日间不大得闲"。而黛玉却"总不出门,只在自己房中将养",而且就是姊妹来看她,她也时常露出烦厌,"众人都体谅他病中,且素日形体娇弱,禁不得一些委曲,所以他接待不周,礼数粗忽,也都不苛责"。(第四十五回)将她们两人一对比就显出差异,宝钗成熟、老到、善于处理人际关系,黛玉却在这方面无所用心。

对老太太的娘家侄女湘云,宝钗也很注意与她搞好关系,赢得她的好感。众人商量起诗社,湘云要做东,宝钗先替她考虑,说:"你家里你又作不得主,一个月通共那几串钱,你还不够盘缠呢。这会子又干这没要紧的事,你婶子听见了,越发抱怨你了。况且你就都拿出来,做这个东道也是不够。难道为这个家去要不成? 还是往这里要呢?"又提醒她:"虽然是顽意儿,也要瞻前顾后,又要自己便宜,又要不得罪了人,然后方大家有趣。"后主动提出名义上还是湘云做东起社,但是切由自己来具体操办,她对湘云说:

> 我们当铺里有个伙计,他家田上出的很好的肥螃蟹,前儿送了几斤来。现在这里的人,从老太太起连上园里的人,有多一半都是爱吃螃蟹的。前日姨娘还说要请老太太在园里赏桂花吃螃蟹,因为有事还没有请呢。你如今且把诗社别提起,只管普通一请。等他们散了,咱们有多少诗作不得的。我和我哥哥说,要几篓极肥极大的螃蟹来,再往铺子里取上几坛好酒,再备上四五桌果碟,岂不又省事又大家热闹了。(第三十七回)

湘云听了,自是感激不尽,极赞她想得周到。宝钗又进一步表白自己这么做绝无他意,只是一片真心为她着想:"我是一片真心为你的话。你千万别多心,想着我小看了你,咱们两个就白好了。你若不多心,我就好叫他们办去的。"湘云忙笑道:"好姐姐,你这样说,倒多心待我了。我凭怎么糊涂,连个好歹也不知,还成个人了?我若不把姐姐当作亲姐姐一样看,上回那些家常话烦难事也不肯尽情告诉你了。"

搞一个螃蟹宴,对宝钗来说乃举手之劳,但对其他人来说,就是可望不可即的事情。借助自家条件,宝钗将湘云彻底俘虏。当湘云把贾母、王夫人、凤姐等都请来,贾母问是谁想得这么周到,湘云笑道:"这是宝姐姐帮着我预备的。"贾母道:"我说这个孩子细致,凡事想的妥当。"(第三十九回)其实宝钗一向对湘云关照有加,湘云也毫不吝惜自己对宝钗的赞美之言:"我天天在家里想着,这些姐姐们再没有一个比宝姐姐好的。可惜我们不是一个娘养的,我但凡有这么个亲姐姐,就是没了父母,也是没妨碍的。"接着她又心直口快地说宝玉:"我知道你的心病,恐怕你的林妹妹听见,又怪嗔我赞了宝姐姐。"(第三十二回)为什么宝钗对湘云如此之照顾?湘云是老太太的亲娘家侄女,又是性格外露,直心快嘴,她对众姐妹的评价,特别是对宝钗的赞美定会说给贾母听,这就无形中增加了宝钗在上层者心目中的分量。

在下人里面,宝钗第一对之好的是袭人。湘云曾送戒指给姐妹们,而宝钗却把它转送给了袭人,看出她对袭人的重视。宝玉挨打以后,黛玉只会哭得"两个眼睛肿的桃儿一般,满面泪光",而宝钗却是周到地带了药来,并仔细交代了敷用方法,让袭人着实感激。(第三十四回)当袭人向宝钗抱怨活计多做不完,说:"偏生我们那个牛心左性的小爷,凭着小的大的活计,一概不要家里这些活计上的人作。我又弄不开这些。"宝钗体谅地说:"你不必忙,我替你作些如何?"袭人笑道:"当真的这样,就是我的福了。晚上我亲自送过来。"(第三十二回)而在袭人嘴里的黛玉是什么样子呢?"他可不作呢。饶这么着,老太太还怕他劳碌着了。大夫又说好生静养才好,谁还烦他做?旧年好一年的工夫,做了个香袋儿,今年半年,还没拿针线呢。"(第三十二回)语气中明显透着不满。宝钗为什么对袭人另眼相看,自然有她的道理。一来袭人是宝玉的贴身丫头,宝玉须臾不可离,对之言听计从;二来袭人有些见识,时常规劝宝玉,与自己有些相似;三来袭人是王夫人倚重的人,是王夫人安插在大观园的耳目,大观园中特别是怡红园里发生的事情通常是由袭人传进上层的耳朵，当然少不了对宝钗、黛玉的评价。实际上大观园里面好几起事件都是由袭人而起，晴雯之死袭人也脱不了干系。那么，取得袭人的好感，也是取得上层好感的一个重要渠道，宝钗自然不放过。

对一些无关紧要的小人物，宝钗也一视同仁，考虑细致周到。比如赵姨娘，她可能是贾府主子里面最背运、最不招人喜欢的人，宝钗在分送礼物的时候，也忘不了她。第六十七回书中写道："赵姨娘因见宝钗送了贾环些东西，心中甚是喜欢，想道：'怨不得别人都说那宝丫头好，会做人，很大方，如今看起来果然不错。他哥哥能带了多少东西来，他挨门儿送到，并不遗漏一处，也不露出谁薄谁厚，连我们这样没时运的，他都想到了。若是那林丫头，他把我们娘儿们正眼也不瞧，那里还肯送我们东西？'她拿着东西到王夫人那里讨好，"这是宝姑娘才刚给环哥儿的。难为宝姑娘这么年轻的人，想的这么周到，真是大户人家的姑娘，又展样，又大方，怎么叫人不敬服呢。怪不得老太太和太太成日家都夸他疼他。我也不敢自专就收起来，特拿来给太太瞧瞧，太太也喜欢喜欢。"宝钗的"群众工作"可谓十分到家，如果投票搞民意测验的话，宝钗得的票数肯定是最多的，而黛玉得的票数肯定是最少的。

对黛玉，实际上的"情敌"，宝钗的感觉很微妙，一方面，她凡事忍让着黛玉，不与黛玉争一时之短长，且不断改善与黛玉的关系。黛玉喜欢打趣人，宝钗笑指他道："怪不得老太太疼你，众人爱你伶俐，今儿我也怪疼你的了。过来，我替你把头发拢一拢。"黛玉果然转过身来，宝钗用手拢上去。（第四十二回）她对黛玉十分关心，劝黛玉吃药，并要提供药方子和燕窝，黛玉被感动得敞开心扉：

"你素日待人，固然是极好的，然我最是个多心的人，只当你心里藏奸。从前日你说看杂书不好，又劝我那些好话，竟大感激你。往日竟是我错了，实在误到如今。细细算来，我母亲去世的早，又无姊妹兄弟，我长了今年十五岁，竟没一个人象你前日的话教导我。怨不得云丫头说你好，我往日见他赞你，我还不受用，昨儿我亲自经过，才知道了。比如若是你说了那个，我再不轻放过你的；你竟不介意，反劝我那些话，可知我竟自误了。……难得你多情如此。"

钗黛关系达到顶峰,第五十九回书中写道:因宫里一个老太妃没了,贾母叫进薛姨妈来与黛玉作伴,黛玉半真半假地认薛姨妈做了干妈,所以黛玉与宝钗一同喊妈,黛玉跟过来要硝的莺儿说:"你回去说与姐姐,不用过来问候妈了,也不敢劳他来瞧我,梳了头同妈都往你那里去,连饭也端了那里去吃,大家热闹些。"

另一方面,宝钗又嫁祸于黛玉,败坏黛玉的名声。芒种节那天,宝钗原要去找黛玉祭饯花神,但见宝玉进了潇湘馆,便改变主意回转身寻别的姊妹。忽见前面一双玉色蝴蝶,大如团扇,一上一下迎风翩跹,遂向袖中取出扇子来扑,穿花度柳,蹑手蹑脚的,一直跟到滴翠亭上。只听亭里嘁嘁喳喳有人说话,便煞住脚往里细听,听出其中一个是宝玉房里的红玉。她们正说与贾芸传递信物之事,正听着,突然红玉叫把窗槅子推开,以免有人在外面偷听。宝钗不由心中吃惊,想道:"他素昔眼空心大,是个头等刁钻古怪的东西。今儿我听了他的短儿,一时人急造反,狗急跳墙,不但生事,而且我还没趣。"料已躲不及了,于是便"使个金蝉脱壳的法子","故意放重了脚步,笑着叫道:'颦儿,我看你往那里藏!'……那亭内的红玉、坠儿刚一推窗,只听宝钗如此说着又往前赶,两个人都唬怔了"。(第二十七回)仔细想一下,她为什么单单嫁祸于黛玉,而不是别个呢,园子里有的是姑娘,有的是丫头子们,随便哪一个都行,可她在刹那间叫出的是"颦儿",反映了她内心的想法。试想,她刚刚要到黛玉处,正好看到宝玉进了黛玉那里,她未免心里有气,含酸,但她又不会明着表现出来,于是暗暗地给黛玉使个坏,加个罪过,以解心头之恨。由此看来,她对宝玉的心思,对黛玉的妒,不也很明显吗?

可以看出,宝钗追求爱情的方式途径都是很实际的,一步步按照自己的设计向前走,透着世俗的深谋远虑。

王昆仑先生曾将宝钗与黛玉作比较,他说:"宝钗在做人,黛玉在做诗;宝钗在解决婚姻,黛玉在进行恋爱;宝钗把握着现实,黛玉沉醉于意境;宝钗有计划地适应社会法则,黛玉任自然地表现自己的性灵;

宝钗代表当时一般妇女的理智,黛玉代表当时闺阁中知识分子的感情。"①王先生确得其精髓:宝钗适合在一个富贵的大家庭里,养一大群孩子,指挥一大群仆人,营造一个温馨舒适的环境,相夫教子,即宝钗适合做一个好妻子;而黛玉更合适做一个情人,写写诗作作画,闻风落泪,见月伤心,却不用承担任何实际的责任与义务。宝钗能使生活舒适,黛玉却能使情感熨贴;宝钗能驾驭生活之舟向着"正统"的大道前进,黛玉则能使生活充满情趣,诗意荡漾;宝钗匍匐于人间,黛玉则翱翔于半空;宝钗拘泥于世俗,黛玉则出入于心灵的世界。在情感与心智方面,黛玉比宝钗走得更高更远,只可惜没有现实的支撑,黛玉的结局只能是一个悲剧。而宝钗则与世俗水乳交融,在现实的世界里如鱼得水,所以宝钗会是最后的胜利者——如果按世俗的标准衡量的话。

王熙凤,她是《红楼梦》中与传统女性背离最大的一个形象,温婉、柔弱、羞怯、含蓄这些天经地义的女性属性在她身上找不到影子。相反,她却是能言善辩,精明强干,且贪财妒忌、心狠手辣。作者对她的情感倾向最矛盾不定,既有欣赏之情也有讥讽之意,给她安排的下场也与她的"出众"一样特别的悲惨。凤姐是一个让人无法忽视的人物,在荣、宁二府中是如此,后世的读者与研究者心目中也是如此。

王熙凤是《红楼梦》中第一等多趣与有生气之人,观其容可以忘饥,听其声可以解颐。只要她一出场就声情并茂,趣味横生,带来无限生机与活力。她有着极好的口才,虽然没有多少文化,自诩粗人,但她出口成章,戏谑嘲笑,献媚讨好,滔滔不绝,又能对景说到点子上,说得还那么生动有趣,令人忍俊不禁,真算得上天赋聪明之人。元宵佳节贾府开夜宴,喝酒唱戏听说书,老太太兴之所至发表了一番有关才子佳人小说皆是俗套子的长篇大论,虽说不乏真知灼见,但当着说书先生的面未免有些扫兴,而且贾母这段话说得时间太长,有些冷场,凤姐不失时机地出来圆场:

> 凤姐儿走上来斟酒,笑道:"罢,罢,酒冷了,老祖宗喝一口润润嗓子再掰谎。这一回就叫作《掰谎记》,就出在本朝本地本年本月本日时,老祖宗一张口难说两家话,花开两朵,各表一枝,是

① 王昆仑:《红楼梦人物论》,221 页,北京:三联书店,1983。

真是谎且不表,再整那观灯看戏的人。老祖宗且让这二位亲戚吃一杯酒看两出戏之后,再从昨朝话言掰起如何?"他一面斟酒,一面笑说,未曾说完,众人俱已笑倒。两个女先儿也笑个不住,都说:"奶奶好刚口。奶奶要一说书,真连我们吃饭的地方也没了。"(第五十四回)

凤姐是有表现欲的人,且善于表演,越是人多的时候,她表演得越精彩,发挥得越充分,这是她的一大特点。

从凤姐自己的表白中我们可以看出,她并没有读过多少书,所谓文化程度不高,从小被当作男孩子教养,所受到的妇范妇规约束较少,日常言谈举止泼辣豪爽,不拘小节,与传统女性之含蓄、温婉、扭怩作态截然不同,虽然被调侃为"泼皮破落户儿",但这正是凤姐性情气质之吸引人的魅力所在。

一次回王夫人话出来,到廊檐上,有几个执事的媳妇子正等她回事呢,见她出来,都笑道:"奶奶今儿回什么事,这半天? 可是要热着了。"凤姐把袖子挽了几挽,趿着那角门的门槛子,笑道:"这里过门风倒凉快,吹一吹再走。"她不把那些传统要求于女人的所谓规范放在眼里,说就说,笑就笑,拿得起,放得开,颇有几分豪爽的别样魅力。有一次宝玉去贾母处,"走到凤姐儿院门前,只见凤姐蹬着门槛子拿耳挖子剔牙,看着十来个小厮们挪花盆呢"。(第二十八回)凤姐之形象呼之欲出。高尔基曾盛赞托尔斯泰笔下的人物形象是那样生动,那样真实,以致他简直都想用手指去"碰"他们一下。曹雪芹笔下的人物我们好像也可以用手指触摸得到。

凤姐有心计,反应机敏,她善于审时度势,相机而动,从而避免自己陷入被动之中,或惹上不必要的麻烦,或替他人背窝囊的黑锅。

儿子、孙子满眼的贾赦生出念头,要贾母跟前的大丫头鸳鸯做小老婆。禀性愚蠢,只知承顺贾赦以自保,不知高低深浅,看不出形势利弊的邢夫人找凤姐商量,凤姐一眼瞅出邢夫人替贾赦要鸳鸯是自讨没趣,要碰钉子,她提醒邢夫人道:

依我说,竟别碰这个钉子去。老太太离了鸳鸯,饭也吃不下去的,那里就舍得了? 况且平日说起闲话来,老太太常说,老爷如今上了年纪,作什么左一个小老婆右一个小老婆放在屋里,没的耽误了人家。放着身子不保养，官儿也不好生作去，成日家和小老婆喝酒。太太听这话，很喜欢老爷呢？这会子回避还恐回避不及，倒拿草棍儿戳老虎的鼻子眼儿去了！太太别恼，我是不敢去的。明放着不中用，而且反招出没意思来。老爷如今上了年纪，行事不妥，太太该劝才是。比不得年轻，作这些事无碍。如今兄弟、侄儿、儿子、孙子一大群，还这么闹起来，怎样见人呢？（第四十六回）

凤姐话说得有些不客气，但却句句属实，是中肯的到家的话，但邢夫人感觉不顺耳，不高兴道："大家子三房四妾的也多，偏咱们就使不得？我劝了也未必依。就是老太太心爱的丫头，这么胡子苍白了又作了官的一个大儿子，要了作房里人，也未必好驳回的。我叫了你来，不过商议商议，你先派上了一篇不是。也有叫你要去的理？自然是我说去。你倒说我不劝，你还不知道那性子的，劝不成，先和我恼了。"与糊涂人没法讲道理，凤姐完全为邢夫人着想的话不被采纳反被抱怨，凤姐立马转变了声口，见风使舵道：

太太这话说的极是。我能活了多大，知道什么轻重？想来父母跟前，别说一个丫头，就是那么大的活宝贝，不给老爷给谁？背地里的话那里信得？我竟是个呆子。琏二爷或有日得了不是，老爷太太恨的那样，恨不得立刻拿来一下子打死，及至见了面，也罢了，依旧拿着老爷太太心爱的东西赏他。如今老太太待老爷，自然也是那样了。依我说，老太太今儿喜欢，要讨今儿就讨去。我先过去哄着老太太发笑，等太太过去了，我搭讪着走开，把屋子里的人我也带开，太太好和老太太说的。给了更好，不给也没妨碍，众人也不知道。（第四十六回）

凤姐之意是反正把利害关系给你说明白了，不听劝告自讨没趣那是你自己的事情，与我无干。凤姐算不上诤臣，她应该对自己认为正确的事情谏争到底，如果她这样做了，也许邢夫人和贾赦就不会在贾母处碰一鼻子灰了。但也未必，因为邢夫人与贾赦之流自以为是，凤姐当诤臣未必能劝说得成功，所以她还是取了见机行事的策略。

邢夫人自以为聪明地先要找鸳鸯说，想当然地以为鸳鸯没有不答应之理，只要她自己愿意了，那时再和老太太说，若老太太不依，搁不住当事人愿意,常言"人去不中留",自然这事就成了。这时候凤姐不仅不劝,反而完全顺着邢夫人的思路说,而且为她添油加醋,以显示邢夫人所想多么高明,这其实是一步步把邢夫人推向了尴尬的境地:

> 凤姐儿笑道:"到底是太太有智谋,这是千妥万妥的。别说是鸳鸯,凭他是谁,那一个不想巴高望上,不想出头的?这半个主子不做,倒愿意做个丫头,将来配个小子就完了。"(第四十六回)

这话邢夫人果然爱听,她笑道:"别说鸳鸯,就是那些执事的大丫头,谁不愿意这样呢。你先过去,别露一点风声,我吃了晚饭就过来。"

按照一般人智力水平,一听这话也就罢了,跟自己没有什么关系了,随她去罢,不再往深里想。但凤姐不同于常人,她工于心计,走一步能看出三步,她马上考虑到仅仅这样与邢夫人分手还不够,她预见到邢夫人会碰壁,如果鸳鸯答应了还好,万一鸳鸯不给邢夫人面子,而自己早已知道邢夫人去找她了,鸳鸯是不是会恼羞成怒,迁怒于自己呢;再者说了,如果鸳鸯不答应,多疑的邢夫人是不是会以为自己提前跟鸳鸯说了什么,走漏了风声,那么自己就脱不了干系,不尴不尬。想到此,凤姐灵机一动,提出和邢夫人一起到老太太和鸳鸯处去,凤姐想的理由很自然也很充分,她对邢夫人说:

> "方才临来,舅母那边送了两笼子鹌鹑,我吩咐他们炸了,原要赶太太晚饭上送过来的。我才进大门时,见小子们抬车,说太太的车拔了缝,拿去收拾去了。不如这会子坐了我的车一齐过去倒好。"邢夫人听了,便命人来换衣服。凤姐忙着伏侍了一回,娘儿两个坐车过来。凤姐儿又说道:"太太过老太太那里去,我若跟了去,老太太若问起我过去作什么的,倒不好。不如太太先去,我脱了衣裳再来。"(第四十六回)

凤姐真会推脱责任,且顺理成章,天衣无缝,让人看不出丝毫破绽。待到邢夫人去找鸳鸯,凤姐赶紧回家,支走平儿,因为她料到邢夫人必来这屋里商议,如果是碰壁而回,当着平儿脸上不好看。凤姐安排得滴水不漏,把自己的责任推得一干二净。最后当邢夫人在贾母处碰得"头破血流",被贾母劈头盖脸痛骂一顿,邢夫人乖乖地罚站在贾母旁边不敢动,凤姐却一身轻松地和贾母玩牌,逗贾母开心。

这一回题目是"尴尬人难免尴尬事,鸳鸯女誓绝鸳鸯偶",主要人物应该是邢夫人和鸳鸯,邢夫人的糊涂不晓事,鸳鸯的刚烈决绝表现得淋漓尽致。同时在事件的进行过程中,凤姐的见机行事机敏多变,八面玲珑,圆滑多智,还有贾赦的好色与仗势欺人都写得煞是精彩,给人留下难以磨灭的印象。

凤姐不仅漂亮、聪明、口才出众,工于心计,而且能力超群,是一个不可多得的人才。贾珍说她从小"顽笑着就有杀伐决断,如今出了阁,又在那府里办事,越发历练老成了"(第十三回);冷子兴嘴里的凤姐是,"模样又极标致,言谈又爽利,心机又极深细,竟是个男人万不及一的"(第二回);周瑞家的对刘姥姥介绍凤姐说:"这位凤姑娘年纪虽小,行事却比世人都大呢。如今出挑的美人一样的模样儿,少说些有一万个心眼子。再要赌口齿,十个会说话的男人也说他不过。"(第六回)周瑞家的说:"这样大门头儿,除了奶奶这样心计当家罢了。别说是女人当不来,就是三头六臂的男人,还撑不住呢。"(八十三回)

最能体现凤姐才干、头脑、手腕的经典案例是协理宁国府。秦可卿神秘死亡之后,贾珍欲为她大办丧事,但人多事杂,而"尤氏又犯了旧疾,不能料理事务",贾珍忧虑,唯恐各诰命来往,亏了礼数,惹人笑话。宝玉向贾珍建议让凤姐过来帮忙料理,贾珍喜不自禁,马上到上房里请凤姐。

> 可巧这日非正经日期,亲友来的少,里面不过几位近亲堂客,邢夫人,王夫人,凤姐并合族中的内眷陪坐。闻人报:"大爷进来了。"唬的众婆娘唿的一声,往后藏之不迭,独凤姐款款站了起来。(十三回)

什么男女授受不亲,在凤姐看来都是胡扯,她有种男子般的气概,干大事业的禀赋,让人一看就能独当一面,把事情托付给她完全可以放心。她不顾王夫人的担忧,很爽快地答应了贾珍的请托,开始了一个月的协理宁国府行动,表现出了一个男人不及的魄力与才干。这一个月,凤姐只恨不能分身:

> 忙的凤姐茶饭也没工夫吃得,坐卧不能清净。刚到了宁府,荣府的人又跟到宁府;既回到荣府,宁府的人又找到荣府。凤姐见如此,心中倒十分欢喜,并不偷安推托,恐落人褒贬,因此日夜不暇,筹画得十分的整肃。于是合族上下无不称叹者。(第十四回)

凤姐工作起来投入、敬业、忘我,不敢稍加懈怠,并在忙与乱中收获满足与快乐。

凤姐固然是争强好胜,但争强好胜是以付出与辛劳为前提的;凤姐固然是权力欲强,但权力欲是以努力与勤奋为支撑的;凤姐固然有强烈的表现欲,但表现欲也是要以成就与业绩说话的。一出协理宁国府,凤姐尽情表演,充分体现了她的智慧、才干与手腕,证明她确有干大事业的能力与素质。

对"协理宁国府"这一大事件作者没有给出一个最后的总结,凤姐自己对远差归来的贾琏说的时候带有得意洋洋的自谦色彩:"更可笑那府里忽然蓉儿媳妇死了,珍大哥又再三再四的在太太跟前跪着讨情,只要请我帮他几日,我是再四推辞,太太断不依,只得从命。依旧被我闹了个马仰人翻,更不成个体统,至今珍大哥哥还抱怨后悔呢。你这一来了,明儿你见了他,好歹描补描补,就说我年纪小,原没见过世面,谁叫大爷错委他的。"(第十六回)但谁都不能否认凤姐取得了极大的成功,显示了非凡的才能。对此,秦可卿的一句话可作最好的注脚:"你是个脂粉队里的英雄,连那些束带顶冠的男子也不能过你。"(第十三回)作者也发出由衷的赞叹:"金紫万千谁治国,裙钗一二可齐家。"(第十三回)

她既有卓异出众的能力,还有超越传统女性的人格魅力。还是在协理宁国府的时候,"这日伴宿之夕,里面两班小戏并要百戏的与亲朋堂客伴宿,尤氏犹卧于内室,一应张罗款待,独是凤姐一人周全承应。合族中虽有许多妯娌,但或有羞口的,或有羞脚的,或有不惯见人的,或有惧贵怯官的,种种之类,俱不及凤姐举止舒徐,言语慷慨,珍贵宽大,因此也不把众人放在眼里,挥霍指示,任其所为,目若无人"。(第十四回)这就是凤姐的与众不同之处与难能可贵,也是作者所欣赏的一种人格形态,不管是男子还是女子,都应该有一种简断明了的气质,也应该具备应对生活与生存的能力。书中,作者曾借凤姐的口对那种"扭扭捏捏的蚊子似的"女人表示了不屑,她说:就怕和这样的人说话,"他们必定把一句话拉长了作两三截儿,咬文咬字,拿着腔儿,哼哼唧唧的,急的我冒火,他们那里知道!先时我们平儿也是这么着,我就问着他:难道必定装蚊子哼哼就是美人了?说了几遭才好些儿了"。(第

二十七回）

其实不独对凤姐,《红楼梦》中所有性情豪爽、畅快活泼之人都被写得鲜活生动,活灵活现,让人喜爱。看得出,作者曹雪芹喜欢一切有趣的人与事,追求一切有生气的东西。作者钟情的是那些俏丽妩媚、聪颖灵秀、自然多趣之人,如凤姐、湘云,所以毫不吝惜笔墨,予以浓墨重彩,描摹刻画,把她(他)们写得枝叶饱满,摇曳多姿。可以说正是这些才华横溢的人物激发出了作者的才华与创作激情,而对那些老实木讷、口笨言拙、了无生趣者,作者总是一笔带过,着墨不多。如二小姐迎春,作者毫不客气地冠以"二木头"的诨名,说她"懦弱""不中用",是"有气的死人,连他自己尚未照管齐全","戳一针也不知嗳哟一声"。(第六十五回)

但另一方面,作者对凤姐的可憎可惧之处,也毫不隐瞒,淋漓尽致地予以表现。她的为人里面有两面派的作风,对贾母——贾府的一把手,拥有至高无上之地位、生杀予夺之大权、一言九鼎之威力的人,不遗余力地奉承拍马,有时候露骨地阿谀,有时候巧妙地戴高帽,有时候耍贫嘴讨欢心,有时候暗地里迎合,总之,只要是奉承老太太,凤姐的嘴就特别出彩,每有超水平发挥。即使是很不起眼的小事,放到凤姐嘴里,也会锦上添花,令人捧腹。但她对手下人就耀武扬威,目空一切,心狠手辣,如小厮兴儿说的:"如今合家大小除了老太太、太太两个人,没有不恨他的,只不过面子情儿怕他。皆因他一时看的人都不及他,只一味哄着老太太、太太两个人喜欢。他说一是一,说二是二,没人敢拦他。又恨不得把银子钱省下来堆成山,好叫老太太、太太说他会过日子,殊不知苦了下人,他讨好儿。估着有好事,他就不等别人去说,他先抓尖儿;或有了不好事或他自己错了,他便一缩头推到别人身上来,他还在旁边拨火儿。如今连他正经婆婆大太太都嫌了他,说他'雀儿拣着旺处飞,黑母鸡一窝儿,自家的事不管,倒替人家去瞎张罗'。……嘴甜心苦,两面三刀;上头一脸笑,脚下使绊子;明是一盆火,暗是一把刀:都占全了。"(第六十五回)

凤姐心狠手辣,翻脸无情,荣宁两府许多人都领教过。一旦得罪她或侵犯了她的利益,她必不择手段置人于死地,对此,她毫不手软。最能体现这一点的是第六十八回"苦尤娘赚入大观园,酸凤姐大闹宁国府"。贾琏在外偷娶尤二姐，凤姐无意中得知，气得咬牙切齿，怒不可遏，突击审问小厮，得了确信以后，凤姐制定了周密的步骤，并马上付诸实施。这计策既让自己得了贤良的名气，还要让尤二姐死无葬身之地，以解心头之恨。首先就是要将尤二姐骗入府中，只要进了府，就是凤姐的地盘，要杀要剐，任由她折腾。趁着贾琏不在家的时机，凤姐到尤二姐的租住地，发挥了超凡的口才，一番花言巧语，骗取单纯的二姐的信任。二姐怀着无限的期望与梦想高高兴兴地随凤姐进府，她没有想到这才是自己噩梦的开始。其次，凤姐不断给尤二姐制造心理压力。凤姐悄悄地告诉二姐："妹妹的声名很不好听，连老太太，太太们都知道了，说妹妹在家做女孩儿就不干净，又和姐夫有些首尾，'没人要的了你拣了来，还不休了再寻好的。'我听见这话，气得倒仰，查是谁说的，又查不出来。这日久天长，这些个奴才们跟前，怎么说嘴。我反弄了个鱼头来拆。"（第六十八回）这不是专揭尤二姐的伤疤吗？那些曾经的往事，对二姐来讲是最不堪回首的，最想忘掉的，而凤姐的一再提起让她无地自容。可想而知她承受了多大的精神压力，又是多么的自愧自悔，痛不欲生。再次，将自己的人埋伏在二姐身边。凤姐变法将二姐的丫头一概退出，将自己的一个丫头送她使唤，这样就把尤二姐孤立起来，一举一动都在掌握之中；而且小丫头心领神会凤姐之意，不仅不服二姐使唤，还说一些不三不四的话刺激二姐，给二姐吃的茶饭都系不堪之物。最后，处置尤二姐，借剑杀人。

尤二姐之死凤姐有摆脱不了的责任，细细看起来，都是凤姐一步步幕后导演而成。一计不成，再生一计，不达目的不罢休。虽然凤姐假惺惺地作出贤惠的样子，但明眼人一下子便瞧破其别有用心。二姐死后，贾琏搂尸痛哭，说："奶奶，你死的不明，都是我坑了你！"贾蓉提醒贾琏说话小心，向南指大观园的界墙，贾琏会意，只悄悄跌脚说："我忽略了，终久对出来，我替你报仇。"（第六十九回）

这一出"弄小巧用借剑杀人"把凤姐之赶尽杀绝、奸狡毒辣表现得淋漓尽致，六十八回戚序回前曰："余读《左氏》见郑庄，读《后汉》见魏武，谓古之大奸巨猾，惟此为最。今读《石头记》，又见凤姐作威作福，用柔用刚，占步高，留步宽，杀得死，救得活。天生此等人，斫丧元气不少。"

　　凤姐还是一个贪财好利，物欲强烈之人。凤姐出身巨富贵族之家，王家被称为"东海缺少白玉床，龙王来请金陵王"，富贵荣华，已达极致；嫁的婆家，又是"白玉为堂金作马"的贾家，金银财宝，山堆海积。按说，凤姐应该视金银如粪土才对。可为什么她竟对财富表现得如此贪婪，来者不拒，多多益善，没有餍足？为了利，她可以不择手段，置仁、义、德于不顾，以至于"重利盘剥"，最后被人抓住把柄。是她缺钱吗？贾府的太太姐姐姑娘们都是这样过活，吃穿用度都是官中的，每月所给的零用钱足够花销，并且没有看到她有多少特别需要用钱的地方，她用各种各样的手段挣来的钱也派不上什么用场。既然不是没有见过大钱的，也不是急需用钱的，她对钱之贪婪只有一个原因，就是天性喜欢，源于本能的渴求，如果遇见钱而不据为己有，她会难过，而经过一番斗智斗勇将金钱据为己有的过程会给她带来无上的快感。公家的钱，她赚；兄弟姐妹们的钱，她也赚；有钱人的钱，她要；没钱人的钱，她也不放过；假公济私，以权谋私的事儿，凤姐更是手到擒来，表现得异常贪婪。假如凤姐精打细算、赚取钱财是为了贾府的长治久安，这种行为是值得肯定的，但不是，她完全是为了满足一己的私利。曹雪芹运用一系列生动可信的细节展示了王熙凤的这一性格特征，进一步丰富了古代小说的女性人物画廊。

　　再简单说一下贾母。贾母是《红楼梦》中第一有亲和力的形象，非常招人喜欢。她疼爱孙子孙女，特别是无原则地溺爱宝玉，活脱脱现实生活中一个具有浓重"隔辈亲"特征的邻家老奶奶形象。她懂得享受，喜欢热闹，饮酒、听曲、打牌、听戏、说笑话，与年轻人打成一片，一点没有年近八旬之人的陈腐与老旧，相反洋溢着生命的热情与活力。她宽厚仁慈，怜老惜贫，从不仗势欺人。但是，她不是一个简单普通的老太太，她是贾府辈分最高者，按照封建家庭宗法等级制度，她自然是贾府最高权力拥有者，是这一宗法家庭的太上家长。虽然在公开场合她多次声称自己年岁大了，懒得操心，乐得享清闲，但只要她活一日，谁也无法剥夺她至高无上之地位、生杀予夺之大权、一言九鼎之威力。但实际上，贾母并没有承担起作为贾府一把手的责任——总揽全局，高瞻远瞩，运筹帷幄，出谋划策，她对贾府的一切不闻不问，无所作为，算得上是一个甩手掌柜。而且对大权在握的管家奶奶、荣府具体事务的执行者——凤姐,贾母也是一味放纵,不闻不问,对凤姐的奉承吹捧甘之若饴。其实凤姐做人做事的出发点和落脚点就是贾母,她做人是做给贾母看的,做事是为贾母做的,她对尤氏说:"你不用问我,你只看老太太的眼色行事就完了。"(第四十三回)贾府几乎所有的人都清楚王熙凤的为人,都知道她两面派的作风,都在背后恨她骂她,但贾母懵然不觉,宠着凤姐,惯着凤姐,向着凤姐,为她撑腰,为她说话,任其胡作非为。其实,按说"哪一个主子不疼出力得用的人?"(探春语,五十五回)贾母疼爱凤姐、赞赏凤姐、支持凤姐也在情理之中。但人是复杂的,有能力有才干是凤姐的一个方面,她还有另外一面,就是贪婪狠毒,冷酷少恩,欲望强烈,为达目的不择手段,如她的小厮兴儿说的,她是"嘴甜心苦,两面三刀;上头一脸笑,脚下使绊子;明是一盆火,暗是一把刀:都占全了"(第六十五回)。虽说管理一个千头万绪的大家族没有一定的手腕与策略不行,一味地好脾气做好人也没法制伏他人,但如果是为家族,用在公正的目的上,无可厚非,问题是凤姐的毒辣伎俩都被用来谋个人之私利,以实现不可告人的目的。对这样一个人,如果不加以严格管理,有效监督,并制定必要的措施来控制与约束,那么她坏的一面就会尽情释放,兴风作浪,飞扬跋扈,胆大妄为,无恶不作,最终导致不可收拾的结果。对凤姐这个曹操式的人物,偏偏就缺少了严格把关这一环节。贾母只看到她好的一面,没有意识到她的短处、毛病,一味地吹捧、颂扬,为她涂脂抹粉,为她擂鼓助威,有贾母这只威风凛凛的大老虎在前头开路,她这只小狐狸乐得有恃无恐,胡作非为。在凤姐明火执仗、假公济私、贪赃枉法的行为后面是贾母的纵容,老太太有意无意间充当了帮凶的角色,如果说王熙凤的所作所为加速了贾府的灭亡,那么,贾母也逃脱不了放纵失察之责。

其他人物形象,如有胆有识的探春,善良温顺的平儿,刚烈孤傲的晴雯,豪爽潇洒的史湘云,贞洁决绝的鸳鸯,伪善冷漠的王夫人,顽固迂腐的贾政,老于世故人情的刘姥姥等,也都刻画得眉目分明、惟妙惟肖,足以显示作者的才华和一丝不苟的创作精神。

值得注意的是,《红楼梦》刻画人物,完全改变了此前小说人物类型化、夸张化的描写,表现出了人物性格的多面性和复杂性。曹雪芹更注重人物的心理描写,且描写细腻入微,成功地揭示了人物的精神面貌和他们的内心秘密。三十二回中，当黛玉听到宝玉背里和史湘云、袭人说她从来不说那些"仕途经济"的"混账话"以后，作者这样描写她当时的心理：

> 黛玉听了这话，不觉又喜又惊，又悲又叹。所喜者：果然自己眼力不错，素日认他是个知己，果然是个知己；所惊者：他在人前一片私心称扬于我，其亲热厚密，竟不避嫌疑；所叹者：你既为我的知己，自然我亦可为你的知己，既你我为知己，又何必有"金玉"之论呢？既有"金玉"之论，也该你我有之，又何必来一宝钗呢？所悲者：父母早逝，虽有铭心刻骨之言，无人为我主张；况近日每觉神思恍惚，病已渐成，医者更云："气弱血亏，恐致劳怯之症。"我虽为你的知己，但恐不能久待；你纵为我的知己，奈我薄命何！

通过以上生动准确，丝丝入扣的描绘，出色地表现了黛玉内心深处种种隐微曲折的情感，从而深刻地揭示了人物性格。其他如十九回"意绵绵静日玉生香"，二十九回"痴情女情重愈斟情"等都是描写心理活动的成功片段。

曹雪芹还善于通过环境、景物来描写衬托人物性格，黛玉潇湘馆里"凤尾森森，龙吟细细"；"有千百竿翠竹遮掩"，"竿竿青欲滴，个个绿生凉"；还有垂地的湘帘、悄无人声的绣房和透出幽香的碧纱窗，组成了一个富有诗情画意的境界，与林黛玉高贵脱俗的性格气质十分吻合，反过来又把黛玉婀娜绰约的"潇湘妃子"的形象衬托得更加儒雅动人。宝玉所住的怡红院则富丽堂皇，契合富家公子的身份和宝玉"如宝似玉"的性格特点。薛宝钗住的蘅芜院，院子里山石插大，异草盘环，奇藤仙葛缠绕，"或如翠带飘飘，或如金绳盘屈，或实若丹砂，或花如金桂，味芬气馥，非花香之可比"；房内则"雪洞一般，一色的玩器全无"。这种疏阔淡雅的环境与薛宝钗端雅贞静、藏愚守拙的气质非常协调。

总之，《红楼梦》打破了以往小说塑造人物常用的好人一切皆好，坏人一切皆坏的传统写法，写出了人物的丰富复杂的性格，取得了极高的艺术成就。

五、独具匠心的结构艺术

《红楼梦》的结构不是单一平面的、直线式的，而是错综交互的、立体多面的构造,在这方面,大大超越了在它以前的所有小说作品。

从表面上看,《红楼梦》的整体框架是一个虚幻式的构造,女娲氏炼石补天之时,在大荒山无稽崖炼了三万六千五百零一块石头,女娲用了三万六千五百块去补天,单单剩下了一块未用,弃在青埂峰下。此石自经煅炼之后,灵性已通。顽石见众石俱得补天,独自己无用被弃,乃自叹哀怨。后遇一僧一道,顽石动了凡心,想入红尘,于是借助僧道幻术,顽石变为一块鲜明莹洁的美玉,且又缩成扇坠大小,可佩可拿。随后被僧道携入红尘,化为贾宝玉生下时口里衔的通灵宝玉,跟宝玉一起历经人间的种种悲欢离合。最后石头归山,返本还原,回到青埂峰下。顽石所见所遇所闻的一切被记录下来,镌刻在石头之上,就是《红楼梦》的故事。

抛却表面的玄虚,《红楼梦》有两条贯串始终的结构线索:一是贾宝玉、林黛玉、薛宝钗三人的爱情和婚姻纠葛;二是贾府由兴盛到衰落的全过程。这两条线索互为表里,相互影响,彼此勾连,盘根错节,把众多人物和纷繁复杂的事件组织在一起。其中,贾家即宁国府、荣国府是人物活动的主要场所,由贾家而及薛家、史家、王家,"四大家族"又牵连起上至皇宫朝廷,下至市井乡野的整个社会。这样就构成了一个立体的交叉重叠的宏大结构,全方位立体式展示丰富复杂的生活画卷。小说如同一张精致、细密的网络,牵一发而动全身,众多人物的悲欢离合,"四大家族"的兴衰际遇,筋络相连,纵横交错,主次分明,浑然一体。

六、炉火纯青的语言

曹雪芹是语言大师,他继承我国文学语言的优良传统并加以丰富和发展,达到炉火纯青的地步。

《红楼梦》的叙述语言洗练纯净,精当细致,文采斐然,具有高度的艺术表现力。小说在写景状物时,绘色绘声,形象生动,让读者仿佛身临其境;那些经典场面如宝钗扑蝶、黛玉葬花、晴雯补裘、湘云醉卧芍药裍等,俨然是一幅幅美丽的图画。其实,这样的图画随处可见。

第四十九回宝玉一早起来,往窗外一看:

原来不是日光,竟是一夜大雪,下将有一尺多厚,天上仍是搓绵扯絮一般……出了院门，四顾一望，并无二色，远远的是青松翠竹，自己却如装在玻璃盒内一般……回头一看，恰是妙玉门前栊翠庵中有十数株红梅如胭脂一般，映着雪色，分外显得精神，好不有趣！

第十七回，大观园建成，初次向读者展露容颜，对怡红院的描画只有八个字："粉墙环护，绿柳周垂。"寥寥数语，却有无限的表现力。

《红楼梦》的人物语言切合人物的身份、地位、教养、性格特征，具有自己独特的个性，使读者仅由说话就能看出说话的人来。如黛玉的语言俏皮机敏，又带有几分尖刻不饶人；薛宝钗的语言沉稳圆融且极深城府；史湘云的语言直率爽快，不加掩饰；宝玉的语言率性真诚，常有出人意料的"呆话"；贾政的语言装腔作势，枯燥乏味；晴雯的语言锋芒毕露……而王熙凤堪称《红楼梦》中最会说话之人，她的语言或风趣幽默，妙语连珠；或热辣张扬，无所顾忌；或咬牙切齿，暗藏杀机。

我们且来看凤姐设计将尤二姐骗入贾府的一段十分精彩的"演讲"：

> （凤姐）口内忙说："皆因奴家妇人之见，一味劝夫慎重，不可在外眠花卧柳，恐惹父母担忧。此皆是你我之痴心，怎奈二爷错会奴意。眠花宿柳之事瞒奴或可，今娶姐姐二房之大事亦人家大礼，亦不曾对奴说。奴亦曾劝二爷早行此礼，以备生育。不想二爷反以奴为那等嫉妒之妇，私自行此大事，并不说知。使奴有冤难诉，惟天地可表。前于十日之先，奴已风闻，恐二爷不乐，遂不敢先说。今可巧远行在外，故奴家亲自拜见过，还求姐姐下体奴心，起动大驾，挪至家中。你我姊妹同居同处，彼此合心谏劝二爷，慎重世务，保养身体，方是大礼。若姐姐在外，奴在内，虽愚贱不堪相伴，奴心又何安。再者，使外人闻知，亦甚不雅观。二爷之名也要紧，倒是谈论奴家，奴亦不怨。所以今生今世奴之名节全在姐姐身上。那起下人小人之言，未免见我素日持家太严，背后加减些言语，自是常情。姐姐乃何等样人物，岂可信真。若我实有不好之处，上头三层公婆，中有无数姊妹妯娌，况贾府世代名家，岂容我到今日。今日二爷私娶姐姐在外，若别人则怒，我则以为幸。正是天地神佛不忍我被小人们诽谤，故生此事。我今来求姐姐进

去和我一样同居同处,同分同例,同侍公婆,同谏丈夫。喜则同喜,悲则同悲,情似亲妹,和比骨肉。不但那起小人见了,自悔从前错认了我,就是二爷来家一见,他作丈夫之人,心中也未免暗悔。所以姐姐竟是我的大恩人,使我从前之名一洗无余了。若姐姐不随奴去,奴亦情愿在此相陪。奴愿作妹子,每日伏侍姐姐梳头洗面。只求姐姐在二爷跟前替我好言方便方便,容我一席之地安身,奴死也愿意。"说着,便呜呜咽咽哭将起来。(第六十八回)

仔细分析一下凤姐的这番话,有几个层次:第一层,检讨自己,管夫太严,致使他在外偷偷娶妾不敢声张;第二层,二爷偷偷在外娶妾是对自己的误解,有损自己名声,使自己蒙受嫉妒的恶名,这绝非己意;第三层,如果尤二姐不挪至家中,那么自己嫉妒的恶名还会背负下去,对二爷的名声也有不好的影响;第四层,不要怕自己,自己身上一些不好的名声是小人们恶意诽谤,不足为证;第五层,自己从前遭受了许多不实之词的污蔑,正好借尤二姐之事洗刷恶名;第六层,假如尤二姐不挪进家,那么自己也不回家,宁愿在此相陪,且恳请尤二姐在二爷面前为自己美言,留自己存身之一席之地。说得多么恳切,多么动人,多么荡气回肠,情真意切,任是铁石人也动情,难怪"尤二姐见了这般,也不免滴下泪来";而且凤姐的这段话还有要挟之意,你若不搬进去住会对我的名声和二爷的名声造成不良影响,动之以情,晓之以理,软硬兼施,尤二姐果然中计:

> 尤二姐见了这般,便认他作是个极好的人,小人不遂心诽谤主子亦是常理,故倾心吐胆,叙了一回,竟把凤姐认为知己。又见周瑞等媳妇在旁边称扬凤姐素日许多善政,只是吃亏心太痴了,惹人怨,又说"已经预备了房屋,奶奶进去一看便知"。尤氏心中早已要进去同住方好,今又见如此,岂有不允之理。(第六十八回)

孔子曰:"巧言令色,鲜矣仁。"进贾家大观园是尤二姐悲剧的开始,而凤姐那一番"情辞恳切"的话是骗二姐入大观园的利器,这样看来,语言能杀人,王熙凤的话更是暗藏杀机,世间一切心术不正、搞阴谋诡计之人的话都是如此。《红楼梦》中这样的神来之笔,实是随处可见,它使读者如同进入了一个活的世界。

七、中国古典小说的顶峰

"自有《红楼梦》出来之后，传统的思想和写法都打破了。"鲁迅十分准确地概括了《红楼梦》的巨大成就和崇高地位。曹雪芹在继承中国优秀文学传统的基础上，以深刻的艺术洞察力，良好的艺术修养，认真的创作态度，高超的文学能力，攀登上了一个难以逾越的艺术高峰，成就了中国文学几千年发展的极致。

《红楼梦》是一部中国封建社会末期的百科全书，它以世代簪缨，钟鸣鼎食的贾府为背景，真实、生动地描写了 18 世纪上半叶中国末期封建社会的全部生活，是中国古老封建社会已经无可挽回地走向崩溃的真实写照。《红楼梦》第一次完整、系统地开启了否定我国封建主义的先河，是中国近代思想的先声。

《红楼梦》是中国小说史上继《金瓶梅》之后一部伟大的世情小说，既有家常琐事，儿女闲情的描画；也有世事洞明，人情练达的剖析；更有对封建末世腐朽与黑暗社会现实的揭露；同时，还发掘出蕴含在生活和人性中的诗意，表现了作者崇高的美学理想，将中国小说现实主义推向了新的高度。

《红楼梦》在艺术上也取得了空前的成就。它所塑造的四百多个人物，血肉丰满，个性鲜明，栩栩如生。特别是相比《三国演义》《水浒传》《金瓶梅》《西游记》等小说作品，《红楼梦》写出了人物性格的丰富性、复杂性，以及人物个性与现实生活的有机统一，彻底摒弃了人物形象的概念化、脸谱化特点，对中国古典小说的形象塑造进行了一次历史性的总结。

《红楼梦》对中国古典小说的美学风貌也作了一次历史性的概括和升华。在作品中，诗、词、曲、赋、铭、诔、联语、酒令、平话、戏文、绘画、书法、八股、对联、诗谜、酒令、佛教、道教、星相、医卜、礼节、仪式、饮食、服装以及各种文化知识，都巧妙安插进去，既能与小说的叙事融为一体，也对塑造人物性格发挥重要作用。黛玉的《葬花词》《秋窗风雨夕》《柳絮词》表现了她的多愁善感和孤芳自赏，也预示了黛玉的悲剧命运；宝钗的《柳絮词》在"温柔敦厚"的背后却是骨子里的不甘为人后，野心勃勃；宝玉的《芙蓉诔》反映了他与封建环境的格格不入，从而表现了他志在高洁的叛逆性格。在小说的行文中夹杂诗、词、曲、赋、骈文等,这是中国小说的一大传统,但是,有的时候出于作者炫耀才学的目的,部分割裂于小说的故事情节之外,甚至妨害小说的流畅性,删去后丝毫不影响小说内容的表达,反而有助于内容的紧凑与凝练。但在《红楼梦》中,这种现象得到彻底改观,它的诗词曲赋绝不会是情节发展的可有可无的点缀之笔,而是作品的有机组成部分,如果略去不看,就会影响到前后文的连贯和意思的完整。正像有的专家所论及的,"《红楼梦》中的诗词曲赋是小说故事情节和人物描写的有机组成部分"①。"过去小说里的诗词,多属'附加物'的性质,出自旁人或者说书者的口吻,到了《红楼梦》里,诗才正式成为小说的内容有机组成部分,用诗来帮助刻画人物性格自然是目的之一。"②这也是《红楼梦》改变以后小说写法的一个有力注脚,它使小说这一文体"文备众体"的特性得以完满呈现。

---

① 蔡义江:《蔡义江解读红楼》,23 页,桂林:漓江出版社,2005。
② 周汝昌:《曹雪芹传》,146 页,北京:东方出版社,2010。

第八章
清代后期：古代通俗小说的终结

第一节　清代后期通俗小说的新变化

鸦片战争前后，中国封建社会走入末期，社会动荡不安，清王朝内忧外患，民族灾难空前深重。随着经济、政治、社会风气的巨大变迁，清末思想文化也发生了空前变化，各种思潮涌起。一方面，知识分子中忧患意识、革命思想浓重，另一方面，维护封建统治的思想依然牢不可破。

这一时期的小说创作虽然总体上进入我国古典小说的终结期，但也有一些显著的变化，不但数量有惊人的增长，从内容到形式也出现了许多新的特点。

一、小说数量急速增长

小说是清代后期最为兴盛的文学样式，清末的一二十年间，小说大量刊印，数量达一千种以上，其客观原因是印刷业的发达，为小说的大规模刻印提供了技术支持；主观原因则是随着商业城市的规模不断扩大，市民阶层日益庞大，他们对小说这种娱乐性读物的需求不断增长。需求的增长又带动了创作者队伍的壮大。有识之士认识到小说的经济效益和社会影响，将小说创作作为一种职业，小说专业作家越来越多；还有一些人从事出版小说的事情,创办小说杂志,出版小说书籍。梁启超创办了《新小说》杂志,除了刊登梁氏自己创作的作品以外,还连载了吴沃尧的重要作品,如《痛史》《二十年目睹之怪现状》《九命奇冤》等。李宝嘉创办了《绣像小说》半月刊,他自己创作的《文明小史》《活地狱》,刘鹗的《老残游记》都发表于此。一些报纸也在副刊登载小说。据统计,至1912年,全国有报纸约五百种,期刊约二百种。这就为小说的刊发和传播提供了必要的平台,也促进了小说数量的增加。

二、小说地位与价值空前提高

清代后期,受西洋文化的影响,人们对小说的看法有了很大改变,小说的重要意义和社会作用愈益得到认识。梁启超在《论小说与群治之关系》中,大力强调小说在推进社会改革、提高国民素质等方面的极端重要性,将其视为挽救中国的灵丹妙药。他说:"欲新一国之民,不可不先新一国之小说。故欲新道德,必新小说;欲新宗教,必新小说;欲新政治,必新小说;欲新风俗,必新小说;欲新学艺,必新小说;乃至欲新人心,欲新人格,必新小说。何以故? 小说有不可思议之力支配人道故。"①当时与此相似的理论还有不少。这对于一向视小说为不登大雅之堂的中国正统文学观念是一个了不起的冲击,对晚清小说的兴盛和发展起了积极的推动作用。

不仅认识到小说的社会意义,而且对小说的文学价值和艺术特征也有了深层的体认。严复、夏曾佑曾专门撰文予以阐述,认为小说最能打动人心的内容为英雄与爱情:

> 英雄之为人所不能忘,既已若此。若夫男女之感,若绝无与乎英雄,然而其事实与英雄相倚以俱生,而动浪万殊,深根亡极,则更较英雄而过之。

> 明乎此理,则于斯二者之间,有人作为可骇可愕可泣可歌之事,其震动于一时,而流传于后世,亦至常之理,而无足怪矣。②

---

① 梁启超:《论小说与群治之关系》,见《梁启超文选》(下册),3页,北京:中国广播电视出版社,1992。
② 严复、夏曾佑:《国闻报馆附印说缘起》,见《中国历代文论选》第四册,200页,上海:上海古籍出版社,1980。

史传作品与小说都可以承担记述英雄与爱情故事的任务，但要说最能感动人心者，小说在历史之上。为什么？因为小说语言通俗，善于以细腻之笔触描写，生动逼真；小说还可以虚构，使故事情节曲折动人。所以"曹、刘、诸葛，传于罗贯中之《演义》，而不传于陈寿之《志》；宋、吴、杨、武，传于施耐庵之《水浒传》，而不传于《宋史》"①。正因如此，小说入人之深，行世之远，出于经史之上，并能起感染人心，移风易俗的作用。文章最后提到欧、美、日本，在开化之时，都得到小说的帮助，说明他们的刊印小说，旨在"使民开化"，并认为具有"愚公之一畚，精卫之一石"的作用。梁启超《论小说与群治之关系》对小说的艺术感染力量也有阐述，他认为小说对读者的影响可以从熏、浸、刺、提四字予以说明："熏"为熏陶，潜移默化；"浸"为感染，感人至深；"刺"为刺激，使人感情受突然刺激；"提"为移情，读者随书的感情而变化，把自己融入其中。"此四力者，可以卢牟一世，亭毒群伦，教主之所以能立教门，政治家所以能组织政党，莫不赖是。文家能得其一，则为文豪；能兼其四，则为文圣。有此四力而用之于善，则可以福亿兆人；有此四力而用之于恶，则可以毒万千载。而此四力所最易寄者，惟小说。"②正因为小说具有这样巨大的感染人、影响人的力量，所以中国人脑子里那些根深蒂固的封建落后的观念在很大程度上源于小说："吾中国人状元宰相之思想何自来乎？小说也。吾中国人佳人才子之思想何自来乎？小说也。吾中国人江湖盗贼之思想何自来乎？小说也。吾中国人妖巫狐鬼之思想何自来乎？小说也。"③这又无限夸大了小说的作用，让小说取代了经济发展、政治制度、文化思想对人的影响，是不准确的。但梁启超重视小说与群治的关系，迫切要求小说的改革，这在当时还是很有意义的。

---

① 严复、夏曾佑：《国闻报馆附印说缘起》，见《中国历代文论选》第四册，204～205页，上海：上海古籍出版社，1980。
② 梁启超：《论小说与群治之关系》，见《梁启超文选》（下册），6页，北京：中国广播电视出版社，1920。
③ 梁启超：《论小说与群治之关系》，见《梁启超文选》（下册），6～7页，北京：中国广播电视出版社，1920。

三、更加贴近现实

在题材内容方面,清代后期的小说也与之前大为不同,同社会现实的联系更为紧密,政治性更强,从中可以看出当时知识分子的政治觉悟大为提高,反侵略、反封建、救亡图存、改良群治的思想有了更大的自觉。以抨击官场黑暗、针砭时弊为主题的"谴责小说"大量产生,还出现了一些以鼓吹革命、宣扬民权与人道精神为主要内容的政治宣传小说,从中我们可以看到当时中国社会的一系列变化。在艺术形式方面,清代后期小说,以章回小说的形式居多,但也有新变化,《二十年目睹之怪现状》使用第一人称叙述,这是中国古典小说从未有过的;小说夹杂诗词的情况也大大减少。

综上所述,清代后期通俗小说创作取得了一定成绩,也出现了一些新变化。但总体上说处于整体衰落态势,有量无质,艺术水准也不高,没有出现像清中期《儒林外史》《红楼梦》那样的小说杰作。除了个别作品如《海上花列传》艺术成就较高,其他大部分作品或由于与现实太过切近,或由于对小说价值的认识有失偏颇,或由于过分迎合读者的欣赏品位,因而显得辞气浮露,在人物形象、故事情节方面缺乏想象力,在反映现实方面缺乏应有的深度。但不管怎么说,作为古代小说与现代小说之间的过渡,清代后期通俗小说有其不可或缺的作用,却是不能否认的。

第二节　侠义公案小说

一、概说

中国之侠义、公案小说,原本属于两种类型,到清末二者合流,形成侠义公案小说。最具代表性的作品有《施公案》《彭公案》《三侠五义》以及在这些作品基础上的续书。

侠义公案小说在清末大量出现,与这个时期社会政治腐败,生灵涂炭,民众渴求有清官伸张正义、侠客扶危济困的心态有关。郑振铎在《论武侠小说》中分析此类小说发达的原因时说："便是一般民众，在受了极端的暴政的压迫之时，满肚子的填塞着不平与愤怒，却又因力量不足，不能反抗，于是他们的幼稚心理上，乃悬盼着有一类'超人'的侠客出来，来无踪，去无迹的，为他们雪不平，除强暴。这完全是一种根性卑劣的幻想，欲以这种不可能的幻想，来宽慰了自己无希望的反抗的心理的。"①此外，清代后期侠义公案小说的繁荣，也与当时社会上尚侠崇武的风气有密切关系。清中叶以来，白莲教、天理教、太平天国等纷纷起义，他们都把精武作为号召群众的一种重要形式。说书艺人为迎合听众和读者心理，把大量武术技艺纳入书中，是很自然的。

二、《三侠五义》

《三侠五义》是清代后期侠义公案小说最具代表性的作品，又名《忠烈侠义传》。首刊于光绪五年（1879 年），署石玉昆述。石玉昆（约1790—1882），字振之，号问竹主人，天津人，清代嘉庆、咸丰、同治间著名玩票说唱艺人。石最早说唱《龙图公案》，嘉庆年间已经风行于世，在此基础上，删去唱词，增饰为小说，更名为《忠烈侠义传》，又名《三侠五义》，一百二十回。近代学者俞樾曾加以修订，更名为《七侠五义》，于光绪十五年（1889 年）作序刊行。但他的改动遭到质疑，认为其改本不如原本，故 1925 年，亚东图书馆重印《三侠五义》时选用原本。因此现在有《三侠五义》《七侠五义》两种名称流传于世。小说之三侠指南侠展昭、北侠欧阳春、双侠丁兆兰与丁兆蕙兄弟；五义指钻天鼠卢方、彻地鼠韩彰、穿山鼠徐庆、翻江鼠蒋平、锦毛鼠白玉堂。他们本都是江湖侠士，后来多数得到清官包公的赏识与荐拔而获得官身。小说的前半部分写包公在展昭、白玉堂等侠客的帮助下审奇案、平冤狱，诸侠在包公的感化下，最终成为他辅佐朝廷、除暴安良的帮手；后半部分主要写包公的门生颜查散和白玉堂等人，治理洪泽湖水患、收复军山、查明襄阳王谋反事实并翦除其党羽的故事。书中塑造了一位铁面无私、不畏权势的清官——包公形象，他明察善断，疾恶如仇，不畏强暴，体现了底层民众对贤明政治的渴望与幻想。书中穿插了大量侠客们路见

---

① 郑振铎：《中国文学研究》（下），334 页，北京：人民文学出版社，2000。

不平、拔刀相助的侠义行为,如展昭、白玉堂的劫富济贫,解救民女;欧阳春的夜闯太岁庄诛杀恶霸马刚;韩彰、蒋平的计擒花蝴蝶等,体现了市井细民对仗义行侠的草莽英雄的渴求。小说对黑暗政治予以揭露抨击,展现了比较广阔的市井生活图景,刻画了一些善良风趣的市井细民形象,鲁迅曾说这是一部"为市井细民写心"①的作品。

在艺术形式上,《三侠五义》具有民间平话的艺术特色,语言简短、明快、生动、口语化,"粗豪脱略"②;人物个性鲜明,粗犷不拘,有声有色,如鲁迅所说:"而独于写草野豪杰,辄奕奕有神,间或衬以世态,杂以诙谐,亦每令莽夫分外生色"③;故事情节曲折多变而又脉络清楚,悬念迭起,引人入胜,因而受到底层读者群的欢迎。俞樾激赏此书:"事迹新奇,笔意酣恣,描写既细入毫芒,点染又曲中筋节。正如柳麻子说'武松打店',初到店内无人,蓦地一吼,店中空缸空甏皆瓮瓮有声。闲中着色,精神百倍。"④

《三侠五义》可谓中国武侠小说的开山鼻祖,对后世影响很大。在它之后,陆续出现《续侠义传》《续七侠五义》《小五义》《续小五义》《后续小五义》《再续小五义》等作品,都是受它直接影响的结果。直到清末民初亦有大量知识分子投身武侠小说创作,写了很多脍炙人口的佳作,一直到港台的金庸、古龙的武侠小说都有受其影响的痕迹。

第三节 狭邪小说

一、概说

所谓狭邪,是小街曲巷的意思,指娼妓的居处,代指娼妓。鲁迅在《中国小说史略》中首先提出了狭邪小说这一流派,指以优伶、娼妓为创作题材的小说。狭邪小说渊源有自,唐代传奇《霍小玉传》《李娃传》

---

① 鲁迅:《中国小说史略》,见《鲁迅全集》第9卷,278页,北京:人民文学出版社,1981。
②③ 鲁迅:《中国小说史略》,见《鲁迅全集》第9卷,273页,北京:人民文学出版社,1981。
④ 俞樾:《七侠五义序》,见黄霖、韩同文选注:《中国历代小说论著选》(上),630页,南昌:江西人民出版社,1982。

就是此类小说的先驱；明代梅鼎祚的《青泥莲花记》、清代余怀的《板桥杂记》等，亦属此列；到了清末至近代，更是大量涌现，主要作品有《品花宝鉴》《花月痕》《青楼梦》《海上尘天影》《海上花列传》以及《九尾龟》《海上繁华梦》等。上述作品中，除《品花宝鉴》主人公为伶人外，其余女主角均为青楼妓女。

狭邪小说之在清代后期盛行，主要有两方面的原因：一是这一时期，城市商业化程度日益提高，娼妓业也随之发达，青楼楚馆汇聚了大量的娼妓。一些经常出入于青楼的文人，遂把这里面所发生的种种所谓"艳情"，写成市民阶层所喜爱的小说。二是作者追求功名利禄，赞赏腐朽堕落的生活，抒发颓废没落情绪的思想表现。

狭邪小说在内容上主要以娼妓为表现对象，但是作者对娼妓的态度却不尽相同。鲁迅曾经予以精辟分析，狭邪小说中的妓女形象凡三变，"先是溢美，中是近真，临末又溢恶"①。溢美类作品，如《品花宝鉴》《花月痕》《青楼梦》等，这类作品对娼优多持肯定与赞美的态度，作者则有男主人公的影子，以妓女为风尘知己，间接表现作者理想。狭邪小说中的"近真"之作，如《海上花列传》《海上繁华梦》等，这类作品对娼妓的态度比较客观，接近其真实面貌，有好有坏；同时，对妓院的肮脏龌龊予以揭露，对妓女的痛苦与不幸也有比较客观与真实的反映。狭邪小说中的"溢恶"之作，如《九尾龟》等，"所写的妓女都是坏人，狎客也像了无赖"②。这类作品着意暴露妓院黑幕，攻讦和谩骂妓女的虚伪、势利，思想平庸，艺术也较粗糙。

二、《海上花列传》

清代后期狭邪小说最具代表性的作品是《海上花列传》，作者韩邦庆（1856—1894），字子云，别号太仙，松江（今属上海）人。辛卯（1891年）秋到北京应试，落第，遂归上海并长期旅居于此，常为《申报》撰稿，并创办个人性文艺期刊《海上奇书》，所得多耗费于妓馆，死时仅三十九岁。《海上花列传》就是以娼妓为题材的长篇小说，先在光绪十八年（1892年）二月《海上奇书》创刊号上开始连载，每期二回，共刊十五期

---

①② 鲁迅：《中国小说的历史的变迁》，见《鲁迅全集》第 9 卷，339 页，北京：人民文学出版社，1981。

三十回;两年后,全书的石印本行世,共六十四回。此外尚有文言小说集《太仙漫稿》。

《海上花列传》主要写清末上海租界中成为官僚、富商社交活动场所的高级妓馆中妓女及狎客的生活,也间及低级妓女的情形。小说以赵朴斋、赵二宝兄妹为主要线索,写他们从农村来到上海后,被生活所迫而堕落的故事。赵朴斋本是一个淳朴的未见过多少世面的农村青年,一进上海滩便禁受不住花花世界的诱惑而迷失了人生方向,因为狎妓而当尽卖光,沦为东洋车夫,仍痴迷不悟。赵二宝,原本是一个清白而且干练的少女,禁受不住物欲、色欲的诱惑,沦为娼妓。小说虽以写妓院生活为主,但也旁及官场和商界,广泛描写了官僚、名士、商人、买办、纨绔子弟、地痞流氓等人的狎妓生活以及妓女的悲惨遭遇,反映了上海十里洋场光怪陆离的世相,堪称半殖民地化畸形繁荣的都市风情长卷。

《海上花列传》在艺术上有其独异之处,文字平实,笔触细致,极少夸张和过度渲染,也没有离奇故事情节的营造,只是按照生活的本来面目,表现平凡琐细的生活场景,反映生存的残酷,挖掘人性的复杂,表现对人的生存处境的悲悯。作品的叙述始终很平淡,细琐如"闲话",从中透出人物微妙的心理和人生苦涩的况味。对人物形象的塑造和性格的刻画,也以白描传神见功力。作者提出小说中的人物要"无雷同",即"性情言语、面目行为"不能彼此相信;又要"无矛盾",即同一人物前后出场时,应具有统一的性格;还要"无挂漏",保持人物与事件的完整。在这样的指导思想下,作品中的人物富有个性风采,跃然纸上。这种笔法被一些现代作家称道,如鲁迅谓《海上花列传》"记载如实,绝少夸张,则固能自践其'写照传神,属辞比事,点缀渲染,跃跃如生'(第一回)之约者矣"[1];并且称赞它"平淡而近自然"[2]。张爱玲也十分喜欢该书,她在与胡适的信中提到:"《醒世姻缘》和《海上花》,一个写得浓,一个写得淡,但是同样是最好的写实的作品。我常常替它们不平,总觉得它们应当是世界名著。"[3]

---

[1] 鲁迅:《中国小说史略》,见《鲁迅全集》第9卷,264页,北京:人民文学出版社,1981。
[2] 鲁迅:《中国小说史略》,见《鲁迅全集》第9卷,267页,北京:人民文学出版社,1981。
[3] 崔春昌编:《张爱玲精品集》,18页,北京:北方文艺出版社,2009。

第四节　谴责小说

一、概说

清末,历经中日甲午战争失利、戊戌变法失败、八国联军侵华等一系列变故,清朝政治极度腐败,民生凋敝,国势危殆,国人对腐败的清政府也完全丧失了信心。在这样的情况下,有进步思想的知识分子,发出了改革政治、维新爱国的呼声。小说界出现了大量抨击时政,揭露官场阴暗与丑恶,宣传新思想,呼吁改革社会的作品。这一类小说自觉地配合当时的政治运动,有较为丰富的政治内容,凡官场的黑暗,帝国主义的横行霸道,以至政治生活中的一系列重要事件,无不在小说中得到反映。鲁迅《中国小说史略》阐述了谴责小说的兴起及其特点:"光绪庚子(1900年)后,谴责小说之出特盛。盖嘉庆以来,虽屡平内乱(白莲教,太平天国,捻,回),亦屡挫于外敌(英,法,日本),细民暗昧,尚嗫著听平逆武功,有识者则已翻然思改革,凭敌忾之心,呼维新与爱国,而于'富强'尤致意焉。戊戌变政既不成,越二年即庚子岁而有义和团之变,群乃知政府不足与图治,顿有掊击之意矣。其在小说,则揭发伏藏,显其弊恶,而于时政,严加纠弹,或更扩充,并及风俗。"①正如鲁迅所言,这类作品抨击腐败,直抉时弊,大都写得很尖锐,但由于作者迎合读者求一时之快的心理,描写往往言过其实,笔无藏锋,达到了极度的夸张和漫画化的程度,显得浮露而缺乏深度,不能给读者以深刻动人的印象和思想的触动。小说的数量很多,但质量一般不高。所以鲁迅认为,这些作品,"虽命意在于匡世,似与讽刺小说同伦,而辞气浮露,笔无藏锋,甚且过甚其辞,以合时人嗜好,则其度量技术之相去亦远矣,故别谓之谴责小说"②。其代表作品有《官场现形记》《二十年目睹之怪现状》《老残游记》《孽海花》。

①② 鲁迅:《中国小说史略》,见《鲁迅全集》第9卷,282页,北京:人民文学出版社,1981。

二、《官场现形记》

作者李宝嘉（1867—1906），字伯元，号南亭亭长，江苏武进人。他少有才名，擅长诗赋和八股文，曾以第一名考取秀才，但屡试不第，因而对社会抱有不满。三十岁时来上海，先后创办了《指南报》《游戏报》《世界繁华报》，主要"为俳谐嘲骂之文"，"记注倡优起居"①。另外，他还曾担任过著名的小说期刊《绣像小说》的主编。《官场现形记》是李宝嘉最著名的作品，也是谴责小说的代表作，共六十回，写作于1901年以后的数年中，书未完稿作者就病故了，最后一小部分是由他的朋友补缀而成的。

《官场现形记》面世的方式是在报刊上连载，这在我国古代长篇小说史上是第一部，首开晚清小说批判现实的风气。其内容专门暴露官场黑暗，对于中国封建社会行将崩溃时期的官僚政治进行了总体解剖，上自军机大臣，下至佐杂胥吏，全方位地摄入笔底。书中写到的官，从最下级的典史到最高的军机大臣，其出身包括由科举考上来的，由军功提拔的，出钱捐来的，还有冒名顶替的，文的武的，无所不包。这些官，没有一个不是贪腐成性，见钱眼开，腐败堕落，残害人民，甚或媚外卖国。作者让他们一一"现形"，俨然一幅形形色色的官场群丑图。正像作者在文中所说的："这不像本教科书，倒像部《封神传》《西游记》，妖魔鬼怪，一齐都有。"

在艺术上，作者擅长白描手法，渲染细节，表现丑态，入木三分；小说还充分运用了夸张、漫画化的闹剧手法，尤善撕破人生的假面。小说的结构如《儒林外史》，采用一系列相对独立的短篇故事连缀而成，演述一人后即转入下一人，如此蝉联而下，读起来线条简单，脉络清晰。艺术上的缺陷是冗长、拖沓，人物情节间有雷同。

三、《二十年目睹之怪现状》

作者吴沃尧（1866—1910），又名宝震，字小允，号茧人，后又改"茧"为"趼"。广东南海佛山镇（今佛山市）人，因家居佛山，自号"我佛

---

① 鲁迅：《中国小说史略》，见《鲁迅全集》第9卷，282页，北京：人民文学出版社，1981。

山人"。他出身于一个中落的官僚家庭,二十多岁时到上海谋生,在江南制造军械局工作。常为报纸撰文,后与周桂笙等创办《月月小说》,并自任主笔。吴沃尧耿介自立,愤世嫉俗,常借小说对黑暗现实予以抨击。他的思想中有进步的合乎新潮流的一面,但又受旧道德影响较深,主张"恢复旧道德",这使他的小说呈现出矛盾的特点。他所作小说,以《二十年目睹之怪现状》最为有名,此外还有《痛史》《九命奇冤》《电术奇谈》《劫余灰》等三十余种。

《二十年目睹之怪现状》,共一百零八回,主要写作时间自 1903 年至 1909 年,开始的四十五回在梁启超主编的《新小说》上连载。这是一部带有自传色彩的作品,主人公是"九死一生",小说主要描写他自 1884 年二十年来在社会上所闻所见的各种怪现状。第二回云:"我出来应世的二十年中,回头想来,所遇见的只有三种东西:第一种是蛇虫鼠蚁;第二种是豺狼虎豹;第三种是魑魅魍魉。"①小说就是展示这种怪现状,笔锋触及相当广阔的社会生活面,上自部堂督抚,下至三教九流,举凡贪官污吏、讼棍劣绅、奸商钱房、洋奴买办、江湖术士、洋场才子、娼妓娈童、流氓骗子等,狼奔豕突,肮脏龌龊,显示了行将崩溃的中国封建末世的溃烂不堪。但它的重点还是暴露官场的黑暗。作者借卜士仁的口概括了当时的官场哲学:"至于官,是拿钱捐来的,钱多官就大点,钱少官就小点;……至于说是做官的规矩,那不过是叩头、请安、站班,……至于骨子里头,第一个秘诀是要巴结,只要人家巴结不到的,你巴结得到;人家做不出的,你做得出。"(第九十九回)五十回中九死一生这样说:"这个官竟然不是人做的。头一件就要学会了卑污苟贱,才可以求得着差使;又要把良心搁过一边,放出那杀人不见血的手段,才能弄得着钱。"这部小说涉及的社会范围比《官场现形记》要广,它以揭露官场人物为主,又写到洋场、商场以及其他三教九流的角色。除了大量的反面人物,还写了九死一生、蔡侣笙、吴继之等几个正面人物。

作者经验丰富,见闻广博,文笔犀利,庄谐杂陈,辛辣而有兴味;对人物的刻画也能神情毕肖,栩栩如生。小说采用第一人称叙事方式,以九死一生二十年间的悲欢离合、所见所闻贯穿始终,别开生面,不落

---

① 〔清〕吴趼人:《二十年目睹之怪现状》,3 页,济南:齐鲁书社,1998。

窠臼。不足之处是由于题材庞杂,缺少剪裁,因此还不够谨严。作品大量运用讽刺手法,浮光掠影地摹写一连串丑恶现象。鲁迅《中国小说史略》说:"惜描写失之张皇,时或伤于溢恶,言违真实,则感人之力顿微,终不过连篇'话柄',仅足供闲散者谈笑之资而已。"①这种评价,是符合作品实际的。

四、《老残游记》

作者刘鹗(1857—1909),字铁云,江苏丹徒人。先后在河南巡抚吴大澂、山东巡抚张曜处做过幕宾,因治河有功,官至知府。既受过传统的儒家教育,又对"西学"感兴趣;提倡修铁路,开矿产;主张利用外资,开发富源。曾帮张之洞筹办洋务,自己也从事过铁路、矿藏、运输等洋务实业活动。八国联军侵占北京时,他用贱价向俄军购买其所掠之太仓储粟以赈济饥民,后被劾私售仓粟,谪徙新疆而死。他一生著作颇富,小说仅《老残游记》一种,而竟以此传名。1903年始刊于《绣像小说》,后又续载于天津《日日新闻》,1906年出单行本。

小说为游记式的写法,以一个摇串铃的走方郎中老残为主人公,记叙他在北中国大地行医游历的所见所闻,反映了晚清的社会现实,表达了作者对时局的思考与见解。自序云:"吾人生今之时,有身世之感情,有家国之感情,有社会之感情,有种教之感情。其感情愈深者,其哭泣愈痛:此鸿都百炼生所以有《老残游记》之作也。棋局已残,吾人将老,欲不哭泣也得乎?"②书中触及的社会生活面并不甚广,但开掘甚深。在第一回中,他把中国比作一条颠簸于惊涛骇浪中的帆船,认为并不需要改换掌舵管帆的人,而只需要送一只最准的外国罗盘给他们,就可以走一条好的路线。

《老残游记》的一大特色,是首揭"清官"之恶。作者在第十六回文末所附的"原评"中写道:"赃官可恨,人人知之;清官尤可恨,人多不知。盖赃官自知有病,不敢公然为非;清官则自以为我不要钱,何所不可,刚愎自用,小则杀人,大则误国,吾人亲目所睹,不知凡几矣。试观徐桐、李秉衡,其显然者也。"③小说成功地塑造了两个酷吏典型——玉

---

① 鲁迅:《中国小说史略》,见《鲁迅全集》第 9 卷,286 页,北京:人民文学出版社,1981。
② 〔清〕刘鹗著,严薇青校注:《老残游记新注本》"自叙",1 页,济南:济南出版社,2004。
③ 同上书,135 页。

贤、刚弼。这两个人号称"清廉得格登登的"，但实际上，所谓的清廉美誉都是以对无辜民众的残暴虐杀换来的。玉贤做曹州知府，当地"路不拾遗"，但一年中被他用站笼站死的有两千多人，站不死的还用板子活活打死。被人称为"瘟刚"的刚弼，自命清廉，实则滥用酷刑，屈杀好人，只求自己邀功，不顾百姓死活。他误认魏氏父女为谋杀一家十三命的重犯，魏家仆人行贿求免，他便以此为"确证"，用酷刑逼供坐实。《老残游记》通过酷吏玉贤、刚弼的所谓"政绩"，暴露出清代末年官僚政治的黑暗残暴和广大民众的惨痛生活。"冤埋城阙暗，血染顶珠红"，"杀民如杀贼，太守是元戎"，名为"清官"实为酷吏，"只为过于要做官，且急于做大官，所以伤天害理的做到这样"。（第六回）这是封建政治中一种特殊的丑恶现象，作者真实地揭露出这一切，确实很有见地。

从艺术上看，《老残游记》艺术品位较高，这与作者刘鹗文化素养高有关系。小说叙事模式较前有了很大变化，由原来的说书人叙事转为作家叙事，体现出浓郁的作者主观感情色彩，作者的创作个性和主体意识得到充分张扬。小说特别擅长白描手法，文笔清丽，充满诗情画意，写景状物，出神入化。一扫过去小说一味铺陈堆砌陈词滥调的旧俗，别开生面，独出心裁，呈现出新鲜活泼、形象生动的特点。如写大明湖秋色：

　　……只见对面千佛山上，梵宇僧楼，与那苍松翠柏，高下相间，红的火红，白的雪白，青的靛青，绿的碧绿；更有那一株半株的丹枫夹在里面，仿佛宋人赵千里的一幅大画，做了一架数十里长的屏风。正在叹赏不绝，忽听一声渔唱，低头看去，谁知那明湖业已澄净的同镜子一般。那千佛山的倒影映在湖里，显得明明白白。那楼台树木格外光彩，觉得比上头的一个千佛山还要好看，还要清楚。这湖的南岸，上去便是街市，却有一层芦苇，密密遮住。现在正是着花的时候，一片白花映着带水气的斜阳，好似一条粉红绒毯，做了上下两个山的垫子，实在奇绝。（第二回）

作者对音乐的描写，精彩绝伦，妙譬连珠，如明湖居白妞说书：一开始声音不高，听来"五脏六腑，象熨斗熨过，无一处不伏贴，三万六千个毛孔，象吃了人参果，无一个毛孔不畅快"。极言白妞嗓音的甜润美妙。接下来白妞用高音演唱,"那知他于那极高的地方,尚能回环转折。几啭之后,又高一层,接连有三四叠,节节高起。恍如由傲来峰西面攀登泰山的景象:初看傲来峰峭壁千仞,以为上与天通;及至翻到傲来峰顶,才见扇子崖更在傲来峰上;及至翻到扇子崖,又见南天门更在扇子崖上,愈翻愈险,愈险愈奇"。用"傲来峰""扇子崖""南天门"表现声音之激越高昂,腾挪跌宕。当白妞唱至最高处,又是一番境界:"那王小玉唱到极高的三四叠后,陡然一落,又极力骋其千回百折的精神,如一条飞蛇在黄山三十六峰半中腰里盘旋穿插,顷刻之间,周匝数遍。"寥寥数语,把抽象的只可意会不易言传的声音变成了可视可感的形象,表现白妞嗓音柔韧婉转,高亢入云。最后一段是对白妞演唱高潮的描绘,她唱至最低处,声音隐伏无闻了,接着"仿佛有一点声音从地底下发出。这一出之后,忽又扬起,像放那东洋烟火,一个弹子上天,随化作千百道五色火光,纵横散乱。这一声飞起,即有无限声音俱来并发。"声音之收放自如,变化万千,形容殆尽,显示了作者丰富的想象力和高超的文字表现力,堪称描写听觉艺术的高手。

《老残游记》由于采用了游记式的叙事模式,结构不很严谨,人物与情节也显得随意,缺乏内在的联系,但留下中国传统小说蜕旧变新的明显印记,体现了中国小说转变期的特点。

五、《孽海花》

作者曾朴(1872—1935),初字太朴,改字孟朴,又字小木、籀斋,号铭珊,笔名东亚病夫。江苏常熟人,生于书香世家,祖上世代为官。光绪十七年(1891年)中举,次年赴京参加会试,入场后却故意弄污试卷题诗拂袖而出,表示"功名不合此中求"。后其父为他捐内阁中书留京供职,但他不喜欢浮沉宦海,日与同好文友诗酒邀游,终在留京几年后愤然出都,脱离宦海。曾入同文馆学法文,对西方文化尤其法国文学有较深的了解,翻译过雨果等人的作品。曾入两江总督端方之幕,参加戊戌变法,辛亥革命后进入政界,做过江苏省财政厅长。1927年以后主要在上海从事书刊出版方面的文化活动。

《孽海花》主要描写清末同治初年起到甲午战争后约三十年间"文化的推移"和"政治的变动",揭露了帝国主义的侵略野心,清政府的无能与腐败，封建士大夫的昏庸与堕落。全书写了二百多个人物，笔墨所及，从最高统治者慈禧、光绪，到各级官僚，文人名士，妓女小厮，都有反映。这些人表面都很高雅斯文，但其灵魂无不肮脏卑鄙，特别是那些上层文人，在国家处于生死存亡关头依然争名夺利、风雅自赏，全无救亡图治的热情与才能。如金雯青，乃状元出身，任外交使节，却对内政外交极其隔膜，以重价购得一幅错误的中俄交界地图，自己重加校勘后付印献给总理衙门，断送了国家八百里土地；又如甲午海战前夕，高中堂、龚尚书等所谓"朝廷柱石"，只是在那里大谈"灾变""梦占"，发些无聊的牢骚，似乎国家安危与己无关。

　　曾朴接受了一定的西方思想的影响，赞成革命，所以在小说中对清末政治腐败和封建统治者的批判直接而强烈，敢于把矛头直指慈禧等最高统治者，对李鸿章对外屈膝求和的行为，作了毫不留情的抨击和揭露，这是它与其他小说的不同之处。同时，作者宣扬了"天赋人权、万物平等"的新思想，赞颂了孙中山等革命者，这种进步倾向也是值得肯定的。另外一点与其他小说不同的是，《孽海花》是作为一部历史小说来写的，因此小说中的人物大多都有现实人物作为原型，如金雯青为洪钧，傅彩云为赛金花，威毅伯为李鸿章，唐犹辉为康有为，梁超如为梁启超等，还有一些则直接用原名，这使得小说具有一种浓郁的现实感。

　　作者熟悉西洋小说，在自己的小说创作中也留下了西洋小说的痕迹。《孽海花》的结构以主人公傅彩云为线索，串联起其他人物的活动，形成众多的短篇，一个一个短篇连缀而成整个作品。这与《儒林外史》有相似之处，但是它的串联方法比《儒林外史》更加复杂。作者有一个形象的比喻，说《儒林外史》的串珠方式是"直穿的，拿着一根线，穿一颗算一颗，一直穿到底，是一根珠练"；而《孽海花》则是"蟠曲回旋着穿的，时收时放，东西交错，不离中心，是一朵珠花"①。这样的结构方式容量更大。

　　《孽海花》的语言颇有值得称道之处，不管是写景状物，还是抒情达意，表现人物个性，都十分生动、具体、形象，体现作者较高的文化素

---

① 〔清〕曾朴：《修改后要说的几句话》，见《孽海花》"附录"，350页，南京：凤凰出版社，2007。

养。如第三回描写金雯青高中状元衣锦还乡的场面：

> 官场卤簿、亲朋轿马，来来往往，把一条街拥挤得似人海一
> 般。等到雯青一到，有挨着肩攀话的，有拦着路道喜的，从未认识
> 的故意装成热络，一向冷淡的格外要献殷勤，直将雯青当了楚霸
> 王，团团围在垓下。好容易左冲右突，杀开一条血路，直奔上房。

寥寥数语，就把当时那种热闹、拥挤的场面及人们奉承拍马的情态逼
真再现，如在眼前。人物语言也都符合其身份地位、个性特征，特别是
人物对话灵动机巧，颇见智慧。如金雯青得知傅彩云与仆人阿福私通
后，想赶走阿福却不便明讲，恰巧阿福打破了一个烟壶，趁便打了他两
耳光，骂道："没良心的忘八羔！白养活你这么大。不想我心爱的东
西，都送在你手里，我再留你，那就不用想有完全的东西了！"阿福则回
答："老爷自不防备，砸了倒怪我！"写出了两个人心照不宣，语带双关
的微妙的心理。《孽海花》在语言上也继承了《红楼梦》的优长，甚至有
直接的模仿和借鉴。如第十五回傅彩云打骂小丫头：

> 彩云笑嘻嘻的道："你走近点儿，我不吃你的呀！"那丫头刚走
> 一步，彩云下死劲一拉，顺手头上拔下一个金耳挖，照准他手背上
> 乱戳。

看完这段话便让人一下子想起《红楼梦》中晴雯责打丫头坠儿时
的情景。正因为有优秀的作品可以继承，再加上合乎时代要求的创
新，所以《孽海花》的语言取得了很大成就，被鲁迅称为"文采斐然"[①]。

《孽海花》具有历史小说的厚重内涵，反映的社会生活内容也非常
宽广，文笔讲究，词采华丽，艺术上取得一定成功，但是在人物形象的
描绘上不够细致，也有一般谴责小说形容过度、夸大其词的通病，这是
受时代影响和作者思想文化修养局限所难以避免的。

清代后期是中国历史上一个急遽变革的时代，面临中国数千年未
有之大变局。封闭的自然经济形态趋于衰落，传统历史文化受到挑
战，外来文化渗入，新的思想因素萌生，具有变革意识的知识阶层逐渐
崛起。新与旧，现代与传统，进步与落后相互交织，相互碰撞、渗透。
谴责小说诞生于这样一个时代，不能不受这一特定社会与文化氛围的

---

① 鲁迅：《中国小说史略》，见《鲁迅全集》第9卷，291页，北京：人民文学出版社，1981。

影响，具有鲜明的近代社会的烙印。这类小说反映社会现实的广度大大超过旧小说，作品中所流露出的作者对官场及官僚制度的批判也是比较深刻的，所表现出来的责任感更自觉而强烈；同时，这类小说的叙事模式与旧小说相比也发生了很大的变化，情节更加淡化，结构更加繁复，容量更加丰富，西方小说的叙事技巧也使用得越来越多，这些新因素的出现都使得此类小说呈现出与此前小说不同的特色。但应该注意的是，谴责小说产生于转型的时代，社会现实的黑暗与社会心态的浮躁影响到小说作者的从容思考和艺术探索，因此，小说所达到的思想深度是有限的，小说的质量也难脱粗糙。尽管如此，谴责小说，包括清代后期其他小说，仍为中国小说的现代转型提供了经验与积累，它们自身也成为后人解读这一时期经济、社会、文化、心理的生动材料。

结　语

　　自唐代出现真正书面意义上的通俗小说,历经宋元话本、明清章回小说,直到清中叶代表中国古代小说最高成就的《红楼梦》出现,前后共一千多年的时间。这期间,中国历史风云变幻、跌宕起伏,不同时期的社会生活都是五光十色、纷繁复杂的,有精彩辉煌,也有混乱颓败。通俗小说作为一种长于叙事和富有表现力的文体,在不同的时代发挥着反映社会、表现人生的功能,虽然有高峰有低谷,但都呈现出不同的风貌,取得独有的成绩。

　　唐代通俗小说被称为中国最早的书面意义上的作品。它是在说唱艺术的基础上发展起来的,从最早寺庙里对佛教经典的讲解,到世俗社会的说唱伎艺,俗讲和变文中的章节已经具备通俗小说的要素,保存在敦煌文献中的少许唐代话本代表了中国民间通俗小说最初的形态。在此基础上,宋、金、元时期的说话和话本日益繁盛,它们以取材视角的民间化、故事情节的通俗化符合大众要求的审美取向,以晓畅易懂的语言诠释着通俗小说的要义,表现出不同于以"雅正"为旨归的诗文创作传统的另一种趣味。

　　如果说唐宋时期的变文与话本还只是通俗小说的雏形,尚算不上成熟的通俗小说,因为它们只是对说话的记录,是说书的底本,其作者不是有意识地用白话来进行创作;那么,到了明朝,作家们才有意识地运用白话语言来进行小说创作,由此进入了中国通俗小说的成熟时代。明初的《三国演义》《水浒传》奠定了长篇章回小说发展的范型。明中叶以后,我国第一部优秀的神魔小说《西游记》、第一部由文人独创的世情小说《金瓶梅》相继问世,标志着通俗小说创作在个人独创的道路上愈走愈远,作家们对小说这种文体的把握愈加成熟,作家的主体意识更为鲜明,小说所选取的题材更为丰富,反映的社会生活面更为宽广,写实的力度加大。明代后期以至明末清初时期,通俗文学样式继续向前发展,取得了重大成就,长篇巨制的历史演义、英雄传奇、神魔和世情小说层出不穷,以"三言""二拍"为代表的短篇小说也达到了新的历史高度。至清中叶,随着清王朝鼎盛时期的到来,通俗小说领域迎来了自己的最高峰,《红楼梦》这一中国通俗小说史上的划时代巨著创作出来,代表了中国古代小说的最高成就。其后,中国封建社会走入末期,中国古代通俗小说也进入终结期。

在中国传统文学观念中,向来以诗文为正统,小说是不登大雅之堂的,被视为"闲书""末技"。但是虽然处于不受重视的边缘地位,甚至经常会受到讨伐批判,但是小说并不因此而止步不前,相反中国古代通俗小说因为表现内容与艺术形式的民间化、通俗性以及较强的娱乐性、趣味性而拥有广泛的读者群。而小说的作者们也没有因小说地位的低下而忽视其应有的社会责任和文化使命,也没有放弃对文体精致化的追求。实际上,中国古代的通俗小说以其强大的表现力和广阔的艺术容量细致入微地反映着社会生活的方方面面以及人性的幽微深邃,笔触所及,凡官场、市井、儒林、家庭、世道人心无不穷形尽相,入木三分。通俗小说对社会的描摹与刻画形象生动而又全面到位,为我们了解每一个时代社会生活提供了鲜活的感性材料。可以说,通俗小说是从生活的土壤里面长出的文学大树,枝繁叶茂,郁郁葱葱。只要将它的文本细细研读,会发现不同时代的小说作者,其创作态度大都十分严肃,创作激情异常充沛,而且具有厚实的生活底子和较强的语言表现能力。通过他们的笔触,可以领受到更为真实的现实,让人折服写实的残酷。但是,从文学的角度说,有很大部分作品,因为作者创作心态太过急功近利,劝惩教化的目的太过明确,主题先行、平白直露特点就显而易见，因此也就远离了小说用形象说话的本质特性，有的作品甚至为了完成说教的使命引经据典，连篇累牍，生硬烦琐，也相应地降低了其文学价值。

中国古代通俗小说一直沿着具有鲜明中国特色的民族艺术之路前进。卷帙浩繁的小说作品尽管良莠兼具，但是它们给不同阶层的人们提供了消遣与娱乐，给人们带来了慰藉和愉悦。有一些作品如《红楼梦》不仅成就了中国文学几千年发展的极致，而且也成为世界小说宝库中的精品，在人类文明发展史上闪耀着永恒的智慧与光彩。

主要参考文献

鲁迅. 鲁迅全集. 北京：人民文学出版社,1981.

郑振铎. 郑振铎文集. 北京：人民文学出版社,1988.

王国维. 王国维戏曲论文集. 北京：中国戏剧出版社,1984.

梁启超. 中国近三百年学术史. 北京：中国书店,1985.

孙楷弟. 戏曲小说书录题解. 北京：人民文学出版社,1990.

胡适文存. 合肥：黄山书社,1996.

胡士莹. 话本小说概论. 北京：中华书局,1980.

吴晗. 史学论著选集. 北京：人民出版社,1984.

刘大杰. 中国文学发展史. 上海：上海古籍出版社,1982.

郭豫适. 中国古代小说论集. 上海：华东师范大学出版社,1992.

何满子. 中国爱情小说中的两性关系. 上海：上海书店出版社,1999.

谭正璧. 话本与古剧. 上海：上海古籍出版社,1985.

萧欣桥、刘福元. 话本小说史. 杭州：浙江古籍出版社,2003.

袁行霈主编. 中国文学史. 北京：高等教育出版社,

2003.

宁宗一主编. 中国小说学通论. 合肥：安徽教育出版社，1995.

齐裕焜. 明代小说史. 杭州：浙江古籍出版社，1997.

李剑国、陈洪主编. 中国小说通史. 北京：高等教育出版社，2007.

陈大康. 通俗小说的历史轨迹. 长沙：湖南出版社，1993.

向楷. 世情小说史. 杭州：浙江古籍出版社，1998.

萧萐父、许苏民. 明清启蒙学术流变. 沈阳：辽宁教育出版社，
1995.

石昌渝. 中国小说源流论. 北京：生活·读书·新知三联书店，
1994.

王昆仑. 红楼梦人物论. 北京：北京出版社，2004.

周汝昌. 曹雪芹传. 北京：东方出版社，2010.

蔡义江. 蔡义江解读红楼. 桂林：漓江出版社，2005.

孙述宇. 金瓶梅：平凡人的宗教剧. 上海：上海古籍出版社，2011.

〔法〕丹纳著，傅雷译. 艺术哲学. 兰州：敦煌文艺出版社，1994.

〔美〕夏志清著，胡益民等译. 中国古典小说史论. 南昌：江西人民
出版社，2001.

〔奥地利〕弗洛伊德著，张唤民、陈伟奇译. 弗洛伊德论美文选. 上
海：知识出版社，1987.

〔德〕爱克曼辑录，朱光潜译. 歌德谈话录. 北京：人民文学出版社，
1985.

后　记

　　拙作终于完成了,这里面有我的导师马瑞芳老师的一再鼓励,有山东教育出版社总编辑陆炎女士的耐心等待,也有自己克服上班路途遥远、上课任务繁重的努力。书稿出版了,心中如释重负的同时亦充满忐忑,因为知道自己的学识、能力、水平远远不够,书中难免会存在这样那样的问题和不足,敬请并期待读者朋友的批评与指教。特别要提到的是,山东教育出版社的苏文静编辑,对书稿从文字到注释提出了不少的问题,对她的严谨精神及对本书所付出的辛勤劳动表示诚挚的感谢。

　　本书在撰写过程中,学习并参考了古代小说研究界不少专家学者的观点见解,在此表示衷心感谢。书中所引用资料尽可能注明出处,如因疏漏未能注明,在此致以歉意并请予以谅解。

张文珍

2015 年 5 月 11 日